우리는 여기에 없었다

우리는 여기에 없었다

안드레아 바츠 장편소설

이나경 옮김

여행의 동반자이자 영원한 내 편

젠 웨버에게 바칩니다.

Chapter 1

크리스틴이 테라스 가장자리로 가 몸을 숙이고 기다란 팔을 내밀었다. 손가락으로 덩굴을 더듬어 잎사귀를 들어 올리니 그 아래 부드러워 보이는 줄기가 드러났다. 순간 크리스틴이 발을 헛디뎌 굴러떨어지는 모습을, 거기 있던 내 친구가 사라지고 윤곽선이 잔상처럼 남는 장면을 떠올렸다. 이유는 모른다. 정신이 나갔는지 친구를 떠밀어버리는 상상을 했다.

대신 나는 테이블에서 몸을 일으켰다. "크리스틴, 그만해." 나무 테라스는 포도 덩굴 위로 세운 기둥이 받치고 있었다. 식당 손님은 우리 둘뿐이었다. 이번 주에 들른 곳은 거의 다 그랬다. 텅 빈 식당, 텅 빈 시장, 텅 빈 여행자 안내 센터. 이따금 관광객이 근처에 있긴 했지만, 다들 널찍한 공간을 마음껏 차지할 수 있었다.

똑 소리가 나더니 크리스틴이 청포도를 들고 섰다. 입에다 한 알 넣더니 씹는 일에 열중했다. "나쁘지 않네. 받아." 건네주는 포도알을 미처 받지 못했다.

내가 놓친 포도알이 유리 테이블에 떨어졌다. 나는 주위를 둘러

보고 포도알을 주위 입에 넣었다. 포도는 혀 위에서 톡 터졌다. 새콤했다.

"올해 작황도 안 좋다고 했잖아. 굳이 한 송이를 다 따야겠니."

크리스틴은 의자에 앉아 라임색 액체에 거품이 올라간 피스코 사워를 들었다. "가기 전에 몇 페소 더 올려놓지 뭐. 배고팠거든." 크리스틴은 내 잔에 자기 잔을 댔다. "저혈당에 시달리는 것보단 포도를 훔치는 게 낫잖아?"

"그렇긴 하네." 배고파 예민한 크리스틴은 핵심을 찌를 줄 알았다.

머리에 반다나를 두른 남자가 멀리 포도밭 가장자리에서 우릴 보고 있었다. 그 뒤로 구불구불 펼쳐진 산이 들쭉날쭉한 지평선을 갈랐다. 크리스틴이 손을 흔들자 남자는 고개를 끄덕였다.

나는 남은 술을 마저 마셨다. 매일 마시는 칵테일이다. 라임 주스, 파우더 슈거, 그리고 칠레인들이 페루의 피스코보다 오래됐다고 주장하는 노란 브랜디. '이 정도면 멋진 순간 아닐까' 싶어 가슴이 부풀었다. 지난 13개월 내내 머릿속에서 떠나지 않았던 두려움을 겨우 떨치고 행복을 느끼는 또 한 번의 순간이었다. 이곳에서 나는 일생일대의 여행 중이었다. 일주일 동안 남미의 거친 산과 그 사이 모든 것이 무르익은 계곡을, 사귄 지 10년 된 가장 친한 친구와 탐험하면서. 칵테일이 상쾌하고 달콤해서 마실 때마다 파도 위에 발을 내딛는 느낌이었다. 그리고 아직 이틀 밤이 남았다.

크리스틴 덕분에 모든 게 더 좋았다. 낯설고 척박한 세상에서 크리스틴의 자신감은 안전한 유리막 같았다. 일주일 전 공항에서 만나 얼싸안았을 때 나는 안도의 눈물을 글썽거렸다. 1년 만의 재회였다. 공황장애와 악몽에 시달리며 베개와 샤워기를 향해 비명을 지르거나 이따금 내 주먹을 깨물며 버틴 1년이었다. 산티아고에서 렌터카를 받아 황량한 고속도로를 타고 북쪽으로 이동할 때 크리스틴은 평소처럼 활기가 넘쳤다. 태평양이 보이면 환호했고 길가에 알파카들이 나타나면 경적을 울렸다. 크리스틴은 길가의 과일 노점과 반듯하게 늘어서서 물결치는 옥수수밭, 햇볕을 받아 무성하게 자라는 채소밭을 가리키며 감탄했다. 그리고 하늘, 하늘, 깨질 듯 쨍하고 드넓은 파란 하늘이 한쪽은 바다에, 다른 한쪽은 구불구불한 산에 맞닿아 있었다. 크리스틴의 존재는 마음을 가라앉히는 향이나 신경안정제처럼 내 몸을 이완시켰다.

첫날은 라세레나에 머물렀다. 금세 녹아 줄줄 흐르는 아이스크림을 들고 나무가 무성한 시내 광장을 돌아다녔고, 벽에 알록달록한 색으로 그린 성자들이 잠든 우리를 지켜보는 호텔에서 묵었다. 첫날 너무 관광객 같은 코스로 다녔다 판단한 우리는 이튿날 아침 내륙으로 향했다. 피스코 엘퀴에서 휘어진 다리에 머리를 엉덩이까지 기른 강사에게 요가 수업을 받았다. 산 자세로 가슴을 내밀고 서 있으니 그녀가 말했다. "미소가 당신의 코라손, 그러니까 심장을 강하게 만들죠." 그곳에서 보낸 둘째 날 밤, 대학생 나이의 독일 남자 셋이 바에서 우리를 에워싸자 내 안에서 표범처럼 엎드려 기회를 엿보던 공포감이 일어나서 포효했다. 크리스틴이 나섰고(매력적인 그 애는 누구든지 상대할 수 있었다), 내 눈에서 두려움을 본 크리스틴은 건방진 삼인조에게서 점잖게 벗어나 다시 밤거리로 나를 이끌고 나왔다.

"괜찮아, 날 믿어. 내가 있잖아." 어두운 거리를 걸어 호텔로 돌아가는 동안 크리스틴이 계속 중얼거렸다. "크리스틴이 여기 있다고." 그 목소리가 나를 위로했다. 친구의 말은 폭신한 담요였다. 우리는 다음 날 짐을 싸서 그곳을 떠났다.

그리고 오늘 아침 우리는 이곳, 퀴테리아에 도착했다. 한적한 시내가 처음에는 놀라웠다. 우리는 공터에 차를 세운 뒤, 축 처진 어린애 같은 짐 가방을 끌고 문 연 호텔을 찾아 오르막이 많은 거리를 몇 시간쯤 헤맸다. 그러다 마침내 자그마한 스위트룸을 얻었다. 산 공기가 건조한데도 시트는 축축했다. 해가 지고 있었다. 나는 도시가 텅 비어서 좋았다. 밤중에 여자 둘이 거리를 돌아다녀도 성가시게 굴 남자가 없었으니까. 알다시피 혼자 여행하는 여자들을 보면 다들 하는 말이 있지 않은가.

크리스틴은 마지막 남은 피스코 사워를 비웠다. "있잖아, 생일 소원 빌자."

"내 생일은 2주나 남았는걸."

"알아. 하지만 만났을 때 하고 싶어. 중요한 소원이거든!"

이건 우리 둘만의 전통이었다. 생일날 그 해에 이루어지길 바라는 소원을 상대에게 말하는 것. 친한 친구이자 사업 파트너인 두 사람이 새해 결심을 서로에게 적어 보여준다고 누군가가 쓴 글에서 착안했다.

"내가 먼저 할게." 크리스틴이 포도밭 쪽을 바라보며 말했다. "사랑하는 에밀리, 내 생일 소원은…… 네 회사가 정신 차리고 너를 제대로 승진시켜주는 거야."

"그러면 좋겠네." 나는 한 달 전 관리자급 승진 후보에 올랐지만, 대표가 정신이 없어 결정을 질질 끌고 있었다. 하지만 승진을 하든 말든 그곳 일이 좋았다. 유기농 고양이 사료를 집사에게 아주 비싼

값에 보내주는 스타트업 키블의 프로젝트 매니저 일이었다. 직장에는 단짝 프리야를 비롯해 세련된 젊은 동료들이 있었고, 고양이 사진이 말 그대로 사방에 있었으니까.

별똥별이나 민들레 꽃씨나 11시 11분을 가리키는 시계를 볼 때 내가 남몰래 비는 소원은 멋진 배우자를 만나 정착하는 것이라고 크리스틴에게 말할 수 없었다. 그 소원은 말로 하기에 너무 반페미니스트적이고 절박해 보였으니까. 하지만 크리스틴은 지구 반대편에 있고 친구들은 전부 결혼한(심지어 아이들도 있는) 상황이니 인내심이 바닥나고 있었다. 게다가 드디어 긍정적인 신호가 왔다.

"이번 달에 후보자 면접이 있댔어." 내가 말했다. "웃기지. 대표는 그 자리에 대해선 생각할 시간조차 없는 척해. 세상을 위해 고양이 위장을 일일이 구하느라 정신 없나 보지."

"고양이형 인간들은 최악이야. 알레르기 때문에 고양이를 못 기르는 사람으로서 하는 말이야."

"그래도 대표가 그렇게 열심인 건 좀 귀여운 것 같아!"

크리스틴은 코웃음 쳤다. "무심한 동물한테 집착하는 사람들 덕분에 존재하는 산업이잖아."

"러셀의 고양이는 무심하지 않아. 모찌도 애정을 준다고. 동영상도 봤어." 크리스틴의 어이없다는 표정을 보고 덧붙였다. "그러지 마, 난 이 일이 좋아."

"미안, 미안, 미안해." 크리스틴이 한 손을 저었다. "좋아, 그럼 네가 말해봐."

"좋아. 네 생일이 꼬박 넉 달이나 남았지만 내가 바라는 건, 흐음." 나는 안경다리를 두드렸다. 네가 호주를 싫어한다는 사실을 깨달는 거, 밀워키로 돌아오는 거, 우리 사이가 예전으로 돌아가는 거야. "네 멍청한 상사가 잘리고 네 일이 백만 배 편해지는 거 혹은 새 직장을 찾아서 행복해지는 거."

"너무해, 날 따라 했잖아!"

"30대란 이런 건가 봐. 커리어에 집중하는 거. 적어도 직장은 있으니까."

"그렇지. 다행히 그 가처분소득을 잘 썼고." 크리스틴이 가지런히 늘어선 포도 덩굴 쪽으로 팔을 뻗었다. 포도밭 뒤, 굴곡진 산지가 석양으로 붉게 물들었다. 새 한 마리가 양조장 데크 가장자리에 내려앉더니 끽 소리를 냈다. 노른자 색깔의 귀여운 시에라 핀치였다. 밀워키에서 심심해 여행지 조사를 하던 중 알게 된 새였다.

근처에서 쿵 소리가 났다. 아마 딱따구리였을 텐데 그 사실을 미처 깨닫기도 전에 어떤 기억이 스쳐 지나갔다. 그만. 그만. 그만해. 크리스틴이 신발에 피가 튄 채로 눈을 크게 뜨고 물러났다. 그 순간이 모든 것을 바꿨고, 내 삶은 그 전과 후로 깔끔하게 쪼개졌다.

크리스틴은 선글라스를 머리 위로 올리더니 내게 흐뭇한 미소를 지었다. 나도 마주 웃었다.

쓸데없는 걱정이었다. 독일인 삼인조와 마주쳤을 때도 아무 일 없었다. 모퉁이에 도사리고서 우리를 굶주린 눈으로 좇는 낯선 남자는 없었다. 어두운 거리에서 너무 바짝 다가오거나 몇 발자국 뒤에서 따라오는 술 취한 놈들도 없었다. 누구도 경계할 이유가 없었다.

나는 크리스틴을 바라보자 마음이 따뜻해졌다.

모든 것이 완벽했다.

통통한 벌 한 마리가 우리 잔 주위를 날아다니자 크리스틴은 용감하게 벌을 쳐냈다.

"이 주변에 외지인은 우리뿐인가 봐." 내가 말했다. 고립된 상황에서 스릴과 불안이 동시에 엄습했다.

"계속 이렇진 않을걸. 가이드북에는 관광버스가 토요일마다 들어온다고 돼 있었어." 크리스틴은 팔을 뻗고 탄탄한 다리를 다시 꼬았다. 시드니에서 크로스핏을 시작한 크리스틴의 팔다리가 낯설었다. 마치 딴 사람의 몸 같아 보이는 황갈색의 탄탄한 팔다리였다.

크리스틴은 18개월 전 시드니로 이주했다. 다니고 있던 리서치 회사가 호주 지사를 열자 상사가 지원하라고 추천했던 것이다. 크리스틴이 작고 양극화된 자신의 고향 밀워키가 지겹다며 응하는 것을 보고 나는 몹시 실망했다.

크리스틴이 호주에 가다니. 지나가는 변덕일 줄 알았다. 노스웨스턴 대학교에서 함께 경제학을 전공하던 시절부터 위스콘신에서 일자리를 구해 브레이디 스트리트 근처 낡아빠진 아파트에서 함께 살던 때까지, 나는 성년 시절을 줄곧 크리스틴과 보냈다. 우리는 함께 졸업하고, 형편없는 데이트 상대들을 만나고, 직장의 반가운 소식을 나누며 힘든 밤과 더 힘든 아침을 보냈다. 20대 후반이 되자 나는 피프스 워드에 내 아파트를, 친구는 리버웨스트에 자기 아파트를 얻을 수 있었다. 우리는 언젠가 서로의 들러리가 돼주기로 약속했고, 크리스틴은 장차 내 아이들의 '이모'가 될 거라고 스스럼없이 이야기했다. 그 무렵 나는 넓은 호숫가와 숱한 페스티벌, 작고 친근한 예술계(재능을 중시하며 대도시의 허세가 없는)가 있는 밀워키를 좋아하게 됐다. 그래서 크리스틴이 그곳을 욕할 때마다 속상해하지 않으려고 애썼다.

물론 크리스틴이 호주에 살면서 행복하니 나도 기뻤지만 자기 연민에 견딜 수가 없었다. 버려지고 남겨진 내 처지에. 크리스틴이 떠난 뒤 우울에 빠져서 먼지를 잔뜩 뒤집어쓴 듯한 기분으로 하루하루를 헤쳐 나갔다. 그런 상황에서도 우리는 밀워키에서 시작한 전통을 지켰다. 사람들이 많이 찾지 않는 이국적이고 멀리 떨어진 곳으로 매년 떠나는 여행만큼은 계속했다.

나는 런던, 칸쿤, 파리 등 몇몇 주요 여행지만 가봤기 때문에 크리스틴과의 휴가는 매번 웜 홀에 빠졌다가 낯선 소리와 냄새와 광경에 어리둥절한 상태로 다른 차원에 들어서는 느낌이었다. 처음 간 곳은 베트남이었다. 호이안과 하노이에서 전통가옥과 야시장을 구경했고 양귀비 꽃밭보다 더 화려한 사원을 찾아다녔다. 그다음으로 떠난 우간다 여행에는 가진 저금을 모두 쏟아부었다. 눈처럼 쌓아 올린 일생일대의 경험들은 처음에는 기적 같더니 기묘하게 익숙해졌다. 브윈디 공원에서 고릴라의 대리석 같은 눈을 들여다보고, 나일강에서 배를 타고 악어와 뚱뚱한 하마 옆을 스쳐 지나가고, 키데포 계곡에서 사냥 드라이브를 나가 우리를 바라보는 사자 앞을 지프를 타고 지나갔다.

그런데 세 번째 여행지인 캄보디아에서 일이 틀어졌다. 그때 우리는 처음으로 각자 지구 반대편에서 출발해 그곳에서 만났다. 당시 나는 친구와 만나 서로에게 집중하며 보내는 시간을 간절히 기다렸다. 둘 다 밀워키에서 살던 시절에는 당연했던 그 시간을. 그 여행이 그렇게 무시무시하게 변할 줄은, 내가 나오는 공포 영화가 될 줄은 상상도 못 했다. 하지만 크리스틴은 언제나 그랬듯이 나를 도와주고, 구해주고, 보살펴줬다. 그리고 우리는 이곳에서 다시 만났고 칠레 엘퀴 계곡에서 보내는 남은 시간이 오래 켜둔 촛불처럼 사그라지고 있었다. 우리 사이의 모든 것이 아섭고 또 좋았다.

크리스틴은 포도 한 알을 따 공중에 던지더니 입으로 능숙하게 받았다. 그걸 썹으며 미소 지었다.

"입 벌려봐, 엠." 크리스틴이 다트를 던지듯 포도알을 들었다.

"못 해!"

"해보자! 내가 명중시킬게."

"널 못 믿겠어."

"이것 봐, 나 킹 오브 킹스 스쿨 농구 MVP 삼관왕이야. 자, 내 입에 던져봐." 크리스틴이 입을 벌렸다.

"잘 안 될 것 같은데." 나는 포도를 던지며 키득거렸다. 포도가 크리스틴의 턱에 맞고 튕겨 나가더니 기적적으로 빈 잔에 들어가자 놀란 우리는 아무 말도 못 한 채 마주 봤다.

이곳 칠레에서 우리만의 리듬을 찾는 데는 몇 시간밖에 걸리지 않았다. 산티아고 공항에서 시작한 긴 자동차 여행 동안 나는 크리스틴의 기운 속에서, 편안한 자신감과 번득이는 위트 속에서 기분이 다시 좋아졌다는 사실에 감사했다. 하지만 크리스틴이 엠파나다* 가판대 앞 흙길에 차를 세우자 나는 신경이 곤두섰다. 거친 피부, 다부진 체격의 요리사가 지켜보는 동안 우리는 뜨거운 자동차 보닛에 기대어 점심을 먹었다. 뭉툭한 나무들과 숨 막히는 흙먼지밖에 없는 이곳에 혼자 나와 일하는 여자라니. 나는 여자에게 상냥

● 중남미식 파이 요리.

하게 웃어 보이려고 애썼다.

밀가루 반죽으로 만든 삼각형 안에 삶은 달걀과 양념한 다진 고기가 들어 있는 요리가 나오자 나는 습관적으로 핸드폰을 들어 사진을 찍었다.

"뭐 하는 거야?" 크리스틴이 한 입 베어 물고는 눈썹을 치켜올렸다. "잊었어?"

"포스팅은 안 할 거야." 나는 얼굴을 붉히며 중얼거렸다.

"이리 내." 햇살이 크리스틴의 손바닥에 내리쬤다. 자외선이 손금과 손바닥 주름을 하나도 빠짐없이 쏘았다. 내가 꼼짝 안 하자 크리스틴은 손을 흔들었다. "규칙 알잖아."

바람이 불며 주위의 덤불과 관목이 스치는 소리를 냈다. 작업대에서 반죽을 하던 여자가 고개를 들었다.

나는 크리스틴의 손에 핸드폰을 쥐어주고 씩 웃으며 말했다. "디지털 디톡스 시작."

핸드폰은 다시 눈에 띄지 않았다. 긴급 상황에 대비해 가방 안에 넣어뒀지만 전원이 꺼진 핸드폰은 금속과 유리 덩어리에 불과했다. 캄보디아를 여행할 때 핸드폰 사용을 금지하는 2박짜리 요가 수행으로 시작했는데 그때부터 우리는 여행 때는 그 규칙을 계속 지키기로 했다. 그렇게 해보니 참 좋았다. 여기까지 살아서 안전하고 자유롭게 오는 데 참 많은 행운과 이런저런 사건이 개입했다.

"내년에는 어디로 갈까?" 내가 물었다.

크리스틴이 포도 한 알을 만지작거렸다. "터키가 아직 상위권에 있어. 그리고 조지아도 좋다고 하지 않았어?"

나는 고개를 저었다. "조지아? 나라 말이야? 전혀 모르는데."

"네가 분명히 얘기했는데." 크리스틴이 눈을 가늘게 떴다.

"음, 터키도 멋지겠네." 내가 말했다. "이스탄불은 엄청 활기차겠지."

문득 생각난 일이 있었지만 나는 말을 삼켰다. 애런이 몇 년 전에 마라케시에 갔대. 애런은 몇 달 동안 카페에서 커피를 살 때마다 말장난을 주고받다가 만나기 시작해 데이트를 네 번 한 상대였다. 데이트 네 번으로 마음을 빼앗긴 모양인지 나는 그와 커플이 될지도 모른다는 망상에 빠지곤 했다.

크리스틴에게 그 사람 이야기는 꺼내지 않았다. 첫날 "요즘 멋진 남자 없었어?"라는 질문에 크리스틴이 코웃음을 치며 없다고 했으니까. 크리스틴은 나와 알고 지내는 동안 진지하게 남자를 만난 적이 없었고, 시드니에 간 지 6개월째에 그곳 역시 짝 찾기가 불만족스럽기는 마찬가지임을 깨닫고 데이트 앱을 삭제했다. 크리스틴에게 말하고 싶지 않은 것이 아니라, 여행 내내 남자 이야기만 하느라 우리의 꿈과 계획과 내면에 대한 대화를 못 하는 걸 원치 않았다. 그리고 크리스틴 앞에서 좋은 남자를 만났다고 자랑하고 싶지 않았다. 애런은 몇 년 만에 처음으로 흥분되는 상대였고 나는 신중하고 싶었다. 그래서인지 심지어 바보 같은 비밀 테스트도 계획했다. 여행 중 어느 순간에 핸드폰을 켜서 그가 메시지를 보냈는지 보는 것이었다. 그가 그 정도로 관심을 보인다면 크리스틴에게 이야기할 생각이었다.

나는 화들짝 놀랐다. 양조장 사장이 갑자기 뒤에서 다가온 것이다. 그는 우리 잔을 집어 들었다. 코르티솔 호르몬이 급증하면서 손끝이 얼얼할 정도로 과잉 반응을 일으켰다.

"다른 것이 필요한가요?" 그가 물었다. "곧 문 닫을 시간입니다."

나오는 길에 크리스틴은 손을 내밀며 그의 이름을 다시 물었다. "정말 고마워요, 페드로." 크리스틴이 말했고 나는 그 뒤에서 그라시아스라고 서너 번 인사했다.

우리는 산티아고에서 오는 동안 계속 농담을 했다. 크리스틴은 도로 표지판이 보일 때마다 미국식으로 읽었고, 나는 학생 때 배운 것처럼 혀를 놀리며 최대한 스페인어 억양으로 외쳐댔다. "그건 치구알로코야. 네 운전 서비스를 내 번역 서비스로 갚을 수 있어서 기쁘다."

크리스틴은 환히 웃으며 열린 창문 밖으로 벌꿀 같은 갈색 머리카락을 휘날렸다. "넌 내게 아무것도 갚을 필요 없어."

Chapter 2

한쪽은 낭떠러지가 갑자기 나타나고 다른 쪽은 이따금 개들이 짖어대는 소리가 들리는 구불구불한 산길을 따라 우리는 말없이 호텔로 올라갔다. 별이 잘 보이기로 유명한 지역이라 가로등이 있기는커녕 현관 불빛마저 흐릿한 주황색이었다.

"저녁엔 뭐하지?" 크리스틴이 물었다. 걸음을 멈추고 푸크시아 꽃향기를 맡더니 덧붙였다. "향기가 없네."

"점심 먹은 곳에 다시 가고 싶어." 나는 가방에서 흡입기를 찾았다. 가파른 길과 산소가 부족한 공기가 크리스틴은 아무렇지 않은 듯했지만 나는 그렇게 건강하지 못했다. "네가 먹은 퀴노아 요리 굉장히 맛있겠더라. 그리고……." 내가 이런 말을 하게 될 줄 몰랐다. "엠파나다는 이제 좀 질렸어."

"어머, 나도." 크리스틴이 호텔 앞에서 걸음을 멈췄다. "네가 그렇게 말했으면 했어. 샤워하고 나가자."

"천천히 해." 나는 가방에서 열쇠를 꺼내 현관문을 열었다. 어둠 속에서 눈을 가늘게 뜨고 벽돌 길을 살폈다. 호텔 구조가 특이했다. 객실이 네 채의 건물에 모여 있었고 각 건물마다 모텔처럼 외부로 통하는 문이 있었다. 우리가 보통 고르는 호텔보다 고급이라 숙박비도 비쌌지만, 크리스틴은 자기가 돈을 내겠다고 고집을 부리며 내 만류를 무시하고 프런트에 지폐 뭉치를 건넸다.

대학 시절, 소심한 중산층 정서를 지닌 나는 크리스틴의 넉넉한 씀씀이가 신기하면서도 동시에 자극을 받기도 했다. 크리스틴과 대놓고 이야기를 나눈 적은 없었지만 나는 몰래 그 증거를 모았다. 나는 할인점에서 산 줄무늬 이불로 침대를 꾸민 반면, 크리스틴은 청록색과 진청색의 예술 작품 같고 보드라운 이불 커버를 썼다. 내가 방에 세워둔 스탠드는 메두사의 뱀처럼 팔다리를 뻗은 싸구려 플라스틱이었지만, 크리스틴의 방에는 우아한 플로어 램프가 서 있었다. 크리스틴은 과학소설에 나올 법한 이국적인 이름의 지역(류블랴나, 브르노, 자그레브, 바쿠)에 여행을 갔었다고 했지만, 유명인의 이름을 안다고 자랑하거나 잘난 척 혹은 못난 척하며 집안을 과시한 적은 없었다.

열쇠를 딸깍 돌려 우리는 바깥세상을 차단하고 숙소로 들어갔다. 내가 의자에 가방을 내려놓는 사이 크리스틴은 욕실에 들어갔다. 객실 업그레이드를 받은 데는 이유가 있었다. 손님이 우리뿐이든가 방이 그곳밖에 남지 않았든가. 내 평범한 스페인어 실력으로 알아들을 수 있는 건 그 정도였다. 해야 할 말은 어찌어찌 짜 맞출 수 있었지만, 현지인이 언덕에 돌 굴러떨어지는 속도로 대답하면 머릿속이 멍해졌다. 아무리 천천히 말해달라고 부탁해도("렌타멘테, 포르 파보르, 팔라브라 포르 팔라브라.") 그들은 똑같은 빠르기로 반복하곤 미소를 지었다. 나를 빤히 바라보는 크리스틴을 포함해 모두 내 둔한 머리가 돌아가길 기다리고 있으면 나는 내 자신에게 점점 더 화가 났다.

다행히 방 안에서는 영어만 써도 된다. 나는 못생긴 청록색 소파에 털썩 앉아 창밖을 내다봤다. 낮에는 기슭에 색색의 집 몇 채가 흩어져 있는 갈색 산이 보여 전망이 근사했지만, 밤이 되니 별들이 수놓인 하늘뿐 그 아래 땅엔 아무것도 없었다. 나는 욕실에서 쏟아지는 물소리를 들으며 핸드폰을 꺼내 무선 인터넷에 연결했다. 전체 회의에서 내가 놓친 우스꽝스러운 일들을 전하는 프리야의 메시지가 줄줄이 이어졌다. 그리고 애런이 보낸 메시지 세 통이 있었다. 그가 찾아낸 아무 맥락 없는 밀워키 뉴스였다.

얼굴에 미소가 번졌다. 그는 내 테스트를 통과했다. 그날 저녁 적당한 때 크리스틴에게 애런에 관한 이야기를 털어놓기로 마음먹었다. 크리스틴은 내가 왜 말하지 않았는지 이해해줄 거라고 생각했다. 일주일 내내 데이트 상대를 분석하며 보내길 원치 않았던 내 마음을 알아줄 거라고 여겼다. 물론 입을 다문 다른 이유는 언급하지 않을 생각이었다. 크리스틴은 나에 대한 기준이 너무 높아 내 연애에 까다로웠다. 친구는 내가 놓친 이상 신호를, 내가 보고 싶지 않은 경고를 감지하곤 했다. 애런이 내 시험을 통과해서 다행이었다. 크리스틴의 조사는 분명 그보다 더 엄격할 테니까.

그래도 애런은 놀랍게도 좋은 사람처럼 보였다. 우리가 만나게 된 이야기는 영화만큼 진부하다. 내 직장 근처 카페 모나에서 그가 매일 내가 주문한 귀리 우유 라테를 만드는 동안 서로 잡담을 나누면서 나는 그가 연인과 헤어진 걸 알게 됐다. 그리고 지난달, 그가 내 전화번호를 물었을 때 나는 놀라 입을 딱 벌렸다.

나는 데이트를 좋아하지만 앱이나 소개로 만나는 남자들과는 진전이 없었다. 그러다가 1년 전, 나는 데이트를 다신 하지 않기로 맹세했다. 남자의 손을 볼 때마다 캄보디아에서의 그날 밤 내 생명을 위협하며 타박상을 입힌 그 손이 떠올랐기 때문이다. 그래서 애런과 첫 데이트를 약속하는 내 자신이 놀라웠다. 편안한 콘서티나* 바에서 폴카 음악에 손뼉을 치는 내 자신이. 그날 저녁이 시작될 무렵에는 친구 사이였는데, 헤어질 무렵 나는 그에게 빠져버렸다. 애런은 인내심이 있었을 뿐 아니라 스킨십 이상의 단계로 넘어가지 못한다고 죄책감을 주지 않았다. 그때가 되면 나는 공황 상태에 빠졌다. 그만. 그만. 그만해. 뿔테 안경과 헝클어진 검은 머리, 조증에 걸린 비트 세대** 시인 같은 에너지로 가득한 애런은 특이했다. 내가 좋아하는 유형은 아니었다. 하지만······.

애런은 대학 시절 사귀던 벤과 전혀 달랐다. 그 점이 마음에 들었다. 나는 데이트 앱에서 만난 남자들에게서 벤의 면면을 자꾸 봤다. 눈부신 우월감, 애매한 대중문화 언급, 무얼 하든 이런 걸 하기에는 자신이 너무 잘났다는 태도. 그래서인지 애런의 솔직함이 신선했다. 그는 한밤중에도 화려한 그래픽 디자인 프로젝트를 완성했다. 그 지역에서 자란 그는 쉬는 날이면 파브스트 맨션이나 공립 박물관의 살짝 오싹한 밀워키의 구시가지 거리 전시 등을 보러 다녔다. 그의 관심사는 모든 것이었지만 특히 나였다.

- 육각형 모양의 아코디언.
- 1950년대 미국에서 유행한 문학사조. 전원생활, 인간에 대한 신뢰, 낙천주의 등을 특징으로 한다.

크리스틴이 수증기와 함께 욕실에서 나왔다. 옷장에서 원피스를 꺼내 입고는 거울 앞에 앉아 파운데이션을 꼼꼼히 바르고 마스카라를 했다. 왜 그러는지는 알 수 없었다. 따지고 보면 우린 우리가 나온 사진을 나눠 가진 적도 없을 뿐더러 크리스틴은 남에게 멋지게 보이는 데는 관심이 없었다. 아마도 캐러멜 빛깔의 곱슬머리와 커다란 갈색 눈을 가진 크리스틴은 아름답게 보이는 데 익숙하기 때문인 듯했다.

"여행이 이틀밖에 안 남았다니 믿을 수가 없네." 시내로 걸어가면서 크리스틴이 중얼거렸다.

"그러게. 또 책상 앞으로 돌아가야 한다니, 윽." 크리스틴을 보며 대꾸했다. "루커스를 해결할 계획이 필요해." 크리스틴은 체격 좋은 스위스인 상사를 증오했다. 그 상사는 크리스틴의 취업 비자를 위해 회사에서 1,500달러를 지불한 순간부터 크리스틴을 싫어했다고 한다. "상사랑 잘 지내는 방법이 뭐가 있지?"

"희생양으로선 불가능한 일이야." 크리스틴이 어깨를 으쓱였다. "분기별 실적이 목표만큼 안 나오는데다 남자 임원이 아닌 매니저는 나뿐이거든. 날 무서워하는 것 같아."

"널 무서워해?"

"남자들은 모두 여자를 무서워하잖아. 마음속으론." 크리스틴은 거리에 늘어진 덩굴 잎을 손끝으로 쓰다듬었다.

"남자들이 우릴 무서워하는 것 같아? 나는 그 반대인 것 같은데. 하긴, 난 너처럼 크로스핏으로 단련된 여자가 아니니까." 크리스틴이 경험한 삶은 그랬을까? 나는 안전에 무관심한 남자들이 부러웠다. 어두운 골목을 아무 생각 없이 돌아다닐 수 있는 게.

"물론 무서워하지. 그래서 남자들이 그렇게 잔인하게 구는 거야. 엉터리 같은 공약을 내걸고 공격용 라이플을 사는 남자들."

"우리가 그들에게 겁을 주나?"

"우린 아는 게 많으니까. 남자들이 놓치는 걸 보고 느끼잖아." 크리스틴은 말똥을 피해 발걸음을 옮겼다. "결국 선악과에서 열매를 딴 건 우리잖아."

"성경 인용이라니. 올드하네." 모든 여자가 관찰력이 뛰어날까? 크리스틴은 눈썰미가 있고, 암시와 사람 그리고 분위기를 기민하고 영리하게 파악할 줄 알았다. 하지만 나는 더 예민하고 세심하며 교감 능력도 높았다. 즉 길가에서 죽어가는 새를 보면 슬픔이 가득 차오른다는 것을 뜻했지만 좋을 때도 있었다. 나비 한 마리가 날아갈 때마다 둘만의 비밀을 공유한 듯 기쁨의 눈물을 글썽인다는 것이었다.

우리는 좁은 거리에서 자갈길로 접어들어 작은 채식 레스토랑을 새삼스럽게 바라봤다. 파티오 가운데 나무 같은 고사리가 서 있었고, 색색의 드림캐처와 티베트의 낡은 기도 깃발이 근처 나무 사이에 걸려 있었다. 새로운 도시에 대한 크리스틴과 나의 흥분은 오르가슴에 가깝다. 얼마 전 이곳을 우연히 발견했을 때 우리는 그 아름다움에 감격한 나머지 동시에 얼싸안고 웃어댔다.

크리스틴은 마치 자신들의 행운을 믿지 못하는 장거리 연애 커플처럼 우리가 어떻게 만났는지 사람들에게 이야기하길 좋아했다. 대학교 3학년 시절, 통계방법론을 공부하는 경제학 세미나 강의에 여학생은 우리뿐이었다. 4학년 남학생들은 토론에서 우리가 한 질문을 듣고 어이없다는 표정을 지으며 코미디처럼 잘난 체하더니 우리의 지적을 무시했다. 복도로 나오면서 나는 크리스틴을 향해 수줍게 웃었다.

"그래도 꽤…… 재밌었어."

"우리 같이 공부하자." 크리스틴이 대답했다. "저 자식들 성적을 깎아버리게. 크리스틴이라고 해."

나는 책을 왼손으로 옮겨 쥐고 크리스틴의 손을 잡았다. 그 순간 느꼈다. 보트에서 내릴 때처럼 어지럽고 울렁거리는 느낌을. 동시에 지금이 중요한 순간임을, 전과 다른 삶이 시작됐음을 알 수 있었다.

고등학교 2학년 파티에서 벤을 만난 이후 처음 느낀 감정이었다. 남학교의 귀여운 3학년생 벤이 성큼성큼 걸어와 새파란 눈동자로 날 바라보며 인사를 건넸을 때 이후로. 한 달 만에 우리는 공식적으로 '사귀는' 사이가 됐다. 크리스틴이 내 손을 잡았던 대학교 3학년 무렵, 벤과 나는 분명히 연인 사이가 아니었다. 그래도 나는 벤을 사랑했다. 몇 년이나 함께했으니까. 나는 그 일에 행동경제학적 관점을 취했다. 우리가 투자한 모든 시간과 공간과 지식과 감정, 우리가 만났던 미니애폴리스에서 꿈꾼 미래. 우리 사이는 끝난 계약처럼 어쩔 수 없게 느껴졌다. 매몰 비용, 가라앉은 희망.

그때는 시야가 참 좁았다. 한 발자국 물러나 상황을 똑바로 보는 능력이 없었다. 벤은 너를 소중히 여겨. 그가 나보다 자신이 더 똑똑하다고 과시할 때마다 나는 이렇게 생각했다. 벤은 네가 잘되길 바랄 뿐이야. 그가 활기 넘치는 내 대학 친구들을 싫어하고, 내가 술 마시는 것을 반대하고, 마리화나를 한번 피워보자 발작을 일으키다시피 했을 때 나는 이렇게 생각했다. 벤은 네 가장 좋은 모습을 바라는 거야. 그가 내게 소수만 아는 러시아 문학과 예술영화, 속물들이 인정하는 음악을 권할 때 나는 이것을 태엽 인형처럼 되뇌었다. 게다가 그의 커피 취향, 우리가 영화 보기 전에 가는 식당 등 모든 결말을 알고 있으니 우리 사이에는 모종의 편안함이 있었다. 이야기의 긴장이 너무 고조되기 전, 미스터리 소설의 마지막 페이지를 펼쳐보듯 미래를 훔쳐보는 느낌이랄까.

그러다가 크리스틴을 만났다. 그리고 곧장 단짝이 됐다. 우리는 둘 다 낱말 게임과 어이없는 수수께끼를 좋아했으며 우리만의 암호와 둘만의 세상을 지어냈다. 캠퍼스 여기저기에서 만나 함께 공부했는데 만날 위치는 실마리만 메시지로 주고받았다. 보물찾기하듯 함께하는 시간을 찾아 나섰다. 기숙사에서는 서로의 방문에 걸어둔 화이트보드에 '또 룸메이트가 섹스하느라 쫓아냈다'는 불평이나 '흰면에 저녁 먹으러 가자'는 초대를 암호로 적어두곤 했다. 훤히 보이는 곳에 비밀을 감춰두는 즐거움이 짜릿했다. 일탈을 좋아하지 않는 사람이 있을까?

캄보디아 일이 일어난 뒤 생각하니 그 모든 게 아이러니 같다. 바닥에 고인 핏물이 점점 퍼지던 그날.

대학에서 크리스틴과 신이 나서 즐기다 보니 내가 벤과 함께할 때 얼마나 위축되고 긴장했는지 느낄 수 있었다. 크리스틴이 먼저 그와의 관계에 질문을 던졌다. 크리스틴의 적절한 질문으로 천천히, 아주 천천히 벤의 조작과 비판, 미묘한 가스라이팅을 깨닫게 됐다. 벤에게 내 입장을 고수하고 그의 의견을 지적하기 시작했다. 우리의 졸업 후 계획이 사실 그의 계획이고 나는 소품에 불과한 게 아니냐고 질문했다. 4학년 당시, 벤과 세기의 언쟁을 일으켜 고함을 지르고 법석을 떨었던 새벽 2시에 내가 달려간 곳은 크리스틴의 아파트였다.

벤과 나는 한 번도 싸우지 않았지만 그사이 적개심은 커졌었기 때문에 그날 벤과 싸울 때는 내 분신이 잘려나가 드론처럼 공중에 떠 있는 느낌이었다. 이 꼴 좀 봐. 이 상황을 믿을 수가 있니? 벤이 홱 돌아섰고 나는 그의 어깨를 잡았다. 내가 말할 땐 좀 보라고. 그가 너무 갑자기 돌아서는 바람에 내 뒤통수가 순식간에 벽에 붙었다. "때리려던 건 아니었어." 벤이 사과하는 대신 인상을 쓰며 말했다. 나는 그를 밀치고 문 밖으로 달려 나갔다.

며칠간의 대치 상태 후, 크리스틴이 벤과 내가 살던 아파트로 가서 이를 악물고 지켜보는 벤 앞에서 가방을 쌌다. 우리는 정식으로 이별하지도 않았다.

나는 한심하게도 벤을 다시 만나고 싶었다. 그가 안아주면 엉엉 울고 싶었다. 그의 팔이 내 팔처럼 친숙했으니까. 하지만 크리스틴은 현명했다. "'마지막' 따위 집어치워." 그리고 덧붙였다. "그놈한테 1초도 낭비하지 마. 그 자식은 다른 사람을 찾아서 숨 막히는 상자에 가두라고 해. 넌 너답게 멋대로 살고."

크리스틴이 웨이터에게 가더니 손가락 두 개를 들었다. "우나 메사 파라 도스."● 친구는 항상 빨리 배웠다. 웨이터가 원하는 자리에 앉으라고 하자 크리스틴은 내게 안쪽을 바라보며 앉을 수 있는 좋은 자리를 양보했다. 크리스틴은 벽을 등지고 나를 보는 자리였다.

~~~~~~~~~~~~~~~~~

● 두 명이요.

"정말 재밌는 한 주였어." 크리스틴이 손을 내밀어 내 팔을 꼭 잡았다. "참 편안하고 신기한 것도 많았고."

"우리에게 꼭 필요한 시간이었어." 나도 냅킨을 펼치며 맞장구쳤다.

"이렇게 느긋하게 지낸 게 얼마 만인지."

그만. 그만. 그만해. 금속 기둥을 따라 물감처럼 흘러내리던 피. 크리스틴의 놀라 휘둥그레진 눈. 손과 손목, 신발에 튄 피.

"시간이 어떻게 지나갔는지 모르겠다." 크리스틴이 메뉴를 펼쳤다. "우린 아무것도 변하지 않은 것처럼 지난번에 하던 이야기를 그대로 이어서 할 수 있어. 그게 진짜 친구지."

Chapter 3

●

이런 일이 있었다. 캄보디아 프놈펜에서 한 남자가 나를 폭행했고 우리는 정당방위로 그를 죽였다.

금발 턱수염에 털북숭이 굵은 팔, 그을린 얼굴에 주근깨가 많은 남아공의 배낭여행자였다. 그는 습기로 가득한 바에서 우리에게, 코끼리 바지에 브라 없이 탱크톱만 입고도 근사한 크리스틴에게 다가왔다. 그러고는 캄보디아가 마음에 드는지 물었다. 우리가 '두더'라 부르는 대학생처럼 시끄럽지만 귀여운 남자였다. 몇 분 뒤 그가 손을 내밀었고("참, 내 이름은 세바스티안이에요.") 크리스틴은 자기 이름이 니콜이라고 했다. 대학 때부터 우리만 아는 비밀 신호였다. 대화가 시시하고 다시는 볼 일이 없을 것 같은 남자면 가짜 이름을 알려줬다. 벤과 헤어진 후, 나는 뭐든 빠르게 진전되면 내키지 않았다. 크리스틴이 그럴 것 없다고 했다. 게다가 여행 중에 가명을 쓰면 매일 밤이 스릴 넘치는 라스베이거스 같았다.

나도 나를 조앤이라고 소개했다. 그런데 남아공의 세바스티안은 생각보다 재밌었다. 그래서 나는 가끔씩 내가 2순위로 밀려나는 느낌이 들면 갑자기 번득이는 위트를 발휘했다. 크리스틴은 신경 쓰지 않는 듯했다. 어쨌든 남자는 내 이상형에 가까웠고, 크리스틴은 적당한 조연이 돼 돌아다니면서 낯선 사람들과 잡담을 나눴다.

어느덧 시간이 흘러 바깥공기가 시원해졌다. 우선 바가 조용해지더니 길거리도 그랬다. 지나가는 오토바이의 굉음이 잦아들면 취한 관광객들이 지르는 고함 소리가 간간이 껴들었다. 세바스티안이 우스운 이야기를 하면 나는 그의 튼튼한 팔뚝을 건드렸고, 웨이터가 지나가도록 비켜줄 때 그는 내 허리에 손을 얹었다. '니콜'이 우리에게 앵커 맥주를 한 병씩 더 사더니 맥주가 나오자 건배하면서 내게 씩 웃어 보였다.

결국 '여기서 나가자'는 이야기가 나왔다. 세바스티안은 우리보다 더 허름한 호스텔에 묵었으므로 착한 크리스틴은 마지막으로 혼자서 맥주를 한 병 더 마시고 들어가겠다고 했다. "호텔에…… 자정쯤 들어갈게." 크리스틴의 제안에 세바스티안과 나는 고마운 마음으로 끄덕였다. 모두에게 분명한 상황이었다.

크리스틴은 나가다가 내 팔을 잡더니 한 번 더 물었다. "괜찮아?" 나는 망설였다. 모르는 남자였으니까. 미국에서는 하룻밤 상대나 세 번째 데이트 상대(재밌는 남자에서 후회스러운 남자, 실은 원치 않았지만 멍청하게 한 침대에 눕게 된 남자까지)를 만나더라도 친숙함이 있었다. 내가 아는 지역이고 핸드폰과 긴급 전화번호 세 자리가 있었으니까. 그러나 거긴 달랐다. 그래서 크리스틴도 나도 휴가 중에 만난 상대와 섹스하지 않았다. 하지만 나는 밖에 나다니는 여자라면 누구나 느끼는 불안을 눌렀다. 그 남자는 재밌고, 섹시하고, 날 원했으니까.

나는 그 순간을 자주 생각한다. 크리스틴의 팔을 다독이고 돌아서던 때. 그때 우리의 삶, 크리스틴과 내 삶의 여정이 크게 바뀐 것을. 우리의 길이 갈라져 방향을 틀고, 손도 대지 않은 실이 셀 수 없이 남은 것을. 내가 경계심을 풀지 않고 마음을 바꿔 세바스티안이 혼자 어둠 속으로 사라졌더라면. 혹은 둘이 그 자리에서 방향을 바꿔 바나 정글 같은 거리 구석으로 향했더라면.

하지만 그날 밤 나는 세바스티안과 그곳을 떠났다. 밖으로 나가는 길에 카메라 플래시가 터졌는데 눈을 깜빡이느라 누가 사진을 찍었는지 알 수 없었다. 우리는 작은 바에서 뜻하지 않게 사진을 찍혔다. 가끔 그 사진도 생각난다. 누군가 그 사진을 클라우드에 저장해뒀을지. 그것이 실종자가 마지막으로 공공장소에 있었던 순간임을 까맣게 모른 채. 누군가 그 사진을 우연히 보고 상황을 파악한 뒤 남아공 당국에 넘기면 정말 재수 없는 일이 될 수 있었다. 그러고 보면 사람들의 핸드폰과 드라이브와 먼지 앉은 앨범에 아무도 모르는 무엇인가가 어떻게 기록돼 있을지 누가 알까? 배경 잡음만 해도 듣는 사람에 따라 엄청난 의미를 전달할지 모른다.

세바스티안과 나는 손을 잡고 모기가 가득한 밤거리를 걸었다. 호텔 앞에 도착했을 때 그의 손은 내 엉덩이를 주무르고 있었다. 당직 직원은 로비 소파에 잠들어 있었고 문이 열리길 기다리는 동안 세바스티안의 엄지가 내 엄지를 쓰다듬었다. 다리 사이가 뜨거워졌고 방에 들어서자마자 우리는 제대로 키스하기 시작했다.

처음에는 달아올랐다. 그가 쾌감과 자극을 섞는 걸 좋아한다는 사실을 알게 됐다. 그는 내 아랫입술을 깨물고 머리카락을 세게 잡아당겼다. 내 취향은 아니었지만 먹잇감이 된 것 같은 느낌이 들기도 해 흥분됐다. 그가 동물적인 충동을 참지 못하니 좋았다. 그동안 잡지의 퀴즈나 와인에 취한 친구들과의 수다에서 성교육은 충분히 받았기에, 그의 정신을 빼놓고 최고의 상대가 되려면 나도 몰입해서 그가 행동으로 던지는 사인을 읽어내야 한다는 걸 알고 있었다. 그래서 나는 그의 금발을 잡아당겼다. 그의 목덜미에 키스하다가 살갗을 깨물었다. 그의 맨 등을 쓰다듬다가 손톱을 세워 긁힌 자국을 내고 쾌감에 신음하는 입술에 키스하며 미소 지었다.

하지만 그때, 뭔가가 바뀌었다.

순간 머릿속이 하얗게 되면서 채널이 바뀌려고 했다. 그만. 그만. 그만해.

유두에 그의 입이 닿는 느낌이 통증으로 변했다. 놀라서 숨을 들이키며 그의 뺨을 밀어내자 그가 다시 키스로 바꿨다. 이내 그가 내 머리채를 너무 세게 당겨 눈물이 찔끔 나왔다. 나는 놀라서 말했다. "저기, 그렇게 거칠게 하지 마."

세바스티안은 여전히 매끄럽게 움직이며 다시 미소 지었다. "왜 그래, 그냥 즐기는 건데." 그의 치아가 내 귓불을 찾더니 내가 소리를 지를 때까지 깨물었다.

나는 침대 헤드보드에 기대어 앉았다. "아파."

"네가 너무 섹시해서 그래."

"농담 아니야." 나는 가슴에서 그의 손을 털어냈다.

그가 재빨리 내 손목을 잡아챘다. "나한테 맡겨, 응?"

"그만해." 나는 침대에서 내려갔다. "그만 가는 게 좋을 것 같아."

세바스티안의 눈빛이 굳었다. "지금까지 네가 하자는 대로 한 거잖아."

눈물이 흘렀지만 나는 계속 노려보며 단호한 척했다. "나가줘."

그때 세바스티안이 뒤로 물러서더니 내 뺨을 쳤다. "아님 이런 게 좋나?" 뺨에 충격이 가해지며 종소리 같은 통증이 번졌다.

욕망이 공포로, 생존으로, 싸움이냐 도망이냐로 바뀌면서 얼음물을 뒤집어쓴 듯 정신이 돌아왔다. 그를 마구잡이로, 필사적으로 밀치다가 손으로 그의 턱을 치고 말았다. 우연이었다. 그가 콧구멍을 벌름거리며 내 목덜미를 잡아 벽에 밀었고(쾅, 두개골이 울렸다) 나는 그의 손을 목에서 잡아떼려고 했다. 하지만 그가 다른 쪽 손을 내리더니 내 속옷을 허벅지까지 끌어내렸다. 꿈속에서 벌거벗은 걸 깨닫는 순간처럼 낯선 수치심이 들었다.

그의 뭉툭한 주먹이 내 양 손목을 잡아 머리 위 벽에 붙였다. 내가 화형대에 묶인 마녀라도 되는 것처럼. 그 순간은 희미한 인상만 남아 있다. 그의 골반이 나를 벽에 밀어붙이고, 그의 성기가 반바지 안에서 불룩하게 선 순간. 땀범벅이 된 그의 얼굴에 떠오른 미소. 내가 비명을 지르자 그의 눈에 서린 잔혹함. 슬로모션처럼 올라와 내 입을 막던 그의 빈 손. 점점 더 세게 벽에 부딪히는 내 뒤통수. 8년 전 벤이 밀었을 때처럼 날카롭게 깨지는 소리. 그리고 흰빛이 눈앞에 번쩍였다.

그 순간 그가 움직이지 않자 나도 버둥거리기를 멈췄다. 스쿠버다이빙. 내 머릿속은 물속에 들어간 것 같았다. 크리스틴은 몇 년전 베트남에서 스쿠버다이빙을 하고 싶어 했다. 나는 다이버들이 산소 부족이 아니라 방향감각 상실로 죽는다는 글을 읽은 적이 있어 반대했었다. 당황해서 코와 입 앞에 있는 것을 닥치는 대로 치워버린다는 것이다. 세바스티안이 그의 체중을 전부 내 턱에 실을 때 나는 그 사실이 떠올랐다. 내 입 앞에 있는 것, 필사적으로 떼어 내고 싶은 것. 어쨌든 끝장이라는 사실.

날 죽일 거야.

그때였다.

"에밀리!"

둘 다 굳었다. 그가 소리가 나는 문 쪽으로 고개를 돌리자 나는 고개를 돌리진 못했지만 압박이 줄어드는 걸 느꼈다. 분노가 솟구 쳤고, 입을 벌려 그의 손에 박인 굳은살을 세게, 더 세게, 혀에 시큼 한 맛이 날 때까지 깨물었다.

"미친년이!" 그가 내 손목을 놓고 피가 나는 손을 움켜쥐며 물러 섰다. 내가 무릎을 쳐올리자 속옷의 레이스가 허벅지에 걸렸지만 그의 신음을 들으니 명중했구나 싶었다. 그는 사타구니를 부여잡 고 내게로 고꾸라졌다.

곧이어 딱 하는 소리가 나더니 그의 몸이 다시 움직였고 나는 깔려 있던 데서 벗어났다. 크리스틴이 이를 드러내고 가슴을 헐떡 이며 〈뱀파이어 사냥꾼 버피〉*의 실제 모습처럼 서 있었다. 묵직 한 플로어 스탠드를 배트처럼 들고 있던 크리스틴이 세바스티안 의 등을 그것으로 다시 내리치자 뚝 하는 끔찍한 소리가 들렸다. 나는 몸을 뒤로 빼며 움츠렸다. 세바스티안이 바닥에 쓰러지더니 금속 침대 다리로부터 3센티미터 떨어진 바닥에 쿵 하며 머리를

• 1990년대 후반 방영된 미국의 인기 드라마로 금발의 주인공 소녀 '버피'가 뱀파이어에 맞서 싸운다.

박았다.

크리스틴의 얼굴에서도 나와 똑같은 분노가 느껴졌다. 한순간 우리는 서로에게서 눈을 뗄 수 없었다. 그리고 무슨 상황인지 미처 파악하기도 전에 움직임이 느껴졌다.

"그만. 그만. 그만해."

섬광등이 비추듯 번쩍이는 가운데 그것이 보인다. 세바스티안이 침대 프레임에 머리를 기대고 있다. 세 번, 네 번의 발길질과 함께 침대 다리는 피로 얼룩지고 그 피는 라미네이트 바닥 틈에 고인다. 나는 크리스틴을 붙잡아 떼어낸 뒤 끌어안았다. 우리는 덜덜 떨며 서로에게 기댔다.

한참을 그대로 있었다. 몇 초인지, 몇 분인지, 어쩌면 몇 시간인지. 싸구려 커튼 너머에서 오토바이가 불빛을 번뜩이고 굉음을 내면서 지나갔다. 먼저 떨어져 나간 건 크리스틴이었다. 맑은 두 눈을 가늘게 뜨고 있었다. 단호한 음성이 들려왔다.

"여기서 나가야 해."

크리스틴은 소리 내어 방법을 궁리했다. 처음엔 경찰을 부를 생각을 했다. 따지고 보면 분명한 정당방위였으니까. 하지만 가이드북에 그곳은 경찰 신고가 어렵다고 적혀 있었고, 벤과의 일로 폭행 신고(그 당시와 그 후 몇 달 동안에 여러 번 생각했던 방법)가 사람들 생각처럼 간단하지 않다는 것을 알고 있었다. 여권을 압수당하고 살인죄로 기소돼 캄보디아 교도소에 갇히는 것만큼은 피하고 싶었다. 우리는 〈브로크다운 팰리스〉*를 봤고, 어맨더 녹스**의 이야기도 읽었다.

나는 덜덜 떨며 두서없이 중얼거렸지만 크리스틴은 대단했다.

세바스티안의 맥박을 찾더니 뛰지 않자 계획을 세웠다. 참 불운한 밤에 말도 안 되는 행운이라면, 우리가 도착했을 때 프런트에선 여권을 확인하지 않았고 우리는 현금으로 방값을 미리 지불했다는 것이었다. 바텐더는 '니콜'과 '조앤'이라는 이름을 들었다. 그리고 세바스티안은 9개월째 목적지 없이 떠돌아다니는 여행 중이었고, 우리처럼 소셜 미디어를 하거나 집에서 걸려오는 전화를 받지도 않는다고 자랑했다.

크리스틴은 시신을 근처 절벽으로 옮겨 아래에 흐르는 급류로 던질 거라고 말했다. 자취를 지우고 누가 눈치채기 전에 프놈펜을 떠나자고 했다. 나는 누군가 내게 노보카인을 주사한 것처럼 얼얼하고 멍했다. 크리스틴과 에밀리라면 시신을 유기하는 짓은 하지 않겠지만, 니콜과 조앤은 할 수 있었다. 그리고 해냈다. 그다음은 내가 머릿속에서 절대 다시 돌리지 않는 영화의 장면이다. 끔찍하고 잔인한 장면이었다. 일주일 동안 몸살을 앓은 나와 달리 크리스틴은 이를 악물고 결연한 표정으로 지치지 않고 움직였다. 나는 크리스틴이 하라는 대로 행동했고 기적적으로 성공했다.

일을 마친 뒤 우리는 라오스행 버스를 타고 열 시간 내내 말없이 졸면서 이동했고, 마지막 며칠은 2성급 호텔에서 조용히 지냈다. 비행기를 타고 귀국한 뒤 택시로 집에 와 출근 전날 밤을 꼬박 새우고 말았는데 그래서인지 그 밤은 잘 기억나지 않는다. 세바스티안의 두개골, 침대 다리에 부딪혀 금이 간 곳과 루비색의 말풍선처

- 1999년 개봉한 미국 영화. 마약 밀수로 태국에 수감된 미국인 친구들의 이야기를 다룬다.
- ● 이탈리아에서 유학 중 살인죄로 잘못된 유죄판결을 받고 4년간 수감된 미국 여성.

럼 고인 피가 자꾸 떠올랐다.

나는 엉망이 됐다. 흐릿한 반투명 상태인 머릿속에는 검은 곰팡이가 긴 듯했다. 밤이면 뒤척이며 열 시간씩 잤고 낮이면 눈물이 불쑥 났다. 아침에 알람을 듣고도 깨지 못해 눈이 퉁퉁 붓고 멍한 상태로 대낮에 출근하기도 했다. 하루 종일 아무것도 먹지 않고 지내다가 배가 결리고 고파 밤중에 깨어나기도 했다. 정신 차리지 않으면 해고라고 매니저가 경고했다. 상심이 깊은 나머지 그 말에도 개의치 않고 그를 멍하니 보기만 했다.

세바스티안은 죽지 않아도 됐다. 나는 그에게 내려진 사형선고를 지지하지 않았고, 우리가 정의를 직접 실현하는 자경단이라 생각하지도 않았다. 그건 사고였고 과잉 정당방위였다. 하지만 경찰에 신고하는 대신 그의 시신을 유기한 건 후회하지 않았다. 그럴 수밖에 없었다고 믿게 됐다. 해외에서 체포된 미국인들을 자세히 조사해보니 그들 대부분은 삶이 망가졌다. 오리건 출신의 한 여성은 소매치기를 차도로 밀쳐 죽게 한 죄로 아르헨티나에서 재판을 기다리며 몇 년이나 보냈다. 버지니아 출신의 한 대학생은 아카풀코의 레스토랑 여사장 폭행과 아무런 관련이 없다고 주장했지만 수감됐다. 고국에 돌아오지 못하고 더러운 교도소에서 세월을 보내는 여행자들이 너무나 많았다. 나도 그렇게 될 수 있었다는 무시무시한 이야기들. 그러나 그런 이야기로 죄책감을 조금 덜 순 있어도 그 모든 일이 가한 트라우마와 부당하다는 느낌은 사라지지 않았다. 어째서 우주는 우리를 진퇴양난으로 몰아넣은 걸까?

귀국한 뒤 나는 크리스틴에게 상담을 받고 싶다고 했다. 환자의 비밀은 지켜질 거라고 생각했다. 어려서 부모님이 돌아가신 뒤 상담을 받은 적이 있는 크리스틴은 내가 아는 사람 중 정신과 의사를 만나본 유일한 사람이었다. 돈을 내고 공정하게 공감해주는 사람과 대화하는 것이 마음에 들었다. 나는 악몽을 꾸고, 공황 발작을 겪고, 어쩔 수 없는 당혹감과 죽을 것 같은 두려움을 느끼고 있었다.

"이렇게 말하기 참 유감스럽지만." 크리스틴이 1만 5,000킬로미터 떨어진 곳에서 말했다. "우리와 그 남자 사이의 관계는 아무도 몰라야 한다고 생각해."

"장소나 시기…… 결말 같은 걸 거짓말해도?"

아주 긴 침묵이 흘렀다. "정신과 상담은 그렇게 하는 게 아니야."

"그래도 넌 상담의 도움을 받지 않았어? 네가…… 트라우마를 겪었을 때?"

"난 어렸잖아. 부모님이 돌아가셨고 내 조부모님은 나랑 대화할 줄 모르셨어. 그래서 브라이트사이드 선생님이 날 도와주셨지. 대처 방법을 가르쳐주고. 하지만 넌 회복력이 있어, 에밀리. 넌 정말 강해. 내가 알아."

다시 긴 침묵. "그분 이름이 정말로 브라이트사이드였어?"

크리스틴이 코웃음을 쳤다. "딱 맞는 이름이지? 이제 와서 생각해보면 분명 가명이었어." 크리스틴은 부드러운 목소리로 말했다. "네가 행복하길 바랄 뿐이야. 건강하고. 그러기 위해서 필요한 건 뭐든지 해."

나는 이해할 수 있었다. "네 말이 옳아. 난 머릿속이 엉망이야. 아직도 적응 중이야."

"나아질 거야, 약속해. 그때까진 내가 언제든지 들어줄게. 밤낮 상관없어. 네가 그 이야기를 하고 싶어 하는지 몰라서 꺼내지 않은 거였어. 하지만 내가 있잖아." 크리스틴의 목소리가 다시 밝아졌다. "내가 브라이트사이드 선생님이 돼줄게."

"어떻게 아무렇지 않을 수가 있어?" 나는 장난스럽게 말하려고 했지만 상처와 질투의 중간쯤 되는 어투가 돼버렸다.

"내가 듣지 않는다고 생각하지 마. 듣고 있어. 맹세해." 크리스틴은 절박함을 담아 말했고 나는 나도 모르게 고개를 끄덕였다. "나도 그 후로 힘들었어. 당연하지. 하지만 늘 일어설 수 있는 건 네가 날 지켜주기 때문이야. 무슨 일이 있어도. 그리고 난 널 지켜주고. 우리는 서로의 편이잖아?"

그때까지만 해도 크리스틴이 얼마나 진심인지 알지 못했다. 그 후 몇 주, 몇 달 동안 크리스틴이 매일 저녁(호주에서는 출근 전 아침) 전화를 걸어 안부를 묻고, 기분이 어떤지 확인하고, 격려하거나 진정시키고, 아주 우스운 이야기로 내가 본래의 모습을 되찾도록 도와주리란 것도 알지 못했다. 주말이면 크리스틴은 오랫동안(한번은 밤새, 열 시간 동안) 영상통화를 걸어 나와 함께 영화를 보고, 내게 배달 음식을 시켜주고, 가사 서비스를 보내 상태가 좋지 않고 끈적거리는 우리 집 부엌을 치워주고, 할 수만 있다면 직접 해줬을 온갖 일을 처리해줬다. 크리스틴이 함께 있었다면 우동을 떠먹여주고, 부드러운 손길로 머리를 감겨주고, 손톱도 깎아줬을 것이다. 크리스틴이 내 브라이트사이드 선생님이 되겠다고 했을 때만 해도 나를 어떻게 구하고 다시 원상 복귀시킬지 생각하지 못했다.

하지만 크리스틴의 진심은 알 수 있었다. 나를 위해 지옥이든, 바닷속이든 뛰어들 것을 알고 있었다. 나는 눈물이 날 것 같아 목청을 가다듬었다. "너 없이 어떻게 살았을까." 나는 어두운 거실에서 울먹이며 꼼짝도 못 한 채 말했다.

크리스틴이 웃으며 말했다. "그건 모르고 살길 바라자."

Chapter 4

"너한테 하고 싶은 말이 있어." 크리스틴이 포크를 내려놓더니 테이블에 팔을 괴며 말했다.

나는 풀 향이 진하게 나는 까르미네르를 한 모금 마셨다. 칠레 와인은 항상 맛있다. "아, 그래?" 신기한 일이었다. 나야말로 애런 이야기를 꺼내려던 참이었으니까.

"여행을 시작하자마자 바로 이 얘기를 하고 싶진 않았어. 아마…… 네 의향을 살피고 싶었던 것 같아. 하지만 이제 말해버릴래." 크리스틴이 손바닥을 보이며 펼치는 양 손끝을 나는 슬로모션을 보는 심정으로 쳐다봤다. 속이 답답해졌다. 캄보디아 일일 거야.

크리스틴이 극도로 긴장되는 잠깐의 침묵을 깨뜨렸다. "6개월 동안 세계 여행을 하자. 이번 여름에 시작하는 거야. 네 여름부터."

나는 알아듣지 못했다. 크리스틴이 속사포로 스페인어를 말하고 대답을 기다리는 것처럼. "세계 여행?"

"너 고양이 사료 일로 거금 모아놨잖아." 크리스틴이 말했다. "난 안식년을 가질까 생각 중이었어. 내 아파트 전세 계약은 6월에 끝나. 농담이 아니야, 에밀리. 우린 할 수 있어."

나는 고개를 저었다. 크리스틴이 지구 반대편에서 억양을 바꿔 호주식으로 말하는 걸 상상하는 것만으로도 충분히 낯설었다. 하지만 크리스틴은 개척자이고 모험가였다. 안정과 신뢰를 중요시하는 나, 에밀리는 친구의 신나는 세상을 이따금 찾아갈 뿐이었다. 게다가 내가 이 순간, 서른이 돼 마침내 좋아하는 사람을 만나게 된 지금 내 삶을 정지시킬 수 있을까?

"오해하지 말고 들어." 크리스틴은 사람들이 모욕을 줄 때 주로 쓰는 말로 입을 뗐다. "왜 못 떠나는 건데? 발목 잡힐 일 없잖아. 네겐 코흘리개 애들도, 지루한 남편도, 천직 같은 커리어도, 가까운 가족도 없잖아. 그렇지?"

나는 입술을 깨물었다. 대부분 옳은 말이었다. 형제자매도 없고, 엄마와 계부는 세인트폴에, 아빠와 계모는 아이오와 북부에 있었다. 몇 달이 넘도록 안부 전화 한 통 하지 않는 사이였다.

크리스틴과 나는 대학 시절 그것 때문에 친해졌다. 학우들 전부 적어도 하루에 한 번은 엄마와 통화하는 듯했지만, 우리는 보호자와 이야기하는 일이 드물었다. 그 무렵 나는 이유를 깨달았다. 부모가 얼마나 무심하고 잔인할 수 있는지, 얼마나 자녀를 무시하고 자기중심적으로 행동할 수 있는지 알게 됐다. 크리스틴은 열두 살 때 부모님이 돌아가신 후 조부모님인 내나와 빌 슬하에서 자랐다. 만나보니 좋은 분들 같았지만 빌은 폭군이고 내나는 불안 덩어리라고 했다.

크리스틴은 레스토랑을 살펴보더니 나를 향해 눈을 반짝이며 미소 지었다. 나는 텔레파시로 그 뜻을 정확히 알아차렸다. 이렇게 살 수 있어. 함께 온 세상을 누비며. 문명의 구석구석을 탐험하고 SF에나 나올 법한 초현실적인 풍경 속에 몸을 담그며.

그런데 애런은 어쩌지? 데이트 네 번 한 상대와 평생 살 계획을 세운 건 아니지만, 그래도.

크리스틴이 얼굴을 바짝 들이대며 말했다. "네가 벤과 헤어졌을 때가 기억나. 네가 그랬지. '이거야. 이제 나도 대단해질 수 있어. 내가 원하는 만큼 활개 치며 살 수 있어.'라고." 크리스틴이 손을 내밀었다. "근데…… 내겐 그곳이 고향이니까 그럴 수 있다 쳐도, 너는 네가 정말 살고 싶은 곳이 밀워키야?"

"난 밀워키가 좋아. 거기서 사는 게 정말로 좋아."

"하지만 네가 활개 치는 삶이란 중서부를 떠나 사는 것처럼 말했 잖아."

"흐음."

주문을 받으러 온 웨이터에게 크리스틴이 무슨 맥주가 있는지 묻는 동안 나는 테이블 매트에 튀어나온 실밥을 당겼다.

벤과의 결별. 내 마음속 가장 연한 살에 꽂는 칼날 같은 사건이 었다. 혼란과 침울한 감정에 빠져 크리스틴의 아파트로 숨어들었 다. 그 시절 크리스틴의 "그런 자식은 죽어버려야 해."라는 입장에 서 잠시 벗어나고 싶을 때면, 체스 클럽에서 만난 언어학과의 용감 한 붉은 머리 친구 앤지가 아이스크림과 동정심으로 내 상처 입은 마음을 달래주곤 했다. 결별 몇 주 뒤, 앤지가 크리스마스에는 집 에 가서 엄마에게 '응석'을 부리는 게 어떠냐고 했을 때 나는 웃음 을 터뜨렸다.

"헤어졌다고 하니까 엄마는 '흠, 벤이 이제야 좀 좋아지기 시작했는데.'라고 했어."

앤지는 입을 딱 벌렸다. "왜 그랬냐고는 안 물어보시고?"

"뭐 하러?" 내가 10대일 때 이혼한 부모님은 '10대까지 적당히 애 키우기'의 물리적 요건을 충족시키고 나를 대학에 보낸 뒤 내 일에 관여하지 않아도 되는 것에 안도하는 듯했다.

앤지는 생각에 잠겼다. "음, 무슨 뜻으로 하신 말인지 모르겠다. 우린 모두 벤을 싫어했는데."

나는 앤지를 멍하니 봤다. 앤지의 평결(몇 주 동안 알고 있었던 사실)이 여전히 놀라웠다. 신입생 오리엔테이션 때부터 모두가 내게서 감춰온 사실이라니. 크리스틴을 제외한 모두가.

그다음 주, 집에 갔을 때 엄마도 계부도 첫날, 이튿날, 사흘째까지 벤을 한 번도 언급하지 않는 것이 놀랍기 짝이 없었다. 오랜 남자친구 이야기가 부끄러워졌고 이내 마음속이 텅 빈 묘지처럼 잠잠해졌다. 크리스틴과 나는 그 후 두 번의 크리스마스를 따뜻한 곳에서 우리끼리 지냈다. 포트로더데일과 푸에르토리코에서. 그 여행은 크리스틴의 탁월한 선택이었고 그곳의 눈부신 햇살은 크리스틴을 확실한 내 가족으로, 내게 소중한 단 한 사람으로 만들었다. 내가 선택한 가족으로. 네 부모님은 네 감정에 요만큼도 신경 안 써. 크리스틴이 지적한 적이 있었다. 뭐 하러 그들에게 네 시간을 쓰니?

크리스틴은 칠레 맥주를 고르고 웨이터를 보냈다. 그리고 두 손을 모으며 말했다. "생각해봐, 에밀리. 친구들은 전부 결혼하고 아이를 가졌다면서."

하지만 나도 그걸 원한다. 눈물이 차오르며 불만에 목이 메었다. 이렇게 간절히 남자친구를 원하는 내 자신에 대한 짜증. 크리스틴처럼 자유롭게 모든 걸 그만두고 6개월간 방랑벽을 채울 수 없는 아쉬움.

"어머, 울지 마!" 크리스틴이 내 손을 잡고 깍지를 꼈다. "미안해. 이런 식으로 말하는 게 아니었는데. 내 말은…… 너처럼 자유로워지고 싶어 살인이라도 불사할 사람들이 널렸어. 우리 대학 동창들은 전부 기저귀 가방이랑 거즈 손수건을 들고 다니잖아, 응?" 우린 함께 웃었다. "그저…… 우리 곧 서른이 되잖아. 새로운 걸 시도하기 딱 좋은 때 아니야? 그래서 길을 떠나면 어떨까 생각하고 신이 났던 거야, 예전처럼. 이제 우린 진짜 성인이 됐으니 상황도 훨씬 나아졌고." 크리스틴은 내 손을 잡은 채 등을 세웠다. "내가 우리 여행을 얼마나 좋아하는지 알지. 하지만 1년에 한두 번 만나는 걸로는 충분하지 않아. 네가 너무 보고 싶어." 크리스틴은 테이블 매트를 내려다봤다. "그리고…… 작년에 네가 힘들어 했을 때 곁에 있어주지 못해서 미안했어. 넌 내게 제일 중요한 사람이야. 알지?"

작년 이맘 때. 지난 봄, 캄보디아 이후가 떠오르니 속이 뒤집히는 것 같았다. 멍하니…… 겨우 출근해서 사무실을 떠다니듯 일하던 시절. 경련 같은 흐느낌이 북받치다가, 미칠 듯한 공황 상태에 빠졌다가, 자막처럼 단 한 줄의 생각이 떠올랐던 때. 난 죽을 거야.

"하지만 그것만은 아니야." 크리스틴이 말했다. "밖에 나가기도 싫어서 침대에서 넷플릭스를 보던 시절이 그리워. 며칠, 몇 주 동안 한 가지 주제로 얘기하고 근황을 전하려 굳이 마음먹지 않아도 세 시간씩 통화를 하던 게 그리워. 글쎄, 나만 이런 건가?"

나는 고개를 저으며 웃었다. "그래, 나도 그래. 그저, 그런 생각을 못 한 거지. 내가 상상도 못 할 일인걸." 나는 기대어 앉아 와인을 마셨다. "크리스틴 차네키, 진짜 못 말린다."

크리스틴이 웃었다. 쩌렁쩌렁 울리는 음악적인 웃음소리다. "우린 할 수 있다니까. 못할 게 뭐야? 다른 사람들은 늘 하는걸. 까짓것. 여행하다가 그런 사람들 만나면 항상 부러워. 우리도 남들이 부러워하는 사람이 될 수 있어!"

크리스틴은 나를 보고 활짝 웃으며 눈으로는 간청했다. 모험을 떠나자고 설득할 때마다 내게 보여주는 표정이다. 버려진 동굴에 함께 올라가보자. 이 낯선 사람들을 따라 옆 동네 술집에 가보자. 크리스틴의 회유는 늘 성공했고, 늘 가장 신비롭고 기억에 남는 여행의 한순간이 되었기에 나는 친구의 무모한 인도에 따른 것을 후회한 적이 없었다.

내가 딱 한 번 즉흥적인 충동에 따랐을 때 일이 어떻게 흘러갔는지 보라.

그만. 그만. 그만해.

그 일은 떠올리지 않을 생각이었다. 아보카도와 퀴노아 조각이 남은 빈 접시 위로 크리스틴의 시선을 마주 봤다. 그 일은 전부 과거였다. 이 일주일 여행 동안 있었던 일들(마음속에서 요동치며 끓어오르는 크리스틴의 제안)이 그 증거였다.

"생각해보겠다고 말해줘." 크리스틴이 말했다.

"생각해볼게." 내 대답에 크리스틴이 환호성을 지르며 손뼉을 치는 바람에 나는 얼굴이 붉어졌다. 좋아, 애런 일은 좀 더 있다가 말하자. 그 순간을 바로 망치고 싶지 않았다. 이튿날 아침에 다시 생각하기로 했다.

우리는 숙소에 돌아와서 구불구불한 돌계단을 올라 타원형 수영장이 하늘을 바라보고 있는 평지로 나갔다. 그리고 라운지체어에 누워 의자 이음새에 물을 떨어뜨리며 별똥별을 셌다. 나는 다섯 개, 크리스틴은 여섯 개를 봤다.

마지막 날, 모든 경치와 경험을 굶주린 듯 흡입한 후에 잊지 않으려 애쓰며 달콤하면서도 씁쓸한 감정에 빠져 있자니 늘 그렇듯 아련하고 이미 그리운 기분이 들었다. 나는 진청색 천장과 소박한 스테인드글라스, 식당의 금이 간 머그잔처럼 친근한 흰색 외벽이 있는 시내의 예쁘장한 교회를 찾으려 일찍 일어났다. 크리스틴은 (한때 독실한 기독교인이었으나 이제는 어떤 형태의 종교 조직이든 맹렬히 반대하게 되었으므로) 관심이 없어 호텔 로비에서 마시기에 꼭 알맞은 밀크 커피와 그날의 계획을 가지고 나를 맞이했다.

우리는 자전거를 빌려 구불거리는 도로를 올라가 아무 대화 없이, 작별 인사를 하듯이 산들을 바라보고 섰다. 그러고는 수영복을 입고 호텔의 얼음장 같이 차가운 수영장 물에 발가락을 담근 뒤, 여과된 가을 햇볕 속에 누워 샤르도네 와인 한 병을 나눠 마시며 편안한 침묵 속에서 책을 읽었다. 호텔 관리인이 창고로 걸어가더니 우리에게 손을 흔들고는 그 안에 있는 연장 중에서 갈퀴를 가지고 나왔고, 크리스틴은 벌떡 일어나더니 내 카메라로 우리 사진을 찍어달라고 그에게 부탁했다. 이후 나는 초록색 벽이 있는 작은 스파에 마사지를 예약했고, 우리는 퀴퀴한 테이블에 엎드려 정확성보다는 속도가 뛰어난 마사지를 받았다. 완벽한 마지막 날이었다.

크리스틴은 배낭여행을 다시 거론하진 않았지만 나는 그 미래가 함께 나눈 추억처럼 우리 사이에 떠 있는 것을 느꼈다.

갈등이 됐다. 크리스틴이 바로 곁에 있어도 그 애가 그리웠다. 크리스틴의 두려움 없는 유머 감각과 끊임없는 격려에 위로를 받았다. 크리스틴은 나를 강하고 똑똑하고 유능하다고 봤고, 늘 적시에 응원해줬다. 밀워키의 다른 친구들은 연인을 만나고 결혼하고 아이를 가지면서 연못에 번져가는 물결처럼 점점 멀어진 반면, 크리스틴은 자매보다 더 충직하고 엄마보다 더 자애로운 사람으로 내 곁에 남아줬다.

하지만…… 우리가 함께하는 시간이 특별한 것은 짧기 때문이기도 했다. 그리고 밀워키에서 드디어 어떤 일이 일어나려 하고 있었다. 애런을 생각하면 가슴속에서 작은 불꽃이 일었다. 게다가 직장에서 승진할 수도 있었다. 내가 진심으로 좋아하는 일이었다.

오후에 커피를 마시며 쉴 때 나는 그 이야기를 꺼냈다. 여행 일정에서 특히 이 즈음, 저녁 식사 전의 이 시간이 좋았다. 우리는 컨테이너를 개조해 커피와 칠레 소다(빌츠 또는 팝, 그 밖의 다른 멋진 이름으로 불리는 청량음료)를 파는 카페 앞 벤치에 앉았다.

"있잖아, 네 얘기를 생각해봤어. 연말까지 여행하자는."

"아, 그래?" 크리스틴이 선글라스를 머리 위로 올리고 환히 웃었다. 얼음에 부은 커피, 카페 소브레 이엘로를 주문하자 웨이터가 무슨 말이냐는 표정을 짓더니 김이 모락모락 나는 커피에 얼음을 몇 조각 퍼 넣었다.

"그렇게 말해줘서 진심으로 영광이야." 가슴이 죄었다. 나는 갈등을 싫어했다. 누군가를 실망시키는 것이 싫었다. "넌 내 1등 여행 친구야. 헌신적인 친구."

"그렇지만?"

나는 한숨을 쉬고 말을 이었다. "6개월 동안 떠나기엔 때가 좋지 않아. 회사에서도 그렇고, 관심 가는 사람이 생겼어. 다 얘기해줄 게……." 기쁜 나머지 숨이 턱 막힌 듯한 표정을 짓는 크리스틴을 보고 나는 말을 잠시 멈추고 키득거렸다. "한번 제대로 만나보고 싶어. 알지? 하지만 세계 여행 아이디어는 정말 좋아. 그걸 함께할 사람은 너뿐이야. 내년에 해보면 어떨까?"

크리스틴이 잠시 입을 다물고 커피만 노려봤다.

"크리스틴?"

크리스틴이 입술을 핥았다. "납득하는 중이야. 너를 진심으로 설득하고 싶은 마음도 들지만."

"미안해."

"아니, 괜찮아. 그저…… 와, 난 네가 정말 좋다고 할 줄 알았어." 크리스틴은 처음에는 서서히, 그리고 열심히 고개를 끄덕였다. "거절당했지만 그건 감당해야지. 그보다, 그 남자 얘기 좀 해봐! 남자가 생겼다고?"

크리스틴이 용기를 낸 듯 애써 활짝 웃자 그 미소가 고무 밴드처럼 내 가슴을 치는 것 같았다. 그래도 나는 뺨이 붉어지는 것을 느끼며 마주 웃었다. "이름은 애런이야. 서너 번 만난 것뿐이고."

"그런데 일주일 내내 그 얘기를 안 했다고? 무슨 문제라도 있는 사람이야?" 크리스틴은 장난스레 날 때리며 농담했다.

"아니, 아직 잘 모르잖아. 그리고 데이트 얘기 같은 건 재미도 없고." 나는 피식 웃었다. "잘 알지도 못하는 남자 얘기를 자꾸 하는 여자는 되고 싶지 않아."

"그건 걱정 마. 넌 남자 문제에 있어선 자존감이 낮아지는 거 알고 있으니까." 크리스틴은 딴 사람이 한 말인 것처럼 눈을 동그랗게 떴다. "어머, 말실수했네."

마음이 아팠지만 나는 고개를 저었다. "아니, 사실인걸. 내가 좋아하는 사람에게 약해져서 힘들어 한다는 걸 넌 잘 알잖아. 그리고 누군가를 좋아하는 일도 참 드물고."

"그렇지. 음, 그리고 넌 너의 백만분의 일도 못 따라오면서 제대로 대접도 안 해주는 남자를 고르는 나쁜 습관이 있고." 크리스틴이 씩 웃었다. "그러니까 얘기해봐! 그 사람이 네가 밟는 땅에 키스하니? 당연히 그래야지?"

나는 웃으며 긴장이 풀리는 것을 느꼈다. "아직은 아니지만, 좋은 사람일지도?" 그렇게 나는 애런 이야기를 하면서 미소를 숨길 수 없을 때마다 눈길을 돌렸다. 감추고 있던 비밀이 차츰 사라지는 것을 느끼니 안도감이 들었다. 크리스틴은 눈을 반짝이며 양손을 꼭 쥐고 이따금 반가움의 박수를 짧게 치면서 내 이야기를 경청했다. 크리스틴이 너무나 기뻐하고 응원하며 흥분한 나머지 나는 이전의 맹세를 재차 강조하는 걸 잊어버렸다. 나는 너보다 그 사람을 우선하지 않아.

그날은 토요일이었고, 전날 밤 어두웠던 레스토랑들은 불빛을 반짝이며 데크를 준비하고 있었다. 우리는 콩 스튜와 푸짐한 옥수수 캐서롤을 파는 아늑한 카페를 골랐다. 크리스틴의 가이드북이 옳았다. 매주 산티아고와 발파라이소, 아타카마 사막에서 저렴한

버스가 들어온다고 한 웨이터의 말대로 새로 온 관광객들이 줄지어 지나갔다. 반짝이는 머리, 가녀린 몸매의 두 여자가 커다란 배낭을 저녁 데이트 상대 대신이라는 듯 옆자리에 놓고 구석자리에 앉았다. 움직임과 북적거림, 우리와 같은 에너지가 느껴졌다. 크리스틴은 여전히 아무렇지 않은 듯 활달하고 패기만만했고 나는 안도감에 어지러울 정도였다. 크리스틴을 실망시킨다는 생각만 해도 불안과 죄책감에 속이 타들어갔다.

거리에 나가자 크리스틴이 내 팔을 잡더니 하늘을 가리켰다. 누군가 하늘과 우리 사이에 낀 유리창을 치워버린 듯 불꽃놀이처럼 밝은 별들이 층층이 떠 있었다. 나는 놀라 옆에 있는 크리스틴을 껴안았다.

"저게 우리야." 크리스틴이 지평선 바로 위를 가리켰다. "저기 작은 별 두 개 보이지? 보면 알아."

바보 같았지만 어쩐지 완벽했다. 크기가 같은 별 두 개가 산꼭대기 바로 위에 꼭 붙어 있었다. "어느 것이 너고 어느 것이 나야?"

우리는 눈을 가늘게 떴고 내가 다시 말했다. "네가 왼쪽, 분홍색이야."

"나도 그렇게 생각했어! 넌 초록색이고."

"파란색 같은데."

"그렇게 말하는 것도 초록 별 같다니까." 우리는 황홀한 기분으로 몇 광년이나 떨어져 밝게 빛나는 단짝 별을 바라봤다. 마치 우리처럼 함께해서 따뜻한 별들을.

"가서 한잔하자." 크리스틴의 제안에 발걸음을 옮겼다.

그날은 완전히 새로운 곳들이 문을 열었다. 어두운 공터가 나뭇

잎이 우거진 파티오로 변했고 격자무늬 벽과 덩굴에 반짝이 등이 장식됐다. 우리는 값싼 칠레 와인과 쉬라, 까베르네 소비뇽, 샤르도네를 연달아 시켰다. 그러고는 미국과 그곳 음악에 맞춰 춤을 췄고 매콤한 옥수수 알갱이를 끝없이 먹어대며 한 그릇을 다 비울 때마다 손가락을 핥았다.

잠시 후 나는 화장실에 갔다가 한동안 자리로 돌아가지 못했다. 처음에는 어쩔 줄 모르는 직원에게 화장지를 얻어내느라, 화장실 문이 닫히도록 잡아줄 사람을 구하느라, 도움을 준 낯선 사람과 열띤 대화를 나누느라 그랬다. 알고 보니 그 사람은 모르는 사람이 아니었다. 레스토랑에서 본 검은 머리의 두 배낭여행객 중 하나였다. 런던에서 왔다는 그녀는 나와 마음이 맞았다.

나는 밖으로 나간 뒤 놀란 표정을 지었다. 누가 내 테이블에 앉아 있었던 것이다. 내가 테이블을 착각했나……? 아니다. 그의 맞은편에는 크리스틴이 손을 턱에 괴고 고개를 끄덕이고 있었다. 남자는 검은 머리카락을 하나로 묶었으며 가무잡잡한 피부가 흐릿한 빛에 캠프파이어의 불씨처럼 붉게 빛나면서도 턱은 거뭇거뭇했다.

나는 파티오를 가로질러 가 그들 옆에 섰고 문득 모든 게 틀어졌음을 느꼈다. 크리스틴의 얼굴에서, 자세에서, 꼿꼿한 등에서 곧바로 느낄 수 있었다. 가슴이 고드름이 맺힌 듯 얼어붙었다.

"아, 여긴 파올로야." 크리스틴이 남자의 말을 막았다. "스페인 사람이야. 남미에서 배낭여행을 하며 1년을 지내고 있대."

남자는 씩 웃으며 내 쪽으로 턱짓했다. "친구 분인 니콜도 이렇게 혼자 여행하며 다닐 수 있을걸요." 남자가 어깨를 으쓱였다. "하지만 여자들은 친구가 있으면 훨씬 안전하죠."

가슴을 찌르는 것이 고드름은 아니었다. 훨씬 더 날카로운 것이었다. 온몸이 그대로 얼어붙는 느낌이었다.

"여긴 조앤이에요." 크리스틴이 말했다. 크리스틴은 내 얼굴에서 눈을 떼지 않은 채 내 쪽으로 손짓했다. "여자가 사귈 수 있는 최고의 친구죠."

Chapter 5

●

　나는 숨을 크게 들이쉬고 마음이 상한 내 자신을 꾸짖었다. 크리스틴은 귀여운 배낭여행자를 만날 수 있다. 만날 수 있는 것뿐만 아니라 나는 도와줄 의무가 있다. 캄보디아에서 나를 도와준 것을 생각하면. 그리고 애런이라는 존재로 폭탄까지 떨어뜨렸으니. 당연히 크리스틴은 약간의 로맨스로 위로를 찾는 것이리라. 그 남자 때문에 날 버리지만 않는다면 괜찮았다. 이기적인 생각이었지만 크리스틴도 이해해주길 바랐다. 낯선 도시에 혼자 남고 싶지 않은 내 마음을. 그 일 이후로…….

　나는 두 사람이 장난치는 것을 보고 얼굴에 사려 깊은 미소를 떠올렸다. 그가 술을 사러 가거나 크리스틴이 화장실에 갈 때를 기다려 나와 함께 있어달라고 말할 수 있을 거라 생각했기 때문이다.

　한 시간, 그리고 두 시간이 흘렀다. 20대 내내 크리스틴과 함께 쓰던 암호가 또 있었다. "이 사람, '현실 혹은 상상 속에서 아는 남자'를 닮지 않았어?" 손가락질하면서 하는 말. 그러면 남자는 '흔한 얼굴'이라 늘 그런 소리를 듣는다고 하지만, 우리에게 그 말의 진짜 의미는 따로 있었다. 이 남자 지겨워. 탈출 방법 좀.

하지만 이번에는 크리스틴이 감옥 탈출 카드를 쓸 기미가 보이지 않아 한참 뒤 내가 그 카드를 꺼냈다. "크리스틴, 파올로가 내 친구 데니스 닮지 않았어?"

크리스틴은 잘 모르겠다는 듯 이맛살을 찌푸렸다. "그런가? 나는 모르겠네." 그러더니 크리스틴은 남자를 향해 씩 웃었다. "당신이 훨씬 더 잘생겼어."

그렇다면 시작이었다. 나는 마음을 단단히 먹고 파티오를 돌아다니며 영국 여자들과 잡담을 나누고, 두근거리는 심장을 달래보려고 심호흡했다. 기껏해야 한 시간이야. 크리스틴은 데이트 운이 없어. 남의 데이트 방해하지 말고 겁쟁이처럼 굴지도 마.

'니콜'은 파올로에게 장터에서 고른 수정을 보여주겠다고 했고 나는 한 번 더 말했다. "정말? 내일 비행기 타는 거 알지?" 크리스틴이 내 말을 무시해서 나는 내 대사를 말했다. 두 사람 먼저 가라고, 나는 술을 마저 마시고 싶긴 한데 너무 졸려서(하아품과 기지이이개) 45분쯤 뒤에 돌아가겠다고. 파올로가 거대한 배낭을 들었고 크리스틴은 나가면서 고마운 듯 내 뺨을 쓰다듬었다.

나는 바에 앉아 책을 꺼냈다. 의자 등받이에 가방을 걸어놓은 채 책을 읽으려고, 몇 블록 거리의 숙소에서 무슨 일이 벌어지는지는 생각하지 않으려 했다. 크리스틴이 부럽다. 문득 깨달았다. 한 해 동안 내가 할 수 있는 활동에서 섹스는 사라졌고, 새 연애 상대의 인내심은 바닥날 지경이었다. 그런데 크리스틴은 휴가지에서 즉석 만남을 갖고 있었다. 지난번 여행에서 우리 중 한 사람이 그것을 시도했을 때 아무 일도 없었던 것처럼.

문제는 그것만이 아니었다. 나는 조용히 앉아 생각이 정리되길 기다렸다. 아하. 나는 그 남자도 부러웠던 거다. 크리스틴과 일주일을 보내고 나니 친구 옆에서는 내가 평소보다 용감해진다는 것이 기억났다. 더 유능하고 기민하며, 더 무심하고 재밌는 사람이 되는 느낌이었다. 선택받은. 크리스틴은 그럴 수 있었다. 그리고 지금은 관심을 광선처럼 파올로에게만 비추고 있었다. 더군다나 우리의 마지막 밤에.

하지만 그건 그저 내가 불안하기 때문이었다. 크리스틴이 잘생긴 스페인 남자를 만나게 돼서 기뻤다. 애런이 나를 기다리고 있었고, 크리스틴과 함께할 여행도 기다려졌다. 애런과 키블과 밀워키에서의 생활이 좀 더 안정되는 내년에는 정말로 배낭여행을 할 수 있을 것 같았다. 그렇게 생각하자 기운이 나 맥주를 시켰다.

30분 뒤, 남은 맥주를 비우고 물 한 잔을 부탁했다. 공황 상태가 수류탄처럼 터질 것을 모르고 좋아했던 30분. 담배 연기가 자욱하고 개들의 짖는 소리가 필사적으로 들리는 잎이 우거진 바에 혼자 있던 나는 아무것도 알아차리지 못했다. 가방을 집어 들다가 지퍼가 열린 것을 어렴풋이 깨달았다. 손을 넣어 더듬어보던 중 처음에는 서서히, 그러다가 점점 빠르게 두려움이 차올랐다. 나는 의자에서 내려가 발 주위 바닥을 살폈다. 원피스에 갑자기 주머니라도 생긴 것처럼 허리께를 쳐보고 다시 가방을 뒤졌다.

"누가 내 지갑을 가져갔어요." 나는 당황한 목소리로 바텐더에게 말했다. 조금이나마 알고 있던 스페인어는 머릿속에서 전부 증발했다.

"밀." 그가 말하더니 물병을 가리켰다. "1,000페소요."

나는 고개를 저으며 증명이라도 하듯이 가방을 열어 보였다. "돈이 없어요. 누가 가져갔어요." 목소리가 갈라져 나왔다. 바텐더는 가엾다는 표정을 짓더니 물병을 바 뒤로 도로 가져갔다. 나는 어쩔 줄 몰라 가방을 끌어안았다.

언제, 누가 가져간 거지? 나는 바에서 있었던 시간을 풀 수 있는 퍼즐처럼 분 단위로 더듬어 올라가면서 내 무의식이 뭔가 이상한 점을 찾도록 했다. 버스에 목도리를 두고 내렸을 때 머릿속 깊은 곳에서 뭔가 걸리는 것처럼. 한순간 께름칙한 느낌이 들 때처럼.

목덜미 신경이 곤두섰다. 누군가 바 맞은편에서 나를 지켜보다가 내가 책을 꺼낼 때 축 처져 있던 가방을 알아차린 것이다. 내 허리 바로 아래에 있는 가방에 손을 넣어 그곳 화폐로 50달러와 내면허증, 신용카드 몇 장을 꺼내간 것이다. 좋아하는 지갑이었다. 초록색 가죽. 전에 만나던 콜린과의 벼룩시장 데이트 후 남은 유물. 멍청하긴. 해외에서 이렇게 방심하다니. 게다가 범죄의 대상이 되다니.

나는 출구 쪽으로 한 걸음을 내디뎠다. 크리스틴이라면 어떻게 해야 할지 알 것이다. 아직 45분밖에 안 됐지만 노크를 해서 그들에게 옷 입을 시간을 주면 될 거라고 여겼다. 크리스틴이 나를 꼭 안아주며 어떻게 해야 하는지 알려줄 거라고 믿었다. 늘 그랬으니까.

하지만 나는 자리에 다시 주저앉고 말았다. 기다려야 해. 지금 쳐들어가는 건 정말 이기적인 행동이었다.

이러한 행동은 모든 것을 바꿔놓은 또 하나의 선택이었다. 곧장 달려갔다면? 문을 두드리고 좀 더 일찍 그들을 방해했다면?

잠시 후 때가 되자 나는 달려 나갔고 어둠 속에서 언덕을 올라 우리 숙소의 유리문을 두드렸다. 그 순간 나는 뭔가 잘못됐음을 깨달 았다. 숨을 몰아쉬는 소리, 쨍그랑 소리, 목이 졸린 낯선 신음 소리.

"크리스틴?" 지갑은 이미 안중에도 없었다. 나는 심장이 두근대 는 것을 느끼며 문손잡이를 돌리다가 가방에서 서둘러 열쇠를 찾 았다. "무슨 일이야?"

문을 열고 전기 스위치를 켰다. 청백색의 무시무시한 전등에 불 이 들어오는 순간 나는 얼어붙었다.

크리스틴은 바닥에 주저앉아 울고 있었다. 턱에 묻은 피에 눈물 이 섞였고, 손바닥과 팔꿈치에도 피가 묻어 있었다.

"무슨 일이야?" 속삭이듯 묻자 크리스틴이 고개를 들었다. 그제 야 크리스틴 뒤에 있는 무엇인가가 눈에 들어왔다. 다리 두 개가 소파 너머에 튀어나와 있었다.

"에밀리." 크리스틴이 엄마 찾는 아이처럼 내게 손을 뻗었다.

내 맥박이 너무 시끄러워 마치 바닷가에 있는 것 같았다. 파도가 내 두개골 안쪽에 부딪쳤다. 철썩. 철썩. 철썩.

나는 몽유병 환자처럼 걸음을 내디뎠다. 한 걸음, 또 한 걸음을 내디뎌 피투성이인 양손에 얼굴을 파묻은 크리스틴을 지나쳤다.

"날 폭행했어." 크리스틴이 비틀거리며 일어서더니 말했다. 나 는 그 자리에서 크리스틴을 마주 봤다. 크리스틴이 다시 입을 열었 다. "날 도와줘야 해."

나는 흐느끼는 소리를 내며 파올로를 향해 돌아섰다.

"에밀리." 크리스틴이 내게, 우리에게, 산 사람과 죽은 사람에게 다가오는 소리가 들렸다. 그리고 이내 움직임을 멈추고는 내 어깨 에 손을 얹었다. "우리에게 다른 선택은 없어."

Chapter 6

●

공황 발작이 파도처럼 나를 덮치자 실내 전체가 사라졌다. 눈을 꼭 감자 중력이 내 주위를 맴돌았고 나는 빙빙 돌며 잡아당기는 힘이 웜홀이기를, 이 악몽으로부터 벗어날 통로이기를 간절히, 간절히 애원했다.

이윽고 회전이 잦아들었다. 눈을 살짝 뜨니 그 광경이 폴라로이드 사진이 현상되듯 시야를 채웠다. 빨강, 노랑, 주황, 초록이 어둠을 가로질렀고 내가 마치 강물 속의 바위인 양 사람들이 주위에서 밀어닥치다가 갈라졌다. 야시장, 나는 프놈펜의 야시장에 서 있었다. 등불이 사방에 매달려 있고 상인들은 줄지어 서서 국수와 싸구려 캄보디아 기념품, 반짝이는 구슬이 박힌 장신구를 팔았다. 모든 것이 인공조명의 주황빛에 물들어 있었다.

그런데 크리스틴은 어디 있지? 나는 가판대, 조리대에서 나는 연기와 영원히 끝나지 않을 듯한 웅성거림을 살폈다. 그때 누군가 뒤에서 다가오더니 내 왼팔을 다급하게 붙들었다. 놀라서 홱 돌아보니 아무도 없었다.

"에밀리." 걱정 탓인지 긴장된 목소리가 들렸다. 크리스틴의 목소리였다. 크리스틴은 어디에 있지? 두근거리는 가슴으로 주위를 둘러보면서 한 바퀴를 도는 동안 사람들은 나를 치고 지나가고 상인들은 크메르어로 호객했으며, 10대들은 장난을 치고 배낭여행자 둘은 프랑스어로 말다툼을 했다. 그때 누군가 다시 내 팔을 붙잡기에 그 사람을 잡으려고 돌아서니…….

"에밀리!" 크리스틴이 누워 있는 내 곁에서 무릎을 꿇고 앉아 내 팔을 잡고 탬버린처럼 흔들고 있었다. 나는 놀라 쳐다봤다.

"괜찮아?" 크리스틴이 내 뺨을 건드렸다. "세상에, 정말 무서웠어. 너 정신을 완전히 잃었어. 아니, 일어나지 마. 어지러워?"

나는 크리스틴을 물끄러미 봤다. 여기는…… 칠레였다. 그래, 숙소였다. 그렇다면…… 오, 이런…….

"눈이 돌아가면서 옆으로 쓰러졌어. 무서웠다고. 가만히 있어. 물 좀 가져다줄게." 달려가는 크리스틴 너머로 나를 쓰러뜨린 광경이 보였다. 멍한 눈에, 체액이 흘러나오는 움푹 팬 두개골을 한 파올로가. 나는 허우적거리며 일어나 앉아 뒤로 물러났다.

"자, 이거 마셔." 크리스틴이 컵을 내밀었다. 손을 심하게 떠는 바람에 물이 흘러넘쳤다.

나는 물을 한 모금 마셨다. 이런저런 생각이 몰려들었다. 아직은 경찰에 신고할 수 있어. 어떻게 된 일이지? 이런 끔찍한 일이 두 번이나 일어나다니. 우린 왜 이런 거지? 두 번이나 완전범죄를 저지를 순 없어. 크리스틴은 무슨 생각일까?

"크리스틴." 내가 속삭였다. "우리 어떡하지?"

크리스틴이 녹아내리는 밀랍처럼 침울한 표정을 지었다. 그러더니 내 무릎 위를 지나 욕실로 기어들어 가 구역질을 하기 시작했다. 구역질 소리가 너무 커서 그 소리에 옆방 사람들이 깨어나겠다는 터무니없는 생각이 들었다. 그곳 벽이 좀 전에 흡수한 사생결단의 다툼 소리는 잊고.

"오, 에밀리. 너무 무서웠어." 크리스틴이 변기에 대고 울부짖었다. "너무 갑작스러운 일이었어. 너무 거칠게 굴더니 눈빛이……." 크리스틴은 말을 이어가려다 포기했다. 나는 뺨에 뜨겁게 흐르는 눈물을 닦으며 무릎을 꿇고 크리스틴을 끌어안았다. 우리의 몸은 함께 떨렸다.

도로에서 달려드는 자동차처럼 깨달음이 몰려왔다. 일어나야 해. 네가 해결해야 해. 시간이 많지 않아.

"괜찮아." 나는 엄지로 크리스틴의 뺨에서 눈물을 닦아냈다. "생각해야 돼." 캄보디아에서의 그날 밤처럼 나도 크리스틴에게 이마를 맞댔다. "우리…… 경찰에 신고할 수 있을까?"

크리스틴의 눈에 불안이 번득였다. "이곳 경찰이 캄보디아보다 나을 거란 보장이 있어? 나 칠레에서 교도소에 가진 않을 거야."

"무슨 일인지 설명하자."

크리스틴이 피로 범벅된 거실 쪽을 보더니 고개를 다급하게 저었다. "우리 말 안 믿을 거야."

"그건 모르지."

"너 체크인도 겨우 했잖아." 크리스틴의 눈에 눈물이 고였다. "경찰은 상황을 파악하기 전까지 우릴 구속할 거고…… 그리고……."

속에서 뭔가가 솟구쳤다. 비명인지, 흐느낌인지, 신물인지. "크리스틴, 이건 미친 짓이야." 심장이 두근두근 뛰었고 가쁜 호흡이 가슴을 치고 불쑥 올라왔다. 폐가 불붙은 듯 꽉 죄었다.

크리스틴의 얼굴에 걱정이 서렸다. "숨 쉬어, 에밀리."

흡입기. 미처 중얼거리지도 못해 입 모양만으로 말했다. 크리스틴이 거실로 달려가 내 가방을 가지고 돌아오자 나는 미친 듯이 그 속을 뒤져 보라색 플라스틱을 쥐고 입에 댄 다음 숨을 들이마셨다.

10초. 9초. 8초. 증기가 폐포로 들어가면서 강한 안도감이 차올랐다. 7초. 6초. 압박대가 풀어지듯 몸속이 이완됐다. 카운트다운을 마치고 가슴이 부풀 만큼 또 한 차례 크게 흡입하고 나서야 내 팔에 손을 얹은 크리스틴의 걱정스러운 얼굴이 눈에 들어왔다. 크리스틴의 피부에 검붉은 점들이 찍혀 있었다. 두 번째로 흡입하고 카운트다운을 하던 나와 크리스틴의 눈이 마주쳤고, 다시 크게 숨을 내쉴 때까지 10초의 영원 같은 시간이 정지했다.

"난 괜찮아." 내가 몸을 떼어내며 말했다. "이해가 안 돼. 어떻게 이런 일이 또 일어나지? 한 번으로 충분하지 않은 거야?"

"나도 모르겠어, 에밀리. 나도." 크리스틴은 고개를 저었다. "너⋯⋯ 내 잘못이라고 생각해? 내가 일으킨 일이라고?"

"아니! 아냐. 그런 뜻은 아니었어." 생각이 뒤죽박죽 섞여 아무렇게나 튀어나왔다. 그런데도 여전히 찜찜했다. 우리가 이런 끔찍한 일을 우리에게 끌어들이는 걸까? 쉽게 분노하는 위험한 인간들을 불러 모으는 무엇인가를 우리가 발산하는 걸까? 크리스틴의 잘못이라고는 전혀 생각하지 않았다. 다만 우연을 무시할 수 없었다. "경찰에 신고 안 하는 게 맞을까? 내가⋯⋯ 프런트에 가볼게. 아직 누가 있을지도 모르지."

"호텔에 영어 할 줄 아는 사람은 아무도 없어." 크리스틴이 자신의 턱을 만지자 손에 피가 묻어났다. "어떻게 설명할 건데? 무슨 일이 있었다고?"

단어를 더듬더듬 찾았지만 머릿속이 텅 비었다. 죽이다, 죽다, 공격하다, 강간하다. 겨우 떠올린 단어는 상그레, 피뿐이었다.

"몸짓으로 설명하자." 내가 말했다. "네가 다친 곳을 보여주고." 나는 손을 올려 내 목덜미를 만졌다. 프놈펜 일 이후에 자줏빛 멍이 퉁퉁 부어올라 몇 주나 갔던 자리다. 크리스틴의 목덜미를 보니 새하얀 피부에 파올로의 피뿐이었다. "어떻게 된 건데?"

"날 공격했어." 크리스틴이 다시 말했다. 우아한 어깨를 웅크리고 몸을 구부렸다. "자꾸…… 더듬어서 그만하라고 했더니 내 어깨를 벽에 밀쳤어. '이봐!'라고 했더니 그가 '칼라테, 푸타.'라고 했고……." 눈물 한 방울이 흘렀다. "나를 또 밀쳐서 뒤통수가 벽에 부딪혔어. 그래서 저항했더니 내 목을 조르기 시작했어. 당연히 겁이 났지. 죽을 것 같았어. 그래서 닥치는 대로 손을 뻗었더니 와인 병이 잡혀서 세게 휘둘렀어. 내게서 떼어내려고. 보지 않고 휘둘렀어. 머리를 겨냥한 건 아닌데."

"정말 무서웠겠다." 잠시 후 내가 말했다. "그…… 그건 정당방위야."

크리스틴은 눈을 꼭 감았다. "지난번도 그랬지. 내 말을 믿지 않을 거야. 희생자 말은 아무도 믿지 않아. 우린 멍청한 미국인이지. 게다가 나는 짧은 반바지에 브라 없이 탱크톱만 입고 있고, 우리가 원해서 취했고, 내가 이 남자를 호텔에 데려왔잖아. 내가 자발적으

● 닥쳐, 이년아.

로 이 남자를 내 방에 불렀어. 캄보디아에서도 다 했던 얘기잖아, 에밀리. 상황이 갑자기 변할 것 같니?"

나는 코 아래를 쓱 문질렀다. 크리스틴의 말이 옳았다. 가이드북의 안전 지침에 따르면 도발적인 복장을 하지 말고, 낯선 사람에게 말 걸지 말고, 친구를 혼자 두지 말고, 신원이 확실하지 않은 남자를 호텔에 데려가지 말라고 했다. 캄보디아 이후 내가 끈덕지게 떠오르는 생각(내가 저지른 짓인가?)과 싸운 것을 돌이켜 보면 크리스틴도 같은 일을 겪게 할 순 없었다.

세상에. 어떻게 두 번이나 이런 일이?

크리스틴이 눈을 번쩍 떴다. "어맨다 녹스 이야기 기억해? 모두가 그 여자를 공격했어. 미디어, 망할 이탈리아 경찰. 그 여자가 섹스를 좋아했고 비극적인 사건이 벌어졌는데도 사람들 기대대로 행동하지 않았다고. 지금 그 여자는 모두에게 버림받았어. 그 여자의 이름은 추문과 동의어가 됐어. 이 일도 몇 달씩 1면 기사가 될 거야. 우리 삶을 다 망가뜨릴 거라고."

크리스틴의 말이 옳았다. 언제나 그렇듯이. 머릿속에 떠오르는 무시무시한 이야기들이 여전히 생생했다. 아카풀코에 수감된 아이, 아르헨티나 교도소에 갇힌 여자. 그리고 이건 내 기회였다. 캄보디아 일 이후 크리스틴이 날 보호해준 것처럼 이번엔 내가 크리스틴을 보호할 차례였다. 마침내 크리스틴의 도움에 보답할 차례. 몹시 지치고 당혹스러운 나와 달리 크리스틴은 확고해 보였다.

크리스틴과 나는 베트남을 여행할 때 함께 타투를 했다. 발목 안쪽에 작은 연꽃을 새겨 넣었다. 크리스틴은 타투가 세 번째였지만 나는 처음이었다. 타투건이 살갗을 찌르기 직전 아티스트가 나를 올려다보고 물었다. 준비됐어요?

그때와 같은 맹목적인 돌진, 막막한 종결의 느낌이 들었다. 다시는 돌이킬 수 없는 상황의 무게가 느껴졌다.

"그…… 그럼 시체를 없애야겠네." 내가 말했다. "여길 치우고."

"좋아." 크리스틴은 천천히 끄덕이며 내게서 떨어졌다. "그래, 생각해보자."

"밖이 어두워." 나는 등 뒤에 있는 욕조에 몸을 기댔다. "도움이 될 거야."

"그래. 다행이야." 크리스틴도 등을 기댔다. "어둠을 이용하자."

"검은색 옷을 입자."

"좋아." 크리스틴이 고개를 젖히고 눈을 감았다. "하지만 대체 어떻게 하지?"

나는 손을 뻗어 변기 물을 내렸다. 물 내려가는 소리가 들렸다.

크리스틴이 나를 흘끔 쳐다봤다. "저걸 절벽에서 떨어뜨릴 수 있을까?"

저것. 우리 둘 다 대명사의 변화를 알아차렸다.

"절벽은 어디 있지?" 내가 물었다.

"큰길 옆에. 아주 가팔라."

"그건 급경사지 절벽이 아니야." 내가 지적했다. "해가 뜨자마자 발견될 거야."

"그렇네."

그동안 어디선가 본 시신 유기 장면이 머릿속에 전부 스쳐 지나갔다. 느와르, 재연, 번드르르한 범죄 스릴러. "댐이 있지 않나?" 내가 물었다.

"댐?"

"누가 비쿠냐에서 댐 이야기를 했는데. 엘퀴강에 댐이 있다고."

"어머나, 맞아." 크리스틴이 입술을 깨물었다. "그러면 빠뜨릴 수 있겠다. 캄보디아 때처럼. 어딘지 알아?"

나는 고개를 저었다. "몰라. 찾아보면 나오겠지?"

"핸드폰은 켜면 안 돼. 절대."

"왜?"

"이곳의 위치가 확인되면 안 되니까."

우리는 평소와 전혀 다른 공간, 아무도 모르는 세상의 바닥에 붙들려 있었다. 그렇게 생각하자 머릿속에서 또 한 차례 종이 울렸다. 젠장, 내가 문자 메시지를 확인하느라 무선 인터넷에 연결한 걸 크리스틴은 모르잖아.

"증류소." 크리스틴이 허리를 세웠다. "아까 보니까 땅을 파고 있었어. 흙이 전부…… 갓 파헤쳐놓은 것 같아서…… 아무도 알아차리지 못할 거야……."

나는 이맛살을 찡그렸다. "묻어야 할 것 같아?"

"밖에 내놓을 순 없다고 했잖아. 사람들이…… 시신을 파묻는 데는 이유가 있겠지."

감정이 격앙되면서 놀이 기구를 탄 것처럼 주위가 또 흔들렸다. "그래." 내가 말했다. "하지만 증류소는 안 돼. 그 사람들이 우릴 봤고, 금방 파낼 수도 있잖아." 나는 무릎을 끌어안았다. "여기서 먼 곳. 차를 타고 아무것도 없는 곳으로 가야 해. 시외로. 캄캄할 때."

"맞아. 그거야." 크리스틴은 잠시 아무 말도 하지 않더니 곧 비틀거리며 일어섰다.

파올로가 텅 빈 눈으로 천장을 바라보고 있었다. 한참 뒤, 나도 일어섰다.

Chapter 7

●

시신을 어떻게 옮길까. 그것이 첫 번째 과제였다. 암세포처럼 빠르게 증식하는 여러 가지 과제 중 가장 먼저 닥친 것이었다.

당연히 차를 이용해야 했다. 트렁크 내부에 피를 묻히지 않는 방법은? 처음에 크리스틴은 시트를 훔치고, 20달러와 라 상그레 데 라 멘스트루아시온°으로 침구를 더럽혀서 미안하다는 쪽지를 남기자고 했다. 나는 그 계획은 사람들의 관심을 끌 뿐이라고 했다.

그다음 나는 파올로의 머리를 그의 배낭에 집어넣어 방수 천이 피를 막아주도록 하자는 아이디어를 냈다. 그게 나았다. 우리는 큰 배낭을 비우고 그의 머리 옆에 놓은 뒤, 숨을 참고 어깨를 한 쪽씩 잡았다. 셋을 세고 그의 상체를 들어 깨진 두개골 위부터 배낭을 덮어 씌웠다. 세상에, 세상에, 세상에. 배낭을 최대한 어깨까지 내린 뒤 시신을 모로 눕힌 다음, 배낭이 끈적이는 피 웅덩이에 닿지 않

● 생리혈.

도록 깨끗한 바닥에 깔았다. 나는 입을 막고 딸꾹질을 참았다. 크리스틴은 숨죽이며 기묘한 소리로 웃었다. 타일에 누운 파올로는 초현실주의 회화처럼 보였다. 〈배낭 머리를 가진 인물〉.

시간은 계속 흘렀고 남미는 태양을 향해 돌고 있었다. 나는 파올로의 소지품을 뒤졌다.

"뭐해?" 크리스틴이 물었다.

"신원 확인이 쉽게 되는 물건을 다 찾아." 내가 말했다. "태워버리게." 나는 놀랍게 집중했고 무섭게 기민했다. 캄보디아에서 내가 산산조각 났을 때 크리스틴이 날 구했으니 내가 보답할 차례였다. 한 번에 무너질 수 있는 건 한 명뿐이다.

크리스틴은 양손을 가슴께에 모아 쥐고 날 지켜봤다.

나는 숨을 들이쉬며 파올로의 바지 주머니에 손을 넣었다. 비명을 지를 뻔했다. 천 아래로 그의 골반이 만져졌다. 주머니에 아무것도 없어 다음 주머니로, 그리고 뒷주머니로 넘어갔고, 거기서 엉덩이가 누르는 무게를 느끼며 지갑과 핸드폰을 꺼냈다. 젠장, 핸드폰이다. 몇 번 세게 쳐서 부순 뒤(그만. 그만. 그만해.) 그 조각을 배낭에서 꺼낸 여권, 일기장과 함께 태울 것에 넣었다. 일기장을 보니 마음속에 공포가 솟아났다. 내용을 읽을 순 없지만 가지런하고 작은 글씨가 그의 존재를 실감 나게 했다.

크리스틴이 짐 가방을 펼쳐놓고 옷가지를 착착 집어넣었다.

"뭐해?"

크리스틴이 눈을 동그랗게 뜨고 고개를 들었다. "짐 싸."

"왜?"

크리스틴은 고개를 저었다. "여기서 나가는 거 아냐?"

나 역시 당황했다. "아니, 지금은 아냐."

낮은 소리로 치열한 논쟁이 이어졌다. 크리스틴은 우리가 시외로 떠나야 한다고 생각했다. 파올로를 트렁크에 싣고 물건을 챙겨 몇 시간 일찍 출발해 가는 길에 가장 인적 드문 곳에다 시신을 묻어야 한다고. 하지만 늦은 체크아웃을 요청하고 한밤중에 떠난다면 호기심을 유발할 것이고, 어쩌면 방을 더 꼼꼼히 검사하거나 시내에 소문이 나돌 수도 있었다. 케 파소 콘 라스 도스 그링가스?* 가급적 의심을 사지 말아야 했다.

"오늘 밤에 묻고 내일 아침에 체크아웃할 거야." 내가 말했다. "모든 게 정상인 것처럼. 생각해봐. 그게 최선이야." 크리스틴이 나를 빤히 보는 눈빛에 불안이 서려 있어 나는 한 걸음 다가갔다. "괜찮아, 크리스틴. 우린 빠져나갈 거야. 이제 안전해. 내가……." 나는 망설였다. 크리스틴의 대사를 읽는 느낌이었다. "내가 있잖아."

크리스틴이 침을 삼켰다. "차에 어떻게 싣지?"

캄보디아에서는 세바스티안을 끌고 갔지만 그곳은 아무도 없는 언덕이었다. 나는 다시 거리를 살폈다. "슬링 같은 걸 만들어야 해."

크리스틴은 눈을 반짝이더니 욕실로 사라졌다. 샤워 커튼을 떼어내고 있었다. "이걸 쓰면 트렁크를 또 한 겹 보호할 수 있어." 크리스틴이 말했다. 나는 군인처럼 진지하게 고개를 끄덕이고 커튼 반대쪽을 떼어냈다.

우리는 문을 당겨 열었다. 문이 열리자 나는 정찰을 위해 달려

---

* 그 외국 여자들은 어떻게 된 거지?

나가 가만히 귀를 기울였다. 싸늘한 어둠 속에서 맴맴거리는 매미, 쓰르륵거리는 메뚜기, 윙윙거리는 여치가 동시에 합주했다. 바람이 덩굴과 나무를 훑었고 사방에서 동시에 쉭쉭 소리가 났다. 머리 위에서는 별들이 우리를 묵묵히 지켜봤다. 먼 하늘이 우리의 악몽 같은 모습에 스포트라이트를 비췄다. 다른 사람, 목격자는 그림자도 찾아볼 수 없었다.

귀를 찢는 삑 소리가 두 번 울리더니 트렁크가 열렸다. "빨리." 내가 속삭이며 크리스틴을 지나쳐 안으로 달려갔다. 우리는 샤워 커튼을 파올로 옆에 펼쳐두고 모서리에 서서 시신과 배낭을 끌다시피 들어 올렸다. 그러고는 커튼 가장자리를 시트 개듯이 붙잡고 셋을 세었다.

와, 무거웠다. 바위로 채운 방수포를 드는 것 같았다. 커튼이 바닥을 향해 흘러내리는 것이 느껴졌다. 이 무게를 영영 잊지 못할 거라는 생각이 엄습했다. 갑자기 샤워 커튼이 손에서 미끄러졌고, 우리는 커튼 바닥이 찢어져 파올로가 바닥으로 굴러떨어지며 피가 흐르지 않도록 그대로 멈췄다. 얼어붙은 듯 꼼짝할 수 없던 한순간이 지나고 내가 중얼거렸다. "가자."

어색하게 느껴질 정도로 불룩한 짐은 우리가 비틀비틀 움직이는 동안 무릎에 자꾸 부딪혔다. 오, 이런. 내 정강이를 미는 게 파올로의 머리일까? 배낭에 피로 엉겨 붙은? 땀이 나서 미끄러운 비닐을 움켜쥔 손가락이 저리기 시작하더니 이내 통증은 손목, 팔꿈치, 무게에 긴장한 상체 전체에 퍼졌다.

트렁크에 다다랐을 때는 안도감에 소리를 지를 뻔했다. 우리는 또 한 번 셋을 세고 짐을 차 뒤로 들어 올렸다. 크리스틴이 근육질의 팔을 지렛대처럼 쓰며 너무 빨리 올리는 바람에 순간 나는 그를 트렁크 안에 내동댕이치는 줄 알았다. 커튼을 그러모으는 동안 심장이 터질 듯했지만 중심을 잡고 그를 트렁크에 내려놨다. 나는 호텔 안으로 달려가 놓친 것이 있는지 좌우를 두리번거리며 그의 남은 옷가지를 챙겼다. 곧이어 시원한 공기 속으로 달려 나와 파올로 위에 옷가지를 던질 때 편두통이 왔다.

트렁크가 끼익 닫혔고 우리는 작은 주차장을 살폈다. 거리에도, 근처 객실의 어두운 창문에도 움직임은 없었다. 물론 안에서 누가 지켜봤다 해도 우리는 보지 못했을 것이다. 호텔 직원의 말을 내가 이해한대로 추측해보건대 방이 거의 비어 있을 거라 했고 우리는 거기에 운을 크게 걸었다.

"삽." 내가 돌계단으로 가면서 지시했다. 그것 때문에라도 짐을 싸서 떠날 수 없었다. 손으로 흙을 팔 수 없었고, 동트기 전에 호텔에서 빌린 삽을 반납하는 게 사람들에게 잊히고 레이더에 걸리지 않는 방법이었다. 그거 하나만으로도 병 안에 배를 짓는 것처럼 힘들고 불가능에 가까운 일 같았다.

크리스틴은 나를 따라 위층 풀 가장자리로 올라왔다. 그곳 공기는 몹시 차갑고 깨끗한 냄새가 났다. 게다가 물이 밤하늘을 반사할 뿐 아니라 그것을 증폭시키는 것처럼 이상하게 밝았다. 스프링클러가 죄책감을 쏘아 올린 듯 온몸이 후들후들 떨렸다. 그날 밤, 비밀과 꿈과 사랑하는 사람들을 간직한 채 바의 파티오에서 살아 숨 쉬던 파올로가……

아니, 그는 악인이었다.

크리스틴을 폭행했다.

크리스틴은 살기 위해 싸웠다.

크리스틴이 창고로 가 문을 더듬더니 매끈한 자물통을 찾았다. 그것은 문짝과 문틀에 연결된 금속 조각에 매달려 있었다.

"어쩌지." 크리스틴이 그것을 당겼다. "잠겼어."

머릿속이 자동으로 새로고침 됐다. 나는 다시 집중했다. 크리스틴을 옆으로 살짝 밀치며 방에서 가져온 손전등을 들었다. 내 문제 해결 본능이 살아났다. 방 탈출 게임과 난제 풀기, 프로젝트 매니저 일을 잘하도록 만들어주는 요령이었다. 어쩌면 이 간단한 문제(문이 잠겨 있고 우리는 그 안에 든 물건이 필요하다)에 집중해 당면한 더 크고 더 무시무시한 문제를 잊을 수 있을 것 같았다. 트렁크에 있는 얼룩진 배낭, 그리고 그 안의 뼈와 장기와 피 더미. "자, 이것 좀 들어줘."

크리스틴이 손전등을 들자 나는 주머니를 뒤져 가장 작은 동전을 골랐다. 팔각형의 1페소 동전이었다. 동전 모서리를 문에 자물통을 연결하는 나사에 밀어 넣고 돌렸다.

크리스틴이 놀랐다. "되네." 내가 동전을 돌리는 동안 크리스틴은 주먹으로 입을 막았다.

마음이 급했다. "모든 걸 그대로 놔둬야 해." 내가 속삭였다. "여기 우리 발자국도 지워야 해." 모든 것이 안전하게 잠긴 그대로, 누구도 손대지 않은 것처럼 보여야 했다. 아무런 의심도 생기지 않도록. 바라건대 영원히, 하지만 적어도 우리의 흔적이 사라질 때까지. 호텔 방과 복도가 본래의 상태로 돌아갈 때까지라도. 우리가 이곳에 발도 들인 적 없는 것처럼.

나는 외과 의사처럼 세심하게 나사를 뽑은 뒤 잠긴 자물통을 당졌다. 문이 내 쪽으로 열리며 장비가 보였다.

크리스틴이 앞장섰다. "넌 천재야. 삽을 찾자."

믿을 수 없게도 삽이 있었다. 흙이 묻은 채 안쪽 벽에 갈퀴, 호미와 뒤섞여 있었다. 연장은 모두 무기처럼 보였다. 인간의 몸뚱이를 치기 위한 도구처럼. 아주 잠시, 그 광경이 떠올랐다. 캄보디아에서 크리스틴이 금속 스탠드를 높이 쳐들고 휘익, 탁, 탁, 탁. 폭풍우처럼 두 눈을 번득이면서. 장면이 바뀌었다. 똑같은 자세의 크리스틴이 이곳에서 와인 병을 들고 있었다. 순간 엄습한 두려움을 억눌렀다.

크리스틴이 내게 삽을 건네고 나서 다시 창고로 들어가 이것저것 뒤졌다.

"됐다." 크리스틴이 손전등 두 개를 내밀었다. "가자." 크리스틴은 어깨에 삽을 메고 돌계단을 향해 달려갔다. 일곱 난쟁이라도 된 것처럼. 하이 호, 하이 호, 시체를 묻으러 가자.

Chapter 8

　숙소 앞을 벗어나 산길을 내려가는 동안 크리스틴은 집중할 때 나오는 어깨를 굳힌 자세로 창밖을 노려봤다.

　"보여?" 내가 속삭였다. 며칠 전 밤에 별 보기 투어에서 알게 됐는데 크리스틴의 야간 시력이 나보다 나았다. 그때 크리스틴은 내 손을 잡고 가이드가 설치해둔 거대한 망원경까지 길을 안내해야 했다. 나는 난시 때문에 어두운 곳에선 앞이 어른거리고 침침했다. 난시와 천식. 현대사회에서는 쉽게 무시되는 작은 결함이다. 하지만 작은 것들이 발목을 잡는다. 와인 병, 금속 침대 다리. 절벽에서의 긴 곤두박질.

　"대충 보여." 크리스틴이 대답했다. "모퉁이만 돌면 전조등을 켤게."

　"낭떠러지로 떨어지는 건 사양할게." 날카로운 히스테리가 섞인 웃음이 튀어나왔다. 나는 기침하는 척했고 크리스틴이 고개를 획 돌렸다. "괜찮아."

　엔진 소리가 고요 속에서 구르는 탱크처럼 크게 들렸다. 물론 트렁크에 80킬로그램 체중의 남자를 싣고 있으니 더 큰 소리를 냈을 것이다. 거기에 쑤셔 넣은 배낭과 소지품까지 20킬로그램 추가. 파올로가 가방을 갖고 있고 숙소 체크인 전이라 다행이었다. 그가 호스텔에 짐을 전부 남겨뒀다면 분명히⋯⋯.

크리스틴이 전조등을 켜고 브레이크를 밟았다. 도로에 30센티미터쯤 되는 동물이 있었다. 물결치는 회색 털과 커다란 귀를 가진 토끼, 아니 친칠라다. 녀석이 우리를 비난하는 눈초리로 노려보더니 갓길로 폴짝 뛰었다. 크리스틴은 한숨을 쉬고 브레이크에서 발을 뗐다. 친칠라는 창문 너머에서 어둠 속으로 자취를 감췄다.

친칠라의 그 흑요석 같은 두 눈이 내 잘못을 꿰뚫어 보는 것 같았다. 캄보디아 사건은 불가능하고 비현실적인 일, 영화나 현실 범죄 방송에서나 나올 법한 일이었다. 그런데 또 이렇게 번갯불에 맞다니.

프놈펜에서 내가 쓸데없이 덜덜 떨며 이를 딱딱 부딪치는 바람에 크리스틴은 나를 욕실로 데려가 샤워기를 틀었다. 그러자 증기에 뺨이 달아오르고 다시 손발에 피가 돌았다. 저체온증이 일어났을 리 없는데도. 그때는 크리스틴이 모든 걸 도맡았다. 그래야 했으니까. 톤레강 절벽에서 몸을 던지기 전에 주머니에 돌을 넣은 여자들 이야기가 기억났다. 운이 좋으면 실종, 시신이 나타나면 자살로 추정되도록. 정신없이 위험하게 짠 계획이었지만 성공해야 했다. 그리고 성공했다.

크리스틴은 턱에 힘을 주며 핸들을 움켜잡았다. 눈보라 속을 달릴 때와 같은 자세였다. 머릿속에 또다시 무서운 이야기의 장면들이 스쳐 지나갔다. 해외에서 수감된 불운한 미국인들. 새로운 생각에 팔에 소름이 끼쳤다. 누군가 이 일을 세바스티안과 연결시키면 우리는 두 배로, 완전히 망하는 거였다. 우리는 파올로를 살려낼 수 없으므로 캄보디아 때처럼 빵가루를 흘리지 않고 귀국하는 것이 최우선 과제였다.

크리스틴이 길 한가운데에서 브레이크를 밟았다. 나는 정지 표지를 놓쳤는지 주위를 둘러봤다. 돌아보니 크리스틴은 핸들에 고개를 파묻고 있었다.

"안 될 것 같아." 웅얼거리는 소리였다.

찌르는 듯한 공포. "뭐?"

크리스틴이 고개를 들었다. "나무가 없어. 덤불조차 없어. 다 보일 거야. 황토뿐이야." 고개를 젖히는 크리스틴의 코끝에 눈물이 흘러내렸다.

휙 스치는 소리가 귓전을 채웠고 나는 다시 오싹해지면서 어깨와 턱이 굳었다. 옳은 말이다. 경찰을 피해 망할 시체를 유기하는 방법에 대해 내가 대체 뭘 알겠는가? 가망이 없었다. 우린 끝장이었다.

하지만 운전석의 축 처진 크리스틴을 보니 가슴속에서 연민이 솟았다. 크리스틴의 마음을 알 수 있었다. 용감하고 아름다운 내 친구가 조금 전 폭행을 당한 것이다.

나는 눈을 세게 깜빡였다. 캄보디아에서는 크리스틴이 날 위해 이런 일을 해줬다. 그러니 나 역시 땅을 깊이 파서 크리스틴에게 확신을 주고 싶었다. 크리스틴이 그랬던 것처럼 내가 도움이 돼야 했다. "아무것도 없으니까 우린 안전해." 내가 말했다. "아무것도 없으니 우리가 파는 곳을 아무도 발견하지 못할 거야. 등산객도, 개를 데리고 캠핑하는 사람도, 농부도, 알파카 키우는 사람도, 아무도 없으니까."

크리스틴은 은구슬 같은 눈물을 닦고 끄덕였다. 차가 움직이기 시작했다. 처음에는 움직임이 느껴지지 않게, 그러더니 점점 더 확고하게. 차도 확신을 가진 것 같았다.

근방의 모든 소도시와 마찬가지로 퀴테리아에 드나드는 도로는 단 하나, 그늘 속의 도마뱀처럼 계곡을 구불구불 휘감는 2차선 고속도로뿐이었다. 산티아고에서 길을 몰라 서너 차례 빙빙 돌다가 처음 그 길에 접어들었던 때가 떠올랐다. 편평하고 탁 트인 도로 위에서 차창을 향해 햇빛이 내리쬐자 크리스틴이 라디오에서 찾은 라틴 팝처럼 모든 것이 경쾌하고 매혹적이었다. 그날은 모든 것이 쩌렁쩌렁했다. 스피커에서 흘러나오는 베이스가, 창문을 통해 들어오는 햇살이, 끝없는 도로를 달리는 우리의 날쌘 세단도.

산속으로 들어가는 샛길은 우리 둘 다 본 기억이 없었다. 그저 도로가 소도시나 마을로 갑자기 갈라지는 경우뿐이었다. 그때 우리는 황량하게 뻗은 도로를 달렸고, 표지판은 80킬로미터 떨어진 다음 소도시를 알리는 것뿐이었다. 크리스틴은 내게 걸어 들어갈 수 있는, 인적 없고 특징 없는, 밭에서 먼 야산을 찾으라고 했다. 어려운 일이었다. 나도 시간을 의식했기 때문이다. 차에 탄 지 30분이 지났고 날이 밝기 전에 돌아가 삽을 되돌려 놓으려면 충분한 시간이 필요했다. 이미 1시가 지났고 해는 7시에 뜰 것이다. 그리고 무덤을 파본 적은 없지만 시간이 오래 걸릴 것 같았다.

"여기 어때?" 내 말소리가 너무 작아서 목청을 가다듬고 다시 말해야 했다. 크리스틴은 차를 세우더니 창문을 열었다. 차가운 공기가 무심하게 쑥 몰려들었다. 도로 양편에 펼쳐져 있는 삐죽삐죽한 윤곽선이 별을 가렸다. 도로 근처에 약간의 덤불과 마른 소나무 몇 그루가 있었지만, 주위에서는 아무 소리도 들리지 않았다.

"괜찮겠어." 크리스틴이 말했다. "내려가서 큰 커브 길이 있는지 확인할게. 갑자기 차가 나타나면 안 되니까."

밤새 아무도 보지 못했지만 확인하는 편이 현명했다.

"그렇게 해." 나는 갈팡질팡 망설이다 대꾸했다.

"너는 내려야 해."

배 속이 싸늘해졌다. "응? 왜?"

"무슨 소리야. 어느 야산에 갈지 정하고 인적이 없는지 확인해야지. 울타리나 헛간 같은 게 있는지."

"날 여기 혼자 두겠다고?"

"잠깐이면 돼. 안 그러면 어딘지 잊어버리고 말 거야."

나는 두근거리는 가슴으로 크리스틴을 멍하니 봤다.

"에밀리, 시간 없어. 그렇게 하면 안 될까?"

바람이 덤불을 스치고 열린 차창으로 휙 소리를 내며 들이쳤다. 그 바람이 자동차의 온기, 내 몸에 드나드는 산소와 뒤섞여 마라톤이라도 뛴 것처럼 가슴이 들썩였다.

알았어. 생각만 한 줄 알았는데 목소리가 돼 입 밖으로 나왔다. "알았어. 알았어. 알았어." 문손잡이를 잡고 숨을 참은 채 당겼다. 실내등이 켜지자 우리 둘 다 놀랐다. 누르스름한 빛 속에서 보니 크리스틴은 하얗게 질린 아이 같았다.

"금방 올게." 크리스틴이 중얼거렸다. "내가 보이면 길을 향해 불빛을 쏴."

나는 고개를 끄덕이고 얼어붙은 어둠 속으로 발을 디뎠다. 차 문을 닫자 크리스틴은 캄캄한 밤 속으로 차를 몰았다.

나는 혼자였다. 주위 공간이 딱딱한 물체 같았다. 차가운 공기와 밤이 내는 소리, 온 우주가 내게 밀려들며 입술과 두피, 고막을 진동시켰다. 미친 듯이 소리를 질러 그 모든 것을 뚫고 싶은 충동이 일었다. 대신 주먹을 꽉 쥐고 자동차 미등이 멀리 사라지는 모습을 지켜봤다. 빛은 오른쪽으로 꺾어지더니 곧 완전히 사라졌다.

차가운 공기에는 전류가 흐르는 듯했고 두려움이 속에서 뭉게뭉게 피어오르더니 필사적으로 요동쳤다. 나는 영영 홀로 남겨졌다. 온 세상이 증발하고 나만 지구의 주름살 속에 혼자 남았다. 하늘은 너무 밝고, 너무 높고, 너무 깊었다. 손전등을 켜고 연약한 빛을 등 뒤에 있는 흙에 비췄다. 핸드폰이 아쉬웠다. 그 불빛이라면 이것과 상대도 안 됐을 텐데. 하지만 크리스틴이 핸드폰은 호텔에 둬야 한다고 했다. 비행기 모드에서도 핸드폰은 밤하늘의 위성과 교신하므로 추적이 가능하다는 것이었다.

지난 며칠 동안 우리는 엘퀴 계곡이 얼마나 기묘한 땅인지 알게 됐다. 바의 야외석에는 열대 나무와 울긋불긋한 꽃이 자라고 한쪽 산기슭에서 반대쪽 산기슭까지 어린 채소밭이 펼쳐져 있지만, 그 너머는 삭막한 달 표면처럼 회갈색 자갈로 뒤덮인 산지였다. 이곳처럼 기다랗게 이어지는 녹지는 곳곳에서 좁아졌고, 계곡 바닥은 고속도로 너비 혹은 길가의 덤불 몇 그루 폭밖에 안 됐다. 주변에 바짝 마른 흙과 돌로 덮인 산비탈이 보였다. 발자국을 감춰야겠어. 이런 생각이 들어 빗자루로 쓸 나뭇가지를 찾았다.

잠시 후 멀리 점 같은 불빛이 보이자 긴장이 풀렸다. 그제야 그곳의 지옥 같은 광경을 제대로 감상할 수 있었다. 버려진 채 바싹 타들어가는 혀로 산길을 헤매는 내 모습. 트렁크에 시체를 싣고 홀로 문명을 향해 달려가는 크리스틴.

손전등으로 도로를 가리키자 흐릿한 원형의 빛이 내 손과 동시에 떨렸다. 크리스틴이 멈추더니 차에서 내렸다.

"좋은 자리 찾았어?" 내게로 가로질러 온 크리스틴이 허리에 손을 얹었다.

"어? 아, 아니." 얼마나 됐을까? 몇 시간, 며칠쯤 된 것 같았지만 사실 하나도 정찰하지 못했다. "사방에 비탈뿐이야. 뭐가 보였어?"

"앞에 커브 길이 있어서 한참 따라갔어. 사람이 여길 쓰는 흔적은 없어. 실수만 안 하면 괜찮을 거야."

나는 오르막을 향해 돌아섰다. "큰 바위가 몇 개 있어. 바위 바로 뒤를 파면 도로에서 보이지 않을 거야." 손전등 불빛으로 돌 하나를 비췄고 크리스틴은 끄덕이더니 차 문을 열었다. 뒷자리에 어색한 10대처럼 기대고 있던 삽을 크리스틴은 쩽그랑 소리를 내며 꺼냈다.

우리는 돌 부스러기가 많은 산기슭을 오르기 시작했다. 한 번에 한 발자국씩. 한 발, 또 한 발. 하나를 마치고, 그다음, 또 그다음.

"1시가 넘었어." 내가 말했다. "해 뜨기 전에 호텔로 돌아가려면 여기서 쓸 수 있는 시간은 다섯 시간 정도야." 차는 주차장에, 삽은 창고에. 장비를 제자리에 놔두고 문에 자물통을 채워야 했다. 소지품은 가방에 넣고 객실을 정돈해야 했다. 우리가 이곳에, 이 계곡에, 이 나라에 온 적 없는 것처럼. 이 살 떨리는 어마어마한 악몽이 존재하지 않은 것처럼.

"정신 똑바로 차리면 시간은 충분해." 크리스틴은 돌을 보고 망설이더니 나아갔다.

심장이 쿵쾅거렸다. 크리스틴이 내가 뭐라고 덧붙이기를 기다리는 것이 느껴졌다. "다 됐어. 이제 거의 끝나가." 내가 중얼거렸다.

경사를 오르자 땅이 발끝을 빨아들이고 종아리가 당겼지만 우리는 소리 없이 걸었다. 힘들어 숨이 찼다. 힘들고 두려워서.

캄보디아에서는 더 쉬웠던 것 같다. 아니, 지나간 일이라서 그런가? 객실 청소와 주머니에 채울 돌멩이 찾기 등 그날 밤의 장면이 하나하나 떠올랐다. 하지만 당시 나는 멍했다. 정말 멍했다. 누군가 불을 끈 것처럼 갑자기 감정이 멈춰버렸다.

진짜 공포는 그 후에 찾아왔다. 고통으로 이뤄진 누에고치에 갇힌 듯했다.

나는 우뚝 서서 차 쪽을 돌아봤다. "데리고 왔어야 하는 거 아냐?"

"뭐?" 크리스틴은 고개를 살짝 저었다. "음, 자리를 찾아서 구덩이를 파자. 그리고 돌아가서 배낭이랑 다 가지고 오자. 무거운 걸 다 끌고 움직이기 불편할 거야."

"그럼 트렁크에 둔 채로 여러 번 왔다 갔다 하자고? 그게 더 위험하지 않아?"

"바위까지 다 왔어. 어서 가자." 크리스틴은 내 팔을 처음에는 부드럽게 쥐더니 혈관이 터져 멍들지 않을까 싶을 정도로 힘을 줬다. "가, 자, 고."

나는 한숨을 폭 쉬고 손전등을 다시 산 위로 비췄다.

바위는 아래에서 본 것보다 더 멀리 있었다. 근처에서 보니 어둠 속에서 차도, 그 아래 구불구불 난 도로도 거의 보이지 않았다. 크리스틴이 먼저 바위에 닿아 고마운 듯 쓰다듬었다. 바위의 높이와 폭은 크리스틴의 키와 비슷했다.

나는 삽을 땅에 박아 앞에 세워놨다. 그러고는 숨을 들이쉬고 발을 얹어 체중을 실었다. 삽이 우두둑 땅으로 들어가면서 나는 균형을 살짝 잃었지만 곧바로 몸을 뒤로 젖히며 흙을 퍼냈다. 옆구리가 결렸고 손바닥에 파편이 꽂혔다. 나는 상처를 만져보고는 이미 작은 구멍을 판 크리스틴을 따라잡으려고 서둘렀다.

푹, 휙, 푹, 휙. 우리는 계속해서 건조한 땅에 삽을 밀어 넣고 마른 흙을 퍼내 점점 큰 흙더미를 만들었다. 힘든 일이었지만 카누 젓기처럼 박자를 맞출 수 있었다. 흙을 퍼낼 때마다 숨을 몰아쉬고 그것을 던지면서 신음했다.

안으로, 그리고 밖으로. 팔이 떨리기 시작했다. 고통은 척추에서 등과 어깨로 뻗어나갔다. 손에 물집이 잡히더니 터져서 따끔거렸고 피가 손금에 끼었다.

아래로, 그리고 옆으로. 가슴 아래, 꼬리뼈를 따라 땀이 흘렀다. 손목 주위 근육은 염산을 부은 듯 따가웠지만 삽이 너무 흔들려 흙을 흘리지 않으려면 집중해야 했다. 갈비뼈 사이로 솟아오르는 듯한 공포를 근육으로 밀어내면서 파고, 파고, 또 파는 사이 사두근과 둔근이 비명을 질렀다.

하늘이 변하고 있었다. 처음에는 착각인 줄 알았지만 손목시계에 손전등을 비추자(지친 팔은 그 작은 움직임에도 아팠다) 사실임을 깨달았다. 조광 스위치를 서서히 켜는 것처럼 별빛이 흐려지고 있었다. 동이 트기 직전이었다. 곧바로 아침은 아니었지만 그다지 멀지 않았다.

"더 빨리 파야 해." 내가 헉헉대며 말했다. "사람들이 출근하기 시작하면 아무것도 옮길 수 없어."

"이만하면 된 것 같아." 크리스틴이 삽 손잡이에 손을 대고 말했다. "공간은 돼. 하자. 아무리 깊게 파도 완벽하지 않을 거야."

충분한 깊이였을까? 시체가 지표면 바로 아래 닿아 개가 파헤치거나 바람이나 빗물에 흙이 곧바로 흩어질 만큼 얕은 건 아닐까? 갑자기 바람이 스쳐 지나가자 땀범벅이 된 몸에 냉기가 일었다. 시간이 없었다. 나는 삽을 탁 내려놨다. 크리스틴도 똑같이 삽을 내려놨다. 우리는 흙뭉치를 밟으며 비탈길 아래로 내려갔다. 등과 팔이 화끈거렸다. 분명 몸살이 날 예정이었다.

크리스틴이 열쇠와 트렁크 여는 버튼을 찾는 데 잠깐 시간이 걸렸다. 트렁크가 바로 활짝 열리더니 다시 절반 정도 닫혔다.

파올로는 여전히 그 자리에서 오싹한 살바도르 달리 그림의 한 장면을 연출하고 있었다. 거대한 갈색 배낭에서 다리가 뻗어 나온 모습. 발목과 구두 주위의 구겨진 옷 무더기 때문에 양발이 기묘한 디스코 자세가 돼 있었다. 미처 멈추기도 전에 생각이 밀고 들어왔다. 파올로는 춤을 좋아했을까? 달리기는? 암벽 등반이나 산악자전거는? 무엇 때문에 이렇게 울퉁불퉁한 종아리 근육과 부푼 사두근을 갖게 된 걸까? 속이 울렁거리더니 뭔가가 온몸을 재주넘기하며 지나갔다. 손을 범퍼에 대자 금속의 차가운 느낌에 정신이 들었다.

"샤워 커튼은 다시 쓸 거지?" 크리스틴이 그 끄트머리를 잡아당겼다. "옷가지를 모두 넣어. 한꺼번에 옮기자."

나는 끄덕였다. 땅을 파느라 온몸이 쑤셨다. 등이 저리고 손가락은 얼얼하고 목이 화끈거렸다. 파올로의 옷가지 대부분을 털이 난 다리 주위에 쌓았지만 몇 개가 샤워 커튼 밖으로 미끄러졌다. 나는 그것들을 그러모아 튀어나온 무릎 위에 올렸다.

이건 현실로부터 잠시 동떨어진 이상한 순간이야. 이게 끝나면 다른 타임라인과 웜 홀로 돌아갈 거야. 이건 마쳐야 할 프로젝트, 해결해야 할 문제야. 계속해. 계속. 계속.

피투성이가 된 손바닥 위로 옷소매를 당긴 뒤 샤워 커튼 끄트머리를 잡았다. 팔꿈치가 비명을 지르며 그를 들어 올리지 말라고 애걸하는 듯했다. 심호흡을 하자 천식 기침이 튀어나왔다.

"괜찮아?" 크리스틴의 물음에 나는 끄덕였다. 친구와 눈이 마주쳤다. "괜찮아. 셋을 세자."

아파, 아파, 아파. 크리스틴이 앞장서서 뒷걸음질로 걸으며 누가 따라오기라도 하는 것처럼 어깨너머를 돌아봤다. 팔이 처음 올라간 높이에서 사분의 일쯤 떨어졌다. 크리스틴도 마찬가지였다. 아드레날린만으로는 그의 무게를 감당할 수 없었다. 우리는 그를 잠깐 내려놓고 손목을 흔들었다. 약 30미터 정도 거리였지만 영원처럼 느껴지는 평생의 가장 긴 등산이었다. 온몸이 거대한 벌에 쏘인 듯 아파 경련이 일어났다. 크리스틴과 나는 계단으로 소파를 옮기는 사람들처럼 박자를 맞추지 못하고 앞으로 쏠리다가 우뚝 멈추곤 했다. 바위에 닿았을 무렵에는 너무 지치고 마음이 급해 휘청거리다가 그만 발을 헛디뎌 그를 떨어뜨릴 뻔했다.

"서두르자." 나는 크리스틴을 도와 샤워 커튼을 들어 내용물을 구덩이에 쏟았다. 옷가지를 주위에 모아 무덤 가장 깊은 가장자리에 쑤셔 넣었다. 크리스틴이 삽을 들어서 나도 무덤가에서 내 삽을 들었다. 정말 힘들었다. 머릿속은 악 하는 비명뿐이었다. 우리는 그를 묻으며 신음했고 지치고 멍든 몸뚱이를 채찍질하면서 온몸으로 가련한 비명을 질렀다. 마치고 나자 크리스틴은 삽으로 흙을 눌렀다. 부드러운 곡선의 흙더미가 됐다. 한밤중에 둔덕이 생겼다.

하늘 끝이 진청색으로 변할 때 우리는 서둘러 산에서 내려왔다. 그러고는 도로변에서 나뭇가지를 주워 다시 바위로 달려 올라가 우리가 낸 자국을 지웠다.

이윽고 차에 구르듯이 올라타 문을 닫았다. 크리스틴은 잠시 머리를 기대고 눈을 감았다.

"해가 뜨면 이상해 보일까?" 나는 창밖을 내다봤다. "쓸어놓은 자리의 흙 색깔이 다를까?"

크리스틴은 한참 아무 말도 하지 않았다. "뭐라고 해야 할지 모르겠어, 에밀리. 그렇다고 해도 다른 방법은 없어." 크리스틴이 손을 내밀더니 시동을 걸었고 우리는 기나긴 길을 달리기 시작했다.

트렁크에 파올로가 없으니 차가 훨씬 가볍게 느껴졌다.

Chapter 9

●

6시가 돼가니 하늘이 놀라울 만큼 빠르게 밝아졌다. 돌아가는 길에 자동차 세 대를 지나쳤다. 그 차들의 전조등은 이른 아침 어스름 속에서 부릅뜬 눈처럼 보였다. 트럭 한 대, 세단 한 대, 코에 손수건을 댄 남자 넷이 뒤에 탄 트레일러를 끄는 픽업트럭 한 대였다. 차가 지나갈 때마다 나는 눈에 띄지 않으려고 무릎만 내려다봤다. 잠시 후 드디어 작은 주차장으로 들어섰다. 밖은 여전히 쌀쌀했고 안개가 짙어지면서 습기가 느껴졌다. 연옥 같은 부연 새벽빛 속에서 우리는 삽을 창고에 도로 넣었다. 근처 창문(다른 숙소가 아닐까?)에 불이 켜지자 크리스틴이 내 어깨를 잡았지만 불은 몇 초 뒤 꺼졌다. 나는 자물통을 제자리에 끼웠다.

우리 숙소로 살그머니 들어올 때 미닫이문에 이슬이 내려 반짝거리는 것이 보였다. 다시 파올로의 모습이 떠올라 흠칫했다. 소파 뒤에 튀어나온 종아리. 파올로의 두개골을 상대로 내구성 테스트에서 이겨 붉은 자국이 남긴 했지만 그 외에는 멀쩡한 와인 병. 아마 1센티미터만 위거나 아래거나 옆이었어도 그는 무사했을 것이다.

그때의 크리스틴의 모습도 같이 떠올라 동정심이 몰려왔다. 그래도 친구는 여전히 너무나 강했다. 캄보디아에서의 나보다는 분명 강했다. 파올로가 생명을 위협한 지 몇 시간밖에 지나지 않았는데도.

"치우는 거 도와줘." 크리스틴이 미니 주방으로 달려가더니 행주를 내밀었다. 우리는 세제를 찾아 객실을 뒤졌지만 아무것도 없어 갖고 있는 것들을 모았다. 메이크업 리무버, 물티슈, 비누, 손 세정제. 달걀이 깨지듯 동이 트면서 햇빛이 유리창에 콧잔등을 부비더니 갑자기 힘차게 안으로 밀고 들어왔다. 우리는 소리 없이 각자의 지옥에 집중한 채 쓸고 닦으며 흔적을 지웠다. 나는 욕조에 샤워 젤을 풀어 갈색과 붉은색 거품을 내며 샤워 커튼을 빨아 다시 걸었다. 이걸로 충분할까? 제대로 된 세제도 없는데 흔적이 안 남길 기대해도 될까?

벽난로에 신문지를 구겨 쌓은 뒤 라이터로 불을 붙였다. 불이 붙자 타닥거리며 요란하게 타는 장작 위로 나는 파올로의 소지품을 하나씩 넣었다. 여권, 일기장, 지갑, 핸드폰까지. 그것들이 타며 풍기는 악취에 기침이 났다. 크리스틴이 창문을 열고 냄새나는 연기를 내몰았다. 파올로의 물건이 검은 덩어리가 됐을 때 내가 물을 뿌렸다.

"내가 가져갈게." 덩어리가 지글거리다 멈추자 크리스틴이 말했다. 그리고 그것을 신문지에 말아 빈 가방 안에 밀어 넣었다. "집에 가서 버릴게."

정상 상태. 우리는 그것을 유지해야 했다. 짐 가방을 트렁크에 신고 로비로 가서 아침을 먹어야 했다. 매일 아침 우리는 조식을 먹었고 사장은 그것, 자신들의 데사유노 델리치오소*를 몹시 자랑스러워했으니까. 그리고 우리 역시 그 누구도 우리가 어디 갔는지 의아해하는 건 원치 않았으니까. 그곳에서 우리는 조용히 메스꺼움을 억누르며 빵 바구니와 색색의 과일 접시를 바라봤다. 식사 후 프런트에 들러 열쇠를 반납했을 때(체크인할 때 객실에 열쇠를 두지 말라는 당부를 분명히 들었다), 나는 문득 모두가 통역을 할 줄 아는 유일한 사람인 나를 보고 있음을 깨달았다.

"코모?" 당황한 나머지 다시 한번 말해달라는 정중한 표현이 기억나지 않아 나는 이렇게만 말했다.

"코모 에스투보 수 에스타디아 콘 노소트로스?" 직원이 너무 빨리 웅얼거리며 물어서 나는 한참 눈을 깜빡거리고 나서야 그 뜻을 차츰 이해했다. 숙박은 어떠셨나요? 좋았죠. 숙소의 낭만적인 벽난로는 증거 인멸에 편리했어요.

"무이 비엔." 나는 애써 웃어 보였다. "그라시아스 포르 토도."**

산티아고 공항까지 산과 바다 사이에 난 해안 도로로 달려가는 데 여섯 시간이 걸렸다. 단조로운 갈색뿐인 바깥 풍경은 내 가슴과 머릿속을 뒤덮은 오물, 내 갈비뼈와 두개골 아래 쌓여가는 두려움과 경악처럼 볼품없었다. 우리는 그날 새벽에 반대 방향으로 차를 몰았었다. 트렁크에 그 끔찍한 것을 싣고 간 게 겨우 그날 새벽이

---

* 맛있는 아침 식사.
** 모든 것에 감사드려요.

었단 말인가? 그런데도 나는 산들을 훑어보며 우리가 남긴, 지웠지만 쓸어냈기 때문에 더 또렷이 보일지도 모르는 발자국을 찾고 있었다. 그것이 무덤으로 가는 길을 거대한 화살표처럼 가리키고 있지는 않은지. 온몸이 너무 아파 선글라스를 올리려고 손을 들기조차 힘들었다. 산산조각. 그 단어가 머릿속에 자리를 잡고 자꾸만 떠올랐다. 그런 느낌이었다. 내 몸도, 내 삶도. 파올로의 연약한 달걀 껍데기 같은 두개골도.

전망대가 나타나자 크리스틴은 그리로 방향을 꺾고는 차를 세웠다. 그러고는 미동도 없이 앞만 바라봤다. 내가 침묵을 깨뜨리려는 순간 크리스틴이 눈을 부릅뜨더니 비명을 질렀다. 비명이 아니라 고함이었다. 어린 아이가 사자가 어떻게 우냐는 질문에 대답하는 소리. 그 소리가 차 주위에 메아리치고 내 귓전을 울리더니 멈췄다. 크리스틴은 딱 한 번 놀란 웃음소리를 냈다. 그리고 그제야 내가 거기 있다는 걸 기억해낸 사람처럼 날 봤다.

나는 놀라 차 문을 열어젖히고 절벽 끝으로 달려갔다. 아침 햇빛에 붉게 물든 황갈색 산지밖에 보이지 않았다. 구슬프고 낮지만 격렬한 울음소리가 내게서 튀어나왔다. 나는 폐에 든 공기를 모두 짜내고 멈출 때까지 울부짖었다. 크리스틴이 옆에 다가오더니 가슴을 내밀었고 우리는 함께 고함을 질렀다. 요가 수업에서 단체로 옴을 외칠 때처럼 우리가 낸 비명은 오싹하고 강렬한 조화를 이뤘다. 메아리가 들려왔다. 그 음파는 그곳에서 아주 먼 곳의 아르마딜로와 비쿠냐, 파타고니아 퓨마의 세포를 뒤흔들어 놓을 것 같았다.

마치 우리 때문이라는 듯 하늘이 검게 변하더니 처음에는 조금씩, 그리고 꾸준히 우리를 향해 침을 뱉었다.

그 순간 크리스틴은 지난밤 이후 처음으로 미소를 지었다.

"우리가 산에 남긴 흔적을 다 씻어낼 거야." 크리스틴이 말했다.

우리가 그를 덮을 때 사용한 흙도 씻어낼지 모르지. 나는 비를 향해 고개를 들고 차에 탔다. 크리스틴은 내 어깨를 한 번 꼭 잡아준 뒤 시동을 걸고 도로로 나섰다. 빗방울이 줄지어 선 무성한 식물과 이끼색 덤불을 적셨다. 나는 빗물이 모여 갈색의 핏줄을 이루며 아래로 내려가는 모습을 지켜봤다.

심호흡을 했다. 친구의 말을 믿기로 했다.

어쩌면 우리는 여기에 없었다.

Chapter 10

●

공항에서 크리스틴과 나는 빌린 차를 반납하는 동안 로봇처럼 움직이기만 했을 뿐 거의 아무 말도 하지 않았다. 차량 조사는 없었다. 구멍에 열쇠를 밀어 넣으니 끝났다. 그 전에 우리는 뒷자리에 흙이 묻었는지, 트렁크에 붉은 점이 있는지 다시 한번 확인했다. 가슴 한구석이 가려운 듯 불안을 느끼며 찾고, 찾고, 또 찾았다. 우리가 잡힐까?

길고 구불거리는 공항 검색대 줄에서 멍하니 딴 곳을 보는 친구를 나는 가만히 지켜봤다. 수면 부족에도 불구하고, 갈색 머리카락을 대충 그러모아 올리고 콘택트렌즈 대신 뿔테 안경을 튀어나온 광대뼈 위에 쓰고도, 그저 그런 안경 쓴 여자가 아니라 '안경 쓴 섹시한 여자'처럼 아름다웠다. 정확히 무엇인지 알 수 없는 차이가 내 친구에게는 존재했다.

"어머나." 크리스틴의 턱선 바로 위에 핏방울이 말라붙어 있었다. 파올로의 피가. 내가 엄지에 침을 묻혀 그것을 닦으려 하자 크리스틴이 내 손을 쳐냈다.

"사마귀야, 에밀리." 크리스틴이 뺨을 가리며 딱 잘라 말했다. "왜 이러는 거야?"

전부. 전부 다 틀어진 느낌이 들어서. 쿡쿡 쑤시던 온몸에 얼얼한 통증이 심해지고 있었다. 크리스틴의 얼굴에 손을 들기만 해도 팔이 아팠다. "그…… 그게…… 아냐, 아무것도." 우리는 아침을 먹기 전에 재빨리 샤워해서 흙과 땀을 씻어냈다. 당연히 크리스틴의 얼굴에 피가 묻어 있을 리 없었다.

크리스틴은 이 일로 망가질 거야. 심장이 쿵 떨어지는 느낌에 돌아서서 눈물을 삼켰다. 크리스틴은 아직 알지 못했다. 계속 강인한 척 상황을 헤쳐 나가고 있었다. 하지만 그날의 폭행은 친구의 정신을 갉아먹을 것이 분명했다. 세바스티안이 내게 그랬듯이. 공포와 당혹감과 뼛속 깊숙이 서린 피로에 감정이 뒤죽박죽이었지만, 폭풍우 속 번개처럼 그 모든 것을 꿰뚫고 드는 생각이 있었다. 내 강인하고 아름다운 친구가 곧 망가질 거라는 생각. 구석에 몰리고 너덜너덜해져 자신이 얼마나 나약한지 깨닫고는 용기가 풍선처럼 터져버릴 거라는 생각. 나는 눈을 가늘게 떴다. 네 탓이야, 파올로.

파올로는 크리스틴에게 상처만 준 것이 아니었다. 또 다른 것도 훔쳐 갔다. 내가 정신을 차리는 순간에 덤벼들어서. 크리스틴과 내 사이가 따뜻하고 안전하고 올바르게 느껴지는 순간에. 캄보디아에서 겪은 참담한 사건 후에 떠나온 이 여행은 우리의 우정을 더 깊이, 세바스티안 사건이 일어나기 전과 같이 만들어줬다.

하지만 이제…… 점점 커지는 무덤, 살아 있는 생물처럼 불 속에서 튀어 오르는 여권, 목덜미에 튄 파올로의 피를 떠올리지 않고 어떻게 친구를 볼 수 있을까? 언제 붙잡힐까 조마조마한 상태로 어떻게 살아갈 수 있을까?

친구를 위해 목숨을 던지다시피 한 크리스틴. 대학 시절 내가 연인과 헤어지고 다시 혼자가 됐을 때 레몬 치킨 수프를 끓여주고 자기 침대에서 재워준 크리스틴. 캄보디아 이후 나를 퍼즐처럼 다시 맞춰주고, 몇 시간씩 통화로 기운을 북돋아 내가 결국 공포의 침낭을 열고 세상에 다시 나올 수 있도록 해준 크리스틴에게 상상 못할 일이 벌어졌다. 나는 전에도 이런 일을 겪었다. 세바스티안 때도, 벤 때도. 하지만 크리스틴은 세상을 안전하고 친절한 내 몫의 공간으로 보는 것만으로도 벌 받는 느낌이 어떤 것인지 이제야 알게 됐을 것이다.

우리는 짐을 들고 여권 검사를 받기 위해 다른 줄에 섰다. 그 지점에서 심박수가 치솟았다. 검사 직원들은 우리의 얼굴만 보고도 알 것 같았다. 우리가 범죄자임을 알아볼 것 같았다.

"방문 목적이 무엇입니까?" 서류에 표시를 했는데도 잘생긴 칠레 출입국 관리 직원이 물었다.

나는 겨우 조그맣게 말했다. "관광이요."

직원은 도장을 찍을 자리를 찾아 여권을 몇 장 넘겼다. "안녕히 가세요."

맛없는 커피숍에서 잠시 조용한 시간을 보낸 뒤 우리는 헤어질 때를 맞았다. 크리스틴은 나를 꼭 끌어안더니 어깨에 손을 얹어 나를 떼어내곤 내 눈을 가만히 들여다봤다. 이것이 우리의 마지막 여행일까. 모로코나 조지아, 터키 여행은 없어진 걸까 궁금했다. 전날 밤이 우리의 방랑벽을 영영 쓸어버린 걸까.

"사랑해." 크리스틴이 턱을 내리며 말했다. "도착하면 알려줘, 알겠지?"

"나도 사랑해." 내가 중얼거리자 크리스틴은 끄덕이며 몸을 조금 떨었다. 그러고는 나를 놔주더니 돌아서서 뒤돌아보지 않고 걸어갔다. 나는 마음이 놓였으나 우리가 이런 식으로, 이 악몽이 끝나길 간절히 바라며 헤어진 것이 몹시 슬펐다. 지난밤으로, 일이 틀어지기 전으로, 별들을 가리키고 콘넛을 먹으며 온 세상이 우리의 놀이터라고 느끼던 때로 되돌아가고 싶었다.

애틀랜타까지 열 시간의 비행 동안 나는 끝에서 두 번째 줄에 앉아 온몸을 덜덜 떨었다. 공포와 죄책감과 슬픔이 물리적인 형태를 띤 채 내 근육을 휩쓸고, 신경 말단을 건드리고, 힘줄을 당기는 듯했다. 정말이지 너무 아팠다. 캄보디아 이후에도 이렇게 심했나? 아니다. 그때는 폭행을 당한 충격으로 멍해진 뇌가 쓰라림과 비참함을 막아버렸다. 그렇다면 지금 크리스틴의 몸은 그때의 나와 같을 것이다. 그런 말을 한 적은 없지만. 세상에, 크리스틴은 참 헌신적인 친구였다. 온 관심을 내게, 고통과 상황에 대처하려는 나의 힘겨운 시도에 집중해주다니.

짧은 영원이 지난 뒤 비행기가 착륙하자마자 나는 급히 뉴스를 확인했다. 배낭여행자 실종 사건에 대해서는 여전히 아무것도 뜨지 않았다. 하지만 그건 언제라도 변할 수 있었다. 그때부터 내 삶은 그렇게 변했다. 별안간 어떤 일이 하나도 아니고 둘씩이나 벌어질지도 모르는 순간을 영영 기다리는 삶.

나는 통로를 지나며 비행기 안에 벌어진 난장판을 멍하니 바라봤다. 45미터 길이의 정신병동, 거대한 양철 쓰레기통에서 사람들이 빠져나가며 남긴 뒤죽박죽. 구겨놓은 담요, 통로에 널브러진 기내식으로 나온 채소와 짓이겨진 방울토마토, 남는 공간마다 거리 미술처럼 흩어진 쓰레기. 우리는 모두 구역질 나는 존재다. 하나도 빠짐없이. 엉망을 만들어놓고 떠나버린다.

목숨으로 죗값을 치른 파올로만 예외다. 악당, 강간범이 됐을 파올로를 동정하는 이 멍청한 목소리는 무엇일까? 생각이 채 멈추기도 전에 샤워 커튼 위로 굴려 올릴 때 본 그의 축 늘어진 두 다리와 뼈를 감싼 차갑고 울퉁불퉁한 살갗, 힘줄이 떠올랐다. 그는 고향에 여자친구가 있을까? 지구 어딘가에 몇 달 뒤 그를 만날 날을 기다리며 왜 왓츠앱에 접속하지 않는지 의아하게 여길 친구가 있을까?

입국 심사를 기다리며 그런 생각은 밀쳐놨다. '미국에 오신 것을 환영합니다.' 현수막이 외쳤다. 한 번 더 비행기를 타야 했지만 나는 해냈다(칠레에서 벗어났다). 믿을 수가 없어 눈을 깜빡였다. 깨어나니 아직 산티아고 공항임을 알게 되는 순간이 오지는 않을지 조마조마했다.

게이트에 도착해 낡은 의자에 앉아 그래놀라 바를 하나 꺼냈다. 모래 씹는 맛이었다. 아픈 이에 혀가 자꾸 닿듯이 사막의 소나기가 자꾸 떠올랐다. 그 비 때문에 얕은 무덤이 드러나진 않겠지? 간밤에 파올로가 우리와 이야기를 나누던 걸 본 사람은 없겠지? 머리카락이 반짝이던 영국 여자들, 내가 지갑을 잃어버려 놀라는 걸 본 바텐더……. 우리가 그들에게 인상을 강하게 남겼을까? 손전등과 삽을 창고에 넣을 때 창문에서 번쩍이던 불빛. 그건 우연일 뿐 목격자는 아니겠지? 숙소 바닥을 철저하게 청소했던가? 어스름한 새벽빛에 확인했는데 한낮의 태양이 우리가 놓친 커다란 혈흔에

스포트라이트를 비추면 어쩌지?

핸드폰이 울렸고 문자 메시지를 한참 들여다보고 나서야 이해했다. 애런이 다정하게도 내 귀국 날짜를 기억한 것이다. "오늘 조심해서 돌아와! 돌아오면 알려줄 거지?"

불안해서 손발이 떨렸다. 그를 만나고, 그에게 키스하고 싶은 욕망이 온몸을 사로잡았지만…… 이제 어떻게 하지? 나는 늘 남자에게 약해져서 힘들었다. 남자에게 흥분하는 것이 내키지 않았고, 드물게 남자에게 빠져들 때면 결국 다 잘못될 것을 각오했다. 그런데 지금은? 이 엄청난 비밀이 나를 해자처럼 둘러싸고 있는데 어떻게 진심을 솔직히 털어놓을 수 있겠는가? 물론 캄보디아 일은 애런에게 숨겼지만 만나기 시작했던 무렵 그 일은 과거지사였다. 흉터는 남았지만 말하고 싶지 않았던 상처는 아물어 있었다. 그러나 이 일, 이 새로운 상처, 뚜렷하게 실재하는 공포를 그에게서 감추는 건 별개의 일로 여겨졌다.

애런은 내가 그저 평범한 미국 중서부 여자라고, 다정하고 상냥한 사람이라고 생각했다. 내가 정말 그의 눈을 들여다보며 모든 것이 정상인 척할 수 있을까? 드디어 캄보디아의 악몽과 공황장애에서 벗어났는데 파올로가 또다시 작은 문을 열어 나를 출발점으로 떨어뜨렸다. 화가 나고 불편했다. 착한 여자는 가슴에 분노가 들끓는 채로 돌아다니지 않는다. 한밤의 공포 이야기에 가담하느라 손에는 피를 묻히고, 손톱 밑에는 흙이 들어간 채로는 더더욱.

주위 모두가 너무 시끄럽고 들떠 있었다. 아이들은 소리를 지르며 기어오르고 어른들은 전화에 대고 고함을 질렀으며, 10대들은 키득거리고 아이 엄마는 야단쳤다. 화면에서 뉴스가 흘러나왔지만 아무도 보지 않았다. 아마존의 화재, 시리아에서의 드론 공격. TV 뉴스가 공항에는 늦게 닿는다고 들었다. 여객기 피랍이나 공항 터미널의 테러리스트 관련 뉴스가 나오면 차단하기 위해서다. 집단 공황 상태를 막기 위해 그 뉴스를 편집한다고 했다. 그러니 어쩌면 그때 무슨 일이 벌어지고 있을지도 몰랐다.

집단 공황 상태를 막기 위해 그 뉴스를 편집한다고. 나도 내면의 공황 발작을 그렇게 할 수 있을까? 1년 사이에 생겨난 내 세계를 무너뜨리려는 기억을 어떻게든 잘라낼 수 있을까? 그 사건들이 내 뇌에 남긴 지문을 〈이터널 선샤인〉처럼 삭제할 방법이 있었으면 좋겠다. 기억을 구획하는 방법을 배울 수 있을지도 모르겠다. 동료나 친구들 주위에서 아무 일도 없었던 듯 행동하는 방법을. 애런과 만날 때도. 젠장, 그 사람 곁에서 정상인 척 농담하고, 안고, 키스하고, 그리고 보통 사람처럼 섹스할 수 있으면 얼마나 좋을까. 망가지고, 겁 많고, 비밀스러운 지금의 내 모습을 벗어버릴 수 있다면. 지금은 그런 심정이 곱절이 됐다. 속이 뒤틀리는 것을 느끼며 나는 핸드폰을 열었다.

"안녕! 5시쯤 도착할 거라서 집까지 가려면 차가 밀려 엄청 오래 걸릴 거야." 내가 적었다. "잘 지냈어?"

정상 상태. 그것을 유지해야 했다. 아무 일도 없었던 듯 행동해야 했다. 칠레 북부에서 망할 시체에 흙을 덮은 적이 없었던 것처럼.

애런은 곧바로 답장했다. "잘 있었어! 어서 여행 이야기를 듣고 싶어. 멋진 여정이었길!"

나는 기도하는 손과 웃는 얼굴 이모티콘을 보낸 뒤 핸드폰을 가방에 넣었다. 두통이 고함을 질러대는 눈두덩을 손으로 문질렀다.

10대 초반의 축구팀이 대기실로 들어왔다. 한 아이가 공을 꺼냈는데, 그 공이 내 발치를 지나 굴러가는 것을 멍하니 보고만 있었다. 결국 코치가 아이들에게 앉으라고 고함쳤고, 아이들은 둥그런 원을 그리고 앉아 사람들의 통행을 방해하며 카드 게임 같은 것을 했다.

또 그놈의 목소리. 파올로는 어릴 때 축구를 했을까? 풋볼? 그의 엄마는 그가 사라진 것을 언제 알아차릴까? 그의 친구들은? 스페인으로 돌아가는 항공권은 있었을까? 떠돌아다니며 지낸 한 해를 마감할 편도 티켓이?

아니. 파올로는 후회할 가치가 없는 자였다. 파올로는 세바스티안과 다를 바 없었다. 악당. 어두운 골목길마다 그의 유령이 나를 따라다닐 것이다. 나는 그가 이 땅에서 사라진 것이 슬프지 않았다. 세바스티안은 내게 타박상과 찰과상을 남겼다. 거기에 사라지지 않는 두려움, 내가 생각하지도 말하지도 못하는 끝없는 공포를 줬다. 가슴이 내려앉았다. 크리스틴은 앞으로 어떤 일을 겪게 될지 알지 못했다.

창가 좌석에서의 짧은 비행 동안 창밖으로는 아래 깔린 잿빛 구름밖에 보이지 않았다. 옆에 앉은 남자가 팔걸이에서 내 팔꿈치를 찔러 밀어내는 바람에 나는 팔짱을 꼭 끼며 가슴을 끌어안았다. 착륙을 시작하고 먹먹하던 귀가 쉭 소리를 내며 뚫리자 기뻐서 눈물이 날 것 같았다. 집에 다 왔어.

비행기에서 내려 치즈 모자와 '좋은 땅', '위스콘신답게 마시자', '풍만한 중서부의 여자' 등 밀워키다운 표어가 적힌 티셔츠를 파는 기념품점을 지나 출구로 향했다. 윽. 때마침 애런이 전화를 걸어왔지만 먼저 수화물을 찾으러 갈 생각에 핸드폰 소리를 껐다. 그때 등 뒤에서 내 이름이 들려 뒤를 돌아봤다.

심장이 얼어붙었다. 파올로가 짐 카트와 사람들 무리를 뚫고 나를 향해 달려오고 있었다. 날 뒤따라왔어.

갑자기 그가 짐 가방 더미 뒤로 사라졌고 나는 공포에 사로잡힌 채 그가 반대편에서 등장하길 기다렸다. 검은 머리카락과 피부가 흘낏 보이더니 곧 그가 나타나 나를 똑바로 마주 봤다.

온몸에 안도감이 흐르다가 순간 가슴이 철렁했다.

파올로가 아니었다.

애런이었다.

Chapter 11

●

나는 남은 기력을 모두 끌어내 애런에게 미소를 지어 보였다. 울음을 터뜨리고 싶었다. 그 미소가 가짜고, 힘겹고, 기운 빠져서.

"여기서 뭐해?" 내가 물었다.

"놀라게 해주려고." 애런이 말했다. "그때 제퍼슨 파크에 있었거든. 공항 마중을 반기지 않을 사람이 어디 있나 싶었지."

나는 입가를 더 끌어올렸다. "정말 다정하고 쓸데없는 일이네. 고마워."

"별말씀을. 차는 이쪽에 있어."

애런은 내 가방 손잡이를 잡더니 걷기 시작했다. 나는 그의 흐트러진 갈색 머리카락, 뿔테 안경, 비뚤어진 미소를 짓는 얇은 입술을 가만히 봤다. 내 기억보다 귀여운 사람이었고, 일주일을 떨어져 있는 동안 머릿속 그의 모습에서 모서리가 닳았는지 실제로는 더 각진 얼굴이었다. 속이 메스꺼웠다. 위장 속에서 날갯짓하려는 나비들을 지난 24시간 동안 있었던 사건이 짓밟았다.

"오는 동안 어땠어?"

"아, 좋았어. 처음 탔던 비행기는 연착했는데 어차피 대기가 길었어."

엘리베이터에 다가가자 애런이 버튼을 눌렀다. "칠레 이야기를 어서 듣고 싶군. 조금만 들려주면 돼. 많이 피곤할 테니까. 곧바로 집에 데려다줄게. 걱정하지 마."

"아, 다행이다." 내가 손바닥으로 입을 가리니 애런이 껄껄 웃었다. 내가 사과했다. "미안, 너무 정신이 없네. 오는 내내 잠을 못 잤더니."

엘리베이터 문이 열리고 우리는 안으로 들어갔다. "어디 아파? 걸음걸이가 좀 이상하네."

"응. 우리…… 등산이 힘들었어. 몸이 예전 같지 않네." 금속 문에 흐릿하게 비친 애런과 나를 보며 나는 멍한 머리를 굴렸다. 내 모습은 엉망이었다. 번들거리는 피부, 부은 눈, 헝클어진 머리. 하지만 너무 피곤해서 전혀 신경 쓸 수 없었다. 너무 피곤해서 당황하지도 못했다. 그저 울고만 싶었다. 애런이 칠레 이야기를 듣고 싶대. 주저앉아 울고 싶은 꼬마처럼 마음속으로 울부짖었다.

애런이 내 손을 잡더니 손끝을 보고 웃었다. "대단한 등산이었나 보네. 아직도 손톱 밑에 흙이 있다니!" 나는 손을 빼내려 했지만 그가 손을 뒤집자 손바닥에는 물집이 잡혀 있었다. "이런! 대체 어떤 산을 오른 거지?"

가슴이 쿵쾅거렸다. 천식이 폐를 옥죘다. 나는 산에서 밤을 새느라 지저분하고 멍들고 엉망진창이었다. 엘리베이터 문이 열리자 손을 홱 빼냈다. "음, 바위를 좀 기어오르긴 했어. 장갑을 꼈어야 하는데. 한동안 쓰라리겠지."

애런이 내 가방을 끌고 앞으로 나섰다. "나도 암벽등반 좋아하는데. 궁금한 게 너무 많아. 여행 중에 가장 좋았던 건? 제일 맛있었던 것, 가장 멋있었던 순간은? 제일 희한한 구경거리는? 아, 이쪽으로." 애런이 갑자기 왼쪽으로 돌았다.

제일 희한한 구경거리는, 안에 든 액체가 스며 나온 듯 붉게 물든 와인 병. 금이 간 머리에서 바닥으로 흘러나온 피. 털이 난 갈색 다리가 튀어나온 대형 배낭.

"난…… 아, 미안. 너무 피곤해서 말도 잘 안 나오네."

"아냐, 다 이해해!" 애런이 버튼을 누르자 그의 차가 삐삐 소리를 내며 깜빡였다. 그는 내 가방을 트렁크에 싣고 나서 빙 돌아와 조수석 문을 열어줬다. 세상에, 그는 나를 끔찍이 보살폈다. 내게 그럴 만한 가치가 있다는 듯. 그의 친절에 마음속 한구석이 불편해졌다.

"크루아상을 사왔어." 애런이 운전석에 앉으며 말했다. "발치에 있을 거야. 도어 포켓에 물도 있어."

"와. 고마워, 애런." 나는 몸을 숙이며 조심스럽게 타려고 했지만 사두근이 풀리며 의자에 털썩 주저앉고 말았다. 빵을 한 조각 떼어 내 입에 쑤셔 넣었다. 혀는 여전히 우리가 삽으로 퍼낸 흙처럼 바짝 말라 있었다.

처음 만나기 시작했을 때 벤도 그랬다. 그때 우리는 중서부 지역의 예절을 배우며 자란 고등학생이었는데, 내게 문을 열어주고 고급 아이스크림 가게에서 커다란 와플콘을 사주는 벤은 떠들썩한 아이들 사이에서 단연 눈에 띄는 존재였다. 나는 애런에게 감사하며 예의 바르고 매력적으로 행동해야 했다. 하지만 지금은 그냥 드러누워 적어도 사흘, 닷새는 내리 자고 싶었다.

애런이 차를 후진시켰다. "그래서 칠레에서 녹초가 된 건가? 친구…… 크리스틴과는 재밌었고?"

"기억력도 좋네!" 나는 침을 삼켰다. 나는 아직 비행기 안에서 쑤시는 몸으로 꼼짝 못 하고 있을 크리스틴을 떠올렸다. "응, 그냥…… 많이 돌아다녔어." 양 뺨을 돌멩이가 끌어당기는 듯했지만 입꼬리를 올렸다. "당신을 만나서 반가워."

"하지만 침대를 보면 더 반갑겠지. 그럼 이렇게 하자." 애런이 대시보드의 버튼을 누르자 스피커에서 클래식 음악이 흘러나왔다. "구글맵을 보니 피프스 워드까지 25분 걸린대. 다 와 가면 깨울게. 괜찮지?"

"당신은 너무 착해." 나는 진심을 담아 중얼거렸다. 잠들 수 없을 줄 알았는데 몇 분 만에 기절했다.

집 앞에서 나는 애런에게 고맙다고 인사하며 짧은 키스로 작별하고 나서 바닷가로 다가가는 조난자처럼 현관문을 향해 비틀비틀 걸어갔다. 털썩 무릎을 꿇고 도어 매트에 입이라도 맞출 수 있을 것 같았다. 그러나 그렇게 하는 대신 열쇠가 어디 있는지 몰라 핸드백과 배낭을 뒤졌다.

집 안으로 들어가 블라인드를 내려 오후의 햇빛을 가리고 스탠드를 끄려는데 침대 옆 협탁에서 핸드폰이 울렸다.

크리스틴. 친구의 이름에 가슴이 뛰었다. 무사한가? 내 도움이 필요한가? 메시지가 왔다. "착륙! 너도 도착했니?"

"방금 집에 왔어! 이제 기절할 거야." 나는 입술을 꼭 다물고 덧붙였다. "좀 어때???"

회신으로 도착한 크리스틴의 메시지를 보고 나는 핸드폰을 떨어뜨릴 뻔했다.

"좋아! 멋진 여행이었어. 벌써 보고 싶다. xoxo"

얘는 어느 여행을 한 거지? 하지만 그때, 뻐근한 목과 어깨에 소름이 확 끼치는 와중에 나는 깨달았다. 정상 상태를 유지하며 증거를 남기는 것. 크리스틴과 에밀리의 여행에서 모든 것이 무사했음을 모두에게 알리는 것이었다. 우리가 무고해 보이도록. 현명한 메시지였지만 나는 잠들 수 없었다.

대신 천장을 바라보며 우리가 어떻게 망하게 될지 한 가지씩 나열했다. 저마다 강풍처럼 나를 쳤다. 레몬처럼, 번뜩이는 섬광처럼 또렷했다. 북적이는 술집, 커다란 배낭과 밝은 미소의 검은 머리 영국 여자들, 숙소 바닥의 핏자국, 창고 근처에 불이 켜진 창문, 우리의 어설픈 무덤에 쏟아진 소나기…… 너무나 많은 도박, 너무나 많은 꼬투리가 있어서 운명의 여신이 우리를 두 번이나 축복해줄 것 같지 않았다.

두 번이나. 이게 대체 무슨 일일까?

프놈펜 때도 머릿속으로 우리가 감춘 것을 되돌리면서 핸드폰이 울릴 때마다, 뉴스를 검색할 때마다 긴장했다. 가만히 그놈의 증거들을 훑어봤다. 세바스티안과 내가 술집을 나설 때 터졌던 플래시. 누군가 그 사진을 보고 내가 그의 실종과 관련이 있음을 알아낼 것 같았다. 아니면 시체가 돌에서 벗어나 톤레강 수면으로 떠오르거나.

작년에 나는 세바스티안의 머리에서 솟는 피를 본 충격에 시달렸다. 그만. 그만. 그만해. 그리고 세바스티안의 시체를 유기한 초현실적인 끔찍함도. 공포가 내 흐릿한 기억 속에서 라디오 잡음을 통해 들리는 음성처럼 멍한 상태를 띄엄띄엄 비집고 나왔다. 내 손이 몸에서 떨어져 나와 멀쩡한 청년을 불편한 짐덩이로 바꿔놨다. 그런 일이 정말로 있었다. 그가 아니었으면 내가 죽었다. 크리스틴과 나는 살아남아 안전하고 자유로워지기 위해 최선이자 최악의 선택을 했지만, 그 원초적인 공포는 내 머릿속에 각인됐다.

그리고 무엇보다도 사람들 위를 벌 떼보다 시끄럽게 날아다니는 드론처럼 캄보디아 여행 이후로는 그때 겪은 **폭행**의 공포가 언제나 저 위에 떠 있었다. 위스콘신에 돌아와서도 내 얼굴을 짓누른 세바스티안의 손바닥이 계속 느껴졌다. 그의 새파랗게 분노한 두 눈이 보였다. 크리스틴이 세운 계획의 목적은 우리의 자유를 지키는 것이었지만, 나는 기쁨을 송두리째 빼앗긴 사람처럼 꼼짝달싹 못 했다. 프놈펜 이후 나는 빈껍데기만 남아 언젠가 예전의 내 자신처럼 느껴지는 순간이 오기를 기다릴 뿐이었다.

그 당시 크리스틴은 돈을 받지 않고도 전문 간병인처럼 나를 하루 종일 돌봤다. 내가 흐느끼는 소리를 들으면 이런저런 이야기로 나를 달래줬다. 마침내, 다행히, 5~6주 후에 안도의 순간이 왔다. 우리가 함께 〈뱀파이어 사냥꾼 버피〉를 서너 시즌 정도 다시 본 뒤였다. 그 드라마를 보다 우스운 고등학교 시절 기억이 떠오르자 나는 말을 하다 말고 놀라버렸다. 방금, 그 생각을 하지 않았어. 찰나였지만 희망이 보였다. 우리가 그 기억을 어찌어찌 피하고, 공황 발작 사이의 간격이 오후의 그림자처럼 길어지면 언젠가는 괜찮아질 수도 있다는 희망.

그런데 그 끔찍한 과정을 처음부터 다시 시작해야 하나?

나는 떨리는 손으로 답장을 보냈다. "나도 보고 싶어."

결국 이리저리 뒤척이며 선잠에 들었다가 어둠 속에서 깨어나 뜬눈으로 남은 밤을 지새웠다.

로저스 스트리트에 위치한 키블의 사무실은 20세기 초에 지은 좁다란 건물이었다. 고색창연하고 삐걱거리는 엘리베이터와 사람들이 오가든지 말든지, 내가 하루 두 번 인사를 하든지 말든지, 프런트에서 고개를 드는 법이 없는 연로하고 삐걱거리는 경비원이 있었다. 작업 공간에는 스타트업이라고 하면 떠올릴 법한 컴퓨터나 화려한 신기술 같은 건 없었다. 대신 낡은 책상이 똑같은 방향으로 빼곡히 들어차 있고 못생긴 회색 칸막이로 구획이 나뉘어 있었다. 그래도 주방에는 아이스커피가 있었고, 통유리 창문과 마룻바닥은 고양이 소변 관리 용품에 관한 공급 체인과 출시 제품을…… 유쾌하지는 않아도 견딜 만하게 만들어줬다. 그리고 20여 명의 직원 사이에는 민주적인 분위기가 있었다. 키블에서는 창립자이자 CEO인 러셀만 개인 사무실이 있었는데, 그는 나보다 불과 두 살 많을 뿐이었다.

보통 나는 휴가 뒤 출근이 싫지 않았다. 기다려지기도 했다. 하지만 이번 여행을 마치고 복귀하는 날에는 엘리베이터를 타고 올라가는 동안 두려움이 가슴을 채웠다. 출근 전에 크리스틴에게 전화를 걸까 했지만 시드니는 한밤중이었다. 크리스틴의 조용한 공감과 든든한 격려 없이 하루를 어떻게 보낼까? 게다가 폭행을 당한 사람이 그 애인데 내가 어떻게 도움을 기대할 수 있을까? 캄보디아 이후 내가 크리스틴에게 기댔던 것처럼 그 애에게도 의지할 친구가 있어야 했다.

엘리베이터 문이 열리자 얼굴에서 핏기가 가시는 것 같았다. 파올로의 시체가 바로 거기서…… 얇은 흙에 덮인 채 썩어가며 누군가 찾아주기를 기다리고 있는데 나는 어떻게 내 낡은 책상에 앉아 자료나 뒤적이고 있겠는가?

"어서 와!" 프리야가 하나로 묶은 머리를 흔들며 달려와 나를 끌어안았다. "돌아와서 정말 기뻐."

나는 케이크를 장식하듯 얼굴에 미소를 펴 발랐다. 프리야와 나는 2년 전쯤 근처 동물 보호소를 위한 모금 행사에서 자원봉사를 하다 만났다. 내가 사는 건물에서는 반려동물을 키울 수 없지만, 나는 그 보호소의 인스타그램에 올라오는 귀여운 사진을 즐겨 봤고 일일 행사 때 도움을 주기로 한 것이다. 행사날 아침에 주최 측이 나와 프리야를 팀으로 정해준 덕분에 점심시간에 우린 친구 사이가 됐다. 그리고 프리야가 이곳의 일자리를 내게 소개했다. 그녀는 키블의 카피라이터였다.

"보고 싶었어!" 내가 말했다. "그리고 선물도 가져왔어." 미니어처 피스코 한 병이 가방 안에서 짤랑거렸다.

"근사했어? 근사했지?" 프리야가 책상까지 함께 왔다.

나는 더 활짝 웃었다. 울고 싶었다. 며칠이 지났지만 시체를 끌고 땅을 파느라 생긴 근육통은 가시지 않은 채 가슴에 묻어둔 감정과 하나가 됐다. 넓고도 날카로운 통증이었다. "잊을 수 없는 경험이었어." 내가 겨우 말했다. "하지만 돌아오니 좋네."

뉴스를 살피지 않을 수 없었다. CNN 사이트를 새로고침 할 때마다 음악을 켜자마자 음량이 너무 높을 때처럼 화들짝 놀랐다. 실종자에 대한 언급을 찾아 화면을 내리고 또 내렸다. 개인 정보 보호 모드에서도 검색하면 안 된다는 것은 알고 있었다. 지난해, 크리스틴이 그 기능은 안전하지 않다고 숨죽여 말했기 때문이다. 아이피 주소만 알면 누구나 정체를 알아낼 수 있었다.

하지만 아무 일도 일어나지 않았다. 동료들이 책상 옆을 지나가며 칠레는 어땠는지 물었지만 타인의 휴가 이야기에 으레 그렇듯 그들은 별로 관심이 없었다. 곧바로 시작해야 하는 전자 상거래 재출시 건이 있었다. 내 집중력의 20퍼센트 정도만 제품 출시 일정을 짜고 예산을 어찌어찌 맞추는 데 쓸 수 있었다. 파올로 이외의 문제에는 그 정도가 최선이었다.

그의 가족이 아직 실종을 알아차리지 못한 걸까? 누군가 이상하다고 신고했을까?

그날 밤, 크리스틴과 내가 노스웨스턴에 돌아간 꿈을 꿨다. 4학년에 올라가기 전 여름, 시내의 낡은 아파트에서 머물던 때였다. 기억에서처럼 꿈속에서 우리는 호숫가에 앉아 검은 호수를 바라보고 있었다. 하늘이 진청색으로 변하고 별들이 지기 시작하자 우리는 점점 신이 났다. 태양이 호수가 이루는 수평선을 밀고 올라오는 경이로운 광경을 말없이 바라봤다. 미시간 호수의 일출. 그곳에서 지내는 동안 잠들지 않고 일출을 본 건 단 세 번뿐이었지만, 늘 특별하고 비밀스러운 우리만의 경험이었다.

그러다가 잠에서 깨자 엉망진창이 된 현실이 쳐들어왔다.

핸드폰에 손을 뻗었다. 크리스틴과 통화하려는 욕구는 가려움처럼 떨칠 수가 없었다. 우간다에서 텐트 안에 누워 있다가 수십 마리 체체파리가 문 곳을 발견한 때처럼. 파올로가 내 머릿속을 장악하면 그것을 해소할 기회, 말해버릴 기회가 간절해졌다. 아직 아무 일도 없는 걸까? 우리가 잊은 게 있을까? 그런 일이 있었다는 게 믿어져? 하지만 물론 그 무엇도 말할 수 없었다. 크리스틴은 통화로 범죄 사실을 언급하지 못하게 했다. 나는 그 비밀이 내 속에서 풍선처럼 부풀어 목구멍으로 밀고 올라오는 것을 느꼈다.

또 하루 근무. 어찌어찌 회의에 참석하고 이메일에 답장하고 휴게실에서 잡담을 들었다. 애런과 하루 종일 메시지를 주고받으며 가벼운 말장난을 하기도 했다. 나는 그의 이름이 잠금 화면에 나타날 때마다 분출하는 도파민에 의존했다. 프리야와 함께 줄을 서서 맛에 비해 비싼 부리토를 사 먹으면서 그녀의 데이트 앱 이야기를 들었다. 그러는 내내 나의 본능은 성대를 장악하고 이렇게 고함치려 했다. 우리는 피투성이가 된 남자를 묻었어. 그건 완전한 진실도 아니었다. 절반에 불과했다. 시체는 둘이었으니까.

크리스틴과 저녁에 통화를 하기로 했다. 그 얘기는 하지 않도록 주의해, 에밀리. 누가 들을지 모르니까. 이어폰을 끼고 소파에 앉아 기다리는 동안 심장이 쿵쾅거렸다.

"안녕, 엠!" 참 명랑한 목소리. 윙윙거리는 잡음은 무엇이었을까?

"안녕. 밖이야?"

"응, 걸어서 출근하고 있어. 너무 시끄럽니?" 바람 소리가 커지더니 이내 조용해졌다. 멀리서 자동차 경적 소리가 들렸다.

"아, 괜찮아. 네 말은 들려." 칠레 이후 첫 통화를 걸면서 하다니, 너무나 태평하다는 생각이 들었다. "어떻게 지내?"

"잘 있어. 회사는 힘들어. 아직 함께 휴가 중이면 좋겠다."

나는 이맛살을 찌푸리며 쿠션에 기댔다. "일이 힘들다니 큰일이네. 너는 어때?"

"괜찮아. 있잖아, 배낭여행은 1년 후가 좋다고 했지만 내 쪽이 여름일 때는 어때? 연휴 직후에 출발하면 지옥 같은 밀워키의 겨울을 벗어날 수 있을 거야. 시드니에서 시작할 수도 있지. 1월은 서핑하기 완벽한 날씨거든."

영상통화가 아니라서 다행이었다. 얼굴에서 충격을 지울 수 없었으니까. 크리스틴은 너무나 아무렇지 않게 행동했다. 나는 크리스틴을 사랑했고, 공포로 가득한 경험을 감당하는 동안 함께 있을 수만 있다면 무슨 짓이든 했을 것이다. 하지만 우리가 함께하면 몹시 나쁜 일을 불러들이는 게 분명했다. 우리 둘만의 여행은 폭력을 자석처럼 끌어들였다. 그런 위험을 또 무릅쓸 이유가 있을까? 게다가 얼마 전에 폭행을 당했으면서 어떻게 다시 또 세계 여행을 떠올린단 말인가?

"그건…… 생각 좀 해봐야 해." 나는 조심스레 말했다. "네가 정말, 정말 보고 싶어. 하지만…… 여행이 다시 하고 싶어지려면 시간이 좀 필요할 것 같아. 이해할 수 있지?"

"아, 괜찮아." 크리스틴은 지나치게 빨리 대답하더니 화제를 싹 바꿨다. 파올로를 뺀 이런저런 것에 대해 잡담을 나누는 사이 크리스틴은 회사에 도착했다. 나는 혼란과 슬픔을 느끼며 전화를 끊었다.

그리고 매우 불안했다.

Chapter 12

애런과 그의 동네에 있는 아늑하고 편안한 바에서 만나기로 했다. 골목길에 차를 세우고 어둠 속에 발을 내디디며 안전한 지역과 그다지 안전하지 않은 지역이 가까이 붙어 있는 밀워키의 특징을 떠올렸다. 야구 모자를 쓴 남자가 가로등에 기대 있는 것을 보고 나는 눈길을 피하며 지나갔다. 하지만 등 뒤에서 발소리가 들리자 가슴이 두근거리고 온몸에 아드레날린이 퍼졌다. 걷는 속도를 높여 거리를 가로지른 뒤 어깨너머를 흘끔 돌아봤다.

아무 일도 아니었다. 남자는 다른 길로 접어들었다. 그저 어떤 남자가 자신이 내 신경을 곤두세운 것도 모르고 제 갈 길을 간 것뿐이었다.

여성이 가지고 태어나는 고통에 대한 독백을 TV에서 본 기억이 났다. 인생이 우리에게 선사하는 엄청난 고문을 열거하기란 어렵지 않다. 출산과 생리통, 갱년기의 숨 막히는 열감. 우리는 고통을 피하려고 최선을 다하지만 남자들은 그것을 향해 달려간다. 전쟁과 레슬링, 두개골을 쪼개고 그 아래 연약한 뇌를 멍들게 하는 축구. 그들의 허세는 강해 보이기 위해 스스로 고통을 만들어내는 것이다.

하지만 **공포**. 공포는 적어도 고통만큼 강한 동기를 부여한다. 그 TV 프로그램이 틀렸는지도 모른다. 남자들은 고통보다는 공포, 살아 있다는 소름 끼치는 실감을 경험하려는 것인지도 모른다. 남자들은 공포의 오싹함을 하루에 백 번씩 느끼는 것이 얼마나 비참한지 모르기에 그것을 갈구하는 것이다.

바의 문을 활짝 여는 순간 맥주 냄새 섞인 따뜻한 실내 공기가 몸을 감싸는 것에 감사했다. 잠시 그 분위기를 느꼈다. 잡담을 나누고 PBR 맥주를 시키고 형광펜보다 밝은 색 치즈볼을 우적거리는 사람들. 나무 패널 벽에는 맥주 네온사인과 먼지 앉은 사슴뿔, 물고기 모형이 여기저기 걸려 있었다. 나는 포털을 통해 안전한 차원으로 건너온 느낌이었다.

바 주위의 사람들을 살펴본 뒤, 흠집투성이 나무 테이블 사이에 푸스볼 테이블과 옛날 아케이드 게임기가 놓여 있는 안쪽으로 향했다.

"에밀리!" 애런이 일어나 내게 키스했다. 자신감 넘치는 태도로 건네는 그의 키스가 좋아서 우리는 늘 그렇게 인사를 나눴다. "뭐 마실래?"

애런이 내 술을 사러 달려가자 나는 핸드폰을 꺼냈다. 크리스틴이 자신의 사무실에서 찍은 것 같은 사진을 보내왔다. 시드니의 장관이 펼쳐져 있었고 멀리 오페라하우스가 반짝였다. "이래도 확신이 안 들어?" 크리스틴은 윙크하는 얼굴 이모티콘과 함께 이렇게 적었다. 배 속에서 젖은 콘크리트가 구르는 듯했다.

테이블에 잔이 툭 놓이자 깜짝 놀랐다. "스파티드 카우는 떨어졌다고 해서 부야라는 걸로 가져왔어." 애런이 내 어깨를 두드리더니 옆에 앉았다. "바텐더가 비슷하대. 어, 왜 그래?"

"아냐. 미안."

"괜찮아?"

"크리스틴 때문에." 나는 망설이다가 말했다. "시드니에서 만나 6개월 배낭여행을 하자고 자꾸 조르네."

"정말로?"

"응. 내가 보고 싶대. 게다가 그렇게 멀리…… 모두와 떨어져 있으니 외로운 모양이야."

"당신 마음은 어때?"

나는 입을 꼭 다물었다. "때가 좋지 않다고 했어. 직장도 있고, 또 사교 면에서도……." 나는 우리의 950밀리리터 잔이 놓인 테이블을 가리키곤 얼굴을 붉혔다. 세 번째 중요한 이유는 말하지 않았다. 크리스틴과 내가 함께 여행하면 반드시 유혈 사태로 끝난다는 것. "그런데 자꾸 묻네."

"오, 이런. 내가 간섭할 일은 아니지만 말이야. 정말 마음이 놓인다." 애런은 웃으면서 맥주를 꿀꺽 마셨고 나는 가슴이 두근거렸다.

"안심이라니 기뻐." 가슴속에서 따뜻한 감정이 차올라 조심스레 희망을 품었다.

애런은 생각에 잠겨 고개를 끄덕였다. "당신을 내게서 빼앗아가려고 하다니 이상하네. 하지만 뭐, '남자보다 친구'인 모양이지."

"그 얘기를 꺼냈을 때 크리스틴은…… 당신에 대해서 몰랐어. 그때까진." 내 목소리가 고장 난 녹음기처럼 천천히 늘어졌다.

애런이 웃기 시작했다. "그건 왜지?"

나는 침을 삼켰다. "내가 별거 아닌 일에 너무 큰 희망을 갖곤 하거든. 한동안 진지하게 만난 상대가 없었다고 했잖아. 아니, 우리가 진지하다는 게 아니라 난 그저……."

애런이 눈썹을 치켜뜨고 씩 웃으며 기다렸다.

서둘러 말했다. "징크스가 될까 봐 그랬어. 친구들에게 새로 만난 남자에 대해 신이 나서 떠들었는데 아무것도 아니게 되는 것보다 더 속상한 일은 없거든. 친구들이 그 뒤에 자꾸 물어보면 바보가 된 느낌이니까." 음, 물론 그보다 속상한 일은 몇 가지 더 있다. 크리스틴과 나는 잘 알고 있었다. "어쨌든 그다음에 크리스틴에게 당신 얘기를 했어. 마지막 날 밤에. 크리스틴도 기뻐했고! 하지만 배낭여행 계획에 빠져 있나 봐. 말하는 걸 뭐라 할 순 없지."

애런이 내 어깨에 팔을 둘렀다. 그 무게에 내 온몸이 달아올랐다. "알겠어. 음, 남자친구가 생겼다고 해. 그래서 움직이기 싫다고."

얼굴에서 미소를 감출 수가 없었다. "남자친구?"

"그러면 되지 않을까?"

눈 맞춤이 너무 강렬해지자 시선을 돌렸다. "그러면 되겠네."

"좋아. 지금 당장은 방랑을 참아줘. 나 장거리 연애 못하거든."

"그럴 거야. 하지만 크리스틴이 거절을 받아들이지 못해. 나랑 같이 하고 싶은 일이 생기면 아주 열심인 친구거든. 뭐, 노스웨스턴에서 그렇게 즐겁게 지낸 것도 그 애 덕분이야. 크리스틴이 없었으면 미시간 호수에서 누드 수영을 하진 않았을 거니까."

애런은 눈썹을 치켜떴다. "와, 그건 놓쳐서 아쉽네."

"당연." 나는 맥주를 홀짝였다. "크리스틴이 지금 괴로워서 그래.

좋은 친구 노릇 하기 힘들다."

"왜 괴로워?"

파올로의 피를 턱에 묻힌 호텔의 크리스틴. 그가 날 폭행했어.

"그러니까, 외로운 거지. 거기도 친구가 있지만 제일 친한 친구
는 아니거든. 그건 그렇고, 당신은 어떻게 지냈어? 내가 놓친 일은
없어? 좋은 프로젝트는 시작했어?"

"아, 재밌는 일은 아니야." 그의 손이 어깨에서 목뒤로 옮겨갔다.
그러고는 나를 가만히 응시하더니 키스했다. 심장이 가슴 밖으로
튀어나오는 줄 알았다. 정말이지 오랜만에 두려움이 아니라 기쁨
때문이었다.

남자친구. 애런이 자기를 내 남자친구라고 했다. 내가 자기 여자
친구라고 했다. 오랫동안 그런 상대를 기대하기가 두려웠는데 막
상 그것이 실제로 일어나니 생각보다 더 좋았다. 나는 그의 각진
턱에, 거기 난 수염에 손바닥을 꼭 대고 키스했다.

내가 먼저 부끄러워서 키득거리며 몸을 떼어냈다. "안녕, 남자친
구." 이렇게 불러봤다.

"잘 있었어?" 그도 농담으로 받더니 나와 손깍지를 꼈다. "있잖
아, 크리스틴에 대해 좀 더 말해줘. 내 여자친구의 친구를 더 알고
싶어."

누군가 다이얼을 돌린 것처럼 내 신경이 곤두섰다. "크리스틴은
최고야. 정말 용감하고 모험을 좋아해."

"둘이 함께 좌충우돌 세계를 여행하다니 보기 좋아." 애런이 우
리 손을 들어 내 손톱을 살폈다. "아직도 지저분하네! 그 등산 이야
기가 아직도 궁금해."

앗. 경고 신호가 전신을 내달리며 따뜻한 감정이 식었다. 내 앞가림도 못하면서 어떻게 진지한 관계를 가진다는 거지?

"음, 그게 좀 엉망이었어. 길을 잃는 바람에 다투게 됐거든. 그때가 여행 중에 최악이었어." 나는 거품이 가득한 맥주를 마셨다. 애런이 잡고 있는 손에 식은땀이 나는 것 같았다.

"와, 그랬구나. 그럼 그 얘긴 안 해도 돼. 또 여행 중에 무슨 일이 있었어?"

나는 잔을 내려놨다. "물어봐주는 건 고맙지만 여행은 다시 들추기가 싫어. 그리고 당신이 어떻게 지냈는지가 더 궁금해! 뭐 새로운 일 있어?"

애런은 편안하게 등을 기댔다. "일 쪽으로는 포장 디자인 큰 건이 들어왔어. 아티스트들이 일거리에 입찰하는 사이트에서 사람을 구하기로 했대. 제일 싼 작업자가 일을 맡는 거지."

"저런, 그럼 디자이너들이 작업 가치를 낮추지 않아?"

애런은 어깨를 으쓱였다. "뭐, 먹고살아야 하니까. 그리고 난 운이 좋잖아. 무슨 일이 있어도 카페가 있으니까."

"와. 당신은 아무도 못 건드리겠네, 그렇지?"

애런이 씩 웃었다. "모두가 날 쓰러뜨리려 달려든다고 생각하는 게 다 무슨 소용이겠어."

나처럼 말이지. 파올로의 가족이 그가 있어야 할 곳에 없다는 사실을 서서히 깨닫는다면. 지역 경찰이 수사에 착수한다면.

"당신 인생관이 마음에 들어." 나는 이렇게 말하고 맥주를 들이켰다.

바텐더가 마지막 주문을 받겠다고 하자 애런과 나는 손을 잡고 그의 아파트로 걸어갔다. 나는 칠레는 구석에, 보이지 않는 곳, 떠오르지 않는 곳에 묻어두기로 결심했다. 그의 룸메이트가 집에 없어서 우리는 거실 소파에 털썩 앉았다. 레코드플레이어에서 흘러나오는 음악이 아래층 바에서 귀가하는 손님들의 소음을 묻어줬다.

몇 분 동안은 좋았다. 서로에게 끌리는 어지러운 감정과 함께 소파에서 서로를 만지며 흥분하는 것이 즐거웠다. 그러다가 내가 그의 무릎 위로 올라가 거친 팔뚝을 만지자 심벌즈가 부딪히듯 그것이 나를 때렸다. 파올로의 싸늘한 이두박근. 언덕 위로 끌고 가던 세바스티안의 근육질 등. 그것은 진짜였다. 현실이 된 악몽, 정당방위라 해도 우리를 감옥에 처넣을 수 있는 행동.

나도 모르는 사이 온몸이 굳자 애런이 내 어깨를 건드렸다. "괜찮아?"

"미안. 조금 긴장한 것 같아."

"왜 그래?"

나는 몸을 빼내어 그의 옆에 앉았다. 그에게 말하고 싶었다. 무엇이 진짜 문제인지 털어놓고 싶었지만…… 그럴 수 없었다. "내 머릿속이 복잡해서 그래. 당신과는 전혀 상관없어."

"그래. 무슨 일인지 얘기하고 싶어?"

나는 불현듯 울고 있었다. 눈물이 뺨을 타고 흐르자 내 다른 일부가 떨어져 나가 공포에 질려 다그쳤다. 정신 차려, 에밀리. 새로 사귄 남자친구가 도망가기 전에. "미안!" 내가 말했다. "내가 이상하게 구는 거 알고 있어."

"아냐, 괜찮아." 애런이 대답했지만 눈에는 당혹감과 놀란 기색이 역력했다. 그도 부인하지 않았다. 내가 이상하게 구는 것을. 애런이 일어나서 다급하게 사라지자 내 심장은 곤두박질쳤다. 참 빨리도 끝났네.

"여기!" 다시 나타난 애런이 티슈 상자를 내밀었다. 내가 한 장을 뽑자 찍 소리가 났다. "이리 와, 괜찮아." 애런이 옆에 앉더니 나를 품에 안았다. "왜 그래?"

말하고 싶어서 죽을 것 같았다. 그 일을 털어놓을 수만 있다면 뭐든지 내놓을 수 있었다. 그러나 나는 말하는 대신 눈물을 꾹 참고 몸을 떼어냈다. "정말 미안해. 당신 때문이 아니야. 난…… 집에 그만 가야 할 것 같아."

"아, 그래." 애런은 상처받은 표정이었다. "차까지 바래다줄까?"

"아냐, 고맙지만 괜찮아."

하지만 밖으로 나와 모퉁이를 돌자마자 나는 후회했다. 거리 전체가 텅 비어 있었고 창백한 가로등 사이가 캄캄했다. 굽이 높은 가죽 부츠를 신고 있어서 보도에 또각, 또각, 또각 소리가 계속 났다. 소름 돋는 꽃망울이 튀어나온 나뭇가지 아래 거리를 걸으며 발소리를 최대한 작게 내려고 애썼다. 말 그대로 발뒤꿈치를 들고 누구의 눈에도 띄지 않고 집에 가고 싶었다. 등 뒤에서 뭔가가 움직여 깜짝 놀랐지만, 4미터쯤 떨어진 곳에서 길을 건너는 여자의 그림자가 가까운 가로등에 비친 것뿐이었다. 나는 한참 만에 차에 올라탄 뒤 문을 잠갔다.

텅 빈 도시의 도로를 따라 집으로 가면서 발 디딜 때마다 소리를 내는 부츠를 저주했다. 누구의 눈치도 보지 않고 어둠 속을 돌아다닐 수 없다니. 앞뒤가 맞지 않는 말이다. 애런이 날 알아보고 여자친구라고 불렀을 때는 짜릿했다. 하지만 거리에 나오니 다른 남자들의 시선을 피해 유령처럼 다니려고 했다. 그게 여자의 삶인 것 같다. 시선을 갈망하는 동시에 혐오하며 사는 삶.

남자들의 시선만 그런 것도 아니다. 내 부모님을 예로 들어보자. 나는 그들의 시야 속의 부유물, 망막 속에 일어난 빛의 굴절 같은 존재였다. 대학에 들어간 뒤에야 그들이 내게 보인 무관심의 정체를 알 수 있었다. 정서적 방치. 그런데 길거리를 지나갈 때 "으음, 안녕." 하고 신음하는 남자를 보면 나는 배가 뭉치고 기분이 상한다. 투명인간이 되는 것과 눈에 띄는 것, 둘 중 어느 쪽이 더 나쁜가? 참 피곤했다. 눈에 띄는 선망의 대상이 되고 싶은 자아는 늘 팽창과 수축을 반복했다. 열렸다 닫히기를 끊임없이 반복했다.

세바스티안이 나를 벽에 밀어붙여 꼼짝 못 하게 했을 때 내 모습은 어땠을까? 그 끔찍한 광경이 머릿속에서 돌아갈 때쯤 집 앞에 도착해 차를 세웠다. 세바스티안의 살점을 물어뜯을 때 느낀 분노와 아드레날린의 폭발. 스탠드를 든 크리스틴. 그만. 그만. 그만해.

그의 몸이 우리 팔에서 툭 떨어져 청회색 물속으로 곤두박질치던 순간.

나는 망가졌다. 현관으로 올라가는데 다시 눈물이 솟구쳤다.

불쌍한 애런.

무엇과 얽혔는지 애런은 전혀 알지 못했다.

Chapter 13

"여기 오면 안 될 것 같다고 생각했어요."

심리 치료사 에이드리엔 오더동크는 50대 후반쯤 되는 나이에 회색 곱슬머리와 상냥한 갈색 눈을 가진 사람이었다. 현관 근처 안내판에 소아과, 부동산, 치과 등이 적힌 평범한 건물의 평범한 심리 치료사. 그녀는 평온하게 미소 지었다. "왜 그랬죠?"

"아마…… 심리 치료는 나약한 사람들이 하는 거라고 배운 것 같아요." 사실 나는 심리 치료에 대해 아주 부정적인 반응을 겪으며 자랐다. 15년 전, 사촌이 정신과 의사로 진로를 바꾼다고 하자 아빠는 아침 식사를 하면서 대놓고 비웃었다.

"정신과 의사는 사기꾼이야." 아빠는 그게 당연한 사실이라는 양 말했다. 신문을 펼치더니 페이지를 넘겼다. "모자란 것들이 감정이니 뭐니 늘어놓는 소릴 들어주고 시간당 200달러를 내라니. 뭐, 잘해보라지."

"정말로 나약한 사람들이 하는 거라고 생각하나요?" 에이드리엔이 물었다.

"음, 더 강해져야 할 것 같아서 여기 왔으니 그렇게 생각하는 것 같네요." 나는 어색하게 웃었다.

"'해야 할 것 같다'는 말은 대화에서 빼봅시다."

"네." 나는 그녀 옆 탁자에 놓인 스프링 노트와 우리가 함께하는 50분을 알리는 시계를 봤다. 커피 테이블 위에는 눈물, 콧물을 기대하는 티슈 상자가 있었다.

프리야가 에이드리엔을 추천했고 나는 교장실에 불려간 아이처럼 대기실에 슬그머니 들어갔다. 크리스틴이 가지 말라고 했는데도 심리 치료를 받으러 온 것이 마음에 걸렸지만 선택의 여지가 없는 것 같았다. 나이는 서른이 다 됐고 성인이 된 이후 시작한 첫 연애의 모든 것을 망쳐버리기 직전이었으니까.

"더 강해지고 싶다는 말은 무슨 뜻인가요?" 에이드리엔이 물었다.

나는 시선을 피했다. 공황 상태를 묻어둘 만큼 강해지고 싶었다. 하루, 한 시간이라도 파올로가 발견될 거란 두려움 없이 지낼 만큼 강해지고 싶었다. 전화가 오면 칠레 경찰인가 싶어서 얼어붙지 않을 만큼 강해지고 싶었다. 캄보디아 이후에 알아봤는데 미국이 나를 외국 경찰에 인도할 거란 보장은 없어도 내가 기소되면 뉴스에 내 얼굴이 나올 것이고 내 여권에는 표시가 될 터였다. 내 인생은 망하고.

"음…… 감정을 좀 더 잘 통제하고 싶은 것 같아요. 다른…… 사람들처럼." 다른 사람이라면 물론 크리스틴을 뜻했다. 나는 여기 무엇을 하러 온 걸까? 사실대로 말할 순 없었다. 우리가 붙잡힐 것 같다고, 그런 상황이 불가피하다는 말은 할 수 없었다. 캄보디아 때는 크리스틴이 모든 것을 주도했고 그 계획은 물론 성공했다. 우리는 빠져나왔다. 하지만 내가 주도한 칠레 사건에서 나는 덜덜 떨며 멀리 보지 못하고 자신감을 잃었다. 언제라도 파올로의 마지막 행적이, 사람들 눈에 띄었던 퀴테리아에서의 밤이 추적당할 수 있었다. 심리 치료사에게 현실적인 두려움을 달래달라고 요청하려면 어떻게 해야 할까?

정답. 다른 현실적인 걱정거리를 말하는 것이다. "저, 작년에 전…… 폭행을 당했어요. 바에서 만난 사람에게. 그리고 회복하기가 힘들었어요."

"그런 일이 있었다니, 유감이네요."

"감사합니다. 소, 솔직히 처음에는 엉망이었어요. 하루를 버티기도 힘들었어요. 하지만 친한 친구가 호주에 사는데 그래도 그 기간 동안 날마다 절 도와줬어요. 다시 예전으로 돌아간 것처럼 느낄 때까지 저를 붙잡아줬어요. 그런데 그러다가……."

에이드리엔은 몹시 상냥한, 집중해서 경청하는 표정으로 나를 뚫어져라 보고 있었다.

"지난주에 그 친구도 비슷한 일을 당했어요. 함께 휴가 중이었어요. 이제 저도 그 친구를 위해서 강해지고 싶은데……."

"와, 에밀리. 친구가 그런 일을 겪는 걸 보면서 예전의 상처가 되살아났겠군요."

나는 입술을 깨물었다. 시간이 흐르고 크리스틴의 도움을 받아 세바스티안 사건은 쿵 소리와 함께 봉인됐다. 관 뚜껑이나 묵직한 책 표지를 덮듯이. 나는 다시 일상으로 돌아갔고 크리스틴과의 우정은 두 배로 두터워졌다. 하지만 불현듯 평생에 한 번 겪을 만한 악몽이 한 번이 아니라는 것을 알게 되니…… 세바스티안이 다시 내 시야에 나타났고 그의 서늘하고 건조한 살갗이 내 마음속에서 파올로의 털북숭이 살과 뒤섞였다.

파올로, 이 순간에도 사람들이 그를 파내고 있을 것 같았다.

"사건을 신고했나요?"

"아뇨, 안 했어요." 잠시 침묵. "두 번 다."

에이드리엔이 고개를 끄덕였다. "생존자들이 힘들어하는 점은 종결이 없다는 거예요. 가해자는 멀쩡히 살아가고, 피해자는 가해자가 아직 돌아다니고 있다는 걸 알고 있죠."

경고등이 울리고 붉은 플래시 불빛이 번쩍였다. 세바스티안은 처벌 없이 돌아다니지 않았다. 파올로도. 에이드리엔은 내가 뭔가 감추는 걸 알았을까? 나를 시험하는 걸까? 대체 여긴 왜 온 거니, 에밀리?

"왜 그러죠? 하고 싶은 말이 있는 것 같은데." 에이드리엔이 관자놀이를 톡톡 두드렸다.

"너무 긴장돼요…… 솔직히." 내가 말했다. "심리 치료가 어떻게 돌아가는 건지도 모르거든요." 세상에, 난 정말 어리석었다. 에이드리엔이 붙잡힐지 모른다는 불안감을 조절하는 법을 가르쳐줄 거란 어렴풋한 기대감에 이곳을 찾아왔던 것이다. 공포를 다스릴 마법 같은 기술이 있을 거라 생각하며. 그리고 그 마술 덕분에 애런 옆에서 정상적으로 행동하고 그의 애정을 받을 만한 사람, 호감과 사랑을 받을 사람이 되길 바라며. 크리스틴과의 사이도 예전으로 돌아가면 그때부터 꽃길만 걸으면서 크루즈 여행 광고처럼 아름다운 삶을 살 수 있을 거라 생각하며. 하지만 크리스틴의 말이 옳았다. 심리 치료는 그런 것이 아니다. 그럼에도 나는 진짜 문제는 건드리지 않고 에이드리엔의 시간을 낭비하며 뭔가를 숨기는 사람처럼 굴고 있었다.

"그 친구 이야기를 들려주세요. 도와주고 싶다는 친구."

나는 기본적인 것들을 이야기했다.

"흥미로운 건, 사람들이 트라우마를 겪을 때는 자기 마음만 파고 드는 경향이 있다는 거예요." 에이드리엔이 말했다. "살아남으려 하다 보니 이타적인 사고를 하지 못하죠. 그런데도 당신은 크리스 틴에게 더 좋은 친구가 되고 싶어 하는군요. 왜 그런 것 같아요?"

젠장, 에이드리엔은 정말로 나를 꿰뚫어 봤다. "음, 크리스틴이 참 많이 도와줬으니까요. 저도 그래야 할 것 같아요. 아니, 받기보 다 더 많이 주고 싶어요. 제가 먼저 나서고 싶어요."

"크리스틴이 더 많은 도움을 달라고 하던가요?"

"아뇨." 내가 말했다. 크리스틴은…… 이상하게도 멀쩡해 보였 다. 내가 크리스틴을 필요로 한 것만큼 나를 필요로 하지 않는 걸 까? 크리스틴에게 시드니의 스파 마사지 이용권을 보내고 맛있는 것을 먹으라는 쪽지와 함께 우버이츠 상품권을 보냈지만, 크리스 틴의 답장은 발랄하고 살짝 놀란 어조였다. 와, 이럴 필요는 없는데!

"다른 사람들의 지지는 어떤가요?" 에이드리엔이 물었다. "가족 이나 다른 친구는? 파트너라든가?"

"가족과 가깝지 않아요." 솔직히 말했다. "크리스틴뿐이에요. 자 매 같은 사이죠. 그리고 친구도 많지 않아요. 지인 백만 명보다는 절친한 친구 하나를 갖고 싶은 편이라. 하지만 연인으로 만나기 시 작한 사람이 있긴 해요. 정말…… 얼마 안 됐지만. 네, 좋은 사람이 에요." 나는 무릎 위에 발목을 올려놨다가 거기 있는 작은 연꽃을 보고 눈을 깜빡였다. 크리스틴과 타투를 함께 한 것이 먼 옛날 같왔다.

"그 사람 이야기를 들려줄 수 있어요?"

나는 편안하게 애런과 만난 과정을 이야기하고 그가 너무 좋은 상대라서 긴장된다고 했다. 5년 만에 처음으로 호감을 가진, 미래를 함께하고 싶은 상대라고. 그와 함께 있으면 모든 게 달라진 느낌이지만 사랑을 나누기 시작하자 얼어붙었던 것도 이야기했다.

"그 사람 이야기를 할 때면 얼굴이 밝아지네요." 에이드리엔이 말했다. "벽을 칠 만큼 민망한 이야기를 할 때도. 보기 좋아요."

나는 고개를 돌리며 입술을 꼭 다물고 웃었다.

"5년 만에 처음 찾은 상대라고 했죠. 마지막은 누구였나요?"

"아, 그 사람 생각은 별로 안 해요." 나는 손을 저었다. "이름은 콜린이고 오케이큐피드 사이트에서 만났어요. 처음에는 잘될 것 같았어요. 우리는 잘 어울렸고 그는 제가 좋아하는 타입이었죠. 하지만 몇 달 뒤 그 사람이 제 친구들을 만난 직후에 좀…… 집착하는 사람이라는 걸 깨달았어요. 그와 크리스틴이 계속 부딪혔죠. 아시잖아요. 절 사랑하면 제 주위 사람들도 사랑해야죠."

몇 달 전, 잊고 있던 콜린이 다시 떠오른 계기가 있었다. 다운로드한 새 앱이 그를 친구로 추천했던 것이다. 아는 사람들 전부 막연히 그가 괜찮다고 했던 반면("좋은 사람 같네. 네가 행복해 보여서 기쁘다!"), 크리스틴은 자세히 살피고 이것저것 질문했다. 어느 날 밤, 크리스틴은 내가 만나는 계획을 취소하자 그가 보인 짜증 섞인 반응에서 '성격장애 냄새가 난다'고 했다.

"그리고 5년 동안 아무도 만나지 않았군요." 에이드리엔이 말했다.

"네, 진지하게 만난 상대는 없어요."

"그러면……." 그녀는 노트를 흘낏 봤다. "작년에 성폭행을 당한 걸 애런이 아니요?"

"아, 말씀드렸지만…… 강간은 아니었어요. 그저……."

"그건 성폭행이었어요, 에밀리." 에이드리엔은 잠시 시간을 줬다. "원치 않는 성적 접촉이라면, 그건 성폭행이죠."

눈물이 다시 차올랐다. "그렇겠죠. 하지만 대답은 '아니'예요. 애런은 몰라요. 전 그 일을 얘기하지 않아요."

에이드리엔의 눈썹이 올라갔다. "크리스틴만 예외군요."

여긴 조앤이야. 여자가 사귈 수 있는 최고의 친구지.

"물론이죠." 시계가 7시 50분을 알리는 순간 내가 말했다.

드리시티 요가는 늘 나의 행복한 장소이자 안식처였다.

하지만 확신이 사라졌다.

팔로산토 향이 달콤한 밝고 널찍한 곳이었다. 앞쪽 창문에는 크리스털과 선인장이 예술적으로 장식돼 있었다. 나는 매끈한 마룻바닥에 매트를 펼쳤다. 담요와 블록을 잔뜩 옮기는 도중에 프리야가 나타나 한쪽 팔로 나를 껴안는 바람에 도구들이 바닥에 떨어졌다.

대학 시절, 크리스틴이 요가를 알려줬다(고맙게 생각한다). 요가가 좋았다. 서서히 호흡하면 폐가 기상 관측 기구처럼 확장됐다. 아주 간단한 좌법에도 맹렬히 집중해야 했다. 캄보디아 이후 요가 스튜디오는 내게 교회가 됐다. 비둘기 자세가 주는 깊은 아픔이나 낙타 자세의 용감한 펼치기 속에서 눈물이 솟아오르는 것을 느꼈고, 그 순간 언젠가는 모든 것을 놓아버릴 수 있을지 모른다고 믿곤 했다.

내가 치유 과정을 전부…… 다시 시작할 수 있을까?

프리야는 티셔츠를 벗고 탄탄한 복근을 드러냈다. "내 친구 팀을 초대했어. 겟세마네에서." 프리야가 내 옆에 매트를 펼치며 말했다. 겟세마네 교회를 뜻했다. "그래도 괜찮지?"

"물론이지! 내가 아는 사람이야?" 프리야는 베이 뷰의 대형 성공회 교회에 다녔고 파티에서 만난 겟세마네 사람들은 전부 재밌고 예술적이었다.

"아닐걸. 그렇지만 마음에 들 거야." 프리야는 늘 사람들을 이런 저런 일에 함께 불러 모았고 타인들이 만들어내는 누에고치 속에서 행복을 느꼈다. 프리야는 앞쪽 창으로 걸어가 식물과 돌 그림의 사진을 찍었다. 나는 프리야의 꾸미지 않은 듯 근사한 인스타그램 감각이 부러웠다. 그녀에게는 정물을 예술로 승화시키는 안목이 있었다.

칠레 사건 후 일주일이 지났지만 몸을 움직이거나 다리 근육을 당길 때마다 그 일이 머릿속을 밀고 들어왔다. 누군가 파올로를 찾아내는 두려움이 우짜이 호흡에, 짠 땀에 섞여 흘러나오는 듯했다. 일주일간 지팡이 자세를 할 때마다 쓰라렸던 오금이 마침내 드디어 아프지 않자, 맞은편에 애런이 앉아 있고 두 번의 끔찍한 사건이 홀로그램처럼 사이에 놓인 광경이 떠올랐다. 활 자세로 엎드려 균형을 잡을 때 나는 복부 깊숙한 곳에서 뭔가가 굳어가는 손난로처럼 형태를 취하며 죄어오는 것을 느꼈다. 천천히 힘을 뺀 뒤 수업을 계속하면서 나는 가만히 누워 눈물이 마르기를 기다렸다.

사바사나 동작이 끝나고 가부좌로 앉아 있을 때 강사가 초자연적인 관념을 설명했다. 여러분은 인간이 되길 선택한 신의 의식입니다. 의식이 발전하고 탐색하려면 형태가 필요하기 때문이죠. 눈을 살그머니 뜨니 프리야와 눈이 마주쳤다. 나는 씩 웃었다.

수업이 끝나고 프리야는 팀에게 인사를 하더니 핸드폰을 확인했다. 얼굴이 밝아졌다. "에밀리 친구 맞지?" 프리야의 핸드폰 화면을 가만히 보니 프리야가 올린 드리시티의 창문 장식 사진에 댓글이 달려 있었다. 크리스틴은 인스타그램에서 사람들을 팔로우하지만 자기 사진은 올리지 않기 때문에 크리스틴의 글이라는 것을 알아보는 데 잠시 시간이 걸렸다. 참 예쁘네요. 에밀리가 이곳 이야기를 들려줬어요!

죄책감이 솟아났다. 크리스틴에게 연락을 안 한 날이었다. 나를 필요로 하지 않는 것 같다는 이유로, 괜찮냐고 물으면 늘 대화를 잘라내는 느낌이라는 이유로 연락 횟수를 줄이고 있었다. 세바스티안과 파올로 이야기를 안 하려다 보니 통화가 어색하고 긴장됐다. 새로운 연애에 대해 자꾸 늘어놓고 싶지 않아 애런 이야기도 하지 못했다. 이젠 재밌는 것이 보이면 크리스틴이 아니라 애런에게 보냈다. 참 형편없는 짓 아닌가? 크리스틴이 나를 그렇게 도와줬는데 나는 피하다니.

"맞아!" 나는 프리야의 핸드폰에서 시선을 돌리며 겨우 말했다. 참 이상했다. 수업 때 배 속에 뭉친 덩어리가 더욱 날카로워졌다.

그날 밤에는 크리스틴도 연락하지 않았다. 마음속에서 내 자신을 책망하는 잔소리가 자꾸 들렸다. 나쁜 에밀리, 가장 친한 친구를 피하다니. 하지만 저녁 때 나는 애런과 오리엔탈 극장에서 인디 공포 영화를 봤다. 극장의 붉은 벨벳 좌석에서 애런은 한 팔로 나를 감싸고 있었다. 우리는 무서운 장면에서 깜짝 놀라며 영화를 보았고 영화가 끝나자 애런이 내 뺨에 키스했다. 그날 밤을 함께 보내지는 않았지만 데이트 중에 크리스틴 생각은 멀리서 깜빡이는 정도였다.

크리스틴과 그렇게 오래 연락 없이 지내기는 처음이었다. 그래서인지 일요일 아침(크리스틴은 월요일을 맞이할 때) 일어나 보니 이상하게 복잡한 감정이 들었다. 안도감과 죄책감. 한숨 돌리면서 동시에 부끄러웠다. 크리스틴이 세상 밑바닥에 깔린 자기 방에서 자신을 되돌릴 수 없음을 깨닫는(받아들이는) 모습이 떠올랐다.

게다가 우리가 잡히지 않고 벗어날 수 있겠다는 생각이 들기 시작했다. 뉴스에 실종된 배낭여행자 이야기는 언급조차 없었다. 내 악몽은 8,000킬로미터나 떨어진 황량한 산속에 묻혀 있었고, 그것을 아는 단 한 사람은 그보다 두 배는 더 먼 곳에 있었으며, 내가 우리 사이에 쌓는 벽은 점점 더 견고해졌다. 애런과 나는 사귀는 사이가 됐고 나는 과거를 잊기 시작했다. 크리스틴을 여전히 사랑했고 언젠가 친구가 나를 용서할지도 모르지만 확신할 수 없었다. 나는 그럴 자격이 없었다.

내게 든 가장 강한 감정, 다른 모든 감정을 돔처럼 에워싼 감정은 크리스틴과 이야기하고 싶지 않은, 연락이나 생각조차 하고 싶지 않은 강한 욕구였으니까. 우리가 해야 하는 이야기를 할 수 있다면 상황은 달랐을 것이다. 하지만 크리스틴은 보안을 들먹이며 그 화제를 차단했고 어쨌든 나를 필요로 하지도 않았다. 크리스틴은 프놈펜 이후의 나처럼 허물어지지 않았다. 더 열심히 노력하고 더 좋은 친구가 돼야 한다고 생각했지만, 나는 새해 첫날 미시간 호수에서 북극곰 수영을 구경하는 사람 같았다. 아무리 함께하고 싶어도 발이 떨어지지 않았다.

서로 다른 나라에서 우정을 유지하기도 힘들었다. 열일곱 시간의 시차, 서로 다른 일정과 계절, 각자의 삶이 있었다. 다른 사람과의 우정은 이보다 훨씬, 훨씬 사소한 일에도 끝났다. 아니, 최소한 한 걸음 거리가 생겼다.

나는 이를 닦고 머리를 빗었다. 폐부로 작은 수증기 같은 수용의 감정이 흘러들었다. 크리스틴은 드디어 내가 밀워키의 삶을 포기하고 배낭여행을 떠나지 않는다는 것을 이해한 것이다. 바로 그때 애런이 메시지를 보냈고 나는 상상의 날개를 펼쳤다. 이듬해 이 무렵이면 나는 그와 여행을 계획하고 있을지도 모른다고. 혹은 혼자서 여행을 하든가. 요가 선생님의 말이 옳다면 이런저런 것을 경험하고 탐험하는 것이 눈과 다리와 뛰는 가슴을 가진 인간으로서의 내 의무가 아닌가? 모험을 떠나는 여자는 운을 시험한다는 말이나 스스로를 지키는 것이 여성의 책임이라는 말…….. 그런 소리는 여성의 삶을 축소시키려는 의도가 아닌가? 집에 갇혀 꼼짝 못 하고 조종당하게 하려는? 나는 덜 이국적이지만 여전히 멋진 곳을 찾아갈 수 있었다. 중앙 유럽의 기차 여행이나 서부 국립공원 자동차 여행처럼.

그때 현관 벨 소리에 몸이 얼어붙었다. 창문에서 빛이 들어오는 통로를 내다보니 벨이 다시 울렸다.

복도를 달려가 문을 조금 열어보고는 그대로 굳어버렸다. 귀에서 지직거리는 소리가 들렸고 충격이 온몸을 뒤흔들었다. 바람이 센 날이라 현관문과 바깥 사이에 맞바람이 불었다.

"에밀리 도너번." 크리스틴이 문을 잡더니 끝까지 열었다. 그리고 활짝 웃었다. "놀랐지!"

Chapter 14

●

꿈, 이것은 또 다른 꿈이 틀림없었다. 미시간 호수의 일출 꿈처럼 물리법칙과 선형 시간의 법칙에 위배되는 꿈. 크리스틴은 이 순간 시드니에서 짜증나는 상사를 노려보고, 가을 채소를 사고, 곧 닥칠 겨울에 대비해 옷장에서 스웨터를 꺼내고 있었다. 친구의 세계는 나와 너무 달랐다. 친구는 위스콘신주 밀워키에 있는 내 집 현관에 등장할 수 없었다.

"보고 싶었어!" 크리스틴이 나를 끌어안자 들고 온 가방이 콘크리트 바닥에 툭 떨어졌다. 나도 마주 안고는 친구의 몸이 만져진다는 사실에 놀랐다. 마음이 따뜻해지는 포옹이었다. 나는 친구를 꼭 끌어안고 목덜미에 숨을 내쉬었다. 크리스틴이 왔다.

"대체 너…… 어떻게 온 거야?" 친구를 안은 채 물었다.

크리스틴이 키득거렸다. "어떻게 온 거 같아? 로스앤젤레스까지 열여섯 시간 비행, 시카고까지 네 시간 비행, 밀워키까지 버스, 역에서 우버택시로 왔지." 크리스틴이 나를 놓고 가방을 들었다. "그러니 당연히 녹초가 됐어. 들어가도 되지?"

나는 입을 열었다가 그냥 닫고는 도저히 믿을 수가 없어 고개를 흔들었다. 문을 열어젖히니 크리스틴이 들어왔다.

"지금 네 얼굴이 어떤지 모르지? 세계 최고의 깜짝 파티 반응 영상 모음을 떠올려 봐. 네가 지금 그 영상 같아." 크리스틴이 옆을 지나가며 내 어깨를 꼭 쥐었다.

"크리스틴, 괜찮아? 뭐가 자꾸 떠오르고 그래? 어쨌든 네 얼굴 보니까 정말 반갑다." 나는 다시 한번 크리스틴을 끌어안았다. 조금 더 세게.

"솔직히 말하면, 잘 지내고 있어! 가장 친한 친구와 다시 만났으니 더욱." 크리스틴이 입구에서 멈췄다. "지난번에 왔을 때도 이 벽이 있었나?"

나는 크리스틴을 멍하니 봤다. 계산이 안 된다. 아직 꿈속인가? 크리스틴이 우리 집에 마지막으로 왔을 때는…… 2년 전 크리스마스? "네가 못 본 것 같아. 어디서 지낼 거야?"

"내나와 빌의 집에서 지낼 거야. 걱정 마." 크리스틴의 조부모님 집은 20분 거리의 브룩필드였다.

"여기서 지내고 싶진 않고?"

"흐음, 네 자그마한 소파랑 구멍 난 에어 매트리스가 끌리긴 하지만……."

나는 크리스틴을 따라 주방으로 갔다. "음, 마음 바뀌면 알려줘. 네 조부모님이…… 까다로우신 거 아니까."

"고마워! 그래, 지켜보자." 크리스틴은 물 한 잔을 마셨다.

"얼마나 지낼 거야?" 나는 미소를 짓고 다시 물었다. "너랑 얼마나 지낼 수 있어?"

"숨 좀 돌리고 다 얘기할게. 아, 돌아와서 정말 기쁘다. 여기 봄은 참 좋잖아. 진짜 겨울을 보낸 뒤에 맞으면. 호주랑 다르지."

나는 잠시 친구를 보다 입을 딱 벌렸다. "도저히 믿어지지 않아, 크리스틴! 신기루 같아." 그러면서 한 손으로 앞을 휘저었다.

"알지." 크리스틴이 키득거렸다. "아마 너도 일이 많을 텐데 나 때문에 일정을 바꾸거나 할 것 없어. 정말로 놀라게 하고 싶었을 뿐이야. 요즘은 정말 살면서 놀라운 일이 없지 않니?"

나는 눈을 깜빡였다. 진심으로 하는 말일까? 시체가 두 구면 꽤 놀라운 일 같은데. 남은 생은 예상치 못한 것과 마주칠 일 없이 흘러가길 바라게 될 정도의 충격이었는데. 그래도 크리스틴을 만난 반가움에 가슴이 부풀었다.

"솔직히 말해봐, 크리스틴. 작년 캄보디아 이후에 나는 상태가 안 좋았어. 너는 어때?"

크리스틴은 창밖을 내다봤다. "나는 너보다 머릿속 정리가 잘 되나 봐. 자라면서 나쁜 일을 겪었으니까."

나는 끄덕였다. 크리스틴은 부모님이 집에서 화재로 돌아가셔서 브루스 웨인°처럼 고아로 자랐다. 동정심과 죄책감이 뒤섞여 목이 메었다. "아. 만나서 정말 기쁘다, 크리스틴. 지난주 내내 바란 건 네가 여기 함께 있어서 네가 겪는 것들을 모두 함께 나누는 것뿐이었어."

"어머, 그랬구나. 참, 커피 있어?"

● 슈퍼히어로 배트맨의 대외적인 정체로 부유한 기업인이자 바람둥이, 자선가로 묘사된다. 어린 시절에 부모가 살해당하는 장면을 목격하고 고아로 성장했다.

"끓여줄게." 나는 일어나 서랍에서 스푼을 꺼냈다. 우리의 감정이 리듬을 타지 못했다. 크리스틴은 터놓고 대화하자는 내 제안을 냉정하게 털어냈다. 커피 두 스푼을 커피 머신에 넣었다. "일주일밖에 안 됐는데 또 그렇게 비행기를 타다니. 나는 다시 여행하고 싶을지 모르겠어."

"음, 난 요즘 열여섯 시간 비행은 기본이네."

주전자를 제자리에 끼우는 데 집중했다. 내 움직임이 마치 무대 연출처럼 느껴졌다. 그녀는 커피를 끓이며 이것저것 건드린다. "있잖아, 멀쩡한 척 안 해도 돼." 내가 말했다. "캄보디아 일 때문에 난 완전히 망가졌어. 어쩔 줄 모르겠고, 두렵고 아팠어. 도저히…… 내가 얼마나 엉망이었는지 너한테 말 안 해도 잘 알지?"

크리스틴은 동정 어린 표정으로 끄덕이며 날 봤다. 모든 게 잘못됐다. 크리스틴이 날 위로할 상황이 아니었다. 친구가 이곳에, 바로 내 앞에 있었다. 집에 돌아온 이후로 내가 꼭 바라던 일이었다. 하지만 기분이 좋아지지 않았다. 크리스틴과 나 사이의 거리가 차라리 축복이었을까 하는 생각이 들자 가슴이 아팠다. 그 거리가 길고 좁지만 치유로 향하는 길이었는지. 막상 크리스틴이 찾아오자 누군가가 잡아끄는 것처럼 반대편으로 밀려가는 것이 느껴졌다.

"하지만 넌 이겨냈잖아." 크리스틴이 말했다. "나도 그럴 거야. 이제 함께 있으니까." 크리스틴이 활짝 웃더니 하품을 삼켰다.

"잘 지냈다니 다행이다. 그래도 지금은 피곤할 거야." 나는 전자레인지 위의 시계를 봤다. 애런과의 브런치 약속이 한 시간도 채 안 남았다. "어서 얘기를 나누고 싶지만, 우선 자야지."

우리는 그것에 능했다. 외국 땅에 있는 동안 평소 일정에서 벗어난 상태에서 서로의 신체 욕구를 파악하는 것. 하지만 크리스틴은 고개를 저었다. "널 보니까 상쾌해졌어. 당장 할 일 있어?"

"음, 사실은 브런치 약속이 있어. 그래도 나중에 만나면 되겠지?" 내 목소리가 지나치게 밝고 상쾌하고 반짝였다.

"누구랑? 애런?"

"응, 맞아. 실은…… 그 사람이랑 잘돼가는 것 같아." 그때만큼은 내가 원하는 것을 확실히 알았다. 이 어색한 재회를 끝내고 애런과 미소 지으며 기분 좋게 만나고 난 후에 크리스틴과 다시 이야기를 나누는 것. 크리스틴이 잠을 푹 자고 일어나 우리 사이가 그렇게…… 삐걱대지 않을 때. 하지만 나는 어리석은 도박을 하고 말았다. 크리스틴이 비행기 열여섯 시간, 그리고 네 시간, 버스, 택시를 타고 난 뒤 밖에 나가고 싶어 할 리는 절대, 절대 없다고 여겼기 때문이다. "브런치 같이 할래?"

"샤워 90초에 끝낼게." 크리스틴은 자리에서 일어나며 이렇게 대답했다. "그것만 하면 돼."

레스토랑으로 가는 길에 크리스틴은 편안하게 수다를 떨었다. 비행기에서 있었던 일, 택시 기사가 소름 끼쳤던 일, 조부모님이 자기 방을 작업실로 바꾸느라 물건을 전부 북부 별장에 옮겨다 놨는데 크리스틴이 갑자기 찾아간다니 당황해한 일을 늘어놨다. 경청하려고 했지만 딴 생각이 났다. 그렇다. 크리스틴은 늘 기운 넘치고 외향적이며 지나간 일은 빨리 잊지만…… 이 행동은 소시오패스에 가깝지 않은가?

아니면 모든 것이 연기이고 크리스틴은 내 생각보다 훨씬 힘들어하는 건가? 친구가 그렇게 멀쩡해 보이는 것에 마음이 놓여야 했지만 오히려 답답했다. 그 명랑함이 당황스러웠다. 일주일 전 시체를 묻은 것이 내 상상이라는 듯. 나는 상대적으로 나약하고 쓸모없는 존재 같았다. 어째서 크리스틴은 저렇게 용감하단 말인가?

"피곤하면 내 나와 빌의 집에 데려다줄게." 내가 말했다. "좀 잔 뒤에 얘기해도 돼."

"으, 아냐. 그분들과 만나는 건 최대한 미루고 싶어." 크리스틴이 나를 보고 씩 웃었다. "뭐야, 내가 방해되는 거야?"

응, 당연하지. "어머, 아니야! 쉴 시간을 주고 싶어서 그러지. 긴 여행이었잖아."

"걱정 마. 네 새로운 남자친구를 못 볼 만큼 수면 부족은 아니니까."

크리스틴이 애런을 만난다. 애런을 어떻게 생각할까? 그 생각에 정신이 팔린 나머지 나는 교차로를 그냥 지나다가 크리스틴이 "빨간불, 빨간불, 빨간불!"이라고 외치는 것을 듣고서야 브레이크를 밟았다.

크리스틴이 샤워하는 동안 애런에게 메시지를 보내놔서 애런은 우리를 보고도 놀라지 않고 반가운 표정을 지었다. 그가 손을 흔들자 나는 웃어 보였다.

"저 사람이야?" 크리스틴이 내 팔을 꽉 쥐었고 나는 흠칫했다.

당연히 알아봤을 것이다. 분명 소셜 미디어에서 그를 찾아봤을 테니. 프리야도 찾아내지 않았나. "응, 저 사람이야!" 나는 갖고 있는 에너지를 다 짜내어 명랑한 목소리로 말했다.

악수와 포옹이 오갔고 애런이 내게 키스하자 양 뺨이 뜨거워졌다. 직원이 우리를 창가 자리로 안내했다. 주택을 개조한 농장 직영 카페는 떠들썩하게 붐볐는데 손님들은 대화를 나누기 위해 점점 더 목청을 높였다.

"여기 왜 왔는지는 에밀리가 알려주지 않았어요!" 애런이 테이블 쪽으로 의자를 당겨 앉았다. 나도 당겨 앉았다. 나 역시 대답을 듣지 못했으니까.

"아, 정리 해고를 당했어요. 그래서 아직 모든 게 미정이에요. 전근 전에 밀워키에서 함께 일하던 예전 상사가 내게 다른 자리를 마련해주려고 애쓰는 중이라 어떻게 될지 아무도 몰라요. 하지만 당장은 항공사 마일리지가 남아 있고 여기 오고 싶었어요. 소중한 사람들 곁에." 크리스틴은 나를 향해 환한 미소를 지었다.

"아이고, 유감이군요." 애런이 말했다.

"너무하네! 크리스틴, 정말 속상하다." 나는 눈썹이 머리까지 닿는 것을 느끼고 표정을 바꿨다. "그럼 완전히 돌아올 수도 있겠네?"

"아직은 몰라. 상황에 달렸지. 취업 비자 없이 호주에 살 순 없으니까."

와. 마음속이 복잡했다. 한편으로는 내가 간절히 바라던 일이 벌어졌다. 새로운 연인 그리고 칠레에서의 공포를 다스리며 비밀을 털어놓고, 함께 울고, 포옹할 친구 둘 다 가질 수 있었다. 잡힐까 두렵다고 말할 상대. 친구에게는 검열 없이 말할 수 있었고 친구의 자신감과 관심, 나를 당당하게 만들어주는 행동을 보며 행복할 수 있었다.

하지만 뭔가 이상했다. 크리스틴이 도착한 지 한 시간밖에 안 됐는데 알아챘다. 우리가 서로 다른 주파수로 방송하는 것 같은 느낌이 들었다.

단순히 크리스틴은 시차 적응에 실패하고 나는 불안해서 그런 것일 수도 있었다. "정리 해고라니 정말 속상하다." 나는 손을 뻗어 친구의 손을 잡았다. "네가 싫어하는 일이었어도 그건 아니지."

크리스틴은 어깨를 으쓱였다. "고마워. 하지만 네 말이 옳아. 그 일이 정말 싫었어. 그러니까 이게 최선의 결과일 수도 있지."

"언제 그렇게 된 거야?" 내가 물었다. 등 뒤에서 아이가 비명을 질렀다. 편집증이 도졌다. 우리가 한 짓을 크리스틴의 상사가 알아낸 걸까? 무슨 일이 벌어져 발각된 건 아닐까? "안식년을 갖자는 이야기가 나온 참이었잖아."

"그러게 말이야! 그냥 그렇게 됐어. 그러니까 모든 계획이 공중에 뜬 상태지." 크리스틴은 애런을 향해 밝게 웃으며 말했다. "그런데 이 친구가 애런을 놔두고 떠날 생각을 왜 하는지 모르겠네요! 애런, 에밀리에게서 얘기를 별로 못 들었어요. 애런이 일하는 커피 숍에서 만난 거 맞죠?"

때마침 웨이트리스가 다가왔다. 예쁘게 땋은 머리에 볼이 발그레한 10대였다. 주문을 받더니 머그에 커피를 따랐다. 무늬 있는 받침에 놓인, 짝이 안 맞는 도자기 머그였다.

애런이 커피에 크림을 따르다가 테이블에 두 방울을 떨어뜨렸다. 그는 크리스틴에게 웃으며 편안하게 이야기했다. 크리스틴이 무슨 일로 바쁜지 묻자 프리랜서로 하는 그래픽 디자인 일에 대해 부드러운 말투로 말했다. 나는 미소와 함께 자랑스러운 표정을 지었지만 속으로는 움찔했다. 애런을 그렇게 오래 감추다니 어리석은 짓이었다. 그러면 그에게 상처가 된다는 걸 왜 몰랐을까?

크리스틴이 허리를 곧게 폈다. "그럼 칠레 여행 이야기는 에밀리에게 다 들었겠네요."

내 손이 움찔하는 바람에 들고 있던 잔이 미끄러져 테이블에 부딪혔다. 테이블 가장자리로 오렌지주스가 줄줄 흘러 애런의 무릎 위로 떨어졌다. 잔은 테이블 위를 굴러가 바닥에 떨어져 부서졌다. 우리는 벌떡 일어나 냅킨으로 주스를 닦았다. 웨이터가 행주를 들고 달려오자 레스토랑 전체가 소리 없이 못마땅한 표정으로 쳐다봤다.

"정말 미안해요." 의자를 다시 당겨 앉으며 내가 중얼거렸다.

"칠레 이야기를 하던 참이었는데." 크리스틴이 다시 말했다. "에밀리가 우리의 모험 이야기는 했죠?"

누군가 청소 도구를 가지고 와 쪼그리고 앉아 치우는 모습을 보고 나는 다시 사과했다.

부인할 순 있다. 부정은 트라우마를 다루는 한 가지 방법이다. 하지만 사건을 적극적으로 끄집어내는 행동은?

"그럼요." 애런이 나를 흘깃 봤다. "두 분이 좀 심하게 즐거웠던 모양이던데요. 에밀리는 한 닷새는 정신을 못 차렸어요."

"그랬을 거예요." 크리스틴이 말했다.

"응, 많이 뛰어다니고 등산도 했지." 나는 목소리를 높여 말을 잘랐다.

크리스틴이 씩 웃었다. "바로 그거야. 등산을 너무 했어. 남미에 가봤어요?"

애런이 고개를 저으며 대꾸했다. "저는 추운 날씨에 맞는 편이에요. 더운 곳엔 2분만 있으면 온몸이 빨개져요."

크리스틴이 웃었다. "자외선 차단제를 40리터는 쓴 것 같아요."

"그것도 도움이 안 돼요. 난 꼭…… 새우 같아요. 날것일 때는 하얗다가 뜨거운 팬에 던지면 플라밍고색이 되죠."

"있잖아요, 난 다 익으면 색이 바뀌는 재료로 요리하는 걸 좋아해요." 크리스틴이 달칵 소리를 내며 머그를 내려놨다. "꼭 마술 같아요. 요리하면 초록색이 되는 자주색 콩처럼."

"새우는 다 익으면 분홍색이 되는 게 멋지죠." 애런이 대답했다. "아주 편리해요. 하지만 치킨은 말이죠? 분홍색으로 시작해서…… 흰색이 되죠."

"누가 자연 다큐 좀 틀어드려야겠네." 크리스틴이 농담을 하자 두 사람은 눈을 마주치더니 웃었다. 내 가장 친한 친구와 남자친구가 잘 맞는다니 꿈이 이뤄진 셈이었다. 하지만 나는 속이 단단히 뭉치고 메슥거렸다.

크리스틴이 화장실에 갔을 때였다. 애런이 내 손을 잡더니 손등을 쓰다듬으며 말했다.

"뭐 하나 물어봐도 돼?"

"물론이지."

"칠레에서…… 무슨 일이 있었어?"

순간 실내가 조용해지는 것 같았다. 나는 목에 뜨겁고 부드러운 터널이 생겨나 샷건 탄피처럼 점점 넓어지며 아래로 쑥 내려가는 것을 느꼈다.

목소리가 나오지 않았지만 간신히 대답했다. "왜?"

"너무 긴장한 것 같아서."

나는 그의 미소를, 상냥하게 U자 모양을 한 얇은 입술을 보고 억지로 숨을 내쉬었다. 천식이 도진 것처럼 가슴이 죄어왔다. 들이쉬고. 내쉬고. 피스코 엘퀴의 꿈꾸는 듯한 요가 강사가 머릿속에서 중얼거렸다. 미소가 심장을 강하게 만들죠.

"아무것도 아니야."

애런은 고개를 저었다. "싫으면 말 안 해도 돼. 하지만 둘 사이는 분명 좋아질 거야. 크리스틴은 당신을 많이 사랑하네." 애런이 얼굴을 가까이 가져다댔다. "괜찮아질 거야."

그렇게 말할 수 있다니 그는 얼마나 운이 좋은가. 나쁜 일은 절대 일어날 수 없다고 믿다니. 품에 안은 시체의 무게를, 근육과 뼈에 흘러내리는 살의 느낌을 모를 수 있다니.

나는 끈적이는 메이플 시럽 병을 만지작거렸다. "크리스틴과는 괜찮아. 그냥……."

"크리스틴, 어서 와요!" 다가오는 친구를 보고 애런이 내 말을 끊었다.

"네! 계산서 나왔나요?" 크리스틴은 의자에 앉아 블러디 메리, 시뻘건 액체가 담긴 커다란 잔을 들었다. 그러고는 빨대에서 후르륵 소리가 나도록 마시더니 잔을 테이블에 내려놨다. 그 모습에 나는 속이 뒤집히는 것 같았다.

그것이 호텔 바닥에 고인 파올로의 피 같다는 생각을 떨칠 수 없었다.

Chapter 15

"미안, 내가 당황해서 그만 주스를 모두에게 쏟아버렸네."

내가 사과하자 크리스틴이 안전띠를 매면서 농담했다. "아, 괜찮아. 거의 다 애런에게 흘렀으니까."

나는 주차장에서 빠져나왔다. "맞아. 하지만 내가 좀…… 정신이 나갔어. 네가 칠레 이야기를 꺼내서."

크리스틴이 이맛살을 찡그렸다. "칠레 이야기를 왜 못 해?"

나는 대답할 말이 없어 얼버무렸다.

"내가 이상하게 행동하는 것처럼 말하는데, 이상한 건 너야." 크리스틴은 가방에서 물병을 꺼내더니 뚜껑을 열었다. "있잖아, 애런 멋지더라. 네가 평소에 만나는 남자가 아니야. 놀랐어."

크리스틴은 이 대화 중에도 조금도 흐트러지지 않았다. 단 1초도. 아무 일도 없어. 나는 언제나 그렇듯이 명랑해. 어떻게 이렇게 멀쩡하게 굴까?

"응, 근사한 사람이지." 내가 말했다. "하지만 좋은 사람이기도 해."

"다행이야. 변화가 좋을 수도 있지. 너는 상한 사과를 잘 고르는 듯하니." 크리스틴이 물을 들이키며 말했고 그 평가는 내 가슴을 찔렀다. "아니, 내가 잘났다는 건 아니야. 나도 똑같으니까."

나는 친구 쪽을 흘깃 봤다. 틀린 말은 아니었다. 폭력을 쓰는 벤. 집착하는 콜린. 내가 말했다. "음, 솔직한 평가가 필요하면 네게 부탁하면 되지."

"아는구나!"

빨간불에서 멈추자 시간도 멈췄다. "있잖아, 너를 버린다고 생각하지 않았으면 좋겠어." 내가 조심스레 말을 꺼냈다. "어떤 남자보다 네가 내겐 훨씬 더 중요해."

"아, 그건 알지. 다음 신호에서 좌회전해. 아, 여기 오는 건 정말 싫다."

내나와 빌의 집에 몇 년 만에 오는데도 운전대를 잡은 손이 길을 기억했다. 킹 오브 킹스 스쿨과 커다란 벽돌로 지은 교회 건물, 잔디밭에 현수막이 있는 초등학교에서 좌회전. 남성 모임과 성경 공부 오후 7시. 보몬트로 접어들면 두툼한 '막다른 길' 표지가 구석에 서 있고, 도로 밖으로 튀어나온 막다른 골목으로 쭉 들어가면 왼쪽에 내나와 빌의 우아한 주택이, 오른쪽에 화려한 첨탑으로 장식된 저택이, 그 사이에는 캘리포니아식 농장이 있었다. 농장 진입로에는 파인애플로 장식한 돌기둥이 양쪽에 서 있었다. 오른쪽의 괴물 같은 성채는 크리스틴의 어린 시절 집 위에 지은 것이다. 크리스틴이 화재로 돌아가신 부모님과 함께 살던 집. 조부모님이 계속 거기 산다니 이상하고 조금 가학적이라고 늘 생각했었다. 그들과 함께 산 크리스틴은 항상 비극의 현장 옆에 있어야 했다.

내나와 빌의 집은 내 기억보다 더 컸다. 갈색 벽돌과 뾰족한 지붕,

감시하는 두 눈처럼 나를 내려다보는 창문. 진입로에는 거대한 단풍나무 두 그루가 버티고 있었고 현관문 앞에는 관목이 한 줄로 서 있었다. 모두 곧 터질 것 같은 봄날의 모습이었다. 단풍나무 가지에는 붉은 새순이 돋아나고 관목에는 연두색 싹이 텄다. 평소 나는 만물이 다시 태어나는 봄을 사랑했지만, 황갈색 잔디와 위협적인 집 건물을 배경으로 하니 나무는 방어력 없는 미숙아처럼 보였다.

"짐 들어다 줄까?"

"두 분이 널 보면 들어와서 인사하라고 할 거야. 아마 문 앞에서 기다리고 있을걸. 경고했어."

"얘기가 길어질까?" 내가 눈썹을 치켜떴다. "피곤하지 않아?"

"버티고 있어. 들어가자."

우리는 현관으로 향했다. 크리스틴은 이곳에서 10대 시절을 보내며 골프, 테니스, 축구 등 부르주아 스포츠로 유명한 명문 공립 고등학교에 다녔다. 크리스틴은 폼폼 팀에도 들어갔는데, 나는 졸업 후에야 그 사실을 알고 즐거워 어쩔 줄 몰랐다(폼폼을 사용하는 댄스 팀이지 치어리딩 팀과는 다르다고 크리스틴이 알려줬다). 대학 시절 우리는 모임에 달려가 사람들과 어울리며 인맥을 쌓으려는 여학생들을 보며 어이없다는 표정을 짓곤 했다. 10대의 크리스틴이 저스틴 팀버레이크 노래에 맞춰 하이킥을 하는 모습이라니 생각만으로도 낯설었다.

크리스틴이 초인종을 누르는 것을 보며 나는 그날 열몇 번째로 마음을 다잡았다. 내나와 빌은 늘 나를 긴장시켰다. 물론 그들은 부모처럼 대체로 친절했다. 하지만 내게 보이는 선하고 살짝 속물적인 노인의 인상과 크리스틴에게 들은 말이 도저히 맞지 않았다.

빌이 웃으면서 크리스틴에게 광고업계에서 버티지 못할 거라고 말한 것. 크리스틴의 우등 졸업논문 〈태국의 여성 정치 대표와 노동력 참여〉를 읽고 논문 평가 내용 중 부족한 점 몇 가지에 밑줄을 쳐서 손녀에게 돌려준 것. 밖에서는 유쾌한 사람들이 안에서는 손녀를 그렇게 무시한다는 사실을 상상하기 어려웠다.

문이 활짝 열리더니 그들이 나타났다. 키가 크고 몸집이 둥그스름한 빌과 새처럼 자그마한 내나가. 그들은 크리스틴과 나를 뻣뻣하게 포옹했다.

"포도주를 한 병 골랐단다." 내나의 말에 나는 고맙다고 인사했다. 낮술을 마시게 될 모양이었다. "잔을 가져올게."

빌이 거실(가족실인가? 두 곳은 마주 보고 있었고 생김새도 같았다) 쪽으로 손짓했고 나는 자리에 앉았다. 모두 미소를 띠고 누가 말할 차례일까 생각하며 서로를 보는 틈틈이 어색하게 숨을 내쉬었다. 오는 길은 어땠는지 크리스틴에게 묻지 않나요? 1년 만에 손녀를 만나서 기쁘지 않아요?

빌이 침묵을 깼다. "브런치는 어땠니?" 관심이 느껴지지는 않았다.

"즐거웠어요!" 나도 열심히 끄덕였다. "카지노 근처 에비스에 갔어요. 프렌치토스트가 맛있었어요." 나는 목청을 가다듬었다. "그나저나 어떻게 지내셨어요? 뵌 지 2년은 된 것 같네요."

"그렇게 오래?" 빌이 헛기침 소리를 냈다.

"칠레에서 재밌었다고." 내나가 네잎 클로버 모양으로 솜씨 좋게 잔을 들고 들어왔다. "외국을 그렇게 돌아다니다니 참 용감하구나." 내나가 허리를 숙여 내게 잔을 건넸지만 갑자기 가슴이 두근거려 나는 눈길을 피했다. 우리가 여행 이야기를 편안하게 할 수 있을까?

"조심하세요, 오늘 에밀리가 뭘 자꾸 떨어뜨리거든요!" 크리스틴이 외쳤다. 그리고는 윙크를, 정말로 윙크를 했고 나는 얼굴이 달아올랐다.

빌은 병을 따르라 손녀의 말을 무시했다. "그래, 칠레에서 갔다는 산지 마을 이야기는 들었다. 그리고 뭐라더라?"

"네?" 크리스틴이 자기 잔을 받으며 물었다. 태연한 표정이었다.

"너희가 마신 술. 피코?"

"피스코요!" 내가 끄덕였다. "맛있는 술이었어요." 그러면서 크리스틴과 눈을 마주치려 했지만 크리스틴은 침착하게 와인을 마셨다.

"너희가 단둘이서 그렇게 여행을 다니는 게 걱정스러워." 내나가 말했다. "난 40대가 될 때까지는 여권도 없었는데. 그리고 빌 없이는 아무 데도 안 갔지."

"네, 우리 둘 다 여행병에 걸렸거든요." 내가 대답했다. 그때 내 얼굴에 떠오른 당혹감을 두 사람이 읽었을까? 내 관자놀이 맥박이 뛰는 걸 봤을까? "그런데 음…… 두 분은 어떠세요? 별일 없으셨어요?"

"내나가 40대까지 여행을 안 간 건 스물한 살 때 아빠를 낳았기 때문이죠." 크리스틴이 내 말을 무시하고 내나에게 말했다. "에밀리와 나도 여덟 살짜리 애가 있으면 엘퀴 계곡을 신나게 뛰어다니지 못했을 거예요."

"그렇지. 엄마 노릇 하느라 바빴다." 내나는 신 것을 먹은 사람처럼 입술을 오므렸다.

"뭐, 다행히 우린 기저귀를 가는 대신 피스코 증류장을 찾아다닐 수 있네요." 크리스틴은 잔을 높이 들며 말했고 나는 다시 움찔했다. 왜 칠레에서 화제를 돌릴 때까지 참지 못하는 걸까? 우리가 땅속에 시체를 묻은 곳인데도.

"내나, 빌, 여행은 좀 다니셨어요? 은퇴를 즐기시면서?" 나는 두 사람을 번갈아 봤다.

"아, 날 아직 자르지 못했지." 빌이 어깨를 으쓱였다. "차네키 집안사람 없이 차네키 약국을 어떻게 운영하겠니?"

"은퇴를 안 하셨군요!" 나는 새로운 화제가 반가워 밝은 표정을 지었다. "크리스틴이 은퇴 파티 이야기를 한 줄 알았네요." 차네키 약국은 지역 기반의 약국 체인이다. 월그린 같은 대형 마트의 범람에도 불구하고 놀랍게도 장사가 잘되는 곳이었다.

"맞아. 일흔다섯이 되면 그만둔다고 하셨거든." 크리스틴이 말했다. "하지만 빌의 말대로라면 '은퇴는 게으른 자의 것'이야."

"저 사람은 은퇴 소리만 나오면 식은땀을 흘린다니까." 내나가 가벼운 목소리로 덧붙였다. "나랑 집에 있기 싫어서 계속 일하는 것 같아." 내나는 씩 웃으며 깡마른 팔뚝을 빌 쪽으로 내밀었다. 내 부모님이 끝내 헤어지기 전에 자주 보던 분위기라 익숙했다. 자신을 비하하는 유머. 어머, 우리가 서로를 못 견디는 게 참 우습지 않아?

"음, 여보. 당신의 와인 취미에 드는 돈을 누군가는 벌어야지." 빌이 받아쳤다.

나는 커피 테이블 위 두툼한 검은 책 옆에 잔을 내려놨다. 문득 그 책이 성경임을 깨달았다. 크리스틴이 다닌 학교가 속한 킹 오브 킹스 교회, 근본주의 성향의 보수파 개신교. 크리스틴의 아버지는 그곳 커뮤니티에 큰 기여를 했다. 여학생 농구부 코치이자 주일학교 교사. 부모님이 돌아가신 뒤 크리스틴은 전학 갔지만 내나와 빌은 계속 그곳 예배에 참석했다.

"아, 그렇죠. 일하는 건 좋죠. 전 키블에 다녀요. 스타트업 회사인데 고급 유기농 고양이 사료를 만들어요." 빌과 내나는 멍하니 끄덕였다. "재밌어요. 스타트업 업계에 대해서 많이 배우고 있어요."

"스타트업의 문제는 이름만 알려서 팔아먹으려는 거야." 빌이 어깨를 으쓱였다. "장기적인 계획이 없어."

나는 미소를 짓고 와인을 마셨지만 빌의 말에 상처를 입었다. 크리스틴이 한 말이 이것이었다. 늘 자기만 옳은 자신만만한 말투로 가시 돋친 말을 하는 것.

내나가 내게 물었다. "누구 만나는 사람은 있니?"

"네, 방금 그 사람이랑 브런치를 했어요." 크리스틴이 씩 웃으며 끼어들었다.

"사실…… 얼마 안 됐어요." 내가 그 이야기를 차단하자 모두 불편한 표정으로 주위를 둘러봤다.

드릴 소리가 들려왔고 빌이 어이없다는 표정을 지었다. "옆집에서 일꾼들이 몇 달째 마당을 밟고 다닌다. 그 멍청한 파인애플 달린 집 알지?" 빌이 손가락질하며 내게 말했다. 분위기가 바뀌는 것이 느껴졌다. 크리스틴은 아주 조용해졌고 내나는 불안과 분노가 담긴 눈빛으로 빌을 봤다. 나는 텐트처럼 몸을 접어 작디작은 네모가 되고 싶었다.

"기억이 안 나서 그러는데." 내나가 말했다. "외동이니?"

크리스틴에게는 궁금한 게 없는 건가? 그들이 키운, 오랫동안 만나지 못한 손녀인데? 나는 고개를 끄덕였다. "저 혼자예요, 크리스틴처럼."

"그럼 부모님은 아직…… 미네소타에 사시고?"

"네, 엄마는요. 아빠는 아이오와에 사세요."

"그럼 여기 가족이 없구나!" 내나는 공포 비슷한 감정을 담아 말했다.

"그럼요! 위스콘신에서 혼자 살아요."

나는 여기가 좋았다. 8년간 산 밀워키는 고향 같았다. 노스웨스턴 대학교 근처 도시 에반스턴에는 마음에 드는 것이 많았다. 예스럽고 예쁜 집과 그림 같은 등대, 미니애폴리스에서 멀리 떨어진 느낌을 주면서 내게는 더 잘 맞는 적당히 색다른 곳이었다. 밀워키는 살짝 특이한 외딴 곳이라는 느낌이 있었다. 유행이 지난 괴상한 분위기의 싸구려 바와 감성적인 술집이 새하얀 박물관과 과하다 싶을 정도로 세련되고 널찍한 상점가 사이에 자리 잡고 있었다. 그리고 호숫가, 아름다운 호숫가가 있었다. 매년 봄, 나는 그곳에서 책을 읽거나 수영 혹은 피크닉을 하거나 친구들의 아이들과 연을 날리며 더 많은 시간을 보낼 거라 맹세했다. 그리고 매년 여름은 쏜살같이 지나가 브래드퍼드 비치로 잠시 드라이브를 가야겠다는 생각을 하기도 전에 단풍이 들곤 했다.

한 시간 뒤, 나는 고맙다는 인사를 하고 일어서려는 길고도 유서 깊은 절차를 시작했다. 빈 잔과 손도 안 댄 견과류 그릇을 들고서 내나를 따라 주방으로 들어갔다.

내나가 휙 돌아섰다. "혹시 네게 필요한 게 있을지 모르니 전화번호를 교환하고 싶구나." 그러고는 내게 핸드폰을 건넸다. 케이스에 넣지 않은 핸드폰은 벌거벗은, 날카로운 느낌이었다. "메일 주소도. 오래전에 이렇게 했어야 하는데. 이곳에 잘 정착한 건 알지만 부모님이 그렇게 멀리 계시니 말이다." 내나가 눈을 깜빡이며 덧붙였다. "혹시 모르니."

차에서 나는 잠시 가만히 앉아 차창과 대시보드 쪽으로 숨을 조금씩 내쉬었다. 내 부모님 같은 사람들도 직접 만나면 의례적인 안부를 물었다. 내나와 빌은 손녀가 반갑지 않아 보였다. 크리스틴도 마찬가지였고. 그들이 서로를 싫어하는 감정이 또렷이 느껴졌다.

또 칠레를 아무렇지도 않게 입에 올리는 크리스틴. 적극적이다 싶을 정도의 태연함, 편안하고 느긋하고 태평한 목소리에 나는 신경이 곤두섰다. 크리스틴은 애런과의 브런치 때도 칠레 이야기를 꺼냈고, 빌이 칠레 이야기를 해도 화제를 바꾸지 않았다. 반면 나는 잡히는 것이 너무 두려워 여행 이야기만 나와도 손이 떨리고 이가 부딪혔다.

칠레. 그 이미지가 차창에 투사한 듯 떠올랐다. 바닥에 늘어진 파올로의 다리, 천장을 향한 운동화. 몇 센티 떨어진 곳에 큰 타원형으로 고인 피.

캄보디아의 싸구려 금속 침대 다리에 기댄 세바스티안의 머리. 크리스틴의 발에 튄 피.

그만. 그만. 그만해.

나는 시동을 걸고 라디오를 켰다. 머릿속 생각이 잠잠해질 만큼 소리가 커진 뒤에 차를 움직였다.

Chapter 16

●

 묵직한 공을 들어 손가락을 밀어 넣었다. 사람 두개골 구멍에 손톱을 쑤셔 넣듯. 몇 발자국 걸어가 손아귀에서 볼링공을 미끄러뜨렸다. 공은 기분 좋은 소리를 내며 레인에 떨어지더니 옆으로 구부러져 아슬아슬하게 핀 열 개를 다 놓쳤다.

 "거터 볼!" 애런이 외치는 소리에 나는 돌아서서 어깨를 크게 으쓱였다. 애런은 의자에 등을 기대고 다리를 꼰 채 당당하게 앉아 있었다. 나는 그가 풍기는 편안한 분위기에 마음이 따뜻해졌다. 어떤 곳에 가도 편안한 그에게.

 "2차 도전!" 내가 말하는 순간 기계가 내 갈색 공을 다시 뱉어냈다. 내 공이 거인의 구슬처럼 애런의 공에 부딪혔다. 공을 집어 들어 다시 던지자 왼쪽으로 기울긴 했지만 핀 여덟 개가 쓰러졌다.

 "그렇지!" 볼링은 애런의 아이디어였다. 나는 고등학교 이후 볼링을 친 적이 없었지만 덜컹거리고 윙윙거리는 루브 골드버그 장치* 같은 볼링장 분위기에는 아날로그적이면서도 만족스러운 느낌이 있었다. 못생긴 볼링화, 싸구려 컵에 담긴 독한 술, 마룻바닥 왁스와 튀긴 음식, 구두 살균제의 익숙한 냄새. 내가 플라스틱 의자에 앉자 애런은 내 무릎을 꽉 쥐더니 일어났다.

일요일의 기묘한 낮 데이트 이후 크리스틴을 만나지 못했지만 그 후로 긴장이 조금 풀렸다. 시차 적응을 못한 탓에 조금 삐걱거린 거라고 판단했다. 그래도 크리스틴은 가장 친한 친구였고 세상 누구보다 나를 잘 알았다. 우리는 곧 전처럼 익숙한 사이가 될 거라고 믿었다.

더욱이, 서서히, 차츰 파올로의 죽음과 연결될 거란 두려움이 잦아들었다. 그 전날 밤, 통계를 확인했다. 미국에서는 살인 사건 중 40퍼센트가 미결로 남았다. 꽤 높은 수치였다. 즉 형사들이 매년 7,000건에 가까운 살인 사건에 두 손을 든 셈이다. 7,000구의 시신이 죽음을 맞은 순간을 밝히지 못한 채 묻힌다. 그렇다면 그건 이 순간에도 지구상에는 살인죄를 짓고 멀쩡히 돌아다니는 사람들이 수천, 수백만이 된다는 뜻이다. 물론 대부분은 마음속에 차가운 스프링클러처럼 죄책감과 수치심, 후회가 퍼지는 걸 느꼈을 것이다. 하지만 그들은 자수하지 않았고 자백을 남기고 목을 매지도 않았다.

어쩌면 그들은 새로운 삶에 감사하며 더 열심히 노력하겠다고, 앞으로는 더 잘해보겠다고 맹세했을 것이다. 앞으로. 우리는 한 방

---

* 미국의 만화가 루브 골드버그가 다양한 도구를 사용한 복잡한 연쇄반응을 이용해 간단한 일을 처리하게 고안한 장치.

향의 타임라인에서 벗어나지 못하는 3차원 존재라 과거를 돌이킬 수 없기 때문에. 그 결론에 나는 조금 위로를 받았다. 구역질 나는 짓일지 몰라도. 나만 그런 것도 아니니까 앞으로 꾸준히 자연스럽게 나아가는 것 말고는 달리 방법이 없다고 생각하면서.

애런이 레인으로 걸어가더니 빨갛고 파란 볼링화를 미끄러운 마루에서 1밀리미터 남긴 지점에 멈추고 볼을 중앙에 놓는 모습을 보면서 나는 내가 가진 양면성에 또다시 놀랐다. 이러면 나도 소시오패스가 되는 걸까?

볼링 후 애런은 나를 따라 우리 집으로 향했다. 나는 백미러로 그를 볼 때마다 골반이 흔들리는 걸 느꼈다. 애런은 너무나 단순하고 선량하고 솔직하고 친절했다. 그리고 나를 원했다. 끔찍한 샤워처럼 뜨거웠다 싹 식어버리는 데이트 앱의 온갖 머저리들을 만나본 뒤라 더욱 그랬다. 내가 갇힌 우리 앞에 당근을 놓듯이 조건부 사랑을 건네던 벤과 긴 시간을 낭비한 뒤라 더욱 그랬다. 추한 본색을 신호등처럼 깜빡이던 콜린과 몇 달을 보낸 뒤라 더욱 그랬다. 애런은 나를 만나 행복해했고 나와 함께하는 시간을 소중히 여겼다.

집에 들어온 뒤 나는 잔과 와인 한 병을 챙겼다. 혹시 그가 올까 봐 청소를 미리 해뒀지만 일부러 청소한 것처럼 보이지 않을 정도로 어질러뒀다. 핸드폰을 블루투스 스피커와 연결하고 좀 끈적한 노래, 허스키한 여자 가수가 서글픈 피아노곡에 맞춰 부르는 노래를 틀었다. 그때 교회의 종소리가 어울리지 않게 들려오더니 잦아들었다.

나는 소파 팔걸이에 누워 애런의 무릎에 내 무릎을 얹었다. 애런이 내 종아리를 쓰다듬었다.

"뭐 하나 물어봐도 돼?"

애런이 와인을 한 모금 마셨다. "그럼."

"자랄 때 종교가 있었어?"

가벼운 웃음. "응, 감리교. 하지만 부모님이 진지한 신자는 아니셨어."

나는 생각에 잠겨 끄덕였다. "그럼 종교가 있어서 다행이라고 생각해?"

애런은 한쪽 눈썹을 치켜떴다. "내 아이들에게 종교를 갖게 할 거냐는 질문이야?"

"어머, 아니." 당황한 내가 다급히 말했다. "정말 그렇게 들렸지? 난 그냥……."

"괜찮아, 에밀리. 진정해." 애런이 다시 내 다리를 쓰다듬었다. 청바지 솔기를 따라 조금 위로.

나는 서둘러 설명했다. "며칠 전에 크리스틴의 조부모님을 뵙고 나서 든 생각이야. 그분들은 크리스틴이 어릴 때 다니던 교회에 아직 다니시거든. 크리스틴은 부모님이 돌아가신 뒤에 신앙 때문에 너무 힘들었다고 했어. 어머니가 기독교인이 아니라서. 그래서 어머니가 지옥에 갔다고 생각했대."

"저런." 애런이 고개를 저었다. "어떻게 돌아가셨는데?"

"화재로. 크리스틴이 열두 살 때. 너무 슬픈 일이야."

"그렇네." 애런이 잠시 생각했다. "그거, 무슨 사고였나? 화재 원인이 뭐였지?"

"나도 몰라. 집에서 화재가 어떻게 시작되지? 합선이나 뭐 그런 건가?"

"힘든 일이군." 애런이 잔을 비웠다. "음, 난 천국이니 지옥이니 하는 건 몰라. 감리교 도덕률에는 관심도 없었고. 하지만 커뮤니티의 일원이 되는 건 좋았어."

도덕률. 내가 가장 먼저 배운 선과 정의는 성서가 아니라 칭찬받는 법을 자세히 살피는 과정에서 비롯됐다. 아니, 적어도 부모의 분노를 사지 않는 법을 살피면서. 섹스에도 윤리의 기준은 없었다. 벤부터 시작해서 무엇을, 언제, 누구와 하는가의 문제는 내가 이해할 수 있는 것, 옳다고 여기는 것으로 결정됐다.

내게서 그것을 빼앗으려던 세바스티안. 내가 내 몸으로 하는 일은 오로지 내가 결정할 사안이었다. 나는 일어나 앉아 애런의 턱에 손을 뻗어 그를 가만히 당겼다.

"어, 안녕." 그의 어조가 어지러울 정도로 달콤해 나는 그의 입술에 입을 댄 채 미소 지었다.

그러고는 그의 머리를 헝클어뜨리며 침실 쪽으로 고갯짓했다. "부드럽게 해야 해, 응?"

애런은 그렇게 했다. 그의 입술과 혀, 손가락은 더없이 부드러웠다. 그는 내 목덜미에 키스하면서 계속 물었다. "괜찮아?" 멀리 어디선가 두려움이 일어나려고 할 때마다 나는 그의 얼굴과 단순한 상냥함을 봤고, 그것이 가라앉을 때까지 숨을 쉬었다. 더 크게, 더 열심히, 우리의 숨소리가 리듬에 맞춰 끈적이도록 숨을 쉬었다. 깊고 부드럽고 생생한 감정만 남을 때까지.

정지 화면처럼 고요한 순간이 지난 뒤 애런은 내 등의 땀을 손으로 문질렀다.

"굉장했어." 애런이 속삭이더니 내 엉덩이를 가볍게 때렸다. 그가 복도로 나간 뒤 거실에서는 작은 소리의 멜로디가 들려왔다.

나는 가운을 입고 침대 가장자리에 앉았다. 섹시하고 열정적인 사람이 된 느낌이었고 캄보디아 이후 드디어 협력해준 내 몸에 감사했다. 흐트러진 머리를 정리하고 스탠드를 켠 뒤 애런이 나오는 소리를 듣자마자 욕실로 향했다. 걸어가는 도중에 음악 소리가 갑자기 줄어들더니 새로운 메시지를 알리는 소리가 들렸다.

커피 테이블에 둔 핸드폰을 뒤집었다. 화면을 두 번 보는 사이 위장이 호일처럼 뭉치고 구겨지는 듯했다.

크리스틴에게서 부재중 전화 두 통. 10분, 14분 전이었다. 애런과 침대에 있었을 때.

그리고 바로 그 순간, 메시지가 도착했다. "네가 필요해."

Chapter 17

"무슨 일 있어?" 애런이 주방 문 앞에 서서 걱정스러운 표정으로 물었다.

나는 고개를 들었다. 머릿속이 뒤죽박죽이었다. 전화를 해야 해. 아니, 아냐. 크리스틴은 일부러 아무 말도 안 했다. 즉 캄보디아나 칠레 일이라는 뜻이었다. 애런 앞에서 말할 수 없는 문제였다.

전화로도 말할 수 없는 문제였다.

"왜 그래?" 애런이 다가와 나는 핸드폰을 옆에 내려놨다.

"크리스틴이야." 내가 말했다. "정말 미안하지만, 만나러 가야 해."

"지금?" 애런이 고개를 저었다. "무슨 일인데?"

말하고 싶은 마음이 간절했다. 입을 열고 진실을 독처럼 뿜어내고 싶었다. 칠레에서 어떤 일이 있었어. 그전에 캄보디아에서도.

나는 배를 감쌌다. "응, 크리스틴에게…… 지금 무슨 일이 있대."

"아, 그렇지. 정리 해고당했다고 했지." 내가 놀란 표정을 지은 모양이었다. 애런이 이렇게 덧붙였으니까. "아니면 다른 일? 미안해, 내가 상관할 일 아니란 거 알아."

"아냐, 미안. 애매하게 말하고 갑자기 가봐야 한다니." 나는 주위를 둘러봤다. "원하면 여기 있을래? 얼마나 걸릴지 모르겠어."

"괜찮아. 나는 집으로 갈게." 애런이 내 턱을 들더니 부드러운 입술로 상냥하게 키스했다. "곧 다시 만날 거지?"

크리스틴을 무시하고 그의 품 안에 안기고 싶은 마음이 간절했다. 나는 눈을 꼭 감고 마음을 다잡았다. "물론이야."

고속도로에 들어서자마자 차량용 스피커폰으로 크리스틴에게 전화를 걸었다. 주중 자정, 도로에는 나뿐이었다. 네가 필요해. 채널을 이리저리 돌리듯 가능성을 넘겨봤다. 캄보디아 비밀에 무슨 일이 생겼다. 물에 퉁퉁 불은 시체가 발견됐거나 누군가 호텔에서 우리가 놓친 증거를 찾아냈다. 혹은 칠레와 관련 있는 일일 확률도 높았다. 세월의 시험을 견디지 못한 얕은 무덤과 관련 있는 일이었다.

아니면 그보다 훨씬 단순한 문제일 수도 있었다. 캄보디아 이후의 나처럼 크리스틴도 드디어 공황 상태에 빠진 것이다. 직장에서의 문제도, 갑작스러운 위스콘신 여행도 끝났으니. 어쩌면 폭행을 당한 일과 자신을 지키기 위해 저지른 무시무시한 일, 그 후의 악몽 같은 시간을 차츰 실감하게 된 걸지도 모른다. 아휴, 크리스틴. 친구에 대한 애정이 부드러운 달걀노른자처럼 마음속에서 흘러나왔다.

"여보세요!" 음성 녹음으로 넘어가기 직전에 크리스틴이 전화를 받았다. 목소리가…… 평소보다 더 발랄했다.

"크리스틴, 지금 가고 있어."

"뭐라고?"

"네게 가고 있다고. 네가…… 그런 말 아니었어?" 나는 오른쪽 차선으로 들어가 속력을 낮췄다.

"어머, 저녁 먹다가 빌과 바보처럼 싸우고 잠이 안 와서 애기를 하고 싶었어. 전화로."

왼쪽에서 야구장 조명이 빛났다. 아직 브룩필드보다는 집이 더 가까운 지점이었다. "그렇구나! 완전 오버했네. 난 또…… 내가 필요하다는 줄 알았어."

크리스틴이 웃었다. "애, 너는 항상 필요하지!" 와작거리는 소리. "가까이 왔어? 그냥 와도 돼! 미안, 감자칩을 먹는 중이라."

맥이 빠진 나는 부당한 것을 알면서도 짜증이 나서 진출로로 빠져나갔다. "너무 늦었어. 안 가는 게 낫겠다. 그런데 빌이랑은 왜 그랬어?"

"정리 해고로 자꾸 짜증나게 하잖아. 공감 능력 제로야. 이런 일이 어떻게 돌아가는지 알기나 하나. 빌은 자기 아버지 회사를 물려받았잖아." 또 우적우적. "밀레니얼 세대에게 취업 시장이 어떤지 넌 알잖아."

"알지, 알지. 속상하겠다, 크리스틴. 정말 기분 나쁘네. 빌은 이해를 못하는 거야." 으, 정말로 내가 필요한 게 아니란 걸 알았다면 애런에게 자고 가라고 했을 것이다. 그에게 메시지를 보내 돌아오겠냐고 묻고 싶었지만 하필이면 핸드폰이 늘 놔두는 콘솔에 없었다. "그래서 잠을 못 잔다고? 실직은…… 엄청난 일인데. 슬퍼할 일이라고."

"그렇진 않아. 슬픈 건 아니야. 루커스랑 그놈의 일 따위." 크리스틴은 감자칩을 삼키고 더 또렷하게 말했다. "앞으로 어떻게 될지 모르는 게 좀 이상할 뿐이야. 그래서 전화한 거 같아. 넌 의지할 수 있으니까."

"언제든지." 이렇게 대답하고 건성으로 듣는 것이 문득 미안해 졌다. 나는 애런이 핸드폰을 끄고 잠자리에 들기 전에 그를 붙잡는 데 정신을 쏟고 있었다. 빨간불 신호에서 허리를 숙여 옆자리 바닥을 더듬었다.

"그리고 칠레에서 만날 수 있어서 참 좋았어." 크리스틴이 말하는 찰나에 브레이크에서 발이 미끄러져 너무나 놀랐다. 재빨리 몸을 일으켜 페달에 체중을 실었다. "방해 없이 나눈 대화 알지? 그런데 엠, 그 후론 그렇게 대화하지 못한 것 같아. 크레밀리만의 시간이 없었지."

크레밀리. 노스웨스턴에서 우리가 우리 둘을 한꺼번에 부르기 위해 지어낸 유치한 별명을 크리스틴이 떠난 이후 처음 들었다(우리의 우정은 킴예*나 스페이디**처럼 전설적이라고 생각했다).

"둘만의 시간이 필요하지." 내가 말했다. "널 걱정하던 중이었어."

"내 걱정은 마. 그냥 나랑 놀자!" 크리스틴의 목소리에서 웃음기가 묻어났다. "내일?"

"젠장, 내일은 안 돼." 상담이 있었고 그것을 감춘 것에 또 마음이 찔렸다. 하지만⋯⋯ 누구나 몇 가지 비밀은 가질 수 있다. "금요일은?"

"잠깐, 목요일 네 생일에는 뭐 하는데?"

- 킴 카다시안과 카니예 웨스트.
- ●● 스펜서 프랫과 하이디 몬태그.

"난…… 음, 젠장. 네가 오기 전에 애런과 만나기로 했어. 그냥 조용히 지낼 거야. 올해는 별로 떠들썩하게 지내고 싶지 않아."

"알았어." 크리스틴의 목소리가 몹시 슬프게 들려 나는 온몸이 오싹했다. 남자친구와 따로 만나도 괜찮다고 스스로 다짐했다. 친구를 부르지 않아도 괜찮다고. 하지만 크리스틴은 다시 명랑해졌다. "'떠들썩하게 지내고 싶지 않아'라고. 알겠습니다, 고객님."

"진심이야, 크리스틴. 서프라이즈는 별로야."

"어쨌든 날 좋아해서 다행이다. 그럼, 이제 끊을게."

나는 잘 자라고 인사한 뒤 서둘러 애런에게 전화했다. 곧장 음성 메시지로 넘어갔다.

귀가한 뒤 이맛살을 찡그리고 입을 꾹 다문 채 모두를 실망시킨 기분으로 잘 준비를 했다. 볼링장에서 품었던 멍청한 환상을 생각하며 웃음을 터뜨릴 뻔했다. 내가 마음을 놓을 수 있다고 여기다니, 자만하기는.

언젠가는 밤에 누워 우리가 붙잡힐 온갖 이유를 하나하나 나열하지 않을 수 있을 것이다. 나무가 우거진 바의 목격자들, 얕은 무덤, 어둠 속에 남긴 발자국, 창고에 삽을 넣을 때 켜진 불. 언젠가는 산기슭에서 보낸 시간이 예전에 본 공포 영화처럼, 섬뜩한 영화의 한 장면처럼 느껴질 것이다.

하지만 확실히 그날은 그렇지 않았다.

프리야가 내 책상에 커피를 툭 놓는 소리에 나는 깜짝 놀랐다.

"필요한 것 같아서."

"와, 고마워. 그렇게 빤히 보였어?"

"너무너무." 내 옆자리가 비어 있었고 프리야는 거기 앉더니 빙 돌았다. "왜 그래? 숙취? 불면증? 생리?"

"D, 그 외." 나는 메일 쓰기를 마치고 프리야를 보면서 목소리를 낮췄다. "늦게 잤어. 애런이 왔거든."

극적인 반응. "D였구나! 에밀리가 D를 해냈어!" 프리야는 한쪽 발을 깔고 앉아 몸을 앞으로 숙였다. "어땠어?"

나는 내 골반에 닿은 그의 입술을, 나비처럼 부드러운 키스를 떠올리며 얼굴을 붉혔다. "좋았어. 완전."

"어머나. 이제 모나에서 그 사람 눈을 못 볼 것 같아." 프리야가 눈썹을 치켜올리며 말했다. "카페 장사하기 좋은 방법이네. 밤새 잠을 안 재워서 카페인이 간절했구나."

"말도 안 돼. 게다가 그 사람은 자고 가지도 않았어."

프리야가 눈을 동그랗게 떴다. "그냥 가버렸어? 그러니까 쿵, 딱. 고맙습니다, 고객님?"

나는 고개를 저었다. "내 친구 크리스틴이 전화했는데 무슨 일이 생겨서 나더러 와달라는 줄 알았어. 하지만 착각인 걸 알고 난 뒤에 애런은……." 나는 말끝을 흐렸다. 왜 이런 이야기를 하는 걸까? 프리야는 크리스틴을 알지도 못하는데. 크리스틴이 초조하게 굴었던 것이 진짜든 상상이든 이야기할 필요는 없었다.

다행히 한 동료가 임원진 이야기를 들고 나타났다. 신동 러셀이 술에 취해 잠재적 투자자에게 멋대로 굴었다는 것이다. 나는 고개만 끄덕일 뿐 경청하진 못했다. 애런과 크리스틴이 팔을 한쪽씩 잡아당기는 기괴한 삼각관계에 얽힌 기분이었다.

"네가 필요해." 크리스틴의 메시지였다. "전화해줘"나 "이야기 좀 할 수 있어?"가 아니었다. "보고 싶어"도.

남자 동료는 임원진 이야기를 계속 하면서 뒤통수에 손을 얹었더니 짧게 묶은 머리를 쓰다듬었다. 또다시 파올로가 떠올랐다. 피에 엉킨 검은 머리카락도.

위장이 뒤집어졌다. 크리스틴의 문제는……

나도 크리스틴이 필요했다.

"생일이 기대돼?" 프리야가 내 앞자리에 앉더니 샐러드 뚜껑을 열었다. 우리는 곡물, 야채, 국수가 기본인 한 그릇 요리를 파는 식당에 갔다.

"응!" 나는 음식에 핫소스를 뿌렸다. "조용히 보내고 싶어. 근데 내 친구 크리스틴이 뭔가를 꾸미는 것 같아." 대나무 포크의 포장지를 뜯었다. "서프라이즈는 싫은데."

"서프라이즈가 싫어? 왜?"

우습게도 그 질문에 나는 말문이 막혔다. 한 입 물고 생각에 잠겨 우물거렸다. "서프라이즈는 기본적으로 내가 통제할 수 없는 일이니까. 나는…… 상황과 사람들이 갑자기 바뀌지 않을 거라고 믿고 싶어." 나는 어깨를 으쓱였다. "여행과 새로운 경험, 새로운 식당 찾기 같은 건 좋아. 하지만 흐름에 나를 맡기는 편은 아니야. 그러고 싶지만. 좀 더 느긋하고…… 즉흥적이랄까 그랬으면." 모두가 그런 여자들을 좋아했다. 침착하고, 재밌고, 자신만만한 여자. 그들은 모두를 편하게 해주고 "이거 안전해? 이게 현명한 일일까? 정말 놀라운 게 좋아?"라고 중얼거리는 예민한 여자들을 입 다물게 했다.

남자들은 그들이 남성의 세계관을 재확인해주기 때문에 좋아할 수도 있었다. 내게 나쁜 일은 일어날 수 없다는 시각을.

"사람들이 변하는 걸 바라지 않는다니 무슨 말이야? 생각해보면……." 프리야는 탄산수를 열면서 어깨를 으쓱였다. "사람은 항상 변하잖아. 말하자면, 믿을 수 있는 건 그것뿐이지."

내가 크리스틴 이야기를 한 걸까? 일주일 전만 해도 나는 우리의 우정이 전 같지 않은 것을 받아들이려고 노력 중이었다. 14킬로미터의 거리, 그리고 한 번도 아니고 두 번의 끔찍한 경험이면 우리가 멀어질 수밖에 없다고. 그런데 내 앞에 크리스틴이 나타났고 그 모습에 따스함과 안도감으로 가슴이 부풀었다. 마침내 우리가 어떤 일을 겪었는지 아는 단 한 사람과 마음을 터놓을 수 있다는 사실에. 하지만 그 놀라움도 잠시였다. 우리 사이가 여전히 어색했던 것이다.

"애런이 있으니 더 걱정되는 걸지도 몰라. 그러니까, 상황이 좋아지면 잃을 것이 더 많잖아." 내가 말을 이었다. "콜린 알지. 몇 년 전에 사귄 남자. 처음에는 상냥한 줄 알았는데 가장 친한 친구가 그 사람이 집착한다는 거야. 게다가 고등학교랑 대학교 시절 남자친구 벤도 있지. 그 사람이 외골수라고 생각했는데 알고 보니…… 나쁜 자식이었어." 나는 냅킨을 펼쳤다. "당황스러웠어. 아마 그래서 내가 이런 것 같아. 앞으로 내리막이라고 생각하는 거."

"그렇지. 벤이랑 백만 년쯤 만나지 않았어?"

"흥. 사백만 년쯤. 그 사람 가족은 나를 입양한 셈이었어." 나는 브로콜리를 쿡 찔렀다. "나는 벤과 그의 부모와 동생 모두와 함께하는 시간을 진심으로 즐거워했어. 굉장했지."

프리야가 탄산수 캔을 손톱으로 톡톡 두드렸다. "네 부모님과 달라서?"

"젠장. 에이드리엔처럼 말하네."

"미안! 사람들 가족 이야기를 좋아하거든. 흥미진진하니까."

"괜찮아. 내 부모님이 그렇게 재밌는지 몰라서 그래."

"이혼하셨지?"

"응! 내가 열다섯 살 때 헤어지셨어." 엄마가 나를 부엌으로 부르더니 가스레인지 위 지글거리는 냄비에서 눈도 떼지 않고 이혼을 알렸다. 엄마는 이렇게 대화를 마쳤다. "지금부터 아빠와 나는 힘들어질 테니까 너는 착하게 굴어야 해."

"그리고 이제 만년 만에 진지한 만남을 가지는 거네." 프리야가 나를 향해 포크를 흔들었다. 내가 맞받아쳤다. "그런데 지속적이고 건전한 관계의 모범이 없어. 참, 이혼한 집 아이들은 진지한 관계 공포증이 있지. 나도 그런 거 알지?"

"네 부모님 이야기 좀 해봐. 매디슨에 사시지?" 프리야와 사람들 뒷이야기나 동료들, 뉴스 이외의 이야기를 솔직하게 나누니 기분이 좋았다. 하지만 프리야의 말은 오래 묵은 불안을 건드렸다. 나 때문에 잘못되면 어떻게 하지? 애런과 크리스틴과 그 밖에 누군가와의 사이가.

다행히 그날 밤, 그 문제를 해부할 심리 상담이 있었다.

"그것이 불안의 진짜 원인 같군요." 에이드리엔은 너무나 침착하고 변함없이 느껴졌다. 내담자들이 들어왔다가 나가는 동안 의자에 꼼짝 않고 앉아 있는 모습부터가.

나는 코웃음을 쳤다. "참 상투적이죠. 부모님이 헤어져서 진지한 연애를 하는 게 두렵다니."

"불안을 주는 것들을 전부 모아 원그래프를 만들면 이 문제는 얼마나 차지할까요?"

그 말에 맥박이 빨라지면서 목덜미가 욱신거렸다. 내게는 상담 중에 언급하지 않는 아주 큰 스트레스 요인이 있다. 원그래프에서 가장 큰 부분을 차지하는 것. 얕은 흙 밑에서 썩어가는 파올로의 살. 바닥과 샤워 커튼에 묻은 핏자국. 바, 호텔, 침침한 새벽녘 돌아오는 먼 길에 혹시 있었을지 모르는 목격자.

하지만 우리는 내 연애에 집중하고 있군요.

"음, 애런과 공식적으로 사귀고 있으니 큰 부분을 차지하죠." 나는 목걸이를 만지작거렸다. "이상해요. 애런과 가까워지는 게 크리스틴을 버리는 거라는 생각이 자꾸 들어요. 친한 친구와 남자친구를 모두 가지지 못할 이유가 없는데도."

"왜 친구를 버리는 느낌이 들까요?"

"그 친구는…… 말씀드렸죠. 제겐 자매 같은 친구예요. 아주 오랫동안 그 친구만 있으면 됐거든요."

"그 친구만 있으면 됐군요." 에이드리엔이 따라 말했다. "한 사람에게 그런 감정을 갖는 건 대단하다는 거 알고 있죠?"

"제가 너무 그 친구에게 의존적인가요?"

"비판하는 건 아니에요, 크리스틴도." 에이드리엔이 의자에 등을 기댔다. "하지만 건전한 지지 관계가 어떤 건지 생각해보면 좋겠네요. 그러니까…… 다양한 관계. 애런 이야기를 들어보면 삶에서 정말 긍정적인 역할을 하는 사람 같아요."

나는 고개를 크게 끄덕였다.

"의지할 사람이 또 생긴 건 참 좋은 일이에요. 물론 새로운 관계가 크리스틴과의 사이를 흔들어놓겠죠. 우정이 변하는 건 정상이고 건전해요. 하지만 반발도 자주 있게 마련이죠."

나는 입을 꼭 다물었다. "그 말씀이 맞는 것 같아요." 추한 두려움에 내 얼굴이 일그러지고 경련하는 것이 느껴졌다. 나는 애런에게 나쁜 여자친구가, 크리스틴에게는 나쁜 친구가 될 것 같았다. 죄책감에 뱃속이 붉게 물들고 악몽 같은 기억에 하루하루 괴로운, 외롭고 슬픈 처지가 되고 말 것 같았다.

"모든 걸 망치고 싶지 않아요." 내가 말했다. "망치는 게 싫어요." 젠장, 살인죄 두 건의 과거 경력이 있는 사람이 할 소리인가⋯⋯.

"자신을 완벽주의자라고 생각하나요?"

"아, 1,000퍼센트 그렇죠. 어렸을 때도 정말 착한 아이였어요. 통지표에는 전부 '우리 반에 있어서 기뻤다'고 적혀 있었죠."

"그럼 반항은 안 했군요? 10대 때도?"

나는 얼굴을 찡그렸다. 여태껏 나는 모범 시민이었다. 경력에 있는 엄청난 오점 두 개를 제외하면. "부모님과의 관계에 어려운 점이 있었어요." 내가 시인했다. "특히 아빠와 그랬죠. 아빠는⋯⋯ 예측 불가능할 때가 있어요."

어린 시절 나는 잘못을 저질렀을 때만 부모에게 관심 받는다고 생각했다. 가장 어릴 적 기억 중 하나는 세 살, 아무것도 모를 때 "이것은 끝나지 않는 노래야"를 목청껏 부르며 계단을 달려 오르

• 미국 PBS에서 방영된 미취학 아동용 TV 프로그램 〈램 찹의 놀이〉에 나오는 동요 〈The Song That Doesn't End〉의 노래 가사.

내린 것이다. 그 일로 아빠가 나를 붙잡고 작은 엉덩이를 때렸을 때 느꼈던 극심한 혼란이 아직도 생생히 기억난다. 너무나 수치스러운 기억이라 에이드리엔에게 도저히 말할 수 없었다.

"그럼 어머니는요?"

나는 손톱을 뜯었다. "잘 지냈어요. 두 분이 이혼하셨을 때 엄마와는 가까워질 줄 알았어요. 하지만 시간이 지나면서 엄마가…… 엄마도 나와 맞지 않는다는 걸 알게 됐죠. 독립하면서 부모님이 필요 없다는 사실을 깨닫게 된 것 같아요. 저 혼자 가족을 꾸린 거죠. 저를 정말로 소중히 여기는 사람들과. 크리스틴처럼요."

자매보다 더 가깝고 나를 무조건 사랑하는 유일한 사람. 나를 위해 목숨을 걸고, 나를 보살피느라 잠과 시간을 희생하는 사람.

속이 뒤틀렸다. 지난밤, 계속 서쪽으로 달려가지 않은 것이 후회스러웠다. 브룩필드로 가서 크리스틴을 안아줬어야 하는데. 애런을 침대로 끌어들이려고 돌아오다니, 난 왜 이렇게 이기적일까.

에이드리엔이 펜을 내려놨다. "크리스틴의 우정을 얻으려면 완벽한 사람이 돼야 한다고 믿어요?"

죄책감이 몰려들었다. "그러니까, 크리스틴은 아주 완벽한 친구예요. 우린 이미…… 크리스틴이 제게 훨씬 더 잘해주는걸요."

에이드리엔이 얼굴을 찡그렸다. "나는 크리스틴을 모르니까 확실히 말할 순 없어요." 그녀는 노트를 뒤집었다. "하지만 어떤 관계에서는 A라는 사람이 B보다 더 많은 일을 하는 것처럼 보이는 것을 A가 원할 수도 있어요. 보호자 역할이 좋아서 B에게 요구하는 역할을 맡기는 거죠. 그런 느낌이 들지는 않아요?"

전혀. 그런 생각을 하자 불편해졌다. 크리스틴이 어쩔 줄 모르는 내게서 즐거움을 찾다니. "크리스틴과 저는 그런 사이가 아니에요." 큰 소리로 말했다. "우린 둘 다 상대가 강해지길 원해요. 제가 크리스틴을 지지해준 때도 있고요." 엘퀴 계곡에서 단둘이 있었을 때, 주위에 죽음의 기운이 가득할 때 내가 기운을 내서 앞장섰던 그날 밤처럼.

"그렇군요." 에이드리엔은 또 차분히 끄덕였다. "인간관계에 대해 이야기할 때 완벽주의가 자꾸 등장해요. 동의하나요?"

"그럼요. 아주 좋지 않아요. 크리스틴도 제 완벽주의가 제게 얼마나 해로운지 지적했어요."

에이드리엔은 나를 잠시 보더니 노트로 시선을 돌렸다. "에밀리와 같은 부모님을 가진 자녀들에게는 흔한 일이에요. 하지만 실수를 절대 하지 않는 것으로 자기 가치를 평가하는 건 위험하죠. 시각화 연습을 해볼까요?"

나는 불편한 마음으로 끄덕였다.

"눈을 감고 여태까지 한 것 중에 가장 나쁜 일을 떠올려보세요. 완벽과 거리가 멀었던 때. 과거의 자신이 하는 행동을 머릿속에 그려봐요. 잠시⋯⋯."

주위에 그 장면이 펼쳐지면서 에이드리엔의 음성이 옅어졌다. 세바스티안이 내 입에서 손을 홱 떼어내고 내가 물어뜯은 자리에서 흐르는 피에 놀란 표정을 짓는다. 크리스틴이 세바스티안을 쓰러뜨릴 때의 그 가차 없는 분노. 그만. 그만. 그만해. 피가, 너무나 많은 피가 바닥에 쏟아졌다. 마치 와인 병이 쓰러진 듯 두개골 하나에 다 담을 수 없는 양의 피가 콸콸 쏟아졌다.

시작이다. 폐가 쪼그라들며 바람이 빠졌다. 공기가 새는 풍선처럼. 심장이 미친 듯 뛰었고 손가락은 가방을 움켜쥐었다. 폐에 불이 붙은 듯 단 한 가지 생각이 비상 신호처럼 윙윙거렸다. 공기, 공기, 공기.

나는 흡입기를 입에 넣고 꽉 눌렀다. 아아아아. 두 번 누르고 난 뒤에야 걱정이 가득한 표정으로 서 있는 에이드리엔이 눈에 들어왔다.

"괜찮아요." 나는 마우스피스 뚜껑을 달칵 닫으며 말했다.

하지만 누가 그 말을 믿겠는가?

Chapter 18

생일날 아침, 두근거리는 마음으로 일어났다. 흥분됐지만 불안하기도 했다. 서른이 돼서가 아니라(뭐라 하든 아직 젊은 나이다) 크리스틴이 뭔가 뜻밖의 일을 계획한 느낌이라서. 불안이 불붙기 직전의 붉은 석탄처럼 달아올랐다. 크리스틴이 여자들의 직관에 대해서 뭐라고 했더라? 남자들이 놓치는 걸 우리는 본다고?

나는 모로 누워 핸드폰을 켰다. 페이스북에서 생일 축하 메시지가 쏟아졌다. 부모님과 몇몇 친구들에게서도 메시지가 왔다. 미니애폴리스에 사는 고등학교 동창이 동영상을 보냈다. 쌍둥이 아이들이 "생일 추카해요, 에머리!"라고 외쳤다.

그런데 이상하게 애런은 아무 말이 없었다. 크리스틴도. 아직은.

부엌으로 가 커피 머신을 켰다. 커피가 끓는 동안 뉴스를 틀었다. 미주리의 한 남자가 시크교 사원 앞에서 신자에게 염산을 뿌렸다는 소식이 나왔다. 끔찍하다. 미친놈. 엄마가 보면 고개를 저으며 말했을 것이다. 그렇다. 나는 건강하지 못한 짓이라고 말할 것이다. 감정 통제도, 자아실현도 못한 상태라고. 하지만 사람들 사이를 활보하는 괴물이 미친 건 아니라면? 세바스티안은 겉보기에는 멀쩡했지만 분노를 참지 못해 나를 죽일 뻔했다. 분노는 정신 질환이 아니다. 아마 보통 사람도 언제든 끔찍한 짓을 저지를 것이다.

초인종이 울려서 문을 열어보니 마른 체형에 반바지를 입은 남자가 택배 상자를 들고 있었다. 축축한 흙냄새가 나는 상자 위쪽에 브랜드 이름이 있었다. 버레이 블룸즈.

냄새를 맡으며 상자를 부엌으로 들고 가서 테이프를 뜯은 뒤 하얀 칼라 한 다발을 꺼냈다. 고급 호텔 침구처럼 매끈하고 빳빳했다. 애런이 보낸 건가? 그렇다면 벤 이후 처음으로 꽃을 보낸 남자다. 고등학교 시절, 6개월 기념일에 슈퍼마켓에서 산 커다란 꽃다발을 들고 나타난 벤 이후. 카드가 있는지 더듬어보니 청색 봉투가 나왔다.

서프라이즈를 좋아하지 않는다고 했지
하지만 생일 파티를 계획하자는
내 간청도 들어주지 않으니
내가 알아서 정했어.
그러니 아침 식사와 커피 타임을 마치고
출근한 뒤엔 출발하자. -K

인정해야 했다. 난 서프라이즈는 싫어하지만 수수께끼는 좋아한다. 크리스틴은 내 머릿속을 너무 잘 안다. 크리스틴과 나의 두 뇌는 하트 목걸이의 반쪽처럼 잘 맞았다. 아침 식사와 커피 타임. 이것이 실마리였다. 노래 전주의 아주 작은 대목. 나는 빈 머그를 개수대에 내려놓고 찬장과 냉장고를 열어 접시 주위를 뒤졌다. 커피 가루 통 안과 달걀 상자 뚜껑 아래를 더듬었다.

아무것도 없었다. 곧 출근해야 했다. 나는 싱크대에 몸을 기대고 작업대를 손바닥으로 꾹 눌렀다.

프리야가 기다리고 있어

다 마신 머그 바닥에 도장으로 찍어놓은 듯한 작은 글씨가 희미하게 보였다. 플라스틱 같은 원판을 꺼내 수돗물로 씻자 글씨가 또렷해졌다. 투명 잉크. 등줄기가 오싹했다. 크리스틴은 그날 내가 그 머그를 쓸 걸 어떻게 알았을까? 세상에(가슴이 얼어붙었다), 어떻게 내 집에 들어와 힌트를 심어둔 걸까?

순간 등 뒤에서 바스락 소리가 들려 발밑의 러그가 쭉 밀릴 정도로 빠르게 홱 돌아섰다. 꽃 한 송이가 싱크대에서 굴러 타일에 떨어졌다. 꽃은 조각한 듯 아름다운 모습 그대로 하얀 깃발처럼, 죽은 비둘기처럼, 칼라트라바의 오큘러스*처럼 거기 놓여 있었다.

나는 관자놀이를 문질렀다. 긴 하루가 될 것 같았다.

출근길, 차창에 비가 내리쳤다. 차선을 아무리 바꿔도 대형 트럭 뒤꽁무니를 벗어나지 못한 채 트럭 바퀴에서 튀는 빗물을 맞았다. 라디오에서는 차분한 목소리의 기자가 한 남성이 성매매 사건으로

---

* 9.11 테러로 무너진 세계 무역 센터 자리에 세워진 흰색의 건축물.

체포됐다고 알렸다. 경찰이 그의 차에서 케이블 타이와 강력 접착 테이프를 발견했다고 하는 순간, 내 차 타이어가 빗물에 미끄러지기 시작했다. 갑자기 쿵쾅거리는 심장을 느끼며 물을 헤쳐 나갔다. 바퀴가 디딜 곳을 찾고 나서야 나는 정지 신호에서 머뭇거렸다.

케이블 타이와 강력 접착테이프. 누가 그런 짓을 할까? 그는 트렁크에 그런 물건을 싣고 출근하면서 머릿속으로 무슨 생각을 했을까?

나는 흠뻑 젖은 채 지친 몰골로 로비에서 걸음을 멈췄다.

"안녕하세요, 제프리." 경비원에게 인사했다. 잿빛 머리카락과 처량한 눈을 가진 사람이었다. "밖에 비가 쏟아지네요."

그날도 다른 날과 마찬가지로 경비원은 대답하지 않았다. 나는 엘리베이터로 향했다. 내가 걸음을 뗀 바닥에 물웅덩이가 남았다.

내 자리에 앉자 프리야가 커다란 컵케이크를 들고 다가왔다. "생일 축하해!" 프리야가 두 손으로 케이크 상자를 내밀며 외쳤다.

"고마워! 이게 다음 실마리야?"

내 말에 떠오른 프리야의 장난기 어린 미소를 보니 답을 알 수 있었다.

"알고 보니 첫 실마리는 찾을 필요도 없었던 거였어." 나는 포장을 벗겼다. "그리고 미스터리의 투명 잉크를 섞은 커피를 마셨지."

"크리스틴이 이걸 바로 가져오라고 했어. 네가 첫 실마리를 찾지 못할 경우에 대비해서." 프리야가 양손을 맞잡았다. "이거 재밌다. 대학 시절 이후로 이런 거 처음이야."

"그래봐야 뭐, 2년 전이겠지." 나는 컵케이크를 반으로 쪼갠 뒤 가운데서 매끄러운 것을 뽑아냈다. 양피지를 접은 쪽지. 프리야가 내 어깨너머에서 내용을 읽었다.

경력은 비슷해도 원하는 에스프레소를 게시판에서
찾기는 아직!
로저스 밖에서 모나는 두유 라테를 만들고.
그들이 그녀의 주문을 제대로 받아
즐거운 음료를 만들 것인가?

"좋아, 아침에는 에스프레소를 마셔야지." 프리야가 팔짱을 끼고 말했다. "카페 모나는 로저스 스트리트에 있고. 거기서 항상 라테를 사잖아. 다음에는 거기로 가야 할까? 어머, 고마워!" 프리야는 내가 내민 컵케이크 반쪽을 받았다.

"그런가? 너무 쉬운데. 게다가 나는 두유 라테를 사지 않아. 귀리 우유를 넣지. 웃지 마." 내가 우유에 까다롭게 구는 것이 우스워 둘이 함께 키득거렸다. 나는 내용을 다시 읽었다. "리듬도 이상해. 앞의 세 줄이."

러셀이 숱 많은 금발을 흔들며 사무실로 들어오는 것을 보고 프리야가 말했다.

"최소한 컴퓨터는 켜야겠어."

"나도. 이건 나중에 해도 되겠지." 나는 쪽지를 책상 위에 던졌다.

"실황 중계를 꼭 듣고 싶어. 이건 상한 시금치 때문에 동해안 고양이들 전체가 식중독에 걸린 이후로 제일 흥미진진한 사건이거든." 프리야가 손뼉을 쳤다.

"오, 저런. 내 생일이 고양이 설사와 함께 끝나진 않길 바라자."

177

나는 매일 몇 통에 답장을 쓰면서 컵케이크를 해치웠다. 그런 뒤 쪽지를 다시 집어 들고 읽었을 때 나는 혈당이 올라가며 큰 소리로 웃을 뻔했다.

경력은 비슷해도 원하는 에스프레소를 게시판에서
찾기는 아직!

첫 문장 각 단어의 첫 글자를 모으면 '경비원에게 찾아'였다. 나는 출입증을 들고 엘리베이터로 향했다.

제프리는 대답 대신 멍하고 흐릿한 눈으로 나를 보더니 책상으로 느릿느릿 걸어가 작은 봉제 인형을 꺼냈다. 고양이 인형이었다. 7~10센티 정도의 얼룩 고양이. 나는 고맙다고 인사하고 인형을 만지작거리며 실마리를 찾아봤다. 크리스틴과 나는 고양이를 좋아했지만 특별히 연상되는 건 없었다. 내 직장 키블. 그것이 실마리였을까?

위층에서 일하는 동안 인형의 반짝이는 검은 눈이 나를 지켜봤다. 보물찾기가 머릿속에서 떠나지 않았다. 크리스틴과 이렇게 암호로 소통한 건 대학 졸업 이후 처음이었다. 혹시 여기 뭔가 더 심오한 의미가 감춰져 있을까?

크리스틴에게서 메시지가 왔다. "생일 축하해, 아름다운 내 친구! 잘 있어?"

나는 잠시 망설이다가 적었다. "고마워! 이렇게 공을 들이다니 믿을 수가 없다. 퍼즐 만들기 천재 같으니!" 고양이를 다시 집어 들었다.

그때 파란 목걸이인 줄 알았던 것이 실제로는 얇은 옷감인 걸 눈치챘다. 나는 그것(올가미나 교수형 밧줄 같다고 생각했다)을 풀어 책상 위에 펼쳤다.

안녕, 네 번째 신나는 실마리!
너는 마땅한 대우를 곧바로 받을 거야.
그래, 이제 그만 귀고리는 버려.
내가 이 유행에 우유 부단히 굴기 전에.
넌 여태껏 마지막 잔을 받지 않았지만
이제 너도 종결을 얻게 될 거야.

'마땅한 대우', '이제 그만', '종결을 얻게 될 거야'……. 내 감정 상태 때문에 모든 것이 불길하게 느껴지는 걸까?

프리야가 흥분으로 얼굴이 빨개져서는 나타났다. 파란 천 조각을 보고 이맛살을 찌푸렸다.

"하나도 모르겠네." 프리야가 뒤로 물러나며 말했다. "내가 이해하기엔 모두 너무 고차원적인걸."

"'네 번째'만 다른 글씨체인 게 이상하지? 분명 무슨 의미가 있을 거야."

"정말 이상해. 다른 곳은 오타가 없으니까. 그리고 이것도." 프리야가 손가락으로 천 조각을 눌렀다. "'우유 부단히' 이건 붙여 써야 되는데."

"이상한 말이긴 해. '이 유행에 우유 부단히'라니. 유행에 우유부단하게 구는 게 뭐지." 나는 잠시 글귀를 노려보던 중 자물통을 딸

때 핀이 자리에 맞아 들어가듯 퍼즐 조각이 제자리에 맞춰지는 것을 느꼈다. 샤프를 들고 천에 밑줄을 그었다.

안녕, 네 번째 신나는 실마리!
너는 마땅한 대우를 곧바로 받을 거야.
그래, 이제 그만 귀고리는 버려.
내가 이 유행에 우유 부단히 굴기 전에.
넌 여태껏 마지막 잔을 받지 않았지만
이제 너도 종결을 얻게 될 거야.

나는 소리 내어 웃었다. "곧바로 귀리 우유 잔(라테)을 얻게. 각 행의 네 번째 단어였어."

프리야가 손뼉을 쳤다. "남자친구를 만나러 가!"

프리야에게 내 빈자리를 부탁하고 로저스 스트리트로 달려 나갔다. 비가 그쳤고 구름 사이로 태양이 비쳤다. 카페 모나의 문 앞에 도착할 무렵 애런이 거기 없다는 사실이 기억났다. 주로 오후에 일했으니까.

흠, 젠장. 커피숍에서 또 실마리를 찾아야 하는 걸까? 커피숍에 들어가 걸음을 멈추고 크리스틴이 다음 수수께끼를 심어놓으려고 이곳에 찾아온 모습을 떠올렸다. 내 아름다운, 범접할 수 없는 카페 모나에. 짝이 맞지 않는 의자와 울퉁불퉁한 소파에 앉아 투박하고 갈라진 머그를 쥐고서. 도저히 상상할 수 없는, 어울리지 않는 콜라주처럼 느껴졌다.

애런은 거기에 있었다. 초록색 암체어에 앉아 책에 빠져 있었다.

내가 다가가자 그의 얼굴에 미소가 번졌다.

"와, 생일 맞은 주인공 아니신가!" 애런이 일어나서 내게 키스하고 나를 감싸 안았다. 어깨에서 긴장이 풀리고 맥박이 느려졌다. "잘 지냈어?"

"응!" 나는 의자에 앉았다. "크리스틴의 수수께끼에서 몇 가지 힌트를 찾았어. 당신도 끌어들인 거야?"

"그럼!" 애런이 다가와서 물었다. "다른 힌트는 뭐지?"

내가 가방에서 실마리를 하나씩 꺼낼 때마다 애런은 놀라 고개를 내저었다. 그가 머그에 투명 잉크를 심고 맨 앞에 내놓은 것을 알게 됐다. 크리스틴이 아니었다.

"생각해보니 이건 바보라도 찾게 돼 있네." 나는 파란 천 조각을 건넸다. "내가 경비원 실마리를 못 풀고 컵케이크 실마리를 문자 그대로 이해했더라도 여기에 왔을 거야. 크리스틴은 모든 상황을 염두에 뒀어."

"뭐, 당신이 자기만큼 똑똑하지 않다고 생각했다고?" 그 농담에 잠시 침묵이 흘렀다. 수수께끼 풀기는 실제로 무언의 선언처럼 느껴졌다. 네 머릿속은 누구보다 내가 잘 알아. 하지만 그런 건 아니다. 그건 애정의 발로일 뿐이었다. 크리스틴이 항상 나보다 잘나고 나보다 우위에 있음을 상기시키는 게임은 아니었다.

애런이 반듯하게 접은 작은 직사각형을 내밀었다. "선물!"

"정말 고마워! 저녁 식사가 선물인 줄 알았는데." 애런이 그날 저녁에 요리를 하기로 했다. 촛불, 천 냅킨을 비롯해 모든 것을 준비하기로.

그의 눈빛이 잠시 어두워지더니 어깨가 으쓱했다. "어서 주고 싶

없어!"

크림처럼 부드러운 하얀 상자. 뚜껑을 열고 얇은 종이를 벗겼다.

실내가 고요해졌다. 들리는 건 귓전에 울리는 내 맥박 소리뿐이었다.

안에 든 것이 거기 있을 수 없는 물건이었기 때문이다. 그것은 칠레, 퀴테리아의 그 끔찍한 날 밤에 가방에서 잃어버린 물건이었다.

상자 안에 든 것은 초록색 가죽 지갑이었다.

Chapter 19

●

   손가락에 힘이 탁 풀리며 상자가 바닥에 떨어지고 티슈페이퍼가 구겨졌다. 나는 깜짝 놀라 얼른 몸을 숙였다. 애런도 동시에 몸을 숙인 탓에 두 머리가 무릎 근처에서 부딪혔다.

   "미안! 나 정말 왜 이러지." 상자를 무릎 위에 올려두고 지갑을 들었다. 자세히 보니 똑같은 물건은 아니었다. 지퍼도 다르고 카드 칸이 수평이 아니라 수직으로 나 있었다. 그래도 끔찍이 비슷했다.

   "내가 좋아하는 스타일이야." 거짓말이 아니었다. 나는 애써 미소를 지었다. "정말 고마워, 애런."

   "크리스틴이 고르는 걸 도와줬어!" 애런이 말했다. "칠레에서 소매치기를 당했다고. 정말 속상했겠다. 그 얘길 왜 안 했어."

   가슴에 냉수를 튼 것처럼 온몸이 싸늘해졌다. 크리스틴이 또 무슨 이야기를 했을까? "창피했어. 바보처럼 바에서 핸드백을 열어뒀거든. 그런데 이걸 주다니 참 사려 깊고 완벽해. 고마워."

   "마음에 든다니 다행이군!" 애런이 내 말을 다 믿지 않는 것을 알 수 있었다. 나는 다가가서 키스했다.

"안에도 봤어?"

"어머, 아직 끝이 아니야?" 지갑 지퍼를 열고 칸마다 손가락을 밀어 넣었다. 그리고 찾았다. 빳빳한 달러 지폐 앞면에 크리스틴의 작은 글씨가 적혀 있었다. 나는 소리 내어 읽었다.

이걸 마치기 전에 꼭 물어봐야겠어.

참모의 어려운 일은 누가 처리하지?

누가 이발사의 면도를 하고 요리사의 식사를 준비하지?

누가 장의사를 묻고 도둑에게서 훔치지?

누가 변호사의 마지막 유언장을 쓰지?

이제 필요한 것을 제공하는 사람을 찾아봐.

나는 숨이 턱 막혀 잠시 아무 말도 못했다. 묻힌 시체. 훔친 지갑. 세상을 떠난 소중한 사람의 유언장. 친구들과 가족들과 친척들이 남아공과 스페인에서 청년의 행방을 알려주는 실마리를 찾고 있었다.

하지만 애런은 나의 두려움을 어리둥절함으로 착각했다. "미안, 도와줄 수가 없네. 나는 스도쿠도 못하는걸. 쉬운 것도."

나는 입술을 잘근거렸다. "좀 무시무시하지? 파묻고 훔치고 유언장을 쓴다니?" 손목과 목에서 맥박이 고동쳤다.

애런이 내 손에서 지폐를 집어 들었다. "그러니까 뭐, '사기꾼에게 사기치지 말라'는 소리네. 직업으로 하는 사람에게 그 일을 누가 해주냐는 질문이잖아." 애런이 말했다. "요리사에게 요리해주고. 변호사의 유언장을 작성하고. 그건 다른 요리사 아니겠어? 다른 변호사랑?"

답이 떠올랐다. "다시 보여줘." 애런이 들떠서 미소 지으며 나를 지켜봤다. "아, 맞아. '누가 이발사의 면도를 하고' 유명한 논리적 역설이야. 만약 이발사가…… 맞아, 이발사가 면도를 안 하는 마을 사람 전부를 면도해주면 이발사의 면도는 누가 하는가?"

애런이 인상을 찌푸렸다. "이발사 아냐?"

"이발사는 할 수 없어. 면도를 안 하는 사람만 면도해주니까. 그러니까 답이 없는 역설이지. 사고 연습이야. 크리스틴과 함께 들은 철학 강의에서 배웠어. 뭐라고 하는지 잊었다."

애런이 핸드폰을 꺼냈다. "러셀의 역설이야?"

"맞아!" 나는 그와 하이파이브를 했다. 그리고 깨달았다. "어머나, 러셀. 내 상사 러셀. 그 사람과 얘기를 해야 할까?"

애런이 어깨를 흔들며 소리 없이 웃었다. "음, 크리스틴한테 그 사람에게 전화할 배짱이 있었을까? 그 사람에게 뭔가를 지시할?"

"있을걸." 예쁘장한 초록색 유령이 담긴 상자가 무릎에서 다시 한번 미끄러졌지만 나는 바닥에 떨어지기 전에 그것을 잡았다. "있고말고."

자리로 돌아온 나는 망설였다. 애런은 지갑과 함께 칠레에 관한 정보를 내놨다. 크리스틴의 귀띔으로. 소매치기 이야기는 내가 감 췄던 것이다. 상사와의 대화에서는 어떤 이야기가 나올까?

러셀의 유리로 된 사무실 문 앞에서 주춤거리다가 소심하게 문을 한 번 두드렸다. 러셀은 나를 보고 놀라더니 씩 웃었다.

"듣자 하니 생일이라고!"

"소문이 사실이네요."

"음, 생일 축하해요. 멋진 계획이라도 있어요?"

나는 고개를 저었다. "저녁 식사뿐이에요. 그리고…… 친구가 귀여운 보물찾기를 만들었어요."

"크리스틴! 설득력이 좋은 사람이더군요. 좋은 친구기도 하고. 하루 반의 휴가를 얻어냈으니."

나는 잠시 가만히 있었다. "잠깐만요, 네?"

"지금부터 주말을 가져요. 다른 사람들에겐 말하지 말고. 다들 똑같이 해달라고 할 테니까. 내일 메일만 확인하면 재택근무로 합시다." 러셀은 눈을 찡긋했고 나는 딱 벌린 입을 다물지 못했다.

"그럼…… 퇴근해요?"

"크리스틴에게 그보다 더 큰 계획이 있는 모양이던데. 아무튼, 그래요. 퇴근해요. 생일 즐겁게 보내고." 러셀은 손을 흔들더니 컴퓨터 화면으로 시선을 돌렸다.

더 큰 계획? 애런이 저녁 식사를 준비하기로 했다. 크리스틴과는 이튿날, 금요일에 만나기로 했다. 그리고 크리스틴과의 사이가 여전히 너무…… 서먹했다. 특히 내가 칠레 이야기를 제대로 꺼내려고 하면 잠자리처럼 휙 날아가버리는 것이. 불안이 꿈틀거리는 자리에 뜨거운 죄책감이 남았다. 크리스틴은 널 사랑하기 때문에 이 거대하고 복잡한 보물찾기를 기획했어. 무슨 생각을 했든지 아마 대단한 계획일 거야.

주차장을 가로지르며 크리스틴에게 전화했다. "야아! 대체 러셀에게 뭐라고 한 거니?"

크리스틴은 키득거렸다. "네가 회사의 얼마나 큰 자산인지 복습

시킨 것뿐이야. 집에 가는 중이야?"

"지금 나왔어."

"기다리고 있을게!" 크리스틴이 외치고는 전화를 끊었다.

내 아파트 앞에 서 있는 렉서스 SUV가 보였다. 차창에 층층나무의 작은 꽃잎이 점점이 내려앉아 있었다. 따뜻한 공기 속으로 나서자 크리스틴도 차에서 내렸다.

"생일 축하해애애!" 크리스틴이 나를 얼싸안았다.

"고마워어어." 나도 대답했다. "회사를 조퇴시키다니 믿을 수가 없다! 무슨 계획인데?" 이거였을까, 친구가 꾸민 복잡한 계획의 클라이맥스가?

"북부로 갈 거야!" 크리스틴이 하늘을 향해 손을 펼쳤다. "내나와 빌의 호숫가 별장으로! 정말 재밌겠지!"

눈앞에 그 광경이 펼쳐졌다. 전면에 창이 난 널찍한 오두막. 노백 호수로 튀어나간 땅에 지은 곳이었다. 별장은 링컨 로그*처럼 소나무를 쌓아 지었고, 크고 높은 천장의 아트리움과 2층을 빙 둘러싼 침실이 있었다. 대학 시절과 그 직후에 크리스틴과 몇 번 가본 뒤 잊고 있었던 곳이다.

나는 입을 딱 벌렸다. "지금 간다고?"

"응!" 크리스틴이 렉서스를 가리켰다. "빌이 차를 빌려줬어. 네가 거길 얼마나 좋아하는지 알거든."

- 미국의 어린이용 나무 블록 장난감.

그 말이 옳았다. 그곳을 떠올리니 마음이 흐뭇했다. 구불구불한 시골 도로가 빽빽한 숲으로 접어들고, 거인이 파놓은 구멍처럼 몇 킬로미터 거리를 두고 호수들이 흩어져 있는 곳이었다. 오래 자란 사철나무가 하늘로 수백 센티 뻗어 있고 빈 공간은 단풍나무와 참나무가 채우고 있는 그런 곳.

하지만 지금은 그 생각을 하니 가슴이 죄었다. 하늘을 날던 방울새가 노래를 멈추고 내 차 보닛에 내려앉자 구체적으로 무엇이 두려운지 떠올랐다. 우리가 함께 도시를 벗어나는 것이 정말 좋은 생각일까? 둘이서 한 여행은 혼돈을 낳았는데. 우리 둘이 함께 집에서 벗어나면 폭행을 불러오는 등대가 되는 것처럼.

게다가 그날 밤에는 애런과의 약속도 있었다.

"실은 나……."

"걱정 마. 애런과도 얘기했어. 이번 주말에 너는 내가 독차지해!"

"어머! 그래도…… 괜찮대?"

크리스틴의 얼굴이 스위치를 조정한 듯 잠시 어두워졌다. 친구가 애런에게 어떤 말투로 이야기했는지, 내가 듣지 못한 대화에서 무슨 이야기를 했는지 생각하니 속이 죄어왔다. 소매치기 이야기를 하면서 애런이 비슷한 지갑을 사도록 하고, 그의 계획이 취소됐음을 알리고, 내 생일에 내가 자기 차지라고 말하다니. 하지만 그때 크리스틴이 씩 웃었다. "당연하지. 정말 착한 사람이더라." 크리스틴이 내 아파트 현관을 가리켰다. "짐을 싸자, 응? 러시아워 전에 가야지?"

나는 크리스틴을 응시했다. 좀 오래. 거절할까, 싫다고 하고 그날 말고 다음 날 출발하자고 할까 잠시 생각했다. 하지만 거절할 수 없다는 걸 알고 있었다. 놀라운 일들은 탄광 갱도 같았고 나는 그곳에 막 발을 들여놓은 참이었다. 싸늘한 어둠 속으로 내려가는 것 말고는 달리 방법이 없었다.

노백 호수는 밀워키에서 북쪽으로 세 시간은 가야 하는 위치였다. I-43 고속도로를 두 시간, 시골 도로를 한 시간 달리며 끈에 묶은 매듭처럼 이어지는 작은 도시들을 지나갔다. 블랙 크리크, 보듀엘, 세실, 마운틴을 지날 때마다 식당, 철물점, 맥주 이름이 창문에 잔뜩 붙은 흉한 술집이 불쑥불쑥 튀어나왔다. 우리는 차를 세우고 햄버거와 아이스크림("피넛 버터 아이스크림을 먹어. 오늘은 네 생일이잖아!")을 먹고 나서, 쇼핑몰과 패스트푸드 식당이 옥수수와 콩, 밀밭으로 변하는 동안 광고판을 스쳐 지나갔다. 그 길에서 데자뷔가 느껴졌는데 이유를 깨닫고는 한 대 맞은 느낌이었다. 퀴테리아로 가는 길도 똑같았다. 크리스틴이 운전했고 줄줄이 늘어선 농작물을 지나치는 도로가 앞에 펼쳐져 있었던 것이다.

크리스틴이 위스콘신에 돌아오다니 꿈만 같아야 했지만 나는 마음을 놓을 수가 없었다. 우리가 함께하는 시간은 불장난 같았다. 휘발유에 점점 더 가까이 다가가 라이터를 켜는 것처럼. 운명이 세 번째 공격을 한다면? 추근거리는 남자가 크리스틴을 폭행하고 우리가 또 시체를 유기하게 된다면? 인정하기 싫지만 나는 크리스틴이 조부모님과 지내서 다행이라고 여겼다. 25킬로미터의 거리에 감사했다.

애런에게 약속을 미루게 돼 미안하다고 메시지를 보냈고 애런은 "재밌게 지내!"라는 답장을 보냈다. 내게 바람 맞은 것이 아무렇지 않거나 연기를 잘하는 거였다. 처음에는 그가 크리스틴의 제안에 찬성한 것이 이상했지만 곧 그에겐 별다른 방법이 없었으리란 사실을 깨달았다. 새로 사귄 남자친구가 대학 시절부터 가장 친한 친구의 제안을 거절할 수 있을까? 크리스틴은 훨씬 별거 아닌 일로도 남자들을 공격했다.

콜린처럼. 콜린에 대한 감정은 애런 같지 않았지만, 그를 생각하면 가슴이 두근거리며 좋았고 머릿속으로 미래에 커플로서 할 일들을 상상했었다. 봄이면 피크닉을 하고, 여름에는 결혼식에 함께 참석하고, 건초 더미와 호박밭에서 장난을 치고, 우아한 연휴 파티를 즐기는 모습을. 나는 신이 나서 크리스틴에게 콜린을 소개했고 크리스틴 역시 처음에는 마음에 드는 눈치였다.

콜린과 처음으로 싸우기 전까지는. 메시지로 한 다툼이었는데 내가 보낸 화면 캡처를 본 다른 친구들은 단정 짓지 않았지만 크리스틴의 관점은 달랐다. "어머, 이건 아니지." 그 말이 상처가 됐지만 한편으로는 직언이 고마웠고 단호한 태도에 위로를 받았다. 역할이 바뀌었다면 친구도 내가 곧이곧대로 말해주길 바랐을 테니까. 그래서 나는 콜린과 끝냈다. 옳은 선택이라고 확신하면서. 크리스틴이 나를 그릇된 방향으로 이끌 리 없으니까. 하지만…….

메시지를 열어 아무렇지 않게 몸을 기대는 척 크리스틴에게서 핸드폰 화면을 가리고 몇 년 만에 처음으로 콜린과의 마지막 대화를 찾아냈다. 다시 읽는 동안 눈이 커졌다. 정말 이런 내용이었던가? 콜린은 그래도 한잔할 수 있냐고 이모티콘을 잔뜩 써가며 물었고 나는 생각도 안 하고 일에 파묻혀 있다고 대답했다. 콜린은 슬픈 표정으로 내가 미리 말해주지 않은 것에 약간 짜증을 냈다(왜 나는 미리 알리지 않았을까?). 그리고 내가 10분간 사라졌다. 그사이 무엇을 했는지 떠올랐다. 친구들에게 문자로 어떻게 할지 물어보고 두근거리는 가슴으로 다음 행동을 크라우드소싱했다. 그러고는 이상할 정도로 딱딱한 어투의 답장을 보냈다. "콜린, 이렇게 화를 내고 내 시간을 존중하지 않는 태도는 용납할 수 없어. 다시는 연락하지 마."

그가 놀라고 당황해서 보낸 답장을 훑어보자 얼굴이 달아올랐다. 크리스틴이 제안한 말을 그대로 베껴 그런 답장을 보내고도 나는 아주 자신만만했다. 돌이켜 보니 나는…… 여성 혐오적인 말을 쓰긴 싫지만, 정말 미친년처럼 굴었다.

갑자기 드넓은 들판이 빽빽한 숲으로 바뀌어 우리는 나무 사이를 뚫고 지나갔다. 나는 크리스틴을 보고 숨을 깊이 들이쉬었다. 진정해, 에밀리. 여전히 잘못된 기억이 있을지도 몰랐다. 어쩌면 그 메시지 말고도 더 많은 주변 상황이, 명백한 집착의 신호가 있었을지 모른다. 어쨌든 5년 전 일이니까.

게다가 내가 꼭 원한 시간 아닌가. 방해받지 않고 크리스틴과 단둘이 함께하며 묻어둔 칠레와 캄보디아의 일을 나눌 시간. 보물찾기를 기획하고 친구들에게 연락하고 주말여행을 계획하다니. 모두 참 친절하고 배려할 줄 아는 크리스틴다운 행동이었다. 그런데 왜 이렇게 불편할까? 위성 라디오가 끊겨져서 크리스틴이 따라 부르던 팝송이 꺼졌다. 크리스틴은 콘솔에서 핸드폰을 들었다.

"자, 핸드폰도 연결이 되다 안 되다 하겠지만 음악을 많이 받아놨어." 크리스틴이 핸드폰을 내밀었다. "디제이가 골라줘."

가수들을 살펴보고 있는데 핸드폰이 진동하면서 메시지가 도착해 읽을 수밖에 없었다. 무슨 영문인지 몰라 멍하니 보다가 손끝과 가슴에서 맥박이 빨라지는 것을 느꼈다. 크리스틴이 신디 브로커 라고 저장한 사람에게서 온 메시지였다.

크리스틴: 축하합니다. 그랜드 매니지먼트 서비스에서 파크랜드 레인 450번지 2호 지원을 승인했습니다. 언제 계약하러 오시겠습니까?

파크랜드 레인 450번지. 어딘지 잘 아는 곳이었다.
매일 '세입자 구함' 표지 앞을 지나갔으니까.
내 아파트에서 한 블록 반 떨어진 거리에 있는 집이었다.

Chapter 20

"방금 메시지 왔어." 내가 말했다. "네…… 부동산 중개인한테?"

"어머, 뭐래?"

나는 소리 내어 읽은 뒤 크리스틴을 봤다. 크리스틴이 커브를 돌면서 환하게 웃었다.

"결정되고 나서 말하고 싶었어. 드디어 돌아간다!"

"와아!" 나는 창밖을 내다봤다. 길가에 납작해진 라쿤 주위로 파리 떼가 몰려들고 있었다. 결국 나는 고개를 저었다. "그럼 이전 상사가 다른 부서에 넣어주지 못한 거야?"

"알잖아. 시드니가 지겨워졌어."

"와." 나는 컵 홀더에서 물병을 잡았다. "무슨 일을 하려고?"

"음, 아까 그분이 지금 밀워키에 있는 일자리를 찾고 있대!" 크리스틴은 내 쪽을 향해 활짝 웃어 보였다. 신나는 일이라는 양!

"와." 내가 또다시 감탄했다. 갑자기 햇빛이 창문을 뚫고 들어왔다. 그곳 나무들은 모두 같은 방향으로 꺾여 있었다. 부러진 뼈 같았다.

"토네이도네." 크리스틴이 내 시선을 좇으며 말했다. "작년 여름에. 시속 160킬로미터로 커졌지."

"세상에." 나는 크리스틴을 봤다. 진심으로 기뻤지만 친구처럼 단순한 감정은 아니었다. 나도 그렇게 들뜨고 싶었다. 간절히. 복잡한 감정을 가라앉히고 억누르고 싶었다. "네가 돌아오다니 이게 무슨 일이야!"

"변화를 주고 싶어. 호주에서 2년 가까이 살았잖아. 거기가 얼마나 모든 것에서 멀리 있는지 사람들은 몰라. 아시아조차 열다섯 시간 거리라니까."

"젠장." 내가 끄덕였다. "그럼 잘됐네!"

"그리고 내가 찾아낸 집 기대해도 좋아. 너무 예쁜 데다 네 집이랑 가까워!"

"잘됐다!" 그 순간 우리 사이가 왜 그렇게 어색했을까? 칠레 파올로 사건 전, 우리 둘의 안전하고 따뜻한 자궁에 들어간 듯 가까웠던 느낌을 되찾을 수만 있다면. 오래전, 나를 때리기 전의 벤과 다시 사랑하고 싶었던 것처럼 그때가 그리웠다. 그때의 가장 큰 문제는 내가 아무것도 느끼지 못한 거였다. 반면 크리스틴에게서는 무겁게 맴도는 불안이 가시지 않았다.

진정해, 에밀리. 조금만 견디면 힘든 과정을 지나 다시 크레밀리가 될 거야. 크리스틴과 애런도 친해질 테고 밀워키에서의 삶이 충만하게 느껴질 거야.

그리고 숲에서 보내는 주말? 우리에게 좋을 것 같았다. 새로운 출발을 위한 완벽한 장소였다.

크리스틴이 헛기침을 했다. "저, 노래를 틀긴 트나요."

"참, 미안." 나는 앨범을 골랐다. 적당히 흥겹고 축하하는 느낌으로. 우리는 아무도 마주치지 않고 숲을 지났다. 정말로 살아 있는 건 우리뿐인 듯했다.

길 가까이의 널찍하고 편평한 땅에 차를 세우고 높다란 나무 사이 오솔길에 내려섰다. 두툼한 전나무와 날렵한 자작나무, 껍질이 울퉁불퉁한 포플러. 현관으로 걸어가는 동안 솔잎이 발밑에서 바스락거렸다. 등 뒤에 호수가 장엄하게 펼쳐져 있었다. 우리 바로 앞에 있는 진초록 수목을 그대로 반사하며 살아 있는 듯 물결쳤다.

크리스틴이 열쇠를 꺼내더니 현관문을 열었다. 냄새가 옛날 노래처럼 느껴졌다. 기분 좋게 텁텁하고 달콤한 소나무와 곰팡이가 섞인 향. 크리스틴이 블라인드를 열자 햇빛이 실내를 적셨고 사슴 뿔 상들리에, 초록색과 크림색의 소파, 장작더미, 튼튼한 난롯가에 쌓인 오래된 요리 잡지가 보였다. 크리스틴은 내게 가장 큰 방, 욕조 있는 욕실이 딸린 방을 쓰라고 했다. 크리스틴은 평소에 쓰는 복도 끝 방에 짐을 풀었다.

"그리고 토끼 똥 조심해." 내가 가방을 여는데 크리스틴이 외쳤다. "옷장 안 같은 데. 토끼 가족이 계속 들어와서 어지른 것 같아. 다 죽여버리고 싶네. 내나에게 크리스마스 선물로 드린 예쁜 구두를 망쳐놨어."

"아이고, 토끼가 멋진 에어비앤비를 원했나 보네." 내가 중얼거렸다.

우리는 수영복으로 갈아입고 보트 선착장(반대편 '할아버지의 부두'와 다른 곳이다)으로 실외용 의자를 끌고 갔다. 나는 파도가 백합 화단에서 부서지며 잡초에 뚫리는 모습을 눈으로 좇았다. 터키석 조각처럼 새파래 예쁜 잠자리가 내 무릎 위에 앉더니 머리를 갸우뚱했다. 멋진 시간이 될 거야. 나는 생각했다. 그리고 크리스틴이 가까이 사는 것도 좋을 거야. 자꾸 크리스틴에게 방어적으로 굴면 안돼. 우리는 늘 우리가 생각하는 대로 되지 않는가?

"여기 오니 참 편안하다." 내가 크리스틴 쪽을 보며 말했다. "벌써 마음의 짐을 좀 내려놓은 것 같아. 캄보디아 일. 그리고…… 칠레도."

크리스틴은 말이 없었고 파도가 선착장에 부딪치는 소리밖에 들리지 않았다. 크리스틴이 드디이어 마음을 터놓을까?

"또 뭐가 좋은지 알아?" 크리스틴이 말했다. 친구가 일어나자 의자가 삐걱거렸다. "와인이지. 사람들이 너무 몰리기 전에 슈퍼에 가자."

크리스틴이 어깨에서 힘을 빼고 허리를 흔들며 오두막 쪽으로 걸어갔다. 아무 걱정 없는 사람처럼.

우리는 레이크우드 슈퍼마켓에서 카트에 물건을 쌓으며 농담을 주고받았다. 탄산수 상자와 버거와 소시지 재료 사이에 와인을 여러 병 끼워 넣고 그 위에 아이스크림을 던졌다. 크리스틴은 진열장에서 티본스테이크 두 장을 골랐다. "생일을 맞은 친구에게 어울리는 만찬."

오두막에 돌아와 사온 것을 정리하며 수다를 떨었다. 칠레나 캄보디아에 관한 화제는 의도적으로 피하며 평범한 이야기를 나눴다. 너무 아무 일도 없었던 것 같아서 나는 한순간 과거를, 우리를 폭행한 거친 피부의 남자들을, 우리가 꺼뜨린 생명들을, 그들을 찾는 사람들을 잊어버렸다. 문득 우리의 삶이 변해버리고 우리 사이도 예전과 달라진 것에 가슴이 저렸다. 절절히 그리운 느낌이었다.

"어머, 왜 그래? 왜 울어?" 크리스틴이 빵을 내려놓고 내게 달려왔다.

"너무 걱정됐어. 너도, 잡히는 것도…… 모든 게." 갈라진 목소리로 대답하며 나는 뺨을 닦았다.

"아유, 에밀리. 괜찮아! 우린 안 잡혀."

나는 훌쩍거렸다. "그것만이 아니야."

크리스틴은 상냥한 눈빛으로 나를 봤다.

"난 그저…… 네가 너무 정상처럼 행동해서. 이 엄청나고 끔찍한 일이 일어나지 않은 것처럼 말이야. 어떻게 그렇게…… 아무렇지 않아?"

크리스틴은 입술을 꼭 다물고 폴라로이드 사진이 인화되듯 뺨을 분홍빛으로 물들이면서 나를 봤다. 잠시 후 고양이처럼 코를 떨더니 맑은 눈물을 떨어뜨렸다.

"오, 에밀리." 크리스틴은 얼굴을 감싸 쥐고 부엌 의자에 앉았다.

와아. "크리스틴, 있잖아. 넌 혼자가 아니야."

"하지만 난, 혼자잖아?" 그러더니 냅킨을 뽑아 길게 팽 하고 코를 풀었다. "넌…… 내가 어떻게 하길 바라는지 모르겠어. 내가 어떻게 행동해야 하는지. 시간을 되돌려 저지른 일을 돌이킬 수 없어, 엠. 모두 사라지게 할 수도 없어. 그런데 그 후로 날 보는 네 표정……. 지금 날 보는 네 표정. 내가 무슨 괴물이라는 듯이. 나를 보기만 해도 메스껍다는 듯이. 그건 사고였어. 그런 일을 저지를 뜻은 없었어. 나도 내가 싫어, 에밀리. 우리가 그 일을 다시 겪게 만든 내가 싫은데, 너도 날 싫어해."

가슴이 철렁했다. 나는 식탁을 돌아가 크리스틴을 품에 안았다. "크리스틴, 내 말 잘 들어. 널 싫어하지 않아. 절대. 난…… 너를 괴물이라고 부르지 않아. 네 잘못이라고 생각하지 않아." 나는 크리스틴의 정수리에 뺨을 얹었다. 머리카락에서 가을 냄새가 났다. 해바라기와 두피 냄새.

"너무해." 크리스틴이 심하게 울먹여서 무슨 말인지 잘 들리지 않았다. "네가 폭행을 당했을 때 우리는 해야 할 일을 했어. 하지만 내가 당하니까 갑자기 넌……." 크리스틴이 말끝을 흐렸다.

속이 뒤틀렸다. "네 말이 옳아. 정말 미안해. 네 말이 옳아." 뺨에 눈물이 흘렀다. "하지만 난 캄보디아 이후에 괜찮지 않았어. 지금도 그래. 너는 아무 일도 없었던 것처럼 너무 침착했잖아. 우리가 이렇게 큰 트라우마를 겪지도 않은 것처럼. 난 뭐랄까, 내가 제정신인지 의심이 들기 시작했어. 우리가 전혀 다른 상황을 겪은 게 아닐까 싶었어."

"아, 나도 괜찮지 않아! 당연하지." 크리스틴은 크게 흐느꼈다. 안도감이 온몸을 스쳤다. 마치 샴페인처럼 따끔거리면서도 달콤했다.

크리스틴도 모든 것을 느끼고 있었다. 꼭 나처럼 죄책감과 공포에 사로잡혀 하루하루 살아가고 있었다. 침착한 자신감, 아무렇지 않은 태도. 이제야 그것이 가스라이팅이 아니라는 걸 알았다. 그건 나를 위해 강해진 모습이었다. 크리스틴은 책임감을 느꼈으니까. 크리스틴이 폭행당하고 와인 병을 잡았으면서 우리 둘 다 발각돼

잡힐 것 같다고 벌벌 떨며 고백하면 얼마나 부당하게 느껴졌을까? 크리스틴은 아무렇지도 않은 척할 수밖에 없었다. 문득 내가 크리스틴을 어떻게 취급했는지 떠올랐다. 크리스틴도 폭행 사건의 생존자일 뿐인데.

우리는 잠시 함께 울다가 의자에 앉아서 흐느낌이 잦아지길 기다린 뒤 수줍게 웃었다.

"우리 괜찮은 거지?" 내가 물었다.

크리스틴은 끄덕이고 눈을 닦았다. "우린 괜찮아."

"그리고 크리스틴, 이 여행을 하게 해줘서 고마워. 물론 보물찾기도. 네가 많이 수고한 거 알아. 여기 오다니 꿈만 같아. 난, 너와 여기 함께 와서 정말 기뻐."

크리스틴이 미소를 지었다. "천만에. 나도 여기 와서 기뻐."

나는 친구의 등 뒤를 보며 말했다. "음식 정리를 마칠까?"

"그래야지." 크리스틴이 잔뜩 잠겨 갈라진 목소리로 키득거렸다. 그러고는 내가 냉장고로 가는 사이 오래된 레코드플레이어에 앨범을 넣었다. 플리트우드 맥이 거실에 퍼지자 크리스틴이 춤을 추며 다가왔고 우리는 코러스 부분을 따라 불렀다. 커다란 소나무 오두막 벽에 대고 당신이 사슬을 절대 부수지 못할 거라 말하는 것이 들린다고 노래할 때, 우리 사이의 무엇인가가 코르크처럼 열렸고 그 자리에 달콤한 안도감이 밀려들었다.

그날 저녁 늦게까지 우리는 배불리 먹고 '할아버지의 부두'에 앉아 나무 꼭대기 너머로 해가 저물며 구름을 마지막 불을 붙인 듯 주황과 빨강으로 물들이는 광경을 지켜봤다. 너무 마음이 놓인 나머지 자꾸 눈물이 났다. 드디어, 드디어 내 마음이 가장 오랜, 가장 순수한 친구 크리스틴에게서 멀어지기를 멈췄다. 우리는 맥주를 마시며 호수 물이 기름처럼 검게 변하고 너무 어두워 보이지 않을 때까지 있었다. 어두워지자 보이지 않는 것이 들렸다. 선착장 금속 다리에 부딪치는 파도 소리가 들렸고, 아비새와 황소개구리들의 외로운 울음소리는 꼭 베이스 기타 소리 같았다.

"아, 줄 게 있어." 크리스틴의 음성이 아이스링크의 퍽처럼 물 위를 훑었다.

"놀랄 일이 더 있어?"

"그냥 오글거리는 선물이야." 크리스틴이 겉옷 주머니에서 봉투를 꺼냈다. 나는 안에 든 카드에 플래시를 비췄다. 예쁜 꽃 그림이 그려져 있고 구석에 "생일 축하합니다"가 적혀 있었다.

에밀리에게,

생일 축하해! 우리가 10년 넘게 친구로 지냈다니 놀랍지. 너 없는 삶은 상상할 수 없어. 어찌 보면 통계학 101 강의 때 그 자식들에게 고마워해야 할 것 같아. 네가 똑똑하고 강하고 독립적인 여자가 된 것이 참 자랑스럽다. 그리고 우리가 2년 만에 다시 한 도시에 살게 된 건 정말 행운이야!

늦도록 이야기를 나누던 밤, 새벽 4시, 5시에 몰래 나가 헤엄치고 미시간 호수의 일출을 함께 보던 시절을 떠올렸어. 그거 기억나니? 온 세상에 깨어 있는 건 우리 둘뿐인 느낌이 들었지. 에반스턴뿐 아니라 온 세상이 우리 것 같았고. 아름답고 담대하게 몸을 말리곤 했잖아. 구름 가득 채운 하늘 아래서.

XOXO,
크리스틴

P.S. 네가 얼마나 멋진 사람인지 혹시 잊어버리면 누굴 찾아야 하는지 알지. 나는 절대, 절대 잊지 않고 이유를 하나하나 꼽아줄 테니까.

P.P.S. 이제 마지막 줄이야, 약속해! :)

"와, 크리스틴!" 나는 일어나서 친구를 안았다. "정말 고마워. 멋진 생일이야."

"서프라이즈인데도?"

"서프라이즈 하고 천국에 간다면, 좋지."

수면 위로 물고기 한 마리가 튀어 올랐다. 퐁. "노스웨스턴 때를 생각하고 있었어. 우리만의 세상에 살던 시절." 크리스틴이 말했다. "수수께끼를 다시 할 때가 됐다 싶었지."

"똑똑해. 참, 우리가 아직도 이런 것에 열광한다는 걸 깨달으면서 서른이 된 것도 기뻐."

멀리 호수 반대편에서 빛나는 자동차 전조등을 바라봤다.

"모기한테 잡아먹히겠다." 내가 말하자 크리스틴도 몸을 일으켰고 우리는 함께 안으로 들어갔다.

몇 시간 동안 핸드폰을 확인하지 않아 열어보니 통화가 안 되는 곳이었다. "있잖아, 러셀이 내일 업무 메일은 확인하랬어." 내가 말했다. "무선 인터넷을 쓰려면 어디로 가야 할까?"

"아니. 요즘은 새로운 게 있어. 핫스팟이란 거." 크리스틴이 복도로 가더니 비닐을 뒤적이는 소리가 들렸다. 돌아온 친구는 내 쪽으로 그 장치를 던졌다. "하지만 한 달에 쓸 수 있는 양이 정해져 있어. 그러니까 영화를 보거나 할 순 없어."

나는 인터넷이 연결되자마자 쏟아지는 생일 축하 메시지를 전부 훑어봤다. 내나가 내게만 보낸 특이한 메시지가 있었다.

> 에밀리,
> 호수에서 잘 지내니? 편안한지 확인하고 싶었다. 크리
> 스틴이 요즘 좀 이상해서 말이다. 필요한 것 있으면 꼭
> 전화하렴.

그것만으로도 충분한 경고였는데, 보낸 지 한 시간도 채 안 된 또 다른 메일 탓에 나는 어지러워졌다. 귓전에 찢어질 듯 요란한 소리가 웅웅거렸다. 오케스트라가 조율하는 것처럼.

그것 역시 내나의 메일이었고 크리스틴과 내게 보낸 것이었다.

"이래서 너희가 그렇게 여행 다니는 게 용감하다는 거다." 그다음에는 링크가 있었다. 떨리는 손으로 링크를 눌렀다.

CNN 기사 맨 위에 파올로의 웃는 얼굴이 있었다. 헤드라인은 '칠레 외딴 마을에서 배낭여행자 유해 발견'이었다.

Chapter 21

"있잖아, 오늘 밤에 캠프파이어 할까?" 크리스틴이 불렀다. 냉장고를 열고 말해서 목소리가 울렸다. "아이스크림을 샀지만 스모어*도 만들 수 있어. 나 불 잘 피우거든. 하지만 내일 해도 돼."

내가 대답하지 않자 크리스틴은 냉장고 문을 닫고 돌아섰다. "내 말 들었어? 장작을 좀 더 가져와야겠지만……."

"크리스틴." 나는 핸드폰을 식탁에 툭 떨어뜨렸다. "이것 좀 봐."

"뭔데?" 크리스틴이 콧잔등을 찡그렸다. "전에 사귄 사람이 생일 메시지라도 보냈어? 남자들이 그러는 거……."

"농담 아니야. 메일 좀 봐."

크리스틴은 인상을 쓰더니 싱크대에서 자기 핸드폰을 집었다. 메일을 읽는 크리스틴의 얼굴을 지켜봤다. 무표정이었다.

"아, 젠장."

---

* 마시멜로, 비스킷 등을 이용해 만드는 간식.

나는 메일을 다시 봤다. "내나가 뭔가를 아시는 걸까?"

"알긴 뭘 알아? 우리가 멍청하게 멀리 여행 다니면서도 아직 살아 있는 게 행운이라는 사실?" 크리스틴이 어이없다는 표정을 지었다. "내나의 걱정이 사악한 이유는 실제로는 날 걱정하지 않기 때문이야. 무슨 일이 생기면 '내가 그랬지'라고 말하면서 고소해할 걸. 이것도 날 비난하는 방법일 뿐이야." 그러면서 한 손가락을 들었다. "너는 참 멍청한 결정을 내리지. 이것 보렴, 내 말이 옳았잖아. 세상은 위험해. 넌 어른답지 못하고.' 참 내나답지." 크리스틴이 말을 마치며 내 맞은편 의자에 앉았다.

"잠깐만, 내가 하려는 말은 그게 아냐. 파올로 말이야. 발견됐어. 그런데 아무렇지도 않아?"

크리스틴은 꼼짝 않고 나를 보더니 한쪽 눈썹을 치켜올렸다. "핸드폰 꺼."

"크리스틴, 제발 좀. 듣는 사람은 없어. 우린 허름한 프런트 외엔 아무것도 없는 곳에 와 있어. 그리고……."

"핸드폰 꺼." 어쩔 줄 몰라 하는 어린애를 상대하듯 크리스틴이 단호하고 침착하게 말했다. 나는 심호흡하면서 친구의 말이 옳다고 생각했다. 시리는 늘 듣고 있었다. 항상 말을 걸고 우리의 위치를 추적할 태세였다.

"기사부터 읽고." 내가 말했다.

"좋아."

남미 여행 중 실종된 24세 스페인계 미국인 배낭여행자의 시신이 발견됐다고 경찰이 발표했다. 파올로 가르시아는 3월 27일, 칠레 파타고니아의 도시 푸에르토 나탈레스에서 마지막으로 목격됐다.

수요일, 경찰은 칠레의 산악 지대 엘퀴 계곡의 외딴 지역 아로이토에서 발견된 시신이 그의 것임을 CNN에 확인했다.

목요일, 미국 영사관 관리의 참관하에 부검을 완료했다고 칠레 경찰이 보고했다. 경찰은 사인을 공개하진 않았지만 살인 사건으로 취급하고 있다고 밝혔다.

가르시아의 가족은 시신을 미국으로 송환하고자 한다고 경찰은 전했다.

"현재 우리는 슬퍼하고 있으며 기필코 영문을 알고 싶습니다." 파올로의 아버지이자 로스앤젤레스의 부동산 회사 카스티요의 사장인 로드리고 가르시아가 인터뷰를 통해 말했다. "경찰은 누구의 소행인지 밝혀내 대가를 치르게 해야 합니다."

파올로 가르시아는 캘리포니아에서 태어났지만 바르셀로나에서 주로 생활했다. 그는 미국과 스페인 이중 국적을 갖고 있었다.

가르시아는 여행 중 몇 주씩 연락이 끊기곤 해서 가족이 실종 신고를 하기 전 얼마나 오랫동안 잠적 상태였는지 확실하지 않다. 여권과 지갑 등 소지품이 함께 있지 않아 그 지역 어디에서 묵었는지 수사 중이라고 스페인의 아헨시아 에페 뉴스가 보도했다.

지난 수요일, 파올로의 누나 엘레나 가르시아는 남동생이 삶을 충만하게 살고자 했다고 전했다. 파올로는 여행 경비를 마련하기 위해 오랫동안 저축했으며 '새로운 나라들을 보고 새로운 사람들을 만나는 것에 매우 들떴었다'고 엘레나는 말했다.

그들이 마지막으로 연락을 취한 것은 3월 23일, 파올로가 누나에게 여행이 즐겁다고 메시지를 보낸 때였다.

"동생은 세상을 탐험하고 후회 없는 삶을 살고자 했어요." 엘레나가 덧붙였다.

나는 고개를 들었다. 아직 크리스틴이 굳은 표정으로 기사를 읽고 있었다.

한 가지, 한 가지가 베이스 드럼 같았다. 둥. 파올로는 미국인이었다. 둥. 파올로는 부유한 가정 출신이었다. 정의를 실현할 때까지 멈추지 않을 자원을 가진 집안이다. 둥. 잘생긴 파올로는 제2의 나탈리 홀러웨이*가 돼 전국을 떠들썩하게 할 수도 있다. 젠장.

게다가 파올로에겐 가족이 있었다. 누나가. 세상에. 그들은 더 이상 내 상상 속 그늘에 가려진 조연이 아니었다. 이름과 목소리, 삶을 가진 이들이었다. 문득 동생을 잃은 가련한 엘레나의 이름을 검색해 모든 것을 알아내 상처에 소금을 치고 싶어졌다. 어째서 형제자매를 잃은 사람을 가리키는 말은 따로 없을까? 고아, 과부, 홀아비란 말은 있는데. 그래서 더 힘들지 않을까.

한참 만에 읽기를 끝낸 크리스틴이 한숨을 푹 쉬더니 핸드폰 화면을 톡 쳤다.

"뭐해?" 내가 물었다.

"내나에게 답장 써. 그리고 다시 끌 거야. 너도."

"어쩌지." 나는 오른쪽 버튼을 꾹 누르고 꺼진 핸드폰을 징그럽다는 듯 식탁 위에 던졌다. "큰일 났어, 안 그래?"

"이상적인 상황은 아니네."

"이상적이진 않다고?"

"부검 내용이 없네. 사인도, 부패 정도도. 그리고 이제 관광지를 전부 돌아다니며 수사하겠지. 그래도 우린 괜찮을 거야. 그가 호텔에 체크인할 시간이 없었다면. 하지만……."

"미국인이야, 크리스틴. 미국 영사가 개입했다고."

"알아. 그자가 그 말을 안 한 게 믿기지 않네."

---

* 2005년, 고등학교 졸업 직후 카리브의 아루바로 여행을 갔다가 실종된 미국 여성. 광범위한 수사에도 시신을 찾지 못해 증거 부족으로 살인으로 기소된 사람도 없이 사건이 종결됐다.

"누나도 있어." 나는 핸드폰을 탁 쳤다. 내가 밀어내던 죄책감이 댐을 가르고 가슴속으로 밀려들었다. "가족이 있었어. 그리고 그들이 슬퍼하고 있어, 크리스틴. 우리 때문에."

크리스틴은 황당하다는 표정을 지었다. "히틀러에게도 엄마는 있었어. 그렇다고 그가 덜 끔찍해지는 건 아니야."

"발견하는 데 2주도 안 걸렸어! 게다가 가족은 부자야. 우린 완전 망했어."

크리스틴은 나를 똑바로 보면서 자꾸 피하는 나와 눈을 맞췄다. "에밀리, 괜찮아."

"어떻게 괜찮아?" 숨이 가슴에 턱 막히며 가빠졌다. 목구멍이 비명을 지르는 느낌이라 일어나서 핸드백을 뒤져 흡입기를 물었다. 10부터 1까지 달콤한 카운트다운을 시작했다.

"괜찮아? 물 좀 마실래?"

"괜찮지 않아." 나는 털썩 앉았다. "넌 어떻게 그렇게 침착하니?"

"우리가 똑똑하게 행동했으니까. 모두 제대로 해냈고." 크리스틴이 식탁을 손으로 짚었다. "그는 우리가 목격된 적 없는 곳에서 발견됐어. 우린 거기가 어딘지 정확히 몰라. 시체 상태는 나빴을 거야. 사망 시점도 정확히 몰라. 우리와 연결될 고리는 없어."

나도 그 말을 믿고 싶었다. 하지만 이번 작전은 크리스틴이 지휘하지 않았다. 그리고 내가 어떤 일을 맡으면 항상 뭔가가 잘못됐다. "모든 걸 제대로 했는지 어떻게 알아? 넌 밤새 제정신이 아니었잖아!" 나는 미진했던 점을 손가락으로 하나씩 꼽았다. "누군가 우리 차를 봤거나 우리가 삽을 꺼내거나 넣는 걸 봤을 수도 있어. 불이 켜진 순간도 있고. 아니면 바에 있던 우릴 기억하는 사람이 있거나. 객실에 그 남자 물건을 두고 왔을지도 모르고. 방이 너무 어두웠고 서둘렀으니까. 제대로 된 청소 도구도 없었잖아. 아니면 렌터카에 GPS나 위치 추적 장치 같은 게 내장돼 있어서 우리가 어디로……."

"에밀리." 크리스틴은 저녁 불빛이 반사돼 초록빛을 띠는 갈색 눈동자로 너무나 차분하고 진지하게 나를 봤다. "그럴 일은 없어. 우린 객실에 아무것도 흘리지 않았어. 아무도 우리 차를 추적하지 않았어. 우릴 본 사람은 아무도 없고. 봤다고 해도 넌 내가 걱정 안 하는 가장 중요한 이유를 잊고 있어."

눈에 먹구름이 낀 것 같았다. 굵은 눈물방울이 금방이라도 떨어질 듯했다. "그게 뭔데?"

크리스틴이 내 핸드폰을 들어 검은 화면을 내게 들이밀었다. 나는 인상을 찌푸리다가 무슨 소린가 싶어 고개를 저었다.

"아니, 잘 봐." 크리스틴이 말했다. 내 시선이 기름기가 묻고 왼쪽 구석에 거미줄 같은 금이 간 새카만 화면으로 옮겨갔다. 그리고 내 초점이 한층 더 깊이 옮겨가자 매직아이 그림처럼 뭔가가 보였다. 내 얼굴, 젊고 상냥해 보이는 내 모습이었다. 우리는 크리스틴이 악녀로 변할 상이라면 나는 웃는 상을 가졌다고 농담하곤 했다. 낯선 사람들은 항상 내게 길을 물었고 길거리 남자들은 내게 웃어보라고 하지 않았다(대신 다른 꼬투리를 잡아 희롱했다). 그제야 이해했다. 이건 살인자의 얼굴이 아니었다. 나는 입술을 꼭 다물고 몸을 피했다.

"자, 이제 다시 핸드폰을 켜고 너는 업무 메일을 확인해. 그걸로 이 얘기는 끝이야. 알겠지?"

크리스틴의 태연한 모습에 기가 죽었고 혐오감이 차올랐다. 친구를 피하고 싶은 이유가 달라진 느낌이었다. 막연한 육감이라기보다는 뇌의 지시에 가까웠다.

나는 사슴뿔 샹들리에를 바라보다가 끄덕였다. 더 할 말이 없었으니까. 하지만 그때만큼은 친구의 자신만만한 태도가 든든하지 않았다. 고집스럽고 무식하게 느껴졌다.

그리고 이미 내 머릿속을 파고든, 기사에서 가장 강력한 한 줄을 잊을 수 없었다. 기필코 영문을 알고 싶습니다.

크리스틴이라면 필사적인 사람들은 원하는 것을 손에 넣기 위해 어떤 경우에도 멈추지 않는다는 사실을 누구보다 잘 알 터였다.

Chapter 22

일찍 일어나 부연 빛에 눈을 깜빡였다. 열린 창문으로 새소리가 흘러들어 왔다. 나는 다시 눈을 감고 새가 지저귀는 소리를 들으며 또 뭔가 좋지 않은 일이 벌어지는 것을 느꼈다. 기억하지 못하는 어떤 일이.

얼마 지나지 않아 싸늘한 생각에 눈이 번쩍 떠졌다. 파올로의 시체, 엘퀴 계곡을 개미처럼 뒤지는 경찰관들. 생각해보니 그곳 땅은 정말로 개미 언덕 같았다. 여우의 털색 같은 빛깔과 모래흙. 어쩌면 거인에게 안데스 산맥은 두 다리 달린 벌레가 우글거리는 작은 흙더미에 불과할 것 같았다.

간밤에 나는 크리스틴에게 집에 데려다달라고 할까 잠깐 생각했지만 그래봐야 별 도움이 되지 않을 것 같았다. 위로해줄 사람은 크리스틴뿐이었고, 어두운 아파트보다는 그곳 호숫가에서 우울한 편이 나았다. 이불을 걷었다. 살아가는 수밖에 없었다. 커피를 가지고 '할아버지의 부두'로 나갈 생각이었다. 파올로 생각이 결국 떠오르면 주의를 돌리는 데 쓸 읽을거리도 챙기기로 했다.

커피 머신이 부글거리는 동안 거실의 책장을 살폈다. 한 칸이 종교 관련서로 가득 차 있었다. 성서와 백만장자 유명 종교인들의 저서, 페이지를 접어 표시한 《목적이 이끄는 삶》. 내나와 빌이 다니는 킹 오브 킹스 교회에서 낸 가정 예배 자료 표지에는 커다란 십자가가 있었다. 애런과의 대화를 떠올렸다. 그는 커뮤니티에 소속되는 것을 좋아한다고 했다. 나는 종교와 접촉한 경험이 거의 없었다. 고등학교 시절, 지역 대형 교회학교에 이따금 나간 것은 신의 권능에 대한 관심보다는 새로운 친구를 사귀고 싶어서였다.

그 시절 교회학교 예배에서 들은 내용은 대부분 좋았다. 예수가 성매매 종사자, 나병 환자들과 어울린 것, 다른 쪽 뺨도 내어주고 네가 입고 있는 옷도 벗어주라는 초월적인 가르침, 제 눈의 들보도 보지 못하면서 남의 눈의 티끌을 지적하지 말라는 말씀. 남을 판단하지 않는 멋진 사람 같았다. 크리스틴이 이야기한 킹 오브 킹스 루터 교회학교와는 아주 달랐다. 이름도 참 대단하지.

뒤쪽에서 스티븐 킹 책을 찾아 밖으로 나갔다. 그늘진 오솔길을 따라 작은 고사리가 고개를 숙이고 있어 쥐라기 시대로 시간 여행 온 느낌이 들었다. 신발에 들어간 작은 돌을 꺼내려 걸음을 멈추고 나무를 붙잡았다. 소나무의 예쁜 나무껍질은 표면이 주름투성이인 브라우니처럼 금이 가고 울퉁불퉁했다. 오래된 나무라 가장 낮은 가지도 내 머리 위 몇 미터 높이에 있었다.

숲으로 몇 발자국 더 들어간 뒤 발견한 나무에서 뭔가가 보였다. 다가가니 다람쥐들이 흩어졌다. 허리 높이 정도의 나무둥치에 질감이 다른 부분이 있었다.

KC

+

JR

적어도 내 눈에는 JR로 보였다. 새긴 글자 주위에 하트가 그려져 있어 손가락으로 그곳을 눌렀다. 오래돼 비바람에 거칠어진 듯했다. 이 별장에 대여섯 번은 왔을 텐데 처음 보는 흔적이었다. 크리스틴 차네키…… 그리고 도끼나 톱으로 찍어 무섭게 지워버린 글자 두 개. 어린 시절 좋아한 사람일까? 나중에 물어보기로 하고 부두로 향했다.

호수에는 상자 모양을 한 황록색 1인승 보트가 점점이 떠 있었다. 이슬이 앉은 의자에 누워 아침 소리에 귀를 기울였다. 머리 위의 갈대와 무성한 가지를 흔드는 바람, 미끼가 물을 철썩 때리는 소리, 부두에 들이치는 파도 소리. 얼룩 다람쥐인지 생쥐인지 동물이 등 뒤의 덤불을 가로질러 달아나고, 낚시꾼의 맞은편에서 물고기가 튀어 오르며 매끈한 수면에 파문을 일으켰다.

이렇게 대조적일 수가. 바깥 광경은 진정제 같은데 내 마음속은 두려움에 어쩔 줄 몰랐다.

그만. 그만. 그만해.

망사로 된 문이 열리더니 크리스틴이 걸어오는 소리가 들렸다. 머그를 들고 나타났다.

"잘 잤어?"

"커피 고마워." 크리스틴은 꽉 찬 커피를 쏟지 않게 주의하며 내 옆에 앉았다. 나는 커피를 홀짝이며 호수를 내다보는 친구를 살폈다. 지난밤에 밝혀진 일에도 너무나 태연했다. 전문가들이 우리가 묻은 시체를 파낸 것이 아무렇지도 않은 듯. 속이 뒤틀렸다. 세상에, 전날 아름답고 찬란한 한순간 나는 크리스틴과 똑같은 상태라고 믿었다. 시간 여행으로 그때로 돌아갈 수 없을까?

우리는 낚싯배를 한참 바라봤다. 누군가 무지개송어를 잡았고 사람들의 환호성이 바로 앞에서 들리는 것 같았다. 호수의 그런 효과가 신기했다. 주위 모든 것의 거리를 왜곡시키는 것이.

"저게 뭐지?" 크리스틴은 어깨 바로 위의 허공을 노려봤다. 잠시 후 나도 알아봤다. 3센티쯤 되는 애벌레가 낚싯대에 걸린 지렁이처럼 꿈틀거리고 있었다. 검은 몸뚱이에 흰 털이 잔뜩 나 있었다.

"히코리…… 뭐라는 건데. 중서부에선 귀한 벌레라고 알아. 앗!"

내가 말리기도 전에 크리스틴이 나뭇가지를 들어 애벌레 위의 허공을 가르자 벌레가 부두에 굴러떨어졌다.

"왜 그래?"

크리스틴은 진심으로 알 수 없다는 표정을 지었다. "거미줄에 잡혔잖아."

나는 신음했다. "크리스틴, 누에고치를 만들고 있었잖아. 그건 저 벌레가 만든 실이라고."

크리스틴은 허리를 숙여 벌레를 찾더니 어깨를 으쓱였다. "어쨌든 못난 나방이 되겠지."

그렇다는 대꾸는 하지 않았다.

청회색 바탕에 붉게 충혈된 구름이 몰려오자 우리는 시내로 향했다. 크리스틴은 자신만만하게 평행 주차를 하더니 우산을 꺼내려고 뒷자리로 달려갔다. 비가 때리는 차창을 통해 큰길에 늘어선 가게들을 살폈다. 카페, 창문에 맥주 간판이 반짝이는 피자 가게, 이발과 컴퓨터 수리라는 이상한 조합의 가게. 크리스틴이 주택을 개조한 가게 현관으로 앞장서서 걸어갔다. 세컨드 찬스 골동품점이었다. 우리는 문을 삐걱 열고 안으로 들어갔다.

앞쪽 창문으로 은빛의 햇살이 스며들어 날아다니는 먼지가 잘 보였다. 나는 숨을 얕게 쉬었다. 축축한 공기가 천식을 자극해 꽉 당긴 코르셋처럼 가슴이 죄었다. 세컨드 찬스는 쓰레기의 천국이었다. 높다랗고 미로 같은 선반에 오래된 식기와 80년대 해피밀 장난감, 곰팡이 핀 보드게임이 쌓여 있었다. 나는 먼지가 뽀얀 옥 코끼리를 들어 가격표를 찾았다. 프리야는 코끼리를 모았다.

"어릴 때 여기 온 기억이 나." 크리스틴이 도자기 푸들을 찔러보더니 귀에 붙은 분홍 리본을 살폈다. "엄마가 늘 하나를 고르게 했어. 엄마는 여기 사장님인 그레타와 아는 사이였어. 진짜 골동품인 분이었지."

"손님이 오는 소리를 못 들었네요!" 자그마한 여자가 귀에 거슬릴 정도로 새된 목소리로 선반 사이에서 나타났다. 발이 편해 보이는 흰색 운동화를 신고 걸음을 옮길 때마다 검게 염색한 머리카락이 흔들렸다.

"그레타! 저예요, 크리스틴 차네키!" 팔을 활짝 벌리며 아는 체하는 크리스틴을 보고 그레타는 눈 근육도 늙고 지친 듯 힘겹게 눈을 두 번 깜빡였다. 이내 그레타의 눈썹이 쑥 올라가고 입에는 미소가 번졌다.

"크리스틴! 볼 때마다 네 엄마를 더 닮아가는구나." 그레타가 포옹해 크리스틴의 표정이 보이지 않았다.

그러고는 나를 보더니 미간을 찡그렸다. "어머, 안녕하세요." 의심스런 말투였다.

"제 친구 에밀리예요!" 크리스틴이 게임 프로그램 진행자처럼 양손으로 나를 가리켰다. "밀워키에서 저와 함께 왔어요."

"누구랑 닮았는지 아니? 이름이 뭐더라." 그레타는 텔레파시로 알아내려는 듯 크리스틴을 빤히 봤다. "네 친구 말이야. 어릴 때 너와 함께 늘 여기 오던 아이. 제이미."

"그걸 기억하시다니! 제이미, 맞아요. 정말 좀 닮았네요." 두 사람이 나를 찬찬히 뜯어봤다. 복부 깊숙한 곳이 불편해졌다.

그레타는 생각에 잠겼는지 입술을 꼭 다물었다가 잠시 후 입을 열었다. "그 애, 제이미 말인데 난 늘⋯⋯."

"가게는 어때요?" 크리스틴이 말을 가로막은 게 왠지 부자연스러워 내 안테나가 올라갔다. 그레타는 무슨 영문인가 싶은 표정을 짓다가 크리스틴의 손을 잡으며 대꾸했다. "아, 알잖니. 괜찮아. 그런데 너 어디 멀리 갔었지? 호주라고 했니?"

"네, 호주요! 그레타, 기억력이 정말 좋으시네요."

"가게를 해서 그래. 정신을 차리게 되지." 그레타는 머리를 톡톡 두드리더니 나를 봤다. "여든넷이라우. 믿어져요?"

나는 깜짝 놀란 표정을 지었다. 솔직히 80대 중반이라고 짐작했지만 그녀의 당당함에 감탄했다.

"저도 여든넷이 됐을 때 그레타의 절반만이라도 강했으면 좋겠네요." 크리스틴이 말했다.

"얘는, 크리스틴." 그레타가 이마 주름을 찡그렸다. "음, 노스 우즈에 얼마나 있을 거니?"

"주말 동안만요. 참, 저 밀워키로 돌아와요!" 크리스틴이 양손을 맞잡았다. "피프스 워드에 아파트를 구했어요!"

"놀랍지 않구나. 위스콘신은 사람들을 도로 끌어들이거든. 떠나려고 하지만 오래 못 가." 그때 가게 안쪽에서 전화가 울렸는데 그레타는 바로 알아차리지 못했다. 잠시 후 그레타가 전화를 받으러 들어가고 크리스틴과 나는 다시 상점 안을 구경했다.

몇 분 뒤 크리스틴이 옆집 커피숍에 갈 거라고 하며 먼저 나간 사이 나는 계산을 하러 갔다.

"크리스틴과 재밌게 지내고 있어요?" 그레타가 코끼리를 신문지로 싸면서 물었다.

"네! 여기 참 아름답네요."

"정말 깜짝 놀랐네요. 크리스틴과 함께 있는 모습을 보고 어릴 적 친구 제이미가 어른이 돼서 온 줄 알았네." 그레타가 포장지 위에 테이프를 길게 붙였다.

나는 뭐라고 대답해야 할지 몰라 미소를 지었다.

그레타가 다가와서 말했다. "하지만 그럴 순 없지. 그렇다면 기적일 거예요."

나는 어색하게 웃었다. 상사가 불쾌한 농담을 할 때처럼. "무슨 말씀이세요?"

그레타는 신문지로 싼 뭉치를 내밀었고 나는 퍼뜩 녹아 엉겨 붙은 파올로의 소지품을 떠올렸다. 우리의 가장 어두운 비밀을 감싼 신문지. 그리고 그것을 밝혀내기 위해 무슨 짓이라도 하려는 LA 사람들.

"제이미가 어떻게 됐는지 알잖아요. 신께서 그 영혼에 안식을 주시길."

가슴이 죄어들었다. 설마. 세바스티안과 파올로와 앤과 제리 차네키에 더해 크리스틴의 어린 시절 친구까지…….

나는 눈을 가늘게 떴다. "뭐라고 하셨어요?"

그레타는 슬픈 미소를 지었다. "제이미가 가게로 들어온다면." 그리고 어깨를 으쓱였다. "유령이 보인다는 뜻이지요."

"참, 내 도플갱어는 누구야?" 나는 싱크대에 주전자를 놓고 수도를 틀면서 가벼운 목소리로 물었다. 그레타는 "그 가엾은 착한 아이"라고 중얼거리는 것 외에는 더 이상 설명하지 않았다. 나는 크리스틴이 가까운 친구가 죽었다고 말하지 않은 것을 믿을 수 없었다. 세상에, 세상에서 가장 불운한 사람이었을 것이다. 주위 사람들이 파리처럼 죽어나가는 와중에 욥처럼 시험을 당하다니…….

"아니, 정수를 써. 그리고 맥주도 잊지 마."

"맥주?" 크리스틴 쪽을 봤다.

"위스콘신에서 8년이나 살고도 소시지 굽는 법을 몰라? 참 에밀리답지." 크리스틴은 냉장고를 뒤지더니 물이 꽉 찬 브리타 정수기와 MGD 한 캔을 꺼냈다. "요리용. 좋은 건 마시는 용이고."

"내가 원시인처럼 수돗물에 삶으려고 했구나." 냄비를 조심스레 다시 채웠다. "내 질문에 대답 안 했어. 나랑 닮은 친구가 누구야?"

"제이미. 그레타가 그 이름을 기억하다니. 15년도 넘었는데." 크리스틴이 내게 스파티드 카우 에일을 건넸다. "사실 별로 안 닮았어. 검은 머리 외에는."

"제이미도 여기 오곤 했어?"

"음. 어릴 적에 제일 친한 친구였어."

JR. 하트 안에 지워진 이름 첫 글자. "둘 다 장로교 학교에 다녔어?"

"루터교. 장로교는 거기에 비하면 자유분방하지." 크리스틴은 맥주를 한 모금 마시고 말을 이었다. "응, 같은 학교에 다녔어. 평생 알고 지낸 사이야. 내가 태어나기도 전부터 부모님끼리 친구였거든. 제이미네는 우리 집이랑 내나와 빌 집 사이였어."

아하. 그렇다면 제이미는 두툼한 석조 파인애플 장식이 달린 캘리포니아식 주택에 살던 아이다. 하지만 크리스틴은 왜 가장 중요한 점은 말하지 않는 걸까? 제이미가 세상을 떠났다는 것을? 나는 계속 물었다. "아직 거기 살아?"

크리스틴의 눈빛이 어두워졌다. "아니, 이사 갔어. 참, 우리 라이터 오일 샀나?"

"응. 문 앞에 있어." 나는 좀 더 기회를 줬다. "그럼 제이미는 어떻게 됐어?"

"글쎄." 크리스틴은 장작이 타는 난롯가로 가서 금속 문을 열어젖혔다. 분위기가 어색하게 굳어가는 와중에도 형식적으로나마 크리스틴이 말하기를 기다렸다. 한참 만에 문이 끼익 닫혔다. "장작이 부족하네."

"이상하네. 내가 물어보니 그레타는 제이미가…… 죽은 것처럼 말했어." 그 말이 너무나 거칠게 우리 사이에 툭 떨어졌다.

크리스틴은 문으로 다가가다 얼어붙었다. "응. 어릴 때. 그게…… 사고였어." 그리고 문손잡이를 당겼다. "석탄에 불을 붙이고 나중에 쓸 장작을 팰게. 소시지 잘 봐." 크리스틴은 도끼와 라이터 오일을 챙기고 나간 후에 망사 문을 쾅 닫았다.

　소시지를 들고 나가보니 크리스틴은 근육을 팽팽히 당기고 집 중하느라 이맛살을 찡그린 채로 우아하게 도끼를 휘두르고 있었 다. 통나무를 쪼개고 정리하고 더 가져오는 모습이 어딘가 고양이 와 비슷했다.

Chapter 23

머릿속을 떠다니던 붉은 방울이 내려앉아 마치 커피 속의 구름처럼 부드러운 소용돌이 속으로 사라졌다. 아니, 물속의 핏방울처럼. 톤레강에 빠진 세바스티안의 두개골에서 짓이겨진 핏덩이가 흐물거리며 퍼진 것처럼.

제이미는 어떻게 죽었을까? 아이들이 치아가 빠진 자리를 자꾸 혀로 건드리듯 생각이 그 질문으로 자꾸 돌아갔다. 하지만 크리스틴은 말하기 싫다는 뜻을 분명히 밝혔다.

크리스틴은 컵을 한 번 흔들더니 캄파리 병을 옆으로 치웠다. "사람들은 얼음에 네그로니를 부어 흔들어야 한다고 생각하지만 틀렸어. 젓기만 하면 돼."

크리스틴은 시드니에서 칵테일 만들기에 흥미를 가졌다. 트리플 섹과 홈 메이드 맥주, 하나도 아니고 두 가지 베르무트를 만들 수 있었다. 마침 내나와 빌은 별장 지하에 술이 가득 찬 바를 갖고 있었다. 우리는 이미 올드 패션드와 맨해튼을 마시고 긴장이 조금 풀린 상태였다. 크리스틴은 오렌지 껍질을 떨어뜨린 칵테일을 내게 건넸다. 나는 잔을 부딪치고 한 모금 마셨다.

"네 말이 맞아. 마음에 들어." 루비를 마시듯 풍부한 색채에 허브 향이 나는 칵테일이었다.

"네그로니를 마셔본 적이 없다니." 크리스틴이 내 옆에 털썩 앉으며 말했다. "밀워키 정도면 세계적인 도시인 줄 알았는데."

"아이고, 바커 태번에선 아직도 정식 메뉴를 판다고." 2달러에 제임슨 한 잔이나 PBR 한 캔. 탭에는 담배 한 개피가 꽂혀 있다. 그곳 술집이 다 그랬다.

"알겠어. 확장할 이유가 별로 없으니까."

명랑한 태도, 바람 속의 솜털처럼 던지는 농담. 그 기사를 읽은 지 24시간이 채 지나지 않았는데도 크리스틴은 걱정할 것 없으며 삶은 여느 때와 다름없다는, 우리는 아무 상관없다는 태도를 더욱 굳히는 듯했다. 대처 방법으로서의 거부. 내가 폭행을 당한 뒤에는 그렇지 않았지만 적어도 이해할 순 있었다. 어제까지만 해도 아무런 문제가 없었다. 아무도 우릴 쫓지 않는다는 점에서. 하지만 이젠? 파올로의 부유한 가족이 아들을 죽인 살인자에게 죗값을 묻겠다고 맹세하는데?

크리스틴이 잔을 감싸 쥐어 지문 자국을 남겼다. "내나와 빌 없이 여기 와 있으니 굉장히 이상하다. 지하에서 술을 훔쳐 마시는 10대가 된 것 같아."

크리스틴은 계속해서 파올로 이야기를 꺼낼 수 없는 화제를 내놓고 있었다. 하지만 크리스틴을 압박한다고 도움이 되진 않으니 제이미에 대해 좀 더 캐물었다. "어릴 때 친구들도 여기 데리고 왔지?"

"응, 여름에. 내 방에 바퀴 달린 침대가 있었는데 모두 정말 멋지다고 생각했어.”

“그래서 제이미도 데리고 왔어?” 크리스틴이 끄덕였다. 내가 말했다. “여기 친구를 데려오면 좋았겠다. 나도 외동이니까 하는 말이야.”

“정말 재밌었지! 호수에서 복잡한 수중발레도 만들면서 놀곤 했어. 튜브 위에 서 있다가 동시에 뛰어드는 거라든지. 하나가 안무를 망치면 화내기도 했고.” 깔깔 웃음소리. “아니면 카누를 꺼내 타기도 했어. 당연히 내가 뒤에서 조종했지. 얼마나 잘난 척했는지.”

나는 미소를 지었다. “멋지다!”

“자매 같았지.” 크리스틴이 한숨을 쉬었다. “보고 싶네.”

“제이미 얘기를 한 번도 안 하다니, 놀랐어.”

“아, 분명히 했어.”

“나한테? 아냐. 그럼 기억했을걸.”

“확실히 했다니까. 옆집에 살던 친한 친구 얘기를 여러 번 했어.”

“그럴 리가.” 그랬을까? 미스터리의 제이미 이야기를 예전에 했는데 내가 잊어버린 걸까? 크리스틴이 나처럼 외로운 어린 시절을 보낸 건 알고 있었다. 그냥 자연스레 멀어진 사이라면 모르지만…… 친한 친구가 죽다니 기억에 남는 사건이었을 것이다. “소나무에 글자 새긴 거 봤는데. 지워버린 거, 그 애 이름이었어?”

크리스틴의 목소리가 냉랭해졌다. “응, 오래전에 한 거야.”

“어쩌다?”

친구는 술을, 잔에 갇힌 붉은 달을 내려다봤다. “다른 얘기하자. 내나와 빌의 집에서 나오게 돼 얼마나 기쁜지라든가. 어휴, 어서 내 아파트에 들어가고 싶다. 브룩필드에선 옛날 일들이 너무 많이 떠올라."

친구에 대한 슬픔 이상의 무엇인가가 느껴졌지만 너무 몰아붙이고 싶진 않았다. "맞아. 고향에 가면 다들 퇴행하잖아." 내가 말했다.

"내나가 일요일에 함께 교회에 갈 시간 전에는 돌아올 거냐고 물었어. 아직도 내 영혼을 구원하려나 봐." 크리스틴은 붉은 액체를 한 모금 더 마셨다. "그분들이 날 정말 좋아한 건 내가 열 살 때, 기독교가 내 정체성의 전부였을 때, 그때뿐이었던 것 같아."

"예수 마니아였다면서?" 내가 놀렸다. 어릴 적에 어땠는지 이야기를 나누면서 우리가 몇 년 일찍 만났으면 어땠을까 상상한 적도 있다. 나는 모범생 3관왕이었다. 악단, 체스 클럽, 토론 팀.

크리스틴의 눈이 반짝였다. "아, 그럼. 자랑스러운 예수 마니아였지."

"말이 나왔으니 말인데, 어린 시절 물건이 전부 여기 있다고 하지 않았어?"

"응. 기억력 좋네. 내 방을 헬스장으로 바꾸려고 공사 중인 공간에다 전부 처박아뒀지." 크리스틴은 초록색 격자무늬 벽지를 가르는 문을 가리키더니 웃었다. "뭐, 교회 모금 행사에서 십자가 목걸이를 걸고 있는 내 사진 같은 게 보고 싶어?"

"그럼!"

크리스틴은 소리 내어 웃었지만 나는 분위기의 변화를 감지했다. "아, 거긴 들쑤시고 싶지 않아."

"보자, 네가 폼폼 팀에 들어간 증거 사진을 보고 싶어."

"아니. 난 보기 싫어." 말에 날이 서 있어 순간 분위기가 어색하게 얼어붙었다.

"그럼 네 말은." 내가 중얼거렸다. "내나와 빌은 네가 교회에 가길 아직도 바라신다고?"

"그럼. 아직도 성령이 내 안에 들어오길 기도하시지. 아직도 희망을 버리지 않는다니 나도 놀랐어. 내 나이가 서른이잖아. 하지만 보수 기독교에서 가르치는 걸 믿으면 그렇게 되나 보지." 크리스틴은 다시 놀란 표정으로 고개를 저었다. "킹 오브 킹스 스쿨에 다니던 시절 종교 시간에는 이렇게 기도하곤 했어. 유치원 때부터 하루도 빠짐없이 소리 내서. 엄마가 기독교인이 돼서 지옥에 가지 않게 해달라고. 그땐 무서웠거든. 내나와 빌도 지금 내게 그런 감정이겠지."

"세상에, 불쌍해라. 그런데 아버지만 기독교인인데 부모님은 널 왜 그 학교에 보내신 거야?"

"그렇지? 돌아가시고 한참 뒤에야 말도 안 되는 일인 걸 깨달았어."

어휴. 내가 어깨를 주물러주자 크리스틴이 어색하게 네그로니를 마셨다.

"그리고 부모님이 돌아가셨을 때 난 신앙심의 실체를 알게 됐어. 예수가 나의 목자라는 이야기. 처음으로 내가 양인 걸 알게 됐지." 크리스틴이 술 한 모금을 꿀꺽 삼켰다. "끔찍했어. 날마다 속은 기분이었어. 하지만 결국에는 후련했던 것 같아. '이제 당신은 내게 아무런 힘을 미치지 못해'라는 식."

크리스틴은 별장에서 늘 부모님 이야기를 했다. 노백 호수의 맑은 물이 어릴 적 추억을 되살려주니 북부로 오면 감상에 젖었다. 크리스틴은 부모님이 돌아가신 후 열광적인 교회 생활을 갑자기 그만뒀다. 하지만 이 대화는 좀…… 달랐다. "그런 일을 겪다니. 마음이 안 좋다, 크리스틴. 정말로."

크리스틴이 칵테일 잔을 기울이자 얼음이 찰그랑거렸다. "권력이란 우스운 거야. 사랑의 반대말은 미움이 아니라 무관심이란 말 알지? 마찬가지로 우린 모든 기준을 잘못 보고 있어." 크리스틴이 손톱으로 잔을 톡톡 쳤다. "두려움도 마찬가지라고 생각해. 두려움의 반대말은 안전이 아니야. 권력이지."

나는 크리스틴을 흘끔 봤다. 딱히 동의할 수 없었다. 우리가 저지른 죄에 대해 안전만 보장받을 수 있다면 무슨 짓이라도 할 수 있었다. 아무도 우리를 체포하지 않고, 우리의 명예를 훼손하지 않고, 우리를 칠레 경찰에 인도하지 않고, 또 우리가 여론의 심판을 받지만 않는다면.

음, 그리고 그런 보호를 받을 수 있다 해도 평생 두려움으로부터 나를 보호할 순 없을 터였다. 욕설, 협박, 나를 소심하게 만드는 여성 혐오로부터. 내게 주어진 성별로 인해 내가 끌어들이고 예상하게 되는 온갖 무심한 폭력.

"나 좀 안아줄래?" 문득 우리가 가여워서 이렇게 말했다. 크리스틴은 잔을 내려놓고 날 끌어안았다. 머리를 쓰다듬어줬다. 칠레에서 천식이 나를 광견병에 걸린 개처럼 공격했을 때와 같이.

우리는 자기 전에 캠프파이어를 만들고 타닥거리는 불을 보며 멍하니 생각에 잠겼다. 나는 이글거리는 불 위에 마시멜로를 골고루 돌려가며 갈색이 되도록 구웠다. 하지만 크리스틴은 마시멜로를 불꽃 속에 던져 횃불을 만든 뒤 작은 지옥불을 두 눈에 비추며 빤히 쳐다봤다.

오래전 우리는 바로 그 자리, 노백 호수의 푸른 가장자리에 앉아 캠프파이어를 했다. 그때 친구는 부모님이 당한 일을 처음 이야기해줬다. 3학년이 되기 전 여름, 그 순간이 내 뇌리에 박혀 있다.

"엄마가 외출하기로 했던 날이었어." 크리스틴의 눈물이 용암처럼 주황빛을 반사했다. "불이 난 날 밤엔 모든 게 엉망이었어. 엄마는 친구들이랑 도어 카운티에 가고, 나는 아빠랑 단둘이 있는 게 싫어서 친구네 집에 자러 갈 계획이었어." 너무 안타까워 나도 눈물이 났다. "하지만 아빠가 몸이 안 좋아서 엄마는 집에 있었어. 어휴, 너무 화가 나."

나는 캠핑 의자를 가까이 당겨 크리스틴에게 다가가 손을 잡았다. 그때만 해도 너무나 어렸던 우리는 스무 살, 막 가까워졌을 때였다. "그럼 너도 집에 있었어? 정말 무서웠겠다."

"무시무시했어. 화재경보에 잠이 깨서 복도로 나가려고 하는데 손잡이에 손을 데었어." 친구는 손바닥을 가슴에 댔다. 그때의 아픔을 여전히 느끼는 듯했다. "내 방 창문을 열고 바깥의 큰 단풍나무에 올라갔어. 그전에도 백만 번쯤 그랬거든. 그다음에 내나와 빌의 집으로 달려갔어."

나머지 이야기를 듣는 동안 그 일이 공포 영화의 한 장면처럼 머릿속에 그려졌다. 어린 크리스틴이 고함을 지르며 초인종을 누르고 조부모님이 깨어나 문을 열어줬다. 소방차가 도착하고 내나와 빌은 손녀를 온몸으로 붙잡아야 했다. 크리스틴은 발버둥을 치고 소리를 지르며 숨 막히는 불길 속으로 두 사람을 구하러 가겠다고 했다. 하지만 불은 그들을 안방에 가뒀다. 무너진 집과 마찬가지로 구할 수 없어 그들은 산 채로 불탔다.

그 비극이 일어난 지 17년 후, 우리가 그 기억을 나눈 지 근 10년 뒤인 지금, 크리스틴이 모닥불에 물을 붓자 불은 거품을 일으키며 쉭 꺼졌다. 우리는 잘 자라고 서로에게 인사했다.

몇 시간 뒤 나는 잠들지 못하고 침실의 기울어진 소나무 천장을 보고 있었다. 창밖에서 귀뚜라미가 울어댔다. 방충망에 뚱뚱한 벌레 혹은 박쥐가 날아와 부딪쳤다. 나는 수를 세고 또 셌다. 셈만 열심히 하면 다른 답을 구할 수 있다는 듯.

크리스틴의 부모님. 크리스틴이 내게 감춘, 짧은 생을 산 제이미. 세바스티안, 그리고 파올로.

20년이 안 되는 기간 동안 다섯 명의 죽음.

나는 우리가 함께할 때 폭력을 끌어들인다고 여겼었다. 혼돈의 에너지와 잘못된 판단, 끔찍한 남자들을 끌어들인다고. 그리고 크리스틴을 믿었다. 친구의 영혼을 알았고, 크리스틴이 애정 많고 선한 사람임을 알았다. 하지만 한밤중에 이불 속에 누워서만 할 수 있는 생각이 떠올랐다. 와, 이렇게 젊은 나이에 참 많은 죽음을 겪었구나.

전날 받은 내나의 메일을 떠올렸다. 크리스틴이 요즘 좀 이상해서 말이다.

그리고 칠레에서 크리스틴이 한 말. 우리는 그들이 놓치는 걸 보거든.

나는 충전기에서 핸드폰을 떼어내 플래시를 켰다. 그러고는 크리스틴의 방을 살그머니 지나쳐 삐걱거리는 계단을 내려가 지하 계단 앞에서 멈췄다. 지하실은 공사를 새로 해도 왜 이렇게 오싹할까? 나는 전등을 켜고 빛이 새어나가기 전에 문을 닫았다. 말똥말

똥 잔뜩 긴장한 상태로 공사 중인 공간으로 들어가는 문을 열었다.

하나, 둘, 셋, 넷, 다섯. 다섯 구의 시신, 슬퍼하는 가족, 너무 일찍 멈춰버린 정신. 마지막 두 건에 대해서는 잘 알고 있었다. 그것은 정당방위였고 시간과 장소가(그리고 머리 부상이) 잘못돼 일어난 사건임을 알고 있었다. 1번부터 3번까지도 좀 더 알아야 이 의심과 배신을 멈출 수 있었다. 크리스틴과 나는 서로에게 100퍼센트 의지해 비밀을 지켰다. 하지만 내가 지키는 것이 무엇인지 알아야 했다. 내가 지키는 것이 누구인지.

문을 열고 어둠 속에서 눈을 깜빡였다. 자, 이제 진짜 무서워지네. 스위치를 찾아 더듬거렸지만 양쪽으로 놓인 선반에 쳐진 거미줄밖에 잡히지 않았다. 핸드폰 플래시를 비췄다. 작업대, 로잉 머신, 탁자용 톱. 그리고 깡통과 상자가 놓인 작업용 선반들. 거기, 3미터 높이 천장 대들보에 알전구가 매달려 있었다.

시멘트 바닥에서는 양말을 신고 밟아도 서늘한 기운이 전해졌다. 전구의 줄을 당기는데 뭔가가 쓱 움직였다. 커다란 지네가 오래된 나무 서랍장 밑으로 사라지는 것을 보고 두근거리는 가슴을 눌렀다. 그냥 벌레일 뿐이야.

어디서부터 시작할까? 가장 가까운 선반부터 훑으며 상자를 기울여 라벨을 확인하느라 먼지를 들이마셨다. 보일러가 띵 하고 켜졌을 때 나는 비명을 꾹 눌렀다. 몇 분 뒤, 보일러 뒤 벽감에서 새것으로 보이는 상자를 찾았다. '크리스틴 방'.

첫 번째 상자를 오락실로 끌어다 놓고 바닥에 주저앉아 판지에서 테이프를 뜯었다. 생각보다 큰 소리가 나 흠칫했다. 고등학교와 대학교 시절 물건, 논문과 공연 팸플릿, 콘서트 티켓, 폼폼 팀의

MVP 증서. 크리스틴이 고등학생이 됐을 때 크리스틴의 부모님 그리고 가장 친한 친구는 이미 죽은 뒤였다.

두 번째 상자에서 잭팟이 터졌다. 그 안에는 깡마르고 붉은 얼굴에 교정기를 낀 10대 초반의 크리스틴이 있었다. 킹 오브 킹스 스쿨의 얇은 연감을 꺼냈다. 모든 학년 학생들이 두 섹션에 등장했다. 한 학년은 40명 정도였다.

답이 궁금해 크리스틴의 학년을 찾았다. 나와 닮았다는 미스터리의 제이미 R을 마침내 찾아냈다.

그러나 크리스틴의 부모님이 사망한 해 연감에는 누군가 제이미의 얼굴을 검은 펜을 사용해 종이가 찢길 정도로 박박 지워버렸다. 분노로 가득한 사람이 볼펜으로 그어놓은 것처럼. 나는 단체 사진을 찾았다. 합창단, 수학 클럽, 기독교 사도상. 제이미의 얼굴에는 전부 검은 칠이 돼 있었다. 대체 뭐지?

상자를 뒤져 사진 뭉치를 꺼냈지만 마찬가지였다. 미소와 분홍빛 뺨과 빛나는 눈 다음 제이미의 얼굴이 있어야 할 곳에 검은 줄이 그어져 있었다. 이…… 제이미 러시는 어린 크리스틴을 무슨 일로 열받게 했을까? 무심코 핸드폰을 들다가 이곳은 핫스팟이 없으면 서비스가 불가한 지역인 게 기억났다.

제이미의 죽음, 크리스틴이 언급한 미지의 '사고'에 대해서는 아무것도 찾을 수 없었다. 크리스틴의 부모님에 대해서도 마찬가지였다. 쪼그리고 앉았다. 그래도 우연일 수 있어. 갈색 바나나가 초파리를 끌어들이듯 크리스틴이 정말로 사고사를 끌어들일 수도 있었다.

사진첩과 연감 사진을 몇 장 찍었다. 나중에 제이미를 검색해서

성을 기억하고 싶었다. 모두 상자에 다시 넣는데 천장 북쪽 어딘가에서 끼익 소리가 들렸다. 심장이 빠르게 뛰었다. 갈 시간이었다.

컴컴한 지하실 안쪽에서 상자를 선반에 도로 넣고 전등 쪽으로 달려갔다. 그곳을 마지막으로 살펴보다가 온몸이 굳어버렸다. 구석에서 뭔가가 움직였다. 어둠 속에 살아 있는 것이 있었다. 핸드폰을 찾아 그쪽으로 불빛을 비추니 나를 노려보는 두 개의 반질거리는 눈이 있었다.

겁에 질려 굳어버린 생쥐였다. 얼어붙는 공포를 알아차리기도 전에 웃음이 먼저 튀어나왔다.

아침에 크리스틴에게 핫스팟을 켜달라고 했지만 거절당했다. "토요일이잖아." 크리스틴이 지적했다. "인터넷 없이 지낼 수 있어."

"무슨…… 진전이 있는지 확인해봐야 하지 않을까? 칠레에서?"

크리스틴이 커피 잔을 싱크대로 가져가며 말했다. "난 걱정 안 해. 있잖아, 난 조깅하러 갈래."

크리스틴이 나간 뒤 나는 첫날 밤에 핫스팟이 있었던 옷장을 뒤졌지만 찾을 수 없었다. 서랍장과 옷장, 모든 콘센트 주위를 다 살폈다. 짜증이 나 앓는 소리가 절로 났다. 왜 인터넷을 못 쓰게 하는 거지?

오솔길을 걸어 거리 근처 주차장으로 나갔다. 지대가 높은 곳이라 신호가 잡힐 것 같았다. 프리야의 장난스러운 메시지 한 통과 애런의 상냥한 메시지 두 통이 와 있었다. 크리스틴이 저녁 약속을 방해해서 속상한 건 아닌지 새삼 궁금했다. 하지만 답장을 쓰거나 뉴스를 읽기에는 통신 상태가 좋지 않았다.

피크닉 테이블에 앉아 기다리다 달아오른 얼굴로 돌아온 크리스틴을 불렀다. "핫스팟 좀 갖다줄래? 부탁이야. 뉴스에 아무것도 없는 걸 확인하면 기분이 훨씬 나아질 거야."

크리스틴은 어이없다는 표정을 짓더니 조깅 때문에 연신 헉헉거리면서 안으로 들어갔다. 뒤따라가 보니 아래층 욕실 콘센트에 기계가 연결돼 있었다. 거긴 확인할 생각을 미처 못 했다.

"왜 여기서 충전을 해?"

"여기가 어때서?"

크리스틴은 기계를 내게 넘기고는 요가 매트를 들고 다시 밖으로 나갔다. 내나의 메일 링크를 클릭한 뒤 어지러운 심정으로 관련 뉴스를 검색했다. 하지만 아무것도 없었다.

한숨을 내쉬었다. 애런에게 답장을 쓰려고 했지만 뭐라고 적어야 할지 알 수 없었다. 사기꾼이 된 듯한, 정직한 여자친구를 연기하는 징글맞은 여자가 돼버린 느낌이었다. 파리 한 마리 죽이지 못하는 착한 여자인 척하는.

핸드폰을 싱크대에 내려놓고 밖으로 나갔다. 크리스틴은 부두에서 우아하게 요가 동작을 하고 있었다. 잠시 친구를 지켜봤다. 몇 미터 떨어진 물속에서 수달 머리가 쏙 튀어나왔다. 작은 눈으로 나를 살피더니 다시 수면 밑으로 사라졌다. 다 아는 것처럼.

"같이 할래?" 크리스틴이 사이드 앵글 자세를 하고 물었다.

"괜찮아."

크리스틴은 삼각 자세로 넘어갔다. "인터넷엔 아무 일 없지?"

"음…… 그런 것 같아." 나는 고개를 들어 멀리 나무 꼭대기를 바라봤다. 대머리 독수리가 하늘에 기다란 리본을 그리듯 날고 있었다.

"왜 그래?" 크리스틴이 매트를 반으로 접고 나서 내게 다가왔다.

"아무것도 아니야."

"뭐가 나왔어?"

"아니! 난…… 아니야."

"뭐?"

나는 팔짱을 꼈다. "그냥…… 이렇게 비밀이 있는 게 싫어. 모든 사람을 멀찍이 두게 하는 벽 같아."

"하지만 우리 사이엔 그 벽이 없잖아. 우린 함께야." 크리스틴이 나무에 기댔다. "내겐 얘기해도 돼."

"못 해. 내가 그 얘기를 꺼내기만 하면 너는 화제를 바꾸잖아. 차단하고."

크리스틴이 한숨을 쉬었다. "미안해. 의도한 건 아니야. 하지만…… 할 얘기가 뭐가 있어? 백만 번 곱씹으면서 스트레스를 받을 수야 있지만 그런다고 달라지는 건 없어. 난 우리 둘 다 그 일을 잊길 바라는 줄 알았는데?"

"나도 그래. 하지만…… 다른 사람들과 가까워지는 것도 힘들어서. 그냥…… 괴로워."

"알지." 크리스틴이 내 팔을 잡았지만 나는 몸을 빼냈다.

한숨을 쉬며 말했다. "캄보디아 때는 달랐어."

크리스틴은 고개를 갸우뚱하고는 경청했다.

"그때도 끔찍했지만 시간이 지나니, 그리고 물론 네가 도와주고 나니 그 일을 상자에 담아두고 예전으로 돌아갈 수 있었어. 계속 그 일만 생각하지 않을 수 있었고 다시 떠오르거나 하지도 않았지. 또 누구에게……." 나는 말끝을 흐렸다.

크리스틴이 눈을 크게 떴다. "뭐? 말해봐."

나는 고개를 저었다. 어떻게 설명하란 말인가? 애런 곁에서 솔직해지고 싶었지만, 그 비밀이 곡식을 베는 낫이 돼 우리의 갓 시작된 관계를 잘라내는 느낌이었다. 자기혐오가 뒤따랐다. 남자친구가 있는 내가 크리스틴보다 더 나은 사람이라고 생각하다니, 역겨웠다. 그래서 더 솔직해지고 싶다고 안달이라니.

크리스틴의 눈이 붉어지더니 눈물이 글썽거렸다. "난 널 위해 모든 걸 내놨어. 캄보디아 그 호텔에서 네게 도움이 필요한 걸 보고 난 생각도 안 했어. 그냥 행동했지. 넌 내 가장 소중한 친구니까."

그 말을 끝으로 크리스틴은 더 말할 필요가 없다는 듯 침묵을 지켰다. 내가 네 목숨을 구했잖아. 널 위해 살인을 했다고. 그런데 이런 식으로 보답하는 거야?

"너도 내게 똑같이 해줄 거라고 생각했어." 크리스틴이 낮은 목소리로 말했다. "하지만 내겐 그런 일이 없을 줄 알았지. 폭행당할 리 없다고. 남자에게 당할 리 없다고. 그런데 칠레에서 그런 일이 벌어지니…… 엠, 모든 걸 돌이키고 싶어. 정말이야. 하지만 난 우리가 함께라고 생각했어."

나도 울기 시작했다. "미안해, 크리스틴. 난 그저 털어놓고 싶을 뿐이야."

"대체 왜? 양심의 가책을 덜고 10년간 교도소에서 살려고? 생각해봐. 아니, 진심이야. 상상해봐. 30대를 퐁뒤라크 같은 시골 여자 교도소에서 보내고 싶니?"

내가 망설이자 크리스틴이 마무리 지었다. "나도 30대를 그곳에서 보내길 바라는 거야? 함께 가거나 안 가거나 둘 중 하나야."

나는 고개를 세차게 저었다. 크리스틴이 내 손을 잡더니 깍지를 꼈다. 우리는 레드 로버 놀이를 하는 아이들처럼 맞잡은 손을 함께 흔들었다. 함께 벽이, 무찌를 수 없는 힘이 되는 거였다.

"힘든 거 알아." 크리스틴이 말했다. "이런 상황이 된 건 속상해. 하지만 나아질 거야. 지금은 그렇게 생각되지 않겠지만 정말로 점점 잊게 될 거야. 지난번처럼." 크리스틴이 코를 훌쩍였다. "부모님이 돌아가시고 제이미가 죽었을 때 난 그 일들을 절대 잊지 못할 줄 알았어. 그리고 그렇기도 했지. 잊어버리고 다시 생각나지 않는 게 아니거든. 하지만 모든 게…… 바뀌어. 삶에 새로운 궤적이 펼쳐져. 이런 것들은 상황일 뿐이고 삶은 계속되지. 이해되니?"

나는 끄덕였다.

크리스틴은 한숨을 푹 쉬었다. "나를 보면 속상하다니 미안하다."

"크리스틴."

"정말이야. 달리 무슨 말을 해야 할지 모르겠어. 넌…… 네가 못됐거나 부당하단 말이 아니야. 정말 미안하다."

"그만해." 나는 크리스틴을 빤히 봤다. "네가 그렇게 느꼈다면 내가 미안해. 애런에게 숨기는 게 싫을 뿐이야. 그 사람이 많이 좋거든." 나는 머리를 한 번 흔들었다. "네게도 솔직해지고 싶어. 비밀 안 만들고."

크리스틴이 살짝 웃었다. "야, 이상하게 구는 건 너야. 나는 활짝 펼친 책처럼 감추는 게 없거든." 크리스틴이 내 뒤로 걸어갔다. "탄산수 좀 가져올게. 수영하러 가자! 지금 튜브에 바람 좀 넣어줄 수 있어?"

내게 부탁한 크리스틴은 나무뿌리와 돌멩이를 밟고 표범처럼 매끄럽게 움직여 오두막으로 다가갔다. 친구가 한 말이 머릿속에서 울렸다. 내겐 그런 일이 없을 줄 알았지.

1년 사이에 죽은 배낭여행자가 둘. 화재로 사망한 부모. 모종의 사고로 사망한 가장 친한 친구 하나. 참 많은 죽음이었다.

그 기사를 다시 떠올렸다. 파올로의 보기 좋은 미소와 누나에게 보낸 명랑한 메시지. 아버지의 엄숙한 맹세.

크리스틴의 음성으로 또 한마디가 울려 퍼졌다. 너도 내게 똑같이 해줄 거라고 생각했어.

Chapter 24

●

　모기가 작은 못으로 칠판을 긁는 것 같이 끽끽거리는 소리를 내
며 귓가를 맴돌았다. 나는 손으로 허공을 치고 후드티의 끈을 더
꽉 조였다. 밖이 추웠다. 생각보다 더 추웠다. 밀워키에서 북극을
향해 몇 시간 더 올라왔을 뿐인데 해가 지자마자 공기가 식었다.

　"저거 봤어?" 개구리, 귀뚜라미, 선착장 금속 다리 주위를 졸졸
거리는 호수 물 등 밤의 소리를 뚫고 크리스틴이 물었다.

　"젠장, 놓쳤네."

　"멋있었는데."

　"아까워." 20분 전, 나무뿌리가 가득한 길을 손전등으로 비추며
길을 찾기 시작한 뒤 크리스틴이 두 번째로 별똥별을 봤다. 밤눈이
어두운 내가 봐도 팝콘 같은 하늘이 장관인 건 알 수 있었다. 점 같
은 별빛이 나무 꼭대기에서 호수 반대편까지 쭉 이어졌다. 우리는
좁은 선착장에 드러누웠다. 머리는 닿을락 말락 하고 다리는 반대
편으로 뻗은 채로.

　"나도 돌아누워서 그쪽을 향해야 할까?" 내가 말했다.

"아냐, 둘 다 바로 위에 있었어. 어머, 저기 봐. 위성이다." 친구의 손 실루엣이 별들을 가렸다. 나는 하늘을 가로지르는 그 점을 눈으로 좇았다. 하얀 점이 확실히 서쪽을 향해 꾸준히 움직였다. 별들이 하얀 줄무늬로 모인 곳에서 위성을 놓쳤다. 은하계의 가장자리, 은하수였다. 크리스틴이 2분짜리 천문학 강의를 하면서 은하수와 북두칠성, 소북두칠성, 오리온자리의 빛나는 세 별을 설명해줬다.

휙 소리와 함께 별들이 깜빡였다. "뭐였지?"

크리스틴이 키득거렸다. "아마 박쥐일걸. 야생동물은 네가 나보다 훨씬 더 잘 알잖아."

"박쥐. 그럴 거야." 나는 심장박동을 늦추려 애썼다. 그곳은 참 평화롭고 아름다웠지만 고립되고 바스락거리고 인적이 없었다. 소도시만의 으스스한 구석이 있었다.

"부모님이 이 별장에 박쥐가 들어온 이야기를 해줬어." 크리스틴이 말했다. "내가 태어나기 한참 전에. 결혼하시기 전이었을 거야. 여기서 완전 신나는 파티를 하곤 했는데 어쩌다가 난로로 박쥐가 들어온 거야."

나는 가만히 들었다.

"그다지 재밌는 이야기도 아니야. 그때는 되게 우스운 일이었던 모양인데, 요약하면 소리를 지르며 무기를 붙잡고 뛰어다닌 게 전부야. 여자들이 박쥐가 머리로 날아들까 겁을 내니까 엄마가 모두에게 냄비 같은 걸 머리에 쓰라고 했대."

우리는 둘 다 웃었고 그 소리가 호숫가를 빙 돌더니 잦아들었다.

"음, 재밌다. 어머니가 빨리 대처하셨네."

크리스틴이 웃음과 한숨 사이의 흠 비슷한 소리를 냈다. "멋진 분이었어. 너도 우리 엄마를 좋아했을 거야."

"물론이지." 바람에 나무들이 속삭이는 소리를 냈다. 나는 소맷
부리를 손 위로 당기고 겨드랑이에 끼웠다.

"우리 가족이 여기 와 있으면 아빠는 우리를 피했어. 낚시만 하
려고 했지. 하지만 엄마는 나랑 종일 놀아줬어." 크리스틴이 계속
이야기했다. "물에 장애물 코스를 만들었어. 모래톱을 돌아 갈대를
건드리고 돌아오는 식으로. 돌이켜 보면 엄마는 내가 수영을 잘하
길 바란 것 같아."

내 어린 시절 기억이 떠올랐다. 네 살 혹은 다섯 살 때 엄마가 아
파서 날 이웃집 수영장 파티에 데리고 가지 못하자 아빠를 졸랐다.
아이들로 가득 찬 네모난 수영장에서 나는 어깨 높이의 얕은 쪽에
뛰어들었다. 그곳에 가게 돼 신이 났고 아빠가 데려다준 것에 놀랐
다. 내 간절함이 그때만큼은 통한 게 충격적이었다. 나는 작은 발
로 바닥을 훑으며 가다가 가장자리에서 얼마나 멀리 흘러갔는지
잊어버렸다. 수영장 바닥이 비스듬히 내려가 있었던 사실을 몰랐
던 나는 팔짝거리고 콜록거리는 와중에 점점 수면 위로 머리를 내
밀기가 어려워졌다.

당혹감이 치솟는 순간, 구출됐다. 알지도 못하는 아주머니가 갑
자기 물에 뛰어들어 나를 안고는 중얼거렸다. "괜찮아, 괜찮다." 민
소매 티셔츠와 청바지를 다 차려입은 누군가의 엄마였다. 나는 그
아주머니의 목에 매달려 아빠를 찾았다. 아빠를 발견하고 얼굴에
떠오른 걱정스런 표정을 보니 안도감과 애정이 느껴졌다. 집으로
오는 길에 따스한 감정이 물집처럼 터졌다. 젖은 수건 위에서 떨고
있는데 아빠가 퉁명스럽게 말했다. "수영을 못하면 수영장에 들어

239

가질 말아야지. 그 여자는 삐삐를 차고 있었다. 너 때문에 그걸 못 쓰게 됐잖니." 그날 밤 나는 소란을 일으켰다고 엉덩이를 맞았다.

"엄마는 만들기 놀이 재료를 모으기도 했어." 크리스틴이 꿈꾸 듯 계속했다. "나무토막으로 장난감 배를 만들어서 호숫가를 따라 밀고 다니기도 했어."

정적 속에서 갑자기 아비새가 세 개의 음으로 지저귀기 시작했다.

"엄마가 보고 싶어." 크리스틴이 거의 속삭이듯 말했다.

"아휴, 크리스틴."

또 잠시 침묵. "작년에는 엄마 기일을 잊었어. 이상하지 않아? 이 틀 뒤에 생각났어. 엄마를 배신한 느낌이었어. 엄마의 존재를 지워 버린 느낌." 크리스틴이 씁쓸하게 웃었다. "그리고 다음에 든 생각 이 '맞아, 아빠도'였어. 엄마랑 같은 날 죽었잖아. 2001년 11월 10 일. 그런데 아빠 생각은 그렇게 오래하지 않은 게 기뻤어. 사람을 조종하는 놈."

가슴이 너무 아파서 손으로 꾹 눌렀다. "마음이 아프다, 크리스 틴. 정말." 우리 둘 다 어둠에 싸여 있는 동안 하늘을 바라보며 이 런 이야기를 하는 것이 더 쉬운가 싶었다. 하지만 어째서 이 밤일 까? 저녁 식사 후에 마신 사제락 칵테일 탓일까 아니면 마음속에 묻어둔 더 깊은 일이 떠오른 걸까? "혹시…… 요즘 이런 생각이 더 자주 들었어?"

"모르겠어."

"누군가와 얘기하면 도움이 될 수도 있어." 내가 말했다. "예전에 심리 치료가 도움이 됐다고 했잖아. 그 사람 찾아봤어? 아직 일하 고 있을지도 모르잖아."

"리디아 브라이트사이드. 특이한 사람이었지. 네 말이 맞을지도 모르겠다. 아니면 그저…… 내 자신이 불쌍해서 그럴지도. 나답지 않지. 징징거리는 거 싫어하는데."

"그렇지! 너는 내가 자기 연민에 빠지는 것도 못 보잖아. 그래서……." 나는 '그래서 너를 곁에 두는 거야'라고 농담하려 했다. 하지만 크리스틴과 멀어지고 싶은 심정이 돌아왔다. 적어도 몇 가지 해답을 얻을 때까지는. 제이미에 대해, 크리스틴의 부모님에 대해, 파올로의 시체가 발견된 것에 대한 도무지 알 수 없는 무관심에 대해. "네가 강한 이유 중 하나지." 내가 말했다.

침묵이 우리 주위를 감싸고 추위와 섞여 살갗을 파고들었다. 또 모기가 귓전을 스쳐 지나갔다. 나는 일어나 앉았다.

"너무 춥다." 내가 말했다. "이제 들어갈래."

"나는 좀 더 있을게." 친구의 얼굴은 보이지 않았지만 목소리가 곧 무너질 듯 가냘팠다.

별장으로 걸어가는 동안 살갗 아래에 두려움이 스며들며 소름이 돋았다. 어둠 속에서 손전등의 알량한 빛은 안전을 지켜주지 못했다. 그 너머 노백 호수의 검은 덩어리가 너무나 거대해서 나머지 세상이 거기 있는지 확신할 수 없었다.

문 앞에 거의 다 왔는데 전등 불빛에 떨리는 움직임이 보였다. 깜짝 놀라 어둠 속을 살피다가 무언가를 발견한 순간 마음속 공포의 문이 열렸다. 파리 떼 아래, 죽은 토끼가 모로 누워 있었다. 목에 난 칼자국에서 검붉은 피가 흘렀다.

크리스틴의 말이 떠올랐다. 저것들 죽여버리고 싶어. 그 소리와 함께 크리스틴의 확신에 찬 도끼질이 영상으로 떠올랐다.

아냐. 나도 모르게 뒷걸음쳤다. 샌들이 두툼한 나무뿌리 끝에 걸리면서 몸이 붕 떴다. 팔을 나무에 부딪히며 땅에 쓰러지는 바람에 나는 그 껍질을 움켜쥐었다. 거기서 잠시 주저앉아 어디가 아픈지 살폈다. 발목에 통증이 솟구쳤다.

"크리스틴!"

내 외침이 나무 사이로 흩어져 호수를 돌며 메아리치더니 하늘 가득한 별들을 향해 솟았다.

목청을 가다듬고 좀 더 굵은 소리로 다시 불렀다. "크리스틴! 도와줘!"

돌아올 대답에 어찌나 열심히 귀를 기울였는지 귀에 힘이 들어가는 게 느껴질 정도였다. 귀뚜라미가 먼저, 그다음엔 길 잃은 개구리 몇 마리가 대답했다. 부엉이 한 마리, 아니 코요테일지도 몰랐다.

아니, 늑대. 혈관에 불이 붙은 듯 신경이 곤두서서 주위를 둘러봤다.

"크리스틴?"

대답이 없었다. 자주색과 회색으로 피멍이 들고 부어올라 있을 거라 예상하며 손전등으로 발목을 비췄다. 하지만 아무것도 보이지 않았다. 넘어져 다친 흔적이 없었다.

그때 누군가의 손이 내 어깨를 잡았고 난 비명을 질렀다.

"놀라서 기절할 뻔했어." 나는 솔잎이 깔린 바닥을 양손으로 짚었다.

"내가 놀라게 했다고? 안에 들어간 줄 알았잖아! 누가 여기 있는 거 보고 나야말로 오줌 쌀 뻔했어. 그거 내 얼굴에 비추지 말아줄래?" 크리스틴이 눈을 가리기에 나는 손전등을 낮췄다.

"너를 부르고 있었어." 얼굴에서 짜증을 감추지 못했다. "넘어져서 발목을 다쳤어. 어떻게 그 소리를 못 듣니?"

"어머나." 크리스틴이 무릎을 꿇더니 발목을 살폈다. "미안! 이어폰을 끼고 있었거든. 부두에서 명상 가이드를 들었어."

"너무 아파."

"삔 거야. 아프지." 크리스틴은 일어나더니 나를 부축했다. "얼음 좀 대자. 자, 내가 잡았어." 다리에 체중을 싣는 순간 싸늘한 찬바람이 불어왔다. "내게 기대. 가자."

크리스틴은 내 발을 의자에 올리고 얼린 완두콩을 봉지에 넣어 내 발목에 올려놨다. 그러고는 진통제 두 알을 주더니 최고급 구급상자를 펼쳐 소염제 연고와 빈혈에 걸린 듯 보이는 밴드를 꺼냈다. 밴드를 발목에 감더니 클립 두 개로 고정시켰다. 클립이 송곳니로 붕대를 깨문 것 같았다.

"밖에 토끼 봤어?" 구급상자를 정리하는 친구에게 물었다. "누가 그런 짓을 했는지 모르겠어."

"아마 코요테일 거야." 크리스틴은 고개를 들지 않고 대답했다.

나는 미라처럼 붕대로 감은 발목을 내려다봤다. "아마 그렇겠지."

크리스틴이 먼저 자러 가고 나는 골동품 스탠드가 비추는 동그란 불빛을 받으며 소파에 누워 있었다. 나방이 방충망을 흔들어댔다. 머릿속이 나무로 만든 롤러코스터가 레일을 올라가듯이 삐걱거렸다. 제이미가 무슨 짓을 했기에 크리스틴은 연감에서 그 애 얼굴을 지우고 나무에 새긴 이름을 그어버렸을까? 파올로의 시체가 발견됐다는데 어쩌면 저렇게 태연할까? 목요일에 우리가 나눈 대화, 나처럼 자신도 심란하다는 말. 어째서 그 말이 속임수, 덫처럼 느껴질까?

나는 절뚝이며 주방으로 가서 핫스팟을 켰다. 그리고 접속했다. 제이미 러시. 가슴이 두근거리는 것을 느끼며 내 노트북 검색창에 그 이름을 쳤다.

다급하게 결과를 훑어보다가 지구 전체가 회전축에서 벗어나 흔들리는 것 같은 충격에 휩싸였다. 양손을 꽉 쥐고 입을 틀어막았다.

사고라고 크리스틴은 말했었다. 사고 때문에 제이미가 목숨을 잃었다고.

하지만 그렇지 않았다.

제리와 앤 차네키 부부가 화재로 사망한 바로 그 달, 어린 제이미는 자살했다.

그리고 그 애의 가장 친한 친구였고 현재는 내 가장 친한 친구인 크리스틴은 그 일에 관해 거짓말을 했다.

Chapter 25

제이미 리 러시 추모 기금. 번듯하게, 심지어 전문적으로 보이기까지 하는 그 웹사이트에는 밝게 웃는 여자아이의 흑백사진이 걸려 있었고 그 위로 글이 적혀 있었다. 굉장히 기괴한 은유였다. 제이미, 온 세상이 변하는 동안 영원히 열두 살에 갇히다. 10대 초반 아이들이 그렇듯 숱 없는 앞머리와 수줍은 미소, 왁스 칠을 한 자동차처럼 반짝이는 피부를 가진 어색한 모습이었다. 사진을 찬찬히 살폈다. 정말로 나와 비슷했다. 갈색 곱슬머리와 숱 많은 눈썹이 똑같았다.

위쪽에 파란색으로 재단의 모토가 적혀 있었다. 정신 건강에 대한 의식을 높이고 사회에 봉사하자. 이어지는 문구로 사인을 분명히 알 수 있었다. '정신 질환에 대한 낙인을 중단'하고 '정신 건강 치료'를 제공하며 '정신 질환' 대신 '뇌 질환', '자살을 저지르다' 대신 '자살로 사망하다'를 쓰는 등 언어도 바꾸자는 말이 있었다. 아래 동영상에서는 제이미의 부모가 큰 규모의 모금 파티에서 연설을 하고 있기에 소리를 끄고 봤다. 갤러리도 있어서 과거 모금 파티 사진을 예상하고 클릭했는데…… 오, 이런. 제이미의 사진이 나왔다.

사과 같은 뺨과 납작한 코를 가진 갓난아기 제이미. 녹아서 뚝뚝 떨어지는 아이스크림을 홀린 듯 바라보는 아기 제이미. 농구공을 팔에 끼고 있는 빼빼 마른 학령기의 제이미. 마지막 사진은 반짝이는 초록색 농구복을 입은 중학생 제이미였다. 농구부원들이 제이미를 어깨에 메고 있었다. 10대 소녀들이 제이미를 향해 환호하고 미소 짓고 있었다. 전부 치아 교정기를 끼고 부스스한 머리를 한, 작고 탄탄하거나 길고 마른 몸의 아이들이었다. 와, 참 굉장한 시기다. 기준선에서 갑자기 크게 뻗어나가는 시기. 우리는 오로지 정상이 되고 싶지만 실제로는 평균치에서 가장 크게 벗어나기 시작하는 나이.

크리스틴도 그 시절 농구에 열심이었기 때문에 얼굴을 하나씩 살펴봤다. 크리스틴을 발견하고 가슴이 철렁했다. 아이들 대부분이 아마도 결승골을 넣은 제이미를 올려다보는데 크리스틴은 뒤쪽에서 불안한 눈으로 카메라를 똑바로 응시하고 있었다.

제이미의 부고를 찾았다. 부모 토머스와 제니퍼 러시, 남동생 루크가 낸 것이었다. 2001년 11월 24일 사망한 채 발견. 크리스틴의 부모님이 돌아가신 날로부터 2주 뒤였다.

한 달 안에 가장 친한 친구와 부모가 모두 사망하다니. 그런데 그 이야기를 한 번도 안 하다니.

화면 맨 아래로 내려가보니 추모 재단의 주소가 라스베이거스, 그 괴상한 인공 오아시스였다. 러시 부부의 이름을 검색했다. 어머니는 마케팅 일을 했고 아버지는 헨더슨에서 부동산을 했다. 위스콘신에서 살던, 크리스틴의 첫 집과 내나와 빌의 저택 사이 파인애플 주택과는 아주 먼 곳이었다. 모하비 사막 역시 그늘이라고는 없는, 낮에는 햇볕이, 밤에는 달빛이 내리쬐는 곳이었다. 시신을 묻어도 투광 조명등 같은 별들이 어둠 속에 오래 묻혀 있게 내버려두지 않을 장소였다.

크리스틴은 이걸 내게 숨겼다. 어렸을 적 키우던 반려동물(기니 피그 그린빈), 그네에서 잘난 체하다가 손목을 부러뜨린 일, 4학년 때 쓴 우스꽝스러운 부활절 연극을 반 친구들이 성실히 연기했던 일 이야기는 들었다. 그러니 친한 친구의 죽음도 이야기했어야 한다. 어떤 나쁜 일 때문에 그렇게 검은 펜으로 얼굴을 지워 지하실의 캄캄한 어둠 속에 감췄는지라도.

생일 보물찾기가 극적으로 끝날 때 미처 제대로 떠올리지 못했던 생각이 있었다. 크리스틴과 숲속 별장에서 단둘이 지내는 게 정말 좋은 생각일까?

그때 천장에서 마룻바닥이 삐걱거리는 소리가 나 흠칫 놀랐다. 크리스틴과 가까운 사람은 어째서 전부 죽게 되는 걸까? 갑작스러운 화재, 공포 영화의 전형적인 설정…… 어깨가 오싹해지는 것을 느끼며 친구 부모님이 죽은 화재 사건 관련 뉴스 기사를 찾아보려고 기억나는 모든 사항을 입력하기 시작했다. 하지만 엔터키를 누르기 전에 인터넷이 꺼져버렸다. 5기가바이트를 다 쓴 것이었다. 노트북을 닫고 어둠 속에 앉아 밤의 소리가 사방에서 다가오는 것을 느꼈다.

차가 나무들 사이로 구부러진 도로를 달리자 우리도 자리에서 흔들렸다. 크리스틴은 급커브를 따라 돌 때 가속페달을 밟아 더 빠르게 달렸다.

"길이 왜 이렇게 구불구불하지?" 나는 문손잡이를 움켜쥐고 물었다.

"여기는 호수랑 늪, 능선을 피해서 길을 내야 하거든." 크리스틴이 대답했다. "생각보다 산이 가팔라. 여기처럼. 도로에서 벗어나면 완전 낭떠러지야." 크리스틴이 내 쪽을 가리켰다.

"그럼 속도 좀 줄이지?"

"여기 백만 번도 더 다녔어." 크리스틴이 또 커브에서 속도를 내자 안전띠가 내 목을 졸랐다.

나는 심호흡을 했다. "있잖아, 네 친구 제이미에 대해 궁금한 게 있어."

크리스틴이 햇빛에 눈살을 찌푸렸다. "그 얘기는 안 하고 싶다고 말하지 않았어?"

"음, 검색을 해봤어. 정말 나처럼 생겼는지 궁금해서." 서툰 거짓말이었지만 그 정도가 최선이었다. "그랬더니…… 자살로 사망했더라."

"맞아." 나무 사이로 들어오는 햇빛에 크리스틴의 얼굴에 그림자가 물결쳐 마치 위장을 한 것처럼 보였다.

"네가 사고라고 한 거 같은데."

크리스틴이 목이 졸리는 듯한 표정으로 노려봤다. "내겐 아픈 일이니까. 됐어?"

"미안. 정말 미안해. 자매 같은 사이였던 거 알고 있어."

"그래." 크리스틴은 눈을 가리는 머리카락을 치우려고 고개를 저었다. "있잖아, 누가 나한테 이렇게 물으면 말이야. '열두 살짜리의 부모가 다 죽고 몇 주 뒤에 태어난 후로 가장 친했던 친구가 자살한다면 견딜 수 있을까?' 난 '당연히 못 견디지'라고 했을 거야. 하지만 그게 지금 나야. 우리라고." 크리스틴이 나를 보며 말했다. "정말 힘들었어, 그 애를 잃은 건. 그걸 다시 겪고 싶지 않아."

크리스틴은 그렇게 나를 보며 잠시 있었다. 불안이 몸속에서 요동쳤다.

"상상도 못 하겠어. 어…… 어떻게 된 거야?"

크리스틴은 어깨를 으쓱였다. "얼마나 힘들었는지 아무도 몰랐지. 나조차도."

"우울증이었어?"

"아마도, 응."

"세상에, 아직 너무…… 어렸는데. 그런 나이에…….''

"네 생각보다 흔한 일이야." 크리스틴은 침을 삼켰다. "우리 둘 다 〈처녀 자살 소동〉을 좋아했던 거 기억해? '의사 선생님, 당신은 열세 살 소녀가 돼본 적 없잖아요.'"

우리는 숲을 지나 한쪽에는 술집, 다른 쪽에는 허름한 주유소가 있는 시골길로 튀어 나갔다. 마지막 순간 크리스틴은 급커브를 돌아 주유기 앞에 섰다. "여기가 더 싸겠지." 크리스틴은 이렇게 말하고 가방을 들더니 문을 쾅 닫았다.

머릿속이 물통에 든 피라미 떼 같았다. 이런저런 생각이 바삐 왔다 갔다 몰려들었다가 서로 부딪쳤다. 크리스틴이 제이미에 관해 이상하게 구는 걸까, 크리스틴 말대로 충분히 납득할 만한 상황에서 내가 위협을 느끼는 걸까? 제이미의 죽음이 정말로 자살이었을까 아니면 크리스틴이 음, 뭔가 관련된 걸까? 게다가 이런 생각을 하다니 나는 끔찍한 친구인 걸까? 그러다가 논리적으로 생각해야 할 다음 문제가 떠올랐다. 내가 일부러 회피하던 문제. 이 모든 죽음은…… 파올로와 있었던 일도……?

그 생각을 마치기 전에 크리스틴이 차 문을 열었다. 대시보드 버튼을 누르자 라디오가 크게 울렸다. 숲으로 돌아가는 동안 나는 머릿속에서 우리의 대화를 재생시켰다. 제이미를 잃은 일, 그런 일은 다시 겪을 수 없다는 말……. 그런 일이 무엇이었을까?

뒷자리에서 선물이 달그락거렸다. 프리야에게 줄 옥 코끼리, 애런에게 줄 오래된 병으로 만든 실용적인 맥주잔. 생일 축하를 위해 별장을 내준 내나와 빌에게 줄 고급 포도주와 카드. 내나의 메일에는 걱정해주셔서 감사하고 '크리스틴이 요즘 좀 이상하다'는 말이 무슨 뜻인지 묻는 정중한 답장을 보냈다. 내나는 답하지 않았다. 이상했다. 메일에서는 손녀보다 나를 더 걱정하는 인상을 줬는데.

우리는 기계들이 거대한 금속 벌레처럼 기어 다니는 넓은 들판을 빠르게 지나쳤다. 고속도로에 가까워져 I-43 도로를 달리자 불안이 점점 차올랐다. 밀워키, 문명, 현실에 가까워지는 것이. 그곳에서는 파올로의 죽음을 둘러싼 미스터리가 더욱 실감 났다. 그곳에서 그 사건은 뉴스거리였다. 가로대 위에서 삐삐 소리를 내며 북쪽 하늘을 가로질러 멀리 사라지는 위성처럼 동떨어진 것이 아니었다. 로스앤젤레스 경찰관들이 내 아파트 현관에서 기다리고 이웃들이 멍한 눈의 암소처럼 지켜보는 광경이 떠올랐다.

그날 밤, 오랜만에 내 침대로 돌아와 자다가 내 매끈하고 부드러운 피부를 벌이 쏘고 박쥐가 물어뜯는 꿈을 꿨다. 폭포수처럼 통증이 덮쳐왔다. 땀을 흘리며 깨어나 다리를 감고 있는 탄력 붕대를 풀기 시작했다. 붕대를 풀며 떠올렸다. 부어오른 하얀 발목, 시체의 피부, 그리고 내 아킬레스건 한쪽을 따라 그어진 새카만 상처. 하지만 붕대를 마저 떼어내고 나니 발목은 평소와 똑같았다.

Chapter 26

◗

"전⋯⋯ 무서워요." 손가락이 다시 멋대로 움직여 엄지손톱이 손끝의 살을 하나씩 긁고 있었다. "그러니까, 전혀 예상되지 않을 때 강한 공포가 확 밀려드는 것 같아요."

에이드리엔이 진지하게 끄덕였다. "그 두려움이 어떤 느낌인가요?"

나는 새끼손톱의 거스러미를 긁었다. 그건 내가 가장 겁내는 질문이 아니었다. 뭐가 두렵죠? 이 질문에는 거짓말을 해야 했으니까. LA 경찰이 우리가 남긴 걸 발견하는 것. 호텔 바닥의 피나 난로에 버려둔 잿더미에 말라붙은 것. 삽에 남은 지문. 트렁크의 DNA.

그 밖에도 많았다. 밤중에 잠 못 들게 하는 귀신처럼 온갖 선택지, 다양한 나쁜 기억이 있었다. 프놈펜에서 보낸 끔찍한 밤이라든가, 크리스틴이 눈을 번득이며 스탠드를 휘둘러 세바스티안을 쓰러뜨린 순간 같은. 그만. 그만. 그만해.

"가슴에서 느껴져요." 내가 말했다. "막 천식 발작이 시작할 때처럼요."

그 전날 저녁 식사 내내 가슴이 죄는 느낌이 가시질 않았다. 애런과 나는 뒤늦은 생일 만찬을 준비했다. 애런이 전부 요리하겠다고 했지만 내가 함께 축하하자고 했다. 그가 꼭 원하던 디자인 프로젝트를 따냈기 때문이다. 나는 별장에서 있었던 일, 마시멜로를 굽고 위성이 하늘을 가로지르는 모습을 지켜본 일을 이야기했다. 발목을 접질리고 아무도 없는 고요한 밤하늘을 향해 고함을 지른 일은 바보 같고 귀여운 슬랩스틱코미디로 바꿔 이야기했다.

몇 가지는 생략했다. 식탁을 사이에 두고 크리스틴과 핸드폰 없이 꿈같은 결전을 치른 일. 어둠 속에서 나타난 목이 잘린 토끼. 한밤중에 지하실을 뒤지다가 제이미의 지워진 얼굴을 발견한 것. 집단 공황 상태를 방지하기 위해 공항의 뉴스를 편집하는 것처럼 말이다. 두려움에 뚜껑을 덮어두는 건 피곤했다. 언제라도 폐가 구겨지고 쓰러질 것 같았다.

"무엇 때문에 두려워지는 것 같아요?" 에이드리엔이 물었다.

나왔다. 상앗빛 손톱 끝이 벗겨졌다.

"아직도…… 크리스틴이 돌아온 게 불편해요." 이유는 말할 수 없었지만 내심 답을 알고 있었다. 정말로 크리스틴을 믿을 수 있는지 의심이 생기기 시작한 것이다. 놀랍고 낯설고 잘못된 느낌이었다. 그동안 내 마음속에서 크리스틴은 안전과 동의어였으니까.

"왜 그렇다고 생각해요?"

나는 어깨를 으쓱였다. "그 애는 여전히 아무렇지 않은 듯 행동해요. 그것도 무서운 일에 대처하는 방법일 수 있지만 연기일까 봐 걱정돼요. 그러니까, 속으로 꾹꾹 누르다가 폭발하면 어떻게 하나 싶어요."

에이드리엔이 끄덕였다. "그럼 어째서 그 친구가 꾹꾹 누른다고 생각하죠?"

우선, 그 애는 부자 부동산업자가 LA 경찰과 협력해서 우리를 찾을 거
란 사실을 인정조차 안 해요. CNN 기사를 발견했을 때 크리스틴의 행
동이 너무 괴상해서 마음속에 계속 의문이 생겼다. 저거 거짓일까?

"그 친구는…… 딴 데 정신을 파는 것 같아요. 보통은 곁에 있으
면 즐거운데…… 사람을 취하게 만들거든요. 그런데 그 애가 이곳
으로 돌아온 후로 우리 사이가 서먹하게 느껴져요. 저도 폭행당했
을 때 제정신이 아니었으니 그것 때문에 뭐라고 하는 건 아니에요.
하지만 전투적으로 행복해하는 모습을 비롯해 왠지 다 가짜 같아
요."

에이드리엔이 고개를 갸우뚱했다. "크리스틴의 감정을 놓고 우
리가 많은 시간을 이야기하는 건 확실하네요. 자신의 감정보다 그
것을 더 우선시하는 것 같아요?"

"그런 건 아니에요." 뱉어내듯 말했다. 하지만 곧 한숨을 쉬었다.
"그 친구가 절 소중히 여기는 걸 알거든요. 그리고 전…… 가장 친
한 친구를 걱정하는 게 잘못은 아니잖아요."

"물론이죠." 에이드리엔의 대답에 나는 방어적인 마음을 거뒀
다. 에이드리엔은 생각을 정리하느라 이맛살을 찡그렸다. "그럼,
'전투적으로 행복'한 것처럼 행동하는 크리스틴 때문에 불안하군
요. 그래서 친구를 더 걱정하고 친구의 행동에 집중하게 되고." 에
이드리엔은 내가 끄덕일 때까지 기다렸다. "그리고 친구가 아주
똑똑하다고 했죠. 에밀리의 감정에 공감하고, 그렇죠?" 나는 또 끄
덕였다. "그럼 혹시 친구가…… 친구가 에밀리에게 이런 영향을
주는 걸 아는지 모르겠네요. 의도한 거라는 말은 아니에요. 그저 두

사람 사이의 권력 균형을 유지하는 방법이 아닐까 싶어서요. 우정에 변화가 생기면 보통 한 명이 반발한다고 말한 거 기억해요?"

돋아나는 싹이 두툼하고 가시 돋친 잎사귀로 펼쳐질 때처럼 속이 회오리치며 울렁거렸다. 에이드리엔에게 아니라고 말하고 싶었지만 주말 이후로 자꾸 울려대는 경보와 합쳐지니, 음……

"전 늘 크리스틴만 있으면 된다고 생각했어요." 이렇게 인정하는데 눈물이 코를 지나 흘러내렸다. "그리고 정말로 그 친구를 사랑해요, 정말. 하지만 이제 삶에 다른 사람들이 들어오니…… 이제 애런이 있으니……." 나는 티슈를 뽑았다. "이렇게 말하는 것에 죄책감을 느껴요. 배신처럼."

"괜찮아요, 에밀리. 여기서 하는 말은 우리 둘만의 비밀이에요."

크게, 천천히 숨을 내쉬었다. "크리스틴은 저를 독차지하고 싶은 것 같아요." 입 밖에 내기 전까지는 몰랐던 건데 말하고 보니 사실이었다. "제가 이미 애런과 약속이 있다고 했는데도 생일 여행 계획을 짜버렸거든요. 애런에게는 자기가 맡을 테니 기다리라고 말하고."

"크리스틴에게 그것이 마음에 걸렸다고 알렸나요?"

"당연히 못 그랬죠. 제게 좋은 일을 해주려는 건데."

에이드리엔이 눈썹을 치켜떴다. "생일 계획을 낚아채는 걸 선을 넘는 행동이라 여기는 사람도 있어요."

진실을 깨닫자 다시 눈물이 차올랐다. 피할 수 없었다. 반박할 수도 없었다. 크리스틴의 사랑은 통제를 닮았다.

"크리스틴에게 이 문제를 직접 말한다고 생각하면 어떤가요?"

가늠할 수 없는…… 느낌이었다. "저는 갈등이 정말 싫어요." 내가 말했다.

"그렇죠. 갈등은 불편해요. 하지만 문제를 밝히는 게 실제로 도움이 될 때도 있어요, 그렇죠?" 나는 비참한 표정으로 에이드리엔을 바라봤다. "과거로 돌아가보죠. 어렸을 때 부모님께 속상한 일을 이야기하면 어떻게 됐나요?"

나는 고개를 저었다. "그런 말은 안 했어요."

"안 했군요, 절대."

"음, 어릴 때는 그러지 말라고 배웠어요." 나는 손만 내려다봤다. "제 목소리를 내면 혼났거든요. 부모님은 '시키는 대로 해'라는 식의 훈육을 했어요."

"저런, 에밀리." 에이드리엔이 엄숙히 고개를 끄덕였다.

가슴속에서 무엇인가가 뒤집히는 듯했다. 깊숙이 박혀 있던, 가시 돋친 날것의 무엇인가가. 아빠의 노한 눈빛과 뭘 잘못했는지도 모르는 채 엉덩이를 맞던 충격이 떠올랐다. 노래를 부르다가 아파서 가사가 뚝 끊겼던 그때 일이. "괜찮으면 그 얘기는 하고 싶지 않아요."

"물론이죠." 내가 뺨을 닦는 동안 에이드리엔이 기다렸다. "크리스틴이 애런과의 생일 계획을 바꾼 일로 돌아갑시다. 애런은 그것에 대해 어떤 감정이었죠?"

"괜찮다고 했어요. 하지만 괜찮지 않다 한들 제게 말했을까요?"

"에밀리는 어떻게 생각해요?"

잠시 침묵. "참 좋은 사람이에요. 그것도 저를 불편하게 하는 것 같아요."

"그래서 두려운 건가요?"

나는 꼼지락거리며 말했다. "아뇨, 다 잘되고 있는 것 같아요. 아니, 사실 저는 무슨 일이 벌어지기를 기다리고 있어요. 과거가 돌아와 저를 괴롭히기를." 우주가 거짓말한 나를 벌주기를. 우주 혹은 LA 경찰이.

"그럼 그 사람이 잘 대해주는 것이 앞으로 잘 안 될 거라는 뜻일까 봐 걱정되는군요."

나는 고개를 숙였다.

"그런 것 같아요?" 에이드리엔이 물었다.

"이성적인 생각은 아니죠, 네."

에이드리엔이 무릎에 노트를 내려놨다. "내가 전에 변호사였던 거 기억해요? 배심원단에게 증거를 객관적으로 보게 하는 게 내 일이었죠. 인지 행동 치료도 비슷해요. 자신의 생각을 과학자처럼 조사해서 맞지 않는 것에 반박하는 거죠. 그러니 이 두려움, 이 믿음 혹은 사고 패턴을 한번 살펴봅시다. 어떤 감정이 현실적이지 않다고 해서 그게 진실이 아니라는 뜻은 아니니까."

이것이 그날 에이드리엔이 내가 배우길 원한 교훈이었다. 내 두려움이 비이성적이라고 여겼기 때문에. 시체가 발굴된 적도 없고 무장한 전문가들이 우리를 열심히 추적하지도 않는다고 여겼기 때문에. 하지만 그날 저녁 나는 그녀의 조언을 새로운 각도에서 바라봤다. 과학자가 돼라. 변호사처럼 소송하라. 크리스틴이 의도했든 안 했든 날 통제하고 뒤에서 조종하는 것이 틀림없다는 사실을 알게 됐다. 그리고 노백 호수에서 분명히 뭔가가 내 위험 감지 본능을 건드렸다. 친구를 신뢰해도 될지 의심스러울 정도로.

하나, 둘, 셋, 넷, 다섯 구의 시체. 내 무의식은 계속 그 수를 세면서 진실에 쌓인 더께를 긁어내는 미술품 복원 전문가처럼 우리의 우정을 긁어댔다.

당면한 문제. 크리스틴은 여러 건의 죽음과 일련의 불운한 우연으로 연결된 제3자인가 아니면 무슨 관련이 더 있는가?

속이 죄어들고 담즙이 올라오는 것처럼 목이 따가웠다. 엄청난 혐의에 온몸이 흔들리며 균형을 잃을 것 같았다. 나는 책상 의자에 털썩 앉아 숨을 몰아쉬었다.

내 의식 밑에 깔린 마음 한구석에서 이 질문이 몇 주째 빙빙 돌고 있었다. 그 생각을 누르고 단속했다. 직접 말하고 싶지 않아서. 그것이 미칠 영향은 대단히 파괴적이었으니까. 내 가장 오래된, 가장 친한 친구, 내 추한 모습을 보고도 사랑해준 유일한 존재, 나를 무조건 사랑해준 크리스틴이 살인자일지도 모른다는. 하지만 파도처럼 나를 덮치는 증거를 무시할 수 없었다. 시체들, 온갖 시체들. 우연으로는 그런 결과가 나오지 않는다. 갑자기 한기가 들어 팔과 턱이 떨리기 시작했다.

집중해, 에밀리. 심호흡을 하면서 모든 감정을 상상했다. 상심과 공포, 불신과 두려움을 작은 공처럼, 파올로의 소지품을 난로에서 태우고 남은 덩어리처럼 구겼다. 문제는 그것이었다. 체포, 살인 혐의, 망가진 우리의 미래. 크리스틴을 믿어도 될지 알아야 했다. 친구가 정말로 안전한 사람인지.

크리스틴은 누군가를 죽인 적이 있을까? 엄청난 질문이었다. 정당방위도, 우연한 죽음도 아닌 살인. 그 아래 놓인 질문이 소름처럼 올라왔다. 크리스틴의 부모님에게는 무슨 일이 있었을까? 제이미에게는? 세바스티안을 쓰러뜨린 것은 별개의 사건일까? 그리고 파올로가 죽은 날에는 실제로 무슨 일이 있었던 걸까?

발작에 가까운 무엇인가가 목구멍에 치밀어 오르더니 신음으로 나왔다. 집중해. 이것이 당면한 문제라면 다음 단계는 어떻게 행동할지 정해 하나씩 실행에 옮기는 것이었다.

우선 크리스틴의 부모님이 사망한 화재를 다룬 기사를 모두 찾아 읽었다. 별로 많지는 않았다. 지역 신문의 짧은 기사에서는 원인이 밝혀지지 않았다고 했다. 제리와 앤의 부고, 꽃을 보내는 대신 자선단체에 기부하라는 당부. 그러고 나서 크리스틴 차네키와 2001을 검색했다. 그리고 조부모님도 차례로. 내나의 실명이 타비사라는 사실에 조금 놀랐다. 내나만큼이나 가명 같은 이름이었다. 그러나 그 외의 폭탄은 없었다.

누가 도움을 줄 수 있을까. 누가 크리스틴에 관한 진실을 알려줄까. 제이미는 죽었다. 내나가 있긴 했다. 내나의 낯설고 수상쩍은 메일이 떠올랐고 그 큰 집에서 어색하게 와인을 마신 날도 기억났다. 주방에서 초조한 눈빛으로 내 손에 핸드폰을 쥐어주던 내나. 어쩌면 내나는 돕고 싶지만 더 이상 말할 수 없는 동맹이 있을 수도 있었다. 전화를 걸다가 음성 메시지로 연결되자 끊었다. 답장 없는 메일에도 정중히 "기다리고 있어요!"라고 보냈다.

스페이스 바를 톡톡 두드리며 열심히 생각했다. 잠깐, 크리스틴이 마음을 열었다는 사람, 모든 사연을 아는 사람이 있었다. 잠시 멍하게 있다가 구글 검색창에 그 글자를 쳤다. 리디아 브라이트사이드, 심리 치료사, 위스콘신. 검색 결과 맨 위에서 그녀의 얼굴이 나를 향해 미소 짓고 있었다. 60대, 적회색의 짧은 머리, 작은 눈. 팔짱을 낀 자세는 아마도 사진사의 제안이었겠지. 그렇다면 가짜 이름도, 크리스틴의 기억 속에서 왜곡된 이름도 아니었다.

첫 링크는 웨스트무어 행동 치료 서비스란 웹사이트의 약력 페이지였다.

> 리디아 브라이트사이드 의학 박사는 행동 장애 치료를 전공한 소아 정신과 의사이다. 웨스트무어 행동 치료 서비스의 설립 이사이자 수석 의료 책임자로서 근무하고 있다. 브라이트사이드 박사는 40년간 어린이와 청소년 행동 장애를 치료하기 위해 약물 및 치료 개입을 연구, 개발해왔으며……

응? 나는 센터의 안내 페이지를 찾았다.

> 1995년 설립된 웨스트무어 행동 건강 센터는 발달 장애와 정신, 행동 건강 문제를 가진 어린이와 청소년을 위한 선도적인 입원 치료 센터입니다.

이건…… 어린 크리스틴이 받았다는 우울증 치료와는 다른 것으로 보였다. 브라이트사이드 박사가 개인 병원도 운영한 걸까? 어느 학술 웹사이트에서 그녀의 이력서를 찾아 근무 이력을 훑어봤다. 아니, 브라이트사이드 박사는 25년 전 웨스트무어 행동 치료 서비스를 설립한 후 거기서만 일했다. 크리스틴이 내 생각보다 더 많은 것을 감추고 있는 걸까?

센터 사이트에서 약도를 찾았다. 집에서 두 시간쯤 걸리는 호수 사이 농촌 지역에 위치해 있었다.

대학 시절 나는 몇 차례 혈장 헌혈을 했다. 바늘에 찔리고, 기다리고, 나중에 멍이 들고, 조금 어지러운 대부분의 과정은 상관없었지만 45분 내내 두려웠던 감각이 한 가지 있었다. 혈장을 제거한 혈액이 내 혈관에 되돌아오는 느낌, 불쾌한 싸늘함이 얼어붙은 번개처럼 밀려드는 느낌을 잊지 못한다.

지도 아래 사용자 리뷰를 보는 순간, 딱 그런 느낌이 들었다. 혈액이 있어야 할 곳에 싸늘한 냉기가 내달렸다.

법정 명령이 아니면 아무도 안 가는 곳. 첫 리뷰였다.

그다음도 정말 놀라웠다. 여긴 판사들이 소년원에 가기엔 너무 부자인 애들을 보내는 곳이야.

소년원. 세상에. 그곳에서 지낸 게 그 시절 크리스틴을 따라다니던 세 건의 죽음과 관련이 있을까? 자신에게, 그리고 더욱 무섭게도 타인에게 위험한 존재였던 걸까?

크리스틴이 청소년 범죄와 관련이 있었다면 그 기록은 봉인됐을 것이다. 하지만 누가 크리스틴을 고발하려 했을까? 입원 치료 병원에 들어가 위스콘신의 저명한 '행동 장애' 전문가에게 정기적으로 치료를 받은 건 무슨 행동 때문이었을까? 어쩌면 부모님의 죽음을 슬퍼하다가 과한 행동을 보였을지도 모른다. 분노, 절망, 생존자의 죄책감이 사춘기의 호르몬과 뒤섞여. 아니면 교사들에게 반항하고 조부모님에게 말대꾸를 했을지도 모른다. 하지만 그렇다고 소년원을 대신하는 병원에 갇힌단 말인가? 그런 치료가 필요한 아이라면……

호숫가 별장에서 라이터 오일 병을 들고 있던 크리스틴이 떠올랐다. 난 불을 참 잘 피워. 크리스틴이 말했었다. 그리고 엄마는 외출하기로 했던 날이었어. 설마 열두 살 크리스틴이…….

심장이 두근거렸다. 우연일 수 없었다. 그리고 내가 생각하는 게 맞다면, 답이 정말로 '살인, 크리스틴, 그렇다'라면 세상에, 그렇다면 칠레의 마지막 밤은 무슨 의미였을까? 아니, 그게 지금 내게 무슨 의미일까?

나는 서둘러 일회용 메일 주소를 만들어 위스콘신주의 정신과 치료를 연구하는 대학원생인 척 웨스트무어에 연락을 취했다. 이것저것 냄새를 맡아보는 정도였다. 크리스틴에 관한 내용은 없었다. 보내기 버튼을 누르고 부적절한 짓을 한 기분으로 기대어 앉았다.

이튿날 아침, 웨스트무어 행동 치료 서비스에서 메일이 와 있었다.

슈미트 씨께,

문의해주셔서 감사합니다. 질문에 답변 드리자면 웨스트무어는 보험이 적용되지 않으며 따라서 매우 소수만을 대상으로 합니다. 우리는 위스콘신 법정과 긴밀히 공조하며 입원 치료 서비스의 도움을 받을 미성년자들을 찾아냅니다. 가족들은 추천서 없이 환자를 입원시킬 수 없습니다. 심각한 행동 문제를 가진 아동에게 안전하고 힘이 되는 환경을 제공하고자 하는 웨스트무어의 목표는 위스콘신주에서 유일합니다. 다른 지역에는 비슷한 모델이 있습니다.

'심각한 행동 문제', 그렇다면 사실이었다. 크리스틴은 어렸을 때 이 진단을 받았다. 하지만 그렇다고 이 기관에서 몇 주 혹은 몇 달이나 지내지는 않았을 것이다.

그때 눈이 휘둥그레졌다.

> 브라이트사이드 박사님의 약력에 관해 답변 드리자면 1995년 센터 개원 후 웨스트무어에서만 환자를 치료했습니다. 박사님은 개인 병원 진료를 하지 않으며 웨스트무어의 입원 환자만을 치료합니다(부모, 형제자매 등과의 그룹 치료도 병행합니다). 브로슈어 PDF 파일을 첨부합니다. 더 도와드릴 점이 있으면 연락 주세요.

거기 내가 찾는 답이 있었다.

경제학 강의에서 나와 친구가 되기 전 몇 년 동안 크리스틴(스탠드로 세바스티안을 쓰러뜨리고 침착하게 그의 시체를 물에 빠뜨릴 계획을 세운 크리스틴, 파올로의 두개골이 으스러질 정도로 세게 와인 병을 휘두른 크리스틴)은 정서적 문제를 겪는 청소년을 위한 센터에 갇혀 있었다.

젠장.

Chapter 27

"로스앤젤레스 일가, 살인 사건 수사에 1백만 달러 보상금을 걸다"

칠레의 한 외딴 마을에서 유해가 발견된 24세 배낭여행자 파올로 가르시아의 가족이 범인에 관련된 정보를 알고 있는 사람에게 1백만 달러의 보상금을 지급하겠다고 제안했다.

페르난다 가르시아는 아들의 사진 액자를 안고 정의를 구현해달라고 간청했다. 페르난다는 아들 파올로의 시신이 칠레 북부의 산지 엘퀴 계곡에서 지역 경찰에 의해 발견됐다는 전화를 받았다고 4월 25일 전했다. 그 전화로 그녀의 인생은 산산조각 나고 말았다.

"아들이 떠나다니, 가슴이 찢어집니다." 페르난다가 말했다.

페르난다의 남편이자 로스앤젤레스 부동산 회사 카스티요의 CEO 로드리고 가르시아는 1백만 달러 보상금에 목격자들이 나서주기를 희망했다. 파올로 가르시아는 3월 30일 밤, 칠레 남부의 항구 도시 푸에르토 나탈레스의 붐비는 식당에서 마지막으로 목격됐다.

"누군가가 무엇이든 봤을 겁니다." 로드리고가 말했다. "돈이 아들을 살려내지는 못하지만, 정의의 심판은 필요합니다."

파올로가 마지막으로 목격된 시점과 칠레 북부의 인적 드문 농업 도시 아로이토의 도로에서 25미터 가량 떨어진 얕은 무덤에서 시신이 발견된 4월 25일 사이에는 약 4주의 간격이 있었다. 경찰은 부검이 실시된 사실을 밝혔지만 사인이나 사망 시점에 대한 추가 정보는 발표하지 않고 있다.

파올로는 삶을 즐기는 사교적인 청년으로 세계 여행의 꿈을 이뤘다. 캘리포니아에서 태어난 파올로는 스페인 바르셀로나에서 자랐고 친구와 가족을 위해 요리하는 것과 테니스 치는 것을 좋아했다. 16세에 갑상선암 진단을 받았는데 그의 부모는 그가 이 병을 이겨내는 과정에서 세계를 다니며 사람들을 만나기로 결심했다고 전했다.

수사에 도움이 되는 정보가 있다면 로스앤젤레스 경찰서로 전화를 걸거나 637274로 제보하기 바란다.

직장에서 시들어빠진 샐러드를 먹으며 습관적으로 뉴스를 검색하다가 이 헤드라인을 봤다. 위장이 비틀리면서 이미 삼킨 힘없는 채소를 방출하려 했다. 젠장. 상황이 나빴다. 아주, 아주 나빴다. 읽는 동안 심장이 점점 더 빨리 뛰었다. 두근, 두근, 두근. 질식사하기 직전의 사람처럼 경련이 일어나는 느낌이었다.

사람들의 기억을 들쑤시는 데 1백만 달러만 한 것도 없다. 세상에, 우리의 커다랗게 얽힌 매듭 같은 동선과 겹칠 수 있었던 잠재적 목격자는 너무나 많았다. 새벽녘 호텔로 귀가하는 길에 지나친 차들. 술집 웨이터, 같이 있던 손님들, 내가 지갑을 도둑맞았다고 놀라서 영어로 버벅거리며 비명을 지르는 것을 지켜본 바텐더. 우리가 기억에 남을 정도는 아니었어도 눈에 띄긴 했다. 그뿐만 아니라 삽과 손전등을 창고에 넣을 때 불을 켠 사람. 수영복을 입고 있던 우리의 사진을 찍으며 휘파람을 불던 관리인. 우리가 도구를 옮긴 걸 그가 알아차렸을까? 호텔 객실 청소 직원이 샤워 커튼이 다르게 걸린 이유를 궁금해했을까? 눈에 안 띄긴, 이 얼간이들아.

게다가 세상에. 테니스 선수에, 아마추어 요리사, 암을 이긴 생존자라니? 파올로가 현실적인 존재로 다가왔다. 우리가 한 짓이 제아무리 정당방위, 자기 보호를 위한 것이었다 해도 더 악하게 느껴졌다. 그때까지 파올로와 세바스티안은 인간 이하로 간주하고 머릿속 감방에 '악당'으로 가둬놨었다. 취미와 사랑하는 가족, 과거가 있는 못된 사람이 아니라. 구역질이 올라왔다.

"요가 등록했지?" 그때 도착한 프리야의 메시지가 방해처럼 느껴졌다. 당면한 사태에 비해 너무나 평범해서.

나는 쉰다고 하려다가 망설였다. 정상 상태. 그것을 유지하기 위해 행동해야 했다. 아무도 이상하다는 생각을 하지 않도록. 지켜야 할 일정이 있었다. 요가 수업 후 애런과 함께 저녁을 먹기로 했다. 그리고 어쨌든 캄보디아 이후 드리시티 요가 스튜디오는 내게 신전처럼 마음을 가라앉히는 곳이었다. 집에 앉아 기사를 반복해서 읽느니 빈야사 요가를 하는 편이 나았다. 브라우저 창을 닫았다. "갈게."

6시 직전, 프리야가 머리 위로 매트를 들더니 끈을 둘러맸다. 화살통을 맨 아르테미스처럼. 크리스틴에게 온 전화를 받지 못해 나중에 전화하겠다고 메시지를 보냈다. 생각해보면 우리가 특별히 해야 할 일이 없었다. 과거에는 크리스틴에게 괜찮다는 말이 듣고 싶었다. 우린 괜찮아. 우린 똑똑하고, 아무도 우릴 찾지 않아. 그러나 시체들이 흩어져 있는 과거를 확인한 지금은 크리스틴에게서 최대한 멀리 떨어지고 싶을 뿐이었다.

요가 스튜디오에 도착해 매트를 빌리려고 기다리는 사이 프리야는 로커 룸으로 곧장 들어갔다. 다친 발목이 나은 후 받는 첫 수업이었다. 나는 탈의실로 들어가다가 우뚝 멈춰 섰다.

처음에는 환영을 본 줄 알았다. 몇 주 전 수화물 찾는 곳에서 파올로를 본 것처럼.

아니, 크리스틴이었다. 탈의실 안에서 프리야와 크리스틴이 옷을 반쯤 갈아입다 말고 서서 핸드폰을 들여다보고 있었다.

"크리스틴?"

크리스틴이 고개를 들더니 씩 웃었다. "프리야가 너희가 이 선생님을 좋아한다고 했어!"

"어, 안녕. 오는지 몰랐네."

"크리스틴이 칠레에서 받은 개인 요가 수업 얘기를 해줬어." 프리야가 덧붙였다. "어떤 강사인지 보고 싶어."

"그래서 인스타그램에서 프리야를 찾았는데 반해버렸지 뭐야." 크리스틴은 가짜 억양을 강하게 내며 즉석에서 성대모사를 했다. "무릎을 정중하게…… 하늘을 향해 절합니다."

나는 이맛살이 절로 찌푸려지는 것을 의식하며 마주 웃었다. 어째서 우리가 간 곳과 시기에 이목을 집중시키는 걸까?

프리야가 로커에 물건을 넣으려 돌아선 틈을 타 나는 크리스틴에게 '왜 이러는 거야?'라는 표정을 지었다. 크리스틴은 인상을 쓰며 고개를 저어 답했다. 뭐가? 그때 한 사람이 탈의실로 들어와 문을 쾅 닫았다. 우리는 더 이상 대화를 나누지 못하고 수업 준비를 서둘렀다.

전사 3번 자세에서 간신히 안정감 있게 균형을 잡은 순간, 크리스틴이 옆에서 비틀거리더니 쓰러지면서 내가 뻗은 팔을 건드려 우리 둘 다 넘어지고 말았다.

물구나무 연습 때 크리스틴은 뭔가 보여주려는 듯 혼자서 발로 차고 거꾸로 섰다. 그리고 손바닥을 발로 삼아 차분히 서 있었다.

피가 몰린 얼굴이었지만 결연한 표정으로.

수업이 끝난 후 크리스틴의 차와 내 차가 가까이 주차된 것을 알고 보도를 함께 걸어갔다. 프리야와 멀어지자마자 크리스틴이 내게 말했다. "왜 그래? 이상하게 굴지 마."

"내가 이상하다고?" 나는 손가락으로 내 쇄골을 가리켰다.

"내가 프리야랑 어울리는 게 싫니?"

"그런 게 아니야." 싫긴 했지만 이렇게 대답했다. 우리는 다시 걷기 시작했다. "오늘 뉴스 못 읽었어? 파올로의 가족이 1백만 달러 보상금을 내놨어. 우린 끝장이야."

"있잖아, 우리 핸드폰 꺼야 돼?"

나는 크리스틴을 노려봤다. "프리야에게 칠레 이야기를 할 때도 핸드폰을 끄라고 할 거야?" 부주의함 다음에는 편집증이 뒤따랐다. 경고 신호가 나를 더 다그쳤다.

"뭐, 요가 스튜디오 얘기?" 크리스틴이 씩 웃었다. "그 얘기 사람들한테 안 했어? 마리벨라는 멋있었잖아."

우리는 내 차 앞에서 멈췄다. "우리가 바로 그때 거기 있었다는 사실에 사람들 이목을 끌지 말아야 해."

크리스틴은 어이없다는 표정을 지었다. "정상적으로 행동해야 한다는 사실을 기억해. 요가 수업에서 요가 이야기를 하는 건 정상이야."

"그렇겠지, 하지만⋯⋯."

"음, 아무도 우리를 그 사건과 연결시키지 않아." 크리스틴이 껴들었다. "자, 계속 얘기하려면 네 차에 핸드폰을 넣어두자."

나는 그 말을 따르고 나서 문을 쾅 닫은 후 허리에 손을 올리고 크리스틴을 마주 봤다. "넌 무모하게 굴고 있어."

"뭐, 프리야가 그 뉴스를 보고, 뭐, FBI에 신고라도 할 것 같아?"

"알아, 하지만……."

"여보세요, 굉장한 정보가 있어요." 크리스틴이 손을 전화기처럼 들었다. "아는 여자 둘이 있는데 착하고 법을 잘 지켜요. 지난달에 그 배낭여행자랑 여자들이 같은 곳에 있었어요. 그러니까 특수기동대를 보내줘요. 그리고 1백만 달러 주세요."

"나도 알아. 논리적이지 않은 거." 나는 고개를 저었다. "기사를 읽어봐. 무섭다고."

"그래. 하지만 잘못된 제보만 쏟아져 들어올걸. 결국 아무것도 없다는 것만 밝혀질 거야. 그리고 기적적으로 우릴 찾아낸다 해도 말이야. '네, 술집에서 그 사람이랑 얘기했어요. 하지만 그곳엔 사람들이 엄청 많았는걸요. 그 사람이랑 만났고 헤어졌고 그 뒤론 못 봤어요.' 그자는 떠돌이였어, 에밀리."

"그래도 거기서 누가 우리를 봤을지도 모르잖아. 트럭에 싣거나 삽을 넣는 거. 숙소나 렌터카를 생각만큼 잘 치우지 못했을 수도 있고……."

"우리 말곤 아무도 몰라. 너랑 나." 크리스틴이 눈을 가늘게 떴다. "네가 누구한테 말한 게 아니면. 애런이라든가?"

가슴속에 공포심이 확 솟았다. "당연히 아니지."

"에밀리." 크리스틴이 내 어깨를 잡았다. "침착하게 함께해야 해. 지금은 당황해서 이상하게 행동할 때가 아니야." 크리스틴은 지나가는 10대 아이들에게 눈길을 주면서 말했다. "알겠지? 우린 할 수 있어."

나는 끄덕였다. 그래야 할 것 같아서. 하지만 사실 빨리 차에 타
문을 닫고 싶었다. 잠시 후 크리스틴은 모퉁이를 돌아 사무실 건물
뒤로 사라졌다.

사실을 직면해야 했다. 칠레 이후 크리스틴과 나는 파올로의 죽
음이 우리 우정에 미치는 의미를 근본적으로 다르게 생각했다. 그
때만 해도 사방에서 벽이 좁혀왔고 나는 우리와 사건의 연관성을
모조리 끊어야 한다고 여겼다. 하지만 크리스틴의 시각은 달랐다.
그리고 크리스틴은 원하는 것을 얻는 데 익숙했다. 삶에서, 특히
내게서.

다시 그것이 보였다. 바닥에 늘어진 파올로의 다리가. 활짝 피어
뒤집힌 백합 꽃잎처럼 위로 구부러진 발가락이.

그리고 간청하며 번득이던 크리스틴의 두 눈이.

에밀리. 크리스틴이 말했었다. 우리에게 다른 선택은 없어.

집에 도착한 뒤 메일을 열어 보낸 사람을 확인한 순간 찬물을 뒤
집어쓴 듯했다. 카사 아비타. 퀴테리아에서 묵었던 호텔이다. 예쁘
장한 장작 난로와 두툼한 샤워 커튼이 있던 곳. 구역감을 느끼며
클릭했다.

도너번 씨께,

카사 아비타에 숙박해주셔서 감사합니다. 이 지역에서
미국인 여행객이 사망한 불운한 사건에 관해 연락드립
니다. 지역 경찰의 요청으로 이 지역의 모든 호텔은 지

난 4주간 투숙한 고객에게 연락을 취하고 있습니다. 파올로 가르시아에 관해 목격한 것이나 정보가 있으신 분은 이 메시지에 회신해주세요. 지역 경찰에 연결해드리겠습니다. 감사합니다.

젠장. 현금으로 지불했지만 체크인 때 예약 서류를 적은 건 나였다. 스페인어였으니까. 화면을 저장해 크리스틴에게 물음표만 찍어 보냈고 곧바로 답장이 왔다. 아니, 아무것도 기억 안 나. 한참 전 일이잖아. 누가 기억하겠어?

누가 기억하겠어? 누가? 불안이 치솟아 터져 나오려는 신음을 꾹 눌렀다. 문득 시간을 확인하고 깜짝 놀랐다. 당장 출발해도 애런과의 저녁 약속에 늦을 것 같았다. 젠장, 왜 이렇게 자꾸 깜빡깜빡하는 거지? 삶이 너무 빠르게, 삐걱거리며 부자연스럽게, 옛날 흑백영화처럼 움직였다. 차로 달려가 거리로 나가서 노란불을 그냥 지나쳤다.

다음 교차로에서 심호흡했다. 긴장을 풀고 애런과 만나 아무렇지 않은 척해야 했다. 딴 데 정신이 팔려 있다가 차를 몰고 달려간 내색을 보이긴 싫었다. 이 순간 충돌 사고로 죽는다면(금속과 플라스틱, 가죽 시트와 유리에 주요 장기가 짓이겨진 채) 조금 지나칠 정도로 상황에 어울리는 일이 될 터였다.

크리스틴 주위의 시체 수를 늘리는 멋진 방법이랄까.

나는 이야기하고 싶지 않았지만 애런은 집요했다. 어떻게 보면 다정한 처사였다. 크리스틴과 내 사이가 어떤지 묻더니 내 안색이 변하는 것을 보고는 꼭 돕겠다고 나섰다.

"당신이 나랑 시간을 보내는 걸 질투하나?" 애런이 냅킨으로 입을 닦았다. 정말 귀여웠다. 막 샤워해서 흐트러진 머리를 빗어 넘기고 잘 맞는 셔츠와 청바지를 입은 멋진 모습이었다. "여자들은 누굴 사귀면 친구들이 두 달 동안은 집중 커플 시간을 주고 그다음에 다시 만나는 줄 알았는데."

나는 한숨을 쉬었다. "그럴 수도 있지. 크리스틴이 고향으로 돌아왔는데 나는 양팔을 벌리고 달력을 활짝 열어놓은 채 기다리지 않았으니까." 나는 펜네 알라 보드카 접시를 밀어놨다. 애런이 가정식 파스타를 만드는 작은 이탈리아 식당을 고른 덕분에 나는 탄수화물로 감정을 다스렸다. "이렇게 사람 만나는 게 굉장히 오랜만이잖아. 크리스틴은 내게 다른 사람이 생긴 사실에 적응을 못한 거야."

"음, 그럼 함께 더 시간을 보내자고 하자! 난 괜찮아." 애런은 스푼에 대고 링귀니를 돌돌 말았다. "사람이 많으면 더 재밌지."

그의 솔직함과 명랑함. 내가 그를 좋아하게 된 두 가지 이유였다. 하지만 지금과 같은 경우에는 애런의 장점이 우리를 구할 수 없었다. 나는 그런 말은 하기 싫어 침을 꿀꺽 삼켰다. "크리스틴은 좀…… 내가 만나는 사람을 깎아내려."

애런이 한쪽 눈썹을 치켜뜨더니 씩 웃었다. "좋아, 하지만 솔직하게 말해봐. 그중에 나처럼 확실히 매력적인 사람이 있었어?"

"물론 없었지!" 나도 따라 웃으려고 노력했다. 그날 밤 내내 나는 딴 데 정신이 팔려 멍하니 있느라 그의 농담을 따라잡지 못했다.

크리스틴의 말이 뇌리에 박혔다. 네가 상한 사과를 잘 고르는 듯하니. 그리고 고마운 마음으로 내가 한 대답. 솔직한 평가가 필요하면 네게 부탁하면 되지.

"이렇게 말해볼게." 나는 빵 접시의 가루를 집었다. "친구가 누굴 만나기 시작하는데 마음속으로는 좋은 상대가 아니란 걸 알고 있으면? 그래서 친구들이 찬성하지 않을 걸 아니까 그 상대를 감추면?" 애런에게는 친하게 지내는 이성 친구들이 있으니 이해할 것 같았다. 그가 눈썹을 치켜뜨는 것을 보며 나는 재빨리 말을 마쳤다. "이 상황이 그런 느낌인데, 반대야. 나는 당신이 멋진 사람인 걸 아는데 크리스틴이 아니라고 하는 게 싫어."

"그럼 크리스틴은 내가 멋지다고 생각하지 않나?" 촛불이 반사된 찻잔에 그의 눈이 가려진 탓에 그가 상처받은 표정인지 알 수 없었다. 가슴이 죄었다.

"그 애도 당신을 좋아해!" 나는 고개를 저었다. "사람의 문제가 아니야. 크리스틴은 누구도 내게 어울린다고 생각하지 않을 거야."

"틀린 말은 아니야. 당신은 내가 만날 급이 아니지." 애런은 바구니에서 빵을 집고 잘라내면서 웃었다. "당신이 날 왜 만나주는지 모르겠어."

"그런 말 마. 당신은 최고야." 나는 그의 손을 잡고 손등에 키스했다. "진심이야, 애런. 당신이 정말 좋아."

"나도 당신이 너무 좋아." 애런이 내 손을 꼭 잡았다. "좋아, 크리스틴에게 내가 부끄러워서 감추는 게 아니라면. 솔직히, 그렇다 해도 충분히 이해해." 내가 항의하자 애런이 손을 내저었다. "아냐, 친구를 위해 아주 높은 기준을 갖는 건 고마운 일이지."

"그건 그래. 관심을 보여주는 건 좋지." 나는 등을 기댔다. "부모님은 '정착하라'는 애매한 말만 하는데."

"오오, 부모님께 내 얘기를 했어?"

"아니, 아직……. 하지만 당신이라 말을 안 한 게 아냐. 원래 아무 것도 얘기 안 해." 정착. 가만있지 못하는 세 살배기에게 하는 말과 똑같은 소리다. 소리 내지 마. 나 좀 귀찮게 하지 마. 네 자신을 다른 사람에게 의탁해. "잠깐, 당신 부모님은 나에 대해 알아?"

"그럼! 새로운 사람을 만난다는 것 정도는. 내일 당장 당신을 만나러 애플턴에서 찾아오시진 않을 거야."

웨이터가 다가와 우리 앞에 놓인 빈 접시를 치웠다. 애런이 실례한다며 일어났고 나는 그의 달콤한 말을 마시듯 와인을 홀짝였다. 흘러 들어간 와인이 배 속에 고여 부글거렸다.

애런을 설득하고 싶었다. 에밀리에게 어울리지 않는다는 크리스틴의 말이 구실일 뿐이란 걸 알려주고 싶었다. 나를 독점하려는 행동이라고. 그제야 나는 크리스틴이 얼마나 멀리까지 영역을 넘어왔는지 깨달았다.

하지만 잠깐. 의식적이든 아니든 나는 처음부터 크리스틴과 애런을 떼어놨다. 애런과 커플이 되기 전인 칠레 여행에서도 그 이야기를 하지 않았다. 마지막 밤이 돼서야 애런 이야기를 꺼냈다. 징크스가 될까 봐 그런다고 생각했지만 실은 그 이상이었다.

천둥이 몰려오듯 멀리서 어떤 생각이 스물스물 피어올랐다.

크리스틴에게 애런에 대해 이야기했을 때 무엇인가가 변한 것이다. 게다가 나는 섬세하지 못했다. 함께 배낭여행을 하자는 제안을 거절하면서 만나는 사람이 생겼다고 발표해버렸다.

생각이 점점 커지면서 가까이 다가와 모양을 갖춰갔다.

크리스틴이 내 말을 어떻게 들었을까 생각해봤다. 아니, 크리스틴. 네 계획을 따를 수 없어. 아니, 너랑 반년이나 함께 지내고 싶지 않아. 그리고 동시에. 특별한 사람이 있거든, 너보다 소중한 사람.

그것의 그림자를 감지할 수 있었다. 각성이 일어나기 직전의 순간.

끔찍하지만 이해가 됐다. 크리스틴은 원하는 것을 손에 넣는 데 익숙했다. 그런데 애런을 위협으로 봤다. 크리스틴은 나와 자신을 하나로 묶기 위해서, 또 하나의 비밀을 만들기 위해서 무슨 짓이라도 할 심산이었다. 내가 그에게 말할 수 없는 비밀, 그를 나로부터 갈라놓을 벽을. 우리, 크리스틴과 나로부터.

세상에. 크리스틴은 무슨 짓이라도 할 생각이야.

애런이 돌아와 나는 얼굴에 다시 미소를 떠올렸다.

"디저트 메뉴 가져왔어?" 애런이 무릎에 냅킨을 펼치며 물었다.

"아직." 대꾸하며 다리를 꼬자 발목의 연꽃 타투가 나를 향해 윙크했다.

"크리스틴에게 문제가 있다고 생각해요." 나는 그렇게 말하곤 아연했다. "아니, 우리 우정에 문제가 있다고 생각해요."

에이드리엔은 고개를 끄덕이더니 내 이야기를 기다렸다. 고맙게도 응급 상담 시간을 가질 수 있었지만, 상담실에 앉아 있으니 내 두려움을 소리 내어 말할 수가 없었다. 한참 만에 에이드리엔이 말했다. "어떤 문제죠?"

"우리 사이가 그렇게 건강하진 않은 것 같아요." 내가 말했다. "늘 친구가 지켜준다고, 내 뒤에 있어준다고 생각했거든요. 하지만 지금은……."

퍼즐이 맞춰지고 있었다. 증거가 쌓였다. 시체도 쌓였다.

실패한 관계(그제야 생각해보니 친구들과의 우정도)가 내 뒤에 남았다.

"과거에 만난 사람들과 사귀지 말라고 설득한 것……. 선생님 말이 옳은 것 같아요. 친구가 집착하는 것 같아요." 집착이 심할 뿐만 아니라 위험할 수도 있다. 엄청난 조합이었다.

"예전 애인 이야기를 할 때 그 친구를 거론한 것이 기억나요." 에이드리엔이 말했다. "콜린이었나요?"

나는 주먹으로 입을 막았다. "맞아요. 모두가 그 사람을 좋아했어요. 크리스틴만 빼고 모두. 크리스틴이 나더러 그와 끝내라고 했지만 사이를 돌이켜 보면 그 사람은 아무 잘못도 없었어요." 나는 고개를 저었다. "애런과도 같은 일이 일어나는 건 원치 않아요."

그 애를 애런과 가까이 둘 수 없어요. 확신에 찬 생각이 너무나 빠르게 드는 것이 스스로도 충격이었다.

"그럼 이번에는 틀에서 벗어나려는 거군요." 에이드리엔이 말했다.

"네. 하지만 어떻게 해야 할지 모르겠어요. 그게…… 우정에서 벗어난다는 생각만 해도 두려워요."

물론 우리의 동맹에 관한 모든 것을 말할 순 없었다. 우리를 하나로 묶은 살인. 우리 사이를 떠다니는, 거친 손을 가진 배낭여행자들의 유령.

"선을 좀 그으면 어떻게 될 것 같아요?"

복도에서 쿵 하는 소리가 들려 우리 둘 다 고개를 돌렸다. 공포가 밀려들며 심장이 두근거렸다. 논리적이진 않지만 경찰관들이 문을 뜯고 들어와서 나를 살인죄로 난폭하게 체포하는 광경이 그려졌다. 망가진 내 삶. 안락한 장밋빛 미래가 촛불처럼 꺼져버리는 모습. 무너져 내리는 내 세상.

그런 생각이 점점 고조되더니 달라졌다. 나는 둔기에 가격당해 두 개골이 달걀 껍데기처럼 깨질까 봐 두려워. 혹은 치명적인 화재에 갇혀 폐포 하나하나가 연기로 가득 차 폐가 망가져 죽을까 봐.

"다음 내담자가 화장실을 찾는 소리일 거예요." 에이드리엔이 나를 보며 말했다. "이야기 중이었죠. 선을 그을 준비가 됐나요?"

나는 끄덕였다. "거리를 두고 싶어요. 애런과 나 사이에 우리 짐을 다 갖다 놓고 싶지 않아요."

"그걸 인정하는 것만으로도 대단한 일이에요." 에이드리엔은 파일 한쪽을 쓰다듬다가 손을 내려놨다. "자꾸 이러네요."

"노트는 어디 갔어요?" 그날의 상담에서 이상한 점은 그것이었다. 에이드리엔은 그날 따라 평소 쓰는 스프링 노트 대신 클립보드에 프린터용 종이를 고정해 쓰고 있었다.

"아, 안쪽 사무실 어딘가에 있어요."

나는 고개를 갸우뚱했다. "그럼 없어진 건가요?" 에이드리엔은 우리가 한 이야기, 그녀가 쓴 모든 것의 비밀은 지켜질 거라고 나를 안심시켰다.

"아뇨. 도착해보니 노트가 안 보였는데 좀 늦었고 에밀리를 기다리게 하고 싶지 않았어요." 에이드리엔이 다가왔다. "자, 둘의 관계를 바꾸려면 힘이 필요할 거예요. 크리스틴은 저항할 테니까요. 에밀리도 편안한 과거로 돌아가고 싶을 거고."

나는 천천히 끄덕였다. "알아요. 하지만 이젠 상황이 달라졌어요." 내게는 애런이 있었다. 그리고 내 눈을 덮은 막이 날마다 얇아지고 있었다. "애런과 나는 크리스틴이 호주에 있을 때 만나기 시작했어요. 그때는 모든 게 좋았어요. 우리 사이는 크리스틴이 밀워키에 나타나기 전까지는 위태롭게 느껴지지 않았어요."

크리스틴이 애런과 내 사이를 방해하러 위스콘신까지 날아왔을까? 따지고 보면 애런 이야기를 꺼낸 동시에 배낭여행 제안을 거절한 지 딱 일주일 만에 크리스틴은 아브라카다브라 내 집 앞에 나타났다…….

생각지 못한 사실이 불현듯 떠올랐다. 세상에, 두 번째 여행이 끝나자마자 실직한 건 우연일까? 아니면 내가 캄보디아 이후처럼 한 시간마다 전화를 걸지 않으니 일을 그만두고 플랜 B로 넘어간 걸까? 내가 새로운 남자와의 관계로 직진하는데 1만5,000킬로미터 떨어진 곳에선 조종할 수 없으니? 새로운 트라우마가 생겨났지만 바라는 만큼 우리를 하나로 묶어주지 못하는 것 같아서?

에이드리엔은 프린터용 종이에 뭐라고 적더니 펜 뚜껑을 닫았다. "몇 주 만에 중요한 일을 많이 했네요. 스스로 서기로 결심하는 건 대단한 거예요. 굉장히 큰 용기가 필요합니다. 특히 크리스틴은 싸우지 않고 놔줄 것 같지 않으니까요."

그만. 그만. 그만해. 나는 바보였다. 크리스틴이 어떤 짓을 할 수 있는지 나는 알고 있었다. 직접 봤다.

에이드리엔은 벽시계로 시선을 돌렸다. "오늘은 여기까지네요."

나는 물건을 챙기고 작별 인사를 했다. 불안이 속도와 강도를 높이며 엄습해왔다. 편집증일 수도 있었다. 모두 큰 오해일 지도 몰랐다. 크리스틴의 순수한 행동을 무시무시한 백인 독신 여자 이야기로 잘못 해석하고 있는 것일 수도 있었다. 하지만 내 육감이 정확하다면 세상에, 크리스틴을 피해야 했다. 그리고 애런도 크리스틴과 멀찍이 떼어놔야 했다. 이건 대화로 해결할 문제가 아니었다. 그럼 크리스틴, 넌 또 남자를 죽이고 나를 독차지하려고 지구 반 바퀴를 날아온 거니, 응? 그렇다면 내가 내 애인의 생명에 위협을 느껴야 한다는 뜻이니?

나는 복도를 지나 대기실로 갔다. 누군가 소파에서 핸드폰을 들여다보고 있었는데 나는 멍하니 미소를 지으면서 눈은 마주치지 않았다. 손잡이를 잡는 순간 그 사람이 입을 열었다.

"에밀리?"

심장이 철렁했다. 나는 잠시 꼼짝하지 못했다가 천천히, 머리부터 온몸을 돌렸다.

크리스틴이 눈썹을 치켜뜨더니 씩 웃었다. "어머, 안녕."

Chapter 28

날 스토킹하고 있어. 머릿속에서 가장 먼저 튀어나온 생각이었다. 그러한 생각은 야유하는 남자들 앞을 지나가거나 절벽 끝에 가깝게 걸을 때 머릿속에서 들리는 낮은 음성의 경고와 같았다. 물러나. 달아나. 싸움이냐 도망이냐, 코르티솔과 아드레날린이 힘을 모아 안전감을 찾았다.

크리스틴은 미간을 찡그리더니 작은 소리를 내며 웃었다. "여기서 뭐해?"

"넌 여기서 뭐하니?" 방어하는 말투로 들렸을 게 분명해 나는 침을 꿀꺽 삼켰다.

"심리 상담 받으려고. 처음이야." 크리스틴이 복도 끝을 보더니 내게로 시선을 돌렸다. "프리야가 추천해줬어. 너도 여기 오는지 몰랐는데?"

나는 의자에 앉았다. "나도 프리야가 알려줬어." 나는 가방을 무릎 위에 올렸다. "에이드리엔을 만나?"

"음⋯⋯." 크리스틴은 핸드폰을 한 번 보더니 끄덕였다. "에이드리엔 오더동크? 실수로 '바돈카동크'라고 말하지 않기 어렵겠네."

크리스틴은 미소를 지었다. "네 조언을 드디어 듣기로 했어. 누구든 만나보라고 했잖아. 그래볼까 싶어. 말을 가려만 한다면 괜찮을 거야."

나는 생각했다. 거짓말. 넌 변명에 굉장히 능하잖아. 하지만 대신 이렇게 말했다. "그럼 우리 둘 다 몰래 상담을 받는 거구나! 너무나 중서부인답다."

"그러게! '낙인'이라고 해시태그라도 붙여야겠다." 에이드리엔의 상담실 문이 열리는 소리가 들려와 그만 일어났다. "음, 행운을 빌게."

"나중에 연락해."

차에 거의 도착했을 때 또 한 가지 생각이 떠올랐다. 에이드리엔의 사라진 노트. 문 밖에서 들리던 툭 소리. 그리고 바로 며칠 전, 크리스틴에게 다 털어놓고 세바스티안과 파올로에 관한 마음의 짐을 덜고 싶다고 고백한 것. 크리스틴은 내가 그곳에 다니는 걸 알고서 상담 기록을 입수해 에이드리엔에게 무슨 말을 했는지 확인할 작정인 걸까? 유죄가 입증될 부분이 있는지 훑어보고 내가 사실에 너무 다가가지 않는지 확인하려고? 그게 아니면 상담실까지 나를 따라와 어둠 속에 도사리고 있다가 문에 귀를 대고 있었을까? 진정해, 에밀리. 말도 안 되는 소리 좀 그만해.

하지만 만약 내 생각이 맞는다면?

그러나 내 생각은 틀려야 했다. 편집증적이고 어리석은 에밀리. 파스타를 담은 그릇을 들고 거실로 가면서 대화를 머릿속에서 돌려봤다. 크리스틴은 계속 엉뚱한 장소에 나타났다. 요가 스튜디오에, 상담실에, 내 집 앞에. 아이러니한 일이었다. 친구가 호주로 떠날 때 그토록 속이 상했지만 그 후에 나는 이곳에서 내 나름의 삶을 꾸렸다. 그런데 이제 친구는 내 삶 구석구석을 밀고 들어온다.

TV를 보고 있으려니 크리스틴에게 "안녕"이라는 메시지가 왔다. 초반 광고, SUV에 값을 매기는 직원들, 어린 아이가 묻힌 때도 지우는 강력한 세탁 세제. 가정이 있는 여성, 평범한 삶을 사는 여성을 위한 일상적인 것. 가장 친한 친구에게 약간의 살해 성향이 있는지 확인하는 검색 기록이 없는 여성.

"오늘 어땠어?" 보내기를 누르고 크리스틴이 답장을 쓰고 있다는 표시에서 눈을 떼지 않았다.

"꽤 좋았어. 다른 심리 치료사를 소개해준대. 이해관계 충돌로."

내가 의아해하며 등을 뒤로 기댔을 때 크리스틴에게서 덧붙이는 문자가 왔다. "네가 말하는 크리스틴이 나인 걸 짐작했어."

두려움이 쫙 번졌다. 젠장. 크리스틴이 내가 주절주절 떠들까 봐 걱정하지 않았더라도 그걸 알고 나면 당연히 그렇게 생각할 터였다.

나는 제대로 해명해보려고 메시지를 한참 고쳤다. 결국 이렇게 보냈다. "그렇구나. 기분 나쁘지 않았으면 좋겠다. 네/내 프라이버시에는 굉장히 조심하니까. 하지만 네 얘기는 당연히 나오지. 내 가장 친한 친구인데!"

"그럴 거라 생각했어."

침묵. 타이핑을 알리는 점도 없었고 나도 할 말이 떠오르지 않았다. 잠시 후 나는 소파에서 일어나 손을 털고 핸드폰을 다시 들었다. "또 갈 거야? 다른 사람한테?"

"아직 모르겠어. 진지한 상담이었어."

진지한. 나는 침을 삼켰다. "에이드리엔은 프로지."

"똑똑해 보이더라."

나는 메시지를 빤히 봤다. 아마도 '에이드리엔은 지적인 사람이야, 일을 잘하더라'라는 뜻이었을 것이다. 하지만 이런 의미도 될 수 있다. '난 그 여자가 싫어. 그 여자는 네 마음을 읽을 만큼 똑똑해. 행간을 읽을 만큼.'

"그래도 네가 한번 해봐서 기뻐. 아주 용감하고 대단해." 나는 칭찬을 강조하기 위해 손뼉 이모티콘을 몇 개 붙였다.

크리스틴이 한참 답을 쓰는 듯하더니 잠시 후 꽤 긴 메시지가 왔다. "다시 가게 될지 두고 보자. 내나랑 빌이 심리 치료를 너무 비판하니까 핑계를 만들어야 했어. 하지만 고마워, 그리고 너도. 있잖아, 내가 생일 카드에서 한 말 기억해? 그거 읽고, 기억하고, 믿어. 우리는 이 일에서 함께야." 끝은 하트였다.

나는 카드 내용을 되짚어보고 크리스틴이 추신에 대해 한 말이라고 판단했다. P.S. 네가 얼마나 멋진 사람인지 혹시 잊어버리면 누굴 찾아야 하는지 알지. 나는 절대, 절대 잊지 않고 이유를 하나하나 꼽아줄 테니까. 나는 키스 이모티콘으로 답하고 핸드폰을 소파에 내려놨다.

집중할 수가 없어서 TV 프로그램을 도중에 껐다. 생각이 시체 위를 맴도는 독수리처럼 빙빙 돌았다. 가장 친한 친구를 믿을 수 없는데 누굴 믿을 수 있을까? 그 친구가 우리 둘 다 안전히 지켜줄 거라 믿어도 될까? 내가 따개비처럼 딱 붙어 있지 않으면 친구는 무슨 짓을 할까? 내가 사랑하는 이들을 해칠까?

아니면……. 그 생각이 너무나 혐오스럽고 금지된 것이라 근친

상간이나 소아성욕 같은 온갖 지독한 금기보다 더 끔찍했다. 원하는 대로 되지 않으면 크리스틴은 나를 죽일까? 제이미에 대해 물어봤을 때의 날선 시선이 떠올랐다. 그런 일은 다시 겪고 싶지 않아. 나는 흐느끼는 소리를 냈다. 그토록 오랜 세월 동안 크리스틴을 변치 않는 존재로, 그 애정을 중력처럼 부인할 수 없는 존재로 여겼다. 그런데 크리스틴은 내 생각보다 더 위험한 포탄이었다. 그 포탄이 나를 향해 날아올 수도 있었다.

집중해, 에밀리. 증거를 검토하고 계획을 세워야 했다. 커피 테이블에 그릇을 내려놓고 방으로 갔다. 웨스트무어에서 온 메일이 아직도 컴퓨터 화면에 열려 있었다. 크리스틴의 연감과 사진첩에서 찍어온, 제이미의 얼굴이 지워진 사진들을 로딩했다. 화재, 제리와 앤 차네키 부부의 갑작스런 죽음에 관한 얼마 안 되는 기사도 찾아냈다.

내가 미처 생각하지 못한 경우의 수, 가보지 못한 길이 있었다. 내나라든가. 그녀가 손녀의 정신 건강 병력에 대해 무엇을 터놓을지 열심히 확인해볼 생각이었다. 혹은 세컨드 찬스 골동품점에 전화를 걸어 그레타에게 좀 더 이야기해달라고 조를 수도 있었다.

하지만 소파에서 핸드폰을 집어들자 크리스틴의 메시지가 여전히 나를 응시하고 있었다. "있잖아, 내가 생일 카드에서 한 말 기억해? 그거 읽고, 기억하고, 믿어. 우리는 이 일에서 함께야."

그 카드는 뭔가 석연치 않았다. 조금 어색한 느낌이었다. 특히 끝부분이. 크리스틴의 평소 말투가 아니라 좀······.

내가 그걸 어떻게 했더라? 식탁의 우편물을 뒤지다가 침실에 둔 토트백에서 카드를 찾았다.

에밀리에게,

생일 축하해! 우리가 10년 넘게 친구로 지냈다니 놀랍지. 너 없는 삶은 상상할 수 없어. 어찌 보면 통계학 101강의 때 그 자식에게 고마워해야 할 것 같아. 네가 똑똑하고 강하고 독립적인 여자가 된 것이 참 자랑스럽다. 그리고 우리가 2년 만에 다시 한 도시에 살게 된 건 정말 행운이야!

우리가 밤늦도록 이야기를 나누다가 새벽 4시, 5시에 몰래 나가 헤엄치고 미시간 호수의 일출을 함께 보던 시절을 떠올렸어. 그거 기억나니? 온 세상에 깨어 있는 건 우리 둘뿐인 느낌이 들었지. 에반스턴뿐 아니라 온 세상이 우리 것 같았고. 아름답고 담대하게 몸을 말리곤 했잖아. 구름 가득 채운 하늘 아래서.

XOXO,
크리스틴

P.S. 네가 얼마나 멋진 사람인지 혹시 잊어버리면 누굴 찾아야 하는지 알지. 나는 절대, 절대 잊지 않고 이유를 하나하나 꼽아줄 테니까.

P.P.S. 이제 마지막 줄이야, 약속해! :)

'마지막 줄'. 왜 '마지막 실마리'나 '마지막 놀랄 거리' 등이 아니었을까? 카드의 마지막 줄, 조금 어색한 부분을 가리키는 것이었다. 나는 마지막 줄을 다시 봤고 곧 암호를 풀었다. '구름 가득 채운'. 클라우드 저장소.

맥박이 빨라지며 손끝이 떨리고 목덜미가 서늘해졌다. 드롭박스, 우리는 주로 디지털 카메라에서 다운로드한 여행 사진 등의 파일을 공유할 때 이 사이트를 썼다. 크리스틴의 드롭박스 주소는 자동으로 채워졌다.

심장박동이 귓전까지 닿아 파도처럼 먹먹할 정도로 둥둥거렸다. 그곳에 있는 폴더를 훑어봤다. 직장 파일, 카메라 업로드, 이전 여행 사진이 가득 담긴 하위 폴더가 있었다. 그리고 숨이 멎었다. 내 생일에 새로운 폴더가 생겼다. 칠레라는 이름이었다.

진정해, 에밀리. 그냥 뭐, 칠레 사진일 거야.

하지만 우리는 그 여행 사진을 공유하지도, 공유 앨범을 만들거나 사진을 비교하지도 않았다. 마음을 굳게 먹고 클릭했다.

안에는 또 하나의 폴더가 있었고 이름은 프놈펜이었다. 당혹감이 치밀어 오르며 당장이라도 토할 것 같아 허리를 굽혔다. 대체. 이게. 뭐지.

다시 클릭하자 팝업 창이 나타났다. 파일은 암호로 보호되어 있습니다. 그 아래 커서가 깜빡이는 칸이 있었다. 에밀리, 퀴테리아, 파올로, 세바스티안을 시도했다. 크리스틴에게 메시지를 보낼까 생각했지만 두려움에 그럴 수 없었다. 내가 그 파일에 접근을 시도하는 걸 알고 있을까? 내가 작은 보물찾기를 마치지 못한 걸 깨달았다는 사실을?

카드를 들고 가운데를 눌러 폈다.

P.S. 네가 얼마나 멋진 사람인지 혹시 잊어버리면 누굴 찾아야 하는지 알지. 나는 절대, 절대 잊지 않고 이유를 하나하나 꼽아줄 테니까.

셈. 그것이 실마리였다. 생각해보니 우리는 통계학 101을 듣지 않았다. 그건 경제학 통계방법론이었다. 카드에는 숫자가 여럿 있었고 나는 급히 밑줄을 쳤다.

에밀리에게,

생일 축하해! 우리가 10년 넘게 친구로 지냈다니 놀랍지. 너 없는 삶은 상상할 수 없어. 어찌 보면 통계학 101 강의 때 그 자식에게 고마워해야 할 것 같아. 네가 똑똑하고 강하고 독립적인 여자가 된 것이 참 자랑스럽다. 그리고 우리가 2년 만에 다시 한 도시에 살게 된 건 정말 행운이야!

우리가 밤늦도록 이야기를 나누다가 새벽 4시, 5시에 몰래 나가 헤엄치고 미시간 호수의 일출을 함께 보던 시절을 떠올렸어. 그거 기억나니? 온 세상에 깨어 있는 건 우리 둘뿐인 느낌이 들었지. 에반스턴뿐 아니라 온 세상이 우리 것 같았고. 아름답고 담대하게 몸을 말리곤 했잖아. 구름 가득 채운 하늘 아래서.

XOXO,
크리스틴

P.S. 네가 얼마나 멋진 사람인지 혹시 잊어버리면 누굴 찾아야 하는지 알지. 나는 절대, 절대 잊지 않고 이유를 하나하나 꼽아줄 테니까.

P.P.S. 이제 마지막 줄이야, 약속해! :)

이 숫자를 전부 입력하고 숨을 한 번 크게 쉰 뒤 엔터키를 눌렀다. 어깨에서 힘이 빠졌다. 암호가 정확하지 않습니다. 다시 시도해주세요. 카드를 다시 들여다봤다. 망할 크리스틴. 상냥한 마음인 줄 알았는데 수수께끼라니. 이 모든 게 게임이라는 듯이.

아하. 자물통에 열쇠가 들어가듯 안도감이 밀려왔다. 온 세상에 깨어 있는 건 우리 둘뿐인 느낌이 들었지. 다시 숫자 조합을 입력하고 끝에 2를 붙였다. 파일이 다운로드되기 시작하자 미소가 떠오르며 손뼉까지 칠 뻔했다.

다운로드가 끝나자마자 파일을 다급히 열었다.

뭔가가 화면을 가득 채웠다. 무엇인지 파악하는 데 잠시 시간이 걸렸다. 어지러운 색깔, 노출이 심한 흰색과 검은색, 이상한 각도로 보이는 색색의 점들.

어느 순간 그것이 형태를 취했다. 점은 붐비는 거리에 매단 등이었다. 사방에 사람들이 바삐 오가고 있었지만 가운데에 두 개의 형체가 있었다. 현란한 밤을 배경으로 또렷하고 생생한 모습이었다.

그중 하나는 세바스티안이었다. 잘생기고 생기 넘치는 그가 웃으며 내 손목을 잡고 있었다. 다른 한 사람은, 물론 나였다.

Chapter 29

●

손으로 입을 틀어막고 종종걸음으로 복도를 달려가 아슬아슬하게 욕실로 들어갔다. 전부 다 올라왔다. 저녁 식사 말고도 더 깊이 박혀 있던 내 속의 쓰디쓴 담즙까지. 땀과 눈물, 콧물까지 함께 흘린 뒤에 나는 눈을 감고 숨을 몰아쉬며 욕조에 기댔다.

그날 밤. 그날 밤이었다. 그 순간을 머릿속으로 숱하게 떠올렸었다. 세바스티안과 호텔에 돌아가기로 한 직후, 갑자기 플래시가 터지면서 앞이 보이지 않았던 순간. 늘 그건 누군가 우연히 플래시를 터뜨린 거라고, 우리가 누군가 찍은 여행 사진의 배경이 된 거라고, 누군가 그걸 보고 퍼즐을 맞춘다면 나는 망했다고 생각했다. 그 사진이 나타난 것이다. 생생한 컬러로. 세바스티안이 실종되기 직전 내가 함께 있었다는 증거가.

하지만…… 크리스틴. 크리스틴이 찍은 것이다. 크리스틴이 그 사진을 내내 갖고 있었다.

그렇다면 그건 협박이었다. 내 약점을 잡고 있다는 확인. 핸드폰을 찾아 두리번거리다가 방에 있다는 것이 생각났다. 하지만 크리스틴은 그날 밤 메시지 대화에서 능청스럽게 굴었다. 상냥함과 수상함 사이를 교묘하게 오갔다. 내가 생일 카드에서 한 말 기억해? 그거 읽고, 기억하고, 믿어. 우리는 이 일에서 함께야. 이런 식으로. 내가 잡히면 너도 함께야.

나는 바닥에서 쓸어 담아 올리는 물건처럼 남은 기력을 모두 모아 다리를 휘청거리며 방으로 갔다. 화면에 여전히 떠 있는 사진을 껐다. 젠장, 그 사진을 1년 넘게 갖고 있었다니. 흔적 하나 남기지 말자고 약속하고도 그 사진은 지우지 않았던 것이다. 대신 그것을 이용할 때를 기다리고 있었다. 담보물로? 협박용으로?

온몸이 또 한 차례 심하게 떨렸다. 젠장. 내 생일 일주일 전에 크리스틴은 이 덫을 놓았다. 내가 자신과 관계를 영영 끊어야 할지 모른다고 생각하기 직전에.

다 알고 있었다는 듯. 발톱을 드러내고서. 크리스틴은 비장의 카드를 꺼냈다. 나를 자기 손바닥 안에서 절대, 절대 벗어나지 못하게 할 증거를.

공포 아래 뭔가 다른 것이 번져나가고 있었다. 뭔가 더 밝은 것. 갑자기 그것이 전면에 나타났다. 나는 이상하게 만족스러웠다. 해답을 얻은 것에 거의 전율을 느꼈다. 나는 편집증이 아니었고 불안에는 근거가 있었다. 크리스틴이 미친 걸까? 적어도 정신적으로 문제가 있고 남을 조종하는 성격이다. 크리스틴은 세바스티안을 죽였다. 파울로도 죽였다. 그렇다면 나는 어째서 그 애가 살인자인지 고민하느라 전전긍긍했을까?

그때 초인종이 울려서 나는 미어캣처럼 놀라 현관 쪽을 바라봤다. 불을 끄고 복도로 살그머니 나가 누구든지 포기하고 돌아가길 기다렸다.

하지만 초인종이 다시 울렸다. 가만히 서서 누군가가 문을 두드리고 손잡이를 철그렁 돌리는 소리를 들었다.

방에 있던 핸드폰이 울려서 달려갔다. 가지고 있는 게 좋을 것 같았다. 책상에서 핸드폰을 집어 드니 크리스틴의 새 메시지가 보였다. "불 끄는 거 다 보여, 바보야." 그리고 웃는 이모티콘.

나는 숨을 들이쉬고 내뱉었다. 괜찮아, 에밀리. 괜찮아, 괜찮아, 괜찮아. 핸드폰을 뒷주머니에 넣고 현관으로 달려갔다.

"안녕!" 크리스틴이 자동차 열쇠를 손에 쥔 채 나를 끌어안았다. "새 집에 치수 재러 들렀다가 네가 집에 있나 싶어 들렀어! 어머, 왜 그래?"

"방금…… 토했어." 나는 혀로 치아를 문질렀다. "상한 리코타 치즈를 먹은 것 같아." 힘없이 웃으며 손으로는 문을 잡고 있었다.

"저런, 뭐 좀 가져다줄까? 토하는 건 최악이야."

"고마워. 근데 괜찮아. 그냥 좀 눕고 싶어. 기분이……." 갑자기 머리가 핑 돌며 기절할 것 같았다. 바닥이 흔들려서 벽을 꽉 잡았다.

"괜찮니? 자." 크리스틴이 나를 부축했다. "병원에 갈까? 얼굴이 안 좋은데."

"괜찮아. 그냥 누울래." 누군가가 수도꼭지를 튼 것처럼 갑자기 두 손이 차가워졌다. 근질거리고 따끔거렸다. "들러준 건 고맙지만……." 그 감각이 머리로 몰려가 나는 고개를 숙이고 어깨를 벽에 댔다.

"머리 낮춰. 괜찮아. 앉을래?"

"괜찮아." 나는 눈을 꽉 감고 다시 말했다. 부글거리는 감각이 걸

히기 시작했다. 숨을 들이쉬고 내쉬었다. 과호흡 증상이었다. 뇌에 산소가 부족해서. 아니, 이산화탄소였던가?

"이리 와, 방에 데려다줄게." 크리스틴이 나를 이끌자 별장에서의 그날 밤이 떠올랐다. 크리스틴이 나를 나뭇가지와 뿌리, 바위가 엉킨 곳으로 끌고 갔던 밤. 미친 여자가 죽인 게 분명한 토끼를 지나서. 나는 왼발, 그다음 오른발에 온 신경을 집중시켰다. 카누를 탈 때처럼 박자에 맞춰. 무덤을 팔 때처럼.

영원 같은 잠시가 지나고 우리는 방 앞에 닿았다.

"정말 고마워, 크리스틴. 메시지 보낼게, 응?"

"어서 나아." 크리스틴이 돌아서자 나는 눈을 감았다. 이미 숨이 트이고 귓전에 울리던 소리도 잦아들었다. 크리스틴은 나중에, 생각을 정리한 뒤에 상대해야 했다. 당장은 내 자신을 지켜야 했다.

그러나 침대에 모로 누워 베개를 꽉 쥐고는 그대로 굳어버렸다. 크리스틴이 아직 거기, 내 방에 있었던 것이다. 책상에 고개를 숙인 채 내게 등을 지고서.

"제이미." 크리스틴이 화면에 적힌 것을 손끝으로 건드리며 말했다.

방 안이 싸늘하게 식었다. 공기가 싹 빠져나가고 완벽한 진공 상태가 된 것 같았다.

크리스틴이 마우스를 클릭했다. "브룩필드 주택 화재로 두 명 사망." 크리스틴이 소리 내어 읽었다.

또 클릭. "슈미트 씨께, 문의해주셔서 감사합니다."

크리스틴은 몸을 천천히, 천천히 돌려 나를 봤다.

"에밀리, 이게 무슨 지랄이야."

Chapter 30

"크리스틴……."

크리스틴이 노려봤다. "이게 뭐야? 내 뒷조사를 왜 하는 거야? 도대체 왜 웨스트무어에 연락한 거니?"

나는 낚싯대에 걸린 물고기처럼 뻐끔거렸다.

"뭐 하는 짓이야, 에밀리? 네 거짓말이 지겹다. 네 개소리가 지겨워." 크리스틴이 그렇게 말하며 팔을 휘둘러 내 노트북과 펜 몇 개를 바닥에 떨어뜨렸다.

"나…… 난 알아보려던 것뿐이야……. 혹시……."

"뭐, 내가 무슨 해명이라도 해야 된다고 생각한 거니?" 크리스틴의 눈이 번득였다. "그래, 좋아. 내가 가장 친한 친구랑 싸웠고 열두 살 때라서 사진에서 얼굴을 지워버렸어. 웨스트무어는, 그래. 부모님이 그렇게 고통스럽게 죽고 가장 친한 친구가 몇 주 뒤에 자살한 다음 거기서 한동안 지냈어. 신경쇠약으로 정신과 치료가 필요했다고. 그리고 그 일에 대해선 터놓고 말했잖아. 아직도 말하기 괴로운데도. 브라이트사이드 박사님에 대해서 얘기했잖아."

"나, 난 그저……."

크리스틴은 고개를 저었다. "와, 그래서 날 전염병 병균처럼 피했구나. 와, 나 정말 어이없다. 그런데도 너랑 잘해보려고 그렇게 애를 쓰다니."

"그래. 네가 그렇게 좋은 친구라면……." 나는 바닥에 뒤집힌 컴퓨터를 가리켰다. "그럼 대체 왜 세바스티안이랑 같이 있는 사진으로 협박한 거야? 망할 수수께끼를 풀어서 그걸 찾게 하고? 의리 있는 친구가 그런 짓을 해?"

크리스틴은 입을 딱 벌리더니 한숨을 쉬었다. "널 협박했다고 생각해?"

"그때 사진은 다 지우기로 했잖아! 난 지웠어!" 점점 열이 올랐다. "넌 거짓말을 했어……. 1년이나."

"이봐, 에밀리. 네가 무슨 말을 하는지 생각 좀 해봐." 크리스틴이 손을 펼쳐 흔들어댔다. "그다음에 무슨 일이 일어날지 내가 어떻게 알았겠어? 그 남자가 잘생기고 네가 남자를 집에 데려가는 일이 드무니까 나중에 고마워할 거라고 생각해서 찍은 거야."

크리스틴은 진심인 것 같았다. 자기 말이 사실인 걸 믿어달라는 다섯 살짜리 애처럼 짜증 어린 표정으로 힘줘 말했다. 하지만…… 이것도 솜씨 좋은 조종이겠지?

"그럼 도대체 그걸 왜 갖고 있었어? 왜 내가 그걸 발견하도록 감춰둔 거야?"

"무서웠으니까." 크리스틴이 양손을 맞잡았다. "넌 털어놓기 직전 같았어, 에밀리. 네가 무슨 짓을 할까 정말 두려웠어."

나는 눈물을 닦았다. "그럼 왜 지금 보낸 거야? 그게 어떻게 협박이 아니지?"

"네가 누군가에게 말하고 싶다는 소리를 자꾸 하니까 보낸 거야. 네 남자친구에게 솔직히 말하고 싶다는 둥 하니까. 이건 협박이 아니야……. 상기시켜주는 거지. 세바스티안과 너를 연결시킬 사진이 있다는 사실을. 그걸 절대, 절대 쓰고 싶지 않아. 하지만 네게 알릴 필요는 있었어."

그게 대체 무슨 논리인가? 나는 고개를 저었다. 정신이 나갔구나.

"그리고 말이야, 정말 뻔뻔하다." 크리스틴이 말을 계속했다. "넌 무슨 생각을 한 거야? 내가 사이코패스 살인마라고?" 크리스틴이 침대로 다가와서 나는 일어나 앉았다. "다른 사람도 아닌 네가."

내가 널 그렇게 도왔는데……. 네 목숨을 구하려고 사람을 죽였는데. 가슴이 두근거리는 것을 느끼며 그 말이 나오길 기다렸다.

하지만 크리스틴은 팔짱을 끼고 말했다. "네가 세바스티안에게 그런 짓을 하고도."

나는 잠시 크리스틴을 빤히 봤다. "뭐, 뭐라고?"

"모르는 척하지 마. 네가 그 사람을 죽이는 걸 봤으니까."

앉아 있던 침대가 거친 바다의 배처럼 기우뚱했다.

"무슨 소리야?" 크리스틴이 그를 스탠드로 빠르고 세게 쳐서 바닥에 내동댕이쳤다. 하지만 그것 때문에 죽은 건 아니었다. 그때는 피만 흘렀고 그를 쓰러뜨린 것뿐이었다. 그리고…….

"장난하니?" 크리스틴이 외쳤다. "네가 계속 발로 걷어찼잖아. 내가 널 떼어냈다고."

그만. 그만. 그만해. 스탠드에서 피가 페인트처럼 뚝뚝 흘렀다. 내 뒤에서 크리스틴은 놀라 눈이 휘둥그레졌다. 손과 손목, 구두에 피가 범벅이 된 채로.

"아냐." 나는 고개를 저었다. 내 목소리가 다른 사람이 고함치는 것처럼 들렸다. "아냐! 그런 게 아니었어. 내가…… 널 말렸어야 했다고."

세바스티안의 머리가 금속 침대 다리에 기대 있던 때였다. 그때 나는 크리스틴의 살기 어린 눈을 들여다보다가 무슨 상황인지 알아차리기도 전에 움직임을 감지했다.

세 번, 네 번, 피가 침대 다리에 묻더니 라미네이트 바닥 틈에 고였다.

"그만. 그만. 그만해."

그제야 크리스틴이 애원하는 소리가 들려왔다. 물속에서, 바다에서 스쿠버다이빙을 할 때처럼 웅웅거리는 소리가. 울면서 내게 그만하라고 애원하고 있었다. 나는 돌아서서 크리스틴을 붙잡았다. 크리스틴은 공포에 사로잡혀 세바스티안에게 달려들었지만 내가 떼어내 끌어안았고 우리는 떨며 서로에게 몸을 기댔다.

"아냐." 내 목소리가 약간 잦아들었다. "그런 게 아니었어. 너 때문에…… 헷갈리잖아."

"그게 맞아." 크리스틴이 내 침대로 손을 뻗다가 멈췄다. "세바스티안은 네가 죽였고 내 덕에 넌 감옥에 가지 않았어."

Chapter 31

◗

세바스티안은 네가 죽였어.

아니. 그렇지 않았다. 그럴 리 없었다. 전형적인 가스라이팅이었다. 내 머릿속을 뒤집어놓고 사기꾼처럼 능수능란하게 기억을 조작하는 것이다. 혹은 마술사처럼. 펑! 크리스틴은 자기 책임이 사라지게 했다. 수건 짜듯 위장이 뒤틀렸다.

하지만 정신 차려야 했다. 안전을 지켜야 했다. 이번만큼은 나도 크리스틴처럼 전략적으로 대처해야 했다. 그리고 크리스틴과의 안전거리는 최대한 멀리였다.

"좋아." 내가 말했다. "내가 잘못 생각한 모양이네. 나, 난 별장에 갔을 때 제이미를 살펴본다고 했어. 네가 옛날 물건은 상자 안에 있다고 했잖아." 나는 땀에 젖은 손으로 이불을 꾹 눌렀다.

"내 물건을 뒤지다니 믿을 수가 없다." 크리스틴이 대답했다. "사생활 침해라고."

"미안해. 정말 미안해. 그건 잊고 있었어…… 세바스티안과 내 사진을 보고 기함하기 전까지는. 아마 그 사진을 보고 너무 놀라서 나온 심리적인 방어 기제였던 것 같아. 토끼 굴에 빠진 거야."

"토끼 굴이라니 무슨……. 내 부모님이 돌아가신 화재를 검색하는 게? 내가 전에 있었던 심리 치료 센터에 연락하는 게? 내가 대체 뭘 잘못했다는 거니?" 크리스틴의 뺨에 눈물이 반짝이며 흘렀다.

젠장. 내 변명은 타당하지 않았다. 드롭박스 사진을 찾기 한참 전에 웨스트무어에 연락했으니.

하지만 크리스틴은 너무 흥분해 그것을 알아차리지 못한 듯했다. "뭐라고 해야 할지 모르겠다. 내가 사랑하고 믿는 사람이 나를 이렇게 생각하고 있다니……." 내가 칼이라도 꽂은 것처럼 크리스틴의 손이 허리로 미끄러져 내려갔다. "얼마나 아픈지 말도 못 하겠어."

죄책감이 온몸에 퍼지고 뜨거운 수치심이 차가운 공포를 퍼뜨렸다. "미안해."

크리스틴은 이마를 짚더니 한숨을 푹 내쉬었다. "가봐야겠다."

가장 친한 친구의 얼굴을 지우던 어린 크리스틴. 슬픔에 빠져 도움을 청하기 위해 기관에 입원한 것. 크리스틴의 해명에는 설득력과 일관성이 있었다. 그러나 머리가 너무 빠르게 빙빙 돌아 내가 그 말을 믿는지도 알 수 없었다. 그 순간에도 나는 여전히 스쿠버 다이빙 중이었다. 다음에 무슨 행동을 취해야 할지 몰라 물속을 계속 헤매고 있었다.

"아무에게도 말하지 않을게." 내가 말했다. 크리스틴의 시선이 내게 향했다. "칠레 일도, 캄보디아 일도. 맹세해. 우린 이 일에서 함께야. 나는 우리 둘 다 지금의 삶과 작별하는 건 원치 않아." 침대에서 다리를 내밀고 일어났다. "진심이야. 다 잊고 싶어. 그러니까 걱정 마, 응?"

내가 다가가니 크리스틴이 움츠렸다. 어색하게 두 손을 가슴 앞에 내민 채 서 있자 한참 뒤 크리스틴이 어깨를 으쓱였다.

"좀 쉬어." 크리스틴이 말했다. "나올 거 없어." 크리스틴은 복도에서 점점 작아지더니 현관으로 사라졌다. 이내 문을 쾅 닫고 나갔다.

나는 오랫동안 침대에 시체처럼 누워 지나가는 차들의 전조등 불빛이 벽을 가로지르는 것만 보고 있었다. 세바스티안과 내가 찍힌 사진이 떠올랐다. 크리스틴은 왜 그걸 저장하고 내가 보게 했을까? 처음에는 해명이 이해됐지만 찬찬히 생각해보니 의심이 생겼다. 그 의심은 너무 흐릿해서 똑바로 바라보면 사라지는 별 같았다. 크리스틴은 그 사진이 상기시키는 것이라고 했다. 하지만 그걸 남아공 당국에 보내면(거기에 내 이름을 적는다면) 자신도 용의선상에 오를 수 있었다. 크리스틴은 웨스트무어에 입원했었다. 전과가 있는 건 크리스틴이었다. 몸에 폭탄을 감은 테러리스트처럼 우리 두 사람의 삶을 터뜨려버릴 정도로 자기 파괴적인 성격인가?

프놈펜의 그날 밤이 휙 떠올랐다. 내가 그때를 머릿속에서 재생시킬 때마다 크리스틴은 눈을 번득였고 자신의 다리를 뒤로 젖혀 그의 몸을 걷어찼고…… 아니, 크리스틴의 말을 듣고 보니 또 다른 목소리가 그 부분은 거짓말이라고 외치고 있었다. 그건 진짜 기억이 아니었다. 내가 얼기설기 이어 붙인 편집본이었다. 두뇌는 그런 것이 가능하다. 결말을 다시 쓸 수 있다. 자기 보존, 자신을 옳은 존재로 만드는 데 집착하는 우스운 기관이니까. 그러자 두 개의 시나리오, 가짜 시나리오와 진짜 시나리오를 번갈아 대조할 수 있었다. 발길질이 크리스틴의 것인지 내 것인지. 어린이 잡지에 나오는 다른 그림 찾기처럼. 시나리오 A와 시나리오 B: 다른 부분을 찾아보시오.

그런가? 아니면 크리스틴이 나를 조종하는 걸까? 크리스틴은 자신 있게 말하면, 너는 제정신이 아니라는 듯 눈을 똑바로 맞추며 말하면 내가 그 말을 믿을 거라 생각했을 것이다. 내가 한 짓이라 믿을 거라고.

엄청난 힘, 엄청난 자신감이었다. 자신감. 그것은 현대 여성이 지녀야 하는 여러 가지 자질 가운데 하나다. 허영이나 킴 카다시안의 허세가 아닌 마음속 깊은 곳에 자리 잡은 용기, 리조의 분위기나 비욘세의 힘이었다. 당당한 에너지. 그것은 또 하나의 덫이었다. 사람들은 우리가 용감한 동시에 두려워하길 바란다. 지나가던 남자가 그 엉덩이를 어떻게 하고 싶다고 말하면 당당함을 잃길 바란다. 표본에 꽂힌 나비처럼 남자의 손에 밀려 벽에서 꼼짝 못 할 때 나는 너무 두려웠고 또 너무 분했다. 세바스티안도 두려움을 느끼게 하고 싶었다. 나를 아프게 한 것처럼 그도 아프게 하고 싶었다.

내게 남은 최선은 전에 생각한 대로 행동하는 것뿐이었다. 멀어져. 크리스틴과 최대한 거리를 둬 그 애가 불쑥불쑥 나타날까 두려워하지 않고 생각할 수 있도록. 그리고 애런과 함께할 생각이었다. 크리스틴이 자신과 나 사이의 불편한 장애물을 제거할 생각을 하지 못하도록.

그래서 애런에게 전화를 걸었다. 주말 동안 떠나고 싶으니 카페 모나를 맡아줄 사람을 구하라고 졸랐다. 통화 중에 여행 상품을 찾아보니 한 도시가 나를 불렀다. 이유는 알 수 없지만 데자뷔가 느껴졌다. 아마 햇빛 때문이었을 것이다. 숨을 그늘이 없는 곳.

애런은 일을 쉴 수 있는지 알아보겠다고 하고 전화를 끊었다. 마음속에 당혹감이 밀려들었다. 쉬지 못하면 어쩌지? 이제 와서 그가 물러서면 어쩌지? 혼자서 짐을 챙겨 떠나고 나서…… 어떻게 하지? 호텔 방에 앉아 세바스티안과의 그 어두운 밤을 곱씹게 될까? 혼자서?

그만. 그만. 그만해. 한 시간 전, 나는 그것이 내 목소리라고 확신했었다. 양 손바닥을 눈에 대고 새카만 눈꺼풀을 배경으로 연두색 빛이 퍼질 때까지 꽉 눌렀다. 북극광처럼.

마침내, 마침내, 커피 테이블 위에 핸드폰이 울렸다. 전신의 세포가 하늘을 향해 1밀리미터 뛰어올랐다.

그런데 애런이 아니었다. 크리스틴이었다. 물론 크리스틴, 언제나 크리스틴, 크리스틴, 크리스틴이었다.

메시지였다. "밤새 내 방에서 울고 있어. 널 믿을 수가 없어."

수치심이 치밀어 올라 답장을 쓰려고 핸드폰을 열었다.

그러다가 멈췄다. TV에서 광고가, 최고의 무선 인터넷이라며 짜증 나는 노랫소리가 흘러나왔다.

달아나. 저녁 내내 머릿속에 울린 소리였다. 그러나 나는 반사 반응처럼 엮이려 들었다. 똑같은 과정을 다시 시작하려고.

테이블에 핸드폰을 내려놨다. 그 옆의 리모컨을 들어 음량을 높이고 뒤에 있던 푹신한 소파에 앉았다.

애런 생각을 멈추자마자 메시지가 왔다. "웬이 대타를 해준대. 가자." 색종이 가루, 샴페인 등 축하 이모티콘이 함께 왔다. 나는 눈을 감고 웃으며 핸드폰을 가슴에 댔다. 다행이다.

하지만 항공권 예약 사이트를 열자마자 의심이 슬그머니 고개를 들었다. 나는 정상인 척, 그저 정상이 아니라 신나는 척 하루 24시간 연기해야 했다. 애런과 함께 불그스름한 거리를 돌아다니며 먼 산 위로 해가 저무는 모습을 보거나 아침, 점심, 저녁 식사를 함께하는 내내.

항공권 예약을 위해 애런이 문자로 생일을 알려줬다. 세상에, 아직 그 사람 생일도 몰랐어. 우리가 함께 여행을 잘할 수 있을까? 내가 싫어지면 어쩌지? 내가 배가 고파 짜증을 내거나 아프거나 화를 내거나 스트레스를 받으면 어쩌지? 크게 싸우면 어쩌지?

싸움. 애런과. 햇볕에 바짝 마른 사막 한가운데 유리와 금속으로 이뤄진 우리만의 오아시스에서.

그러다가 새로운 생각이 들어왔다. 고양이처럼 약삭빠르고 태연하게.

애런은 나와 있으면 안전할까?

크리스틴이 연달아 보낸 메시지("얘기 좀 할까?", "얘기 좀 해야 할 것 같아", "나 무시하는 거야?")에 잠에서 깼다. 나는 침대에서 나오기도 전에 알림을 꺼버렸다. 출근 후 회의가 끝나고 자리로 돌아가는데 핸드폰이 울리고 있었다. 전화를 받으려다 크리스틴의 번호인 걸 깨달았다. 내가 외우는 몇 안 되는 번호였다. 핸드폰 설정을 뒤져 방해 금지 모드를 찾았다.

"한 시간 내내 전화가 울려댔어요." 대각선 방향에 앉은 디자이너가 알려줬다.

"미안해요." 위장이 뒤틀렸다.

나는 회의에서 멍하니 앉아 세바스티안의 최후를 말없이 머릿속에 재생시켰다. 그의 갈비뼈를 부순 것이 크리스틴의 발인가 내 발인가? 전자라면 어째서 내 발이 그의 살에 세게 닿는 느낌이 이렇게 또렷한가? 퇴근 시간 무렵, 전면 창 앞을 지나가는데 오싹한 느낌이 덮쳐왔다. 아래 로저스 스트리트로 시선을 돌렸다. 크리스틴이 거기에 있었다. 틀림없었다. 주머니에 손을 넣고 창문을 마주보며 엄숙한 표정으로 가만히 노려보고 있었다. 공포 영화에서 불협화음과 함께 인물이 갑자기 등장하는 장면처럼.

새순이 돋아나는 나무들 사이 시멘트에 깔린 과일나무 꽃잎 너머 보도를 훑어봤다. 10대 아이, 지팡이를 든 노인, 가슴에 아이를 안은 지친 표정의 여자가 있었다.

돌아서서 발걸음을 재촉했다. 크리스틴은 거기에 없었다.

퇴근길, 신호등이 빨간불로 바뀔 때마다 심장이 쿵쿵거렸다. 2시쯤 크리스틴은 전화와 메시지를 멈췄지만 그건 더 괴로웠다. 갑작스러운 침묵은 너무 시끄러워 귀가 아플 정도였다. 나는 마지막 모퉁이를 돌아 집 앞으로 접어들며 크리스틴이 서 있을 거라는 생각에 마음을 다잡았다.

하지만 정적, 텅 빈 공간뿐이었다. 안으로 들어간 뒤 문을 잠그니 새들도 부리를 다물었다. 블라인드를 내리다가 문득 웃음이 터졌다. 가장 친하다는 친구가 무서워 케빈 맥콜리스터*처럼 집에 숨

- 영화 〈나 홀로 집에〉의 주인공 소년.

어 있다니. 바로 얼마 전 숲속 외딴 별장에서 나흘이나 함께 지낸 친구를. 네 꼴 좀 봐라.

그때 크리스틴에게서 메시지가 왔다. 네 시간 만이었다.

가슴이 벌렁거리고 주먹이 입을 탁 막았다. 좋지 않아. 아주, 아주 좋지 않았다.

남아공 경찰서 제보 전화번호 화면을 찍은 사진이었다. "내가 그 사진을 안 넘길 거라고 생각하진 마."

Chapter 32

●

머리가 지끈거리고 온몸이 부들부들 떨리는 것을 느끼면서 크리스틴에게 곧바로 전화를 걸었다. 잠시 후 첫 신호음이 들리더니 우리는 서로 연결됐다. 거친 숨소리만 쌕쌕거리며.

"그건 관심이 있나 보네." 크리스틴이 말했다.

생각할 시간도 없었는데 거짓말이 내게서 뚝뚝 떨어졌다. 변명과 회유. 제발, 제발, 제발 내게 화내지 말아달라는 애원. 외국어에서 모국어로 돌아오듯이 자연스러웠다. "전화 못 받아서 미안해. 오늘 회사에서 너무 바빴어. 그리고 무슨 말을 할지 생각할 시간이 필요했어⋯⋯."

"그만해." 크리스틴의 목소리가 갈라져 나왔다. "24시간 동안 기분이 얼마나 더러웠는지 아니? 네가 나한테 얼마나 깊은 상처를 줬는지?"

죄책감이 창처럼 나를 꿰뚫고 지나가더니 분노가 치밀었다. 내아킬레스건, 내 갑옷에 간 금, 벌레처럼 온몸을 송그리게 하는 약점. 넌 내게 상처를 줬어. 크리스틴은 수없이 그것을 발견해 이용하고 무기처럼 휘둘렀다. 까르미네르 와인 병처럼 높이 쳐들고서.

"크리스틴, 있잖아." 내가 나지막이 말했다. "네게 상처를 줘서 미안해. 하지만 나와 세바스티안 사진은……."

"얘기 좀 해." 크리스틴의 음성이 도끼처럼 내 말을 토막 냈다. "이리 올래?"

"뭐?" 가슴이 죄었다. "지금 얘기하잖아."

"내 말 알잖아. 직접 만나."

"지금 얘기하고 있잖아." 내가 다시 말했다. "오늘 밤에 할 일이 많아. 내일 여행을 가서 짐 싸야 해. 어째서 지금 32킬로미터나 달려가서……."

"전화로 할 얘기가 아니라고 생각하니까." 크리스틴이 대놓고 목청을 가다듬지는 않았지만 그 말에서 헛기침 소리가 들리는 듯했다.

나는 소파 쿠션을 탁 쳤다. 크리스틴이 늘 이렇게 집착하는 성격이었나? 검색 기록을 싹 지우고 핸드폰을 꺼야 한다는 말은 늘 현명하게 느껴졌다. 하지만 그건 우리의 여행 이야기를 명랑하게 떠들어대는 것과 사뭇 대조적이었다. 프리야에게 보여준 인스타그램 사진이나 애런과의 편안한 수다 등 잡히고 싶다는 듯 무모하게 구는 건 크리스틴이었다.

그런데 갑자기 눈을 희번덕거리며 알루미늄 시트와 포일 모자를 뒤집어쓰고 덜덜 떠는 음모 이론 신봉자처럼 굴다니.

"아무도 안 들어, 크리스틴. 위스콘신 남동부에 사는 서른 살 백인 여자들 전화를 도청하는 사람 따윈 없다고."

크리스틴은 코웃음을 쳤다. "뭐, 내가 미쳤다고? 네 핸드폰이 '안녕, 시리?'라고 할 때만 우연히 듣고 있는 줄 알아? 그전에 나온 말을 전부 듣고 있는 건 모르고?" 크리스틴의 목소리가 팽팽히 당긴 활시위처럼 떨리고 있었다. "누가 통화하다가 박물관 이야기를 하면 갑자기 그 광고가 보이는 게 우연인 줄 아니? 생각해봐, 에밀리. 바보처럼 굴지 말고."

일리 있는 말이었지만 그래도 어이없다는 표정을 지었다. "야, 너 진짜 수상한 사람처럼 말한다. 전에는 안 했어도 지금은 꼭 도청하고 있을 것 같아."

"그만. 심각해. 제발, 그만해."

그만. 그만. 그만해. 경찰서 범인 식별 절차처럼 크리스틴에게 그 말을 외쳐보라 하고 싶었다. 그날 밤 진동한 게 크리스틴의 후두인가 아니면 내 것인가? 그 생각이 복부를 강타해 나는 손을 배에 얹고 구부렸다.

"여기로 와." 크리스틴이 애원했다. "아니면 내가 갈게. 사진을 보내고 싶지 않아. 하지만…… 네가 이러면 선택의 여지가 없어."

"이런 식으로 그 문제를 해결하고 싶어?" 내가 말했다. "그런 우정을 갖고 싶냐고?"

침묵. 긴 침묵이 이어지는 동안 차 두 대가 어두운 시골길에서 담력을 겨뤘다.

"우리 우정을 생각해서 이렇게 말하는 거야." 크리스틴의 어조는 근엄했고 놀라울 정도로 차분했다. "내겐 선택의 여지가 없어."

"크리스틴……."

그러자 크리스틴이 번개처럼 단숨에 말을 내뱉었다. "20분 안에 여기 오지 않으면 사진을 보낼 거야. 날 시험하지 마." 전화가 끊어졌다.

I-94 고속도로를 달리는데 지구로 던져진 유성이 된 것처럼 가슴을 당기는 힘이 점점 더 크게 느껴졌다. 싸늘하고 차가운 공기에는 흙냄새가 가득했고, 다가오는 자동차들의 전조등 불빛이 길게 늘어지며 시야를 흐렸다.

차선을 바꾸는데 트럭이 경적을 울려 팔다리에 아드레날린이 퍼졌다. 운전대를 꽉 잡고 차를 돌리며 지나치는 트럭을 지켜보니 기사가 훈계하듯 더 빵빵거렸다. 나는 대형 차량의 요란한 경적에 짜증을 섞어 고함을 질렀다.

차창에 그 사진이 자꾸 보였다. 환한 전조등에 카메라의 플래시가, 세바스티안과 내가 그의 죽음을 향해 가던 길을 비춘 불빛이 떠올랐다. 금발에 넓은 어깨, 노출이 심한 세바스티안. 톤레강 바닥에서 물고기의 먹이가 된, 여전히 실종 상태인 세바스티안.

크리스틴의 목소리가 속삭였다. 두개골이 으스러지도록 네가 걷어찬 세바스티안.

아냐. 출구가 나타나자 나는 오른쪽 차선으로 꺾고는 빨간불을 보고 브레이크를 밟았다. 방향 지시등 박자에 맞춰 심장이 뛰었다. 똑-딱, 똑-딱, 똑-딱.

어두워진 킹 오브 킹스 교회 첨탑을 지나는데 스테인드글라스가 내 전조등 불빛을 반사했다. 내나와 빌의 집 쪽으로 들어서니 연석에서 나를 지켜보는 눈알 두 개가 보였다. 토끼 머리에 튀어나온 새카만 눈이었다. 그것은 경고였을까? 별장에서 본, 도끼로 내려쳐진 토끼가 보여준 운명의 전조였을까? 도대체 어떤 포식자가 먹잇감의 목에 도끼로 내려친 것 같은 흔적을 남기는지 알 수 없었다. 토끼는 돌아서더니 바짝 마른 잡목림으로 달아났다.

내나와 빌의 집 앞에 차를 대고 나니 위층 창문에서 누군가가 현관으로 올라가는 나를 지켜보고 있었다. 가장 친한 친구, 공모자이자 가장 큰 위협이 되는 존재를 보니 두려움이 엄습했다. 불이 꺼지자 실루엣은 어둠 속으로 사라졌다. 내가 마음을 다잡고 초인종을 누르니 크리스틴은 이미 내려와 있었다. 창백한 얼굴, 붉어진 눈으로 문 너머에 가만히 서 있었다.

"안녕." 나는 문이 열리면 포옹을 해야 하나 생각하며 움츠린 채서 있었다. 한참 만에 크리스틴이 문을 열었다. 실내 옷걸이에 얇은 재킷을 걸었다.

"가방도 여기 둘래?" 크리스틴이 현관 벤치를 가리켰고 나는 어이없는 표정을 지었다. 어린 시절 살던 집에서 마음을 터놓고 이야기하는 두 여자의 말소리를 정부 기관이 엿듣지 못하는 것에 만족한 크리스틴은 나를 자기 방으로 데리고 가더니 문을 닫았다.

방 안에는 침대와 화장대가 한쪽으로 치워져 있었고 서너 개의 비싸 보이는 운동기구가 남은 공간에 조각상처럼 흩어져 있었다. 옷장 옆에도 운동기구가 놓여 있었다. 덤벨은 번쩍이는 무기 같았다.

크리스틴은 침대에 앉더니 티슈를 들어 옆에 있는 휴지통에 던졌다. 휴지통은 이미 절반쯤 차 있었다. 슬픔의 증거였다. 상처받은 게 너무나 진짜처럼, 너무나 확실해 보였다. 가장 친한 친구가 내가 괴물인지 조사하고 있다는 걸 알게 됐을 때의 적절한 반응이었다. 의심이 또다시 고개를 들었다.

"얘기할까?" 나는 모서리에 앉아 매끈한 이불을 쓰다듬었다.

크리스틴은 무릎을 끌어당겼다. "내가 사진을 넘긴다니까 바로 온 거지?"

그래, 당연하지. "널 소중히 여기니까 온 거야. 네가 얼마나 빨리 대화하고 싶어 하는지 알게 됐으니까." 나는 침을 삼켰다. "넌 남아공 경찰에 그 사진과 내 정보를 보내지 않을 거니까, 그렇지? 누가 나를 불러 조사하면 네 이름도 불 수 있다는 거 알잖아."

크리스틴이 아랫입술을 잘근거렸다. "하지만 증거는…… 너밖에 가리키지 않아."

"그게 대체……." 그때 진실이 나를 흔들었다. 퀴테리아에서 호텔 체크인 서류를 적고 자동차 렌트를 맡은 건 나였다. 프놈펜 사진은 세바스티안과…… 나였다. 서류에는 전부 내 이름이 있었고 사진에도 내 얼굴이 있었다. 나와 크리스틴 사이의 공방전이 될 터였다.

물론 크리스틴도 개입했다고 주장할 순 있었다.

그러나 증명할 수 없었다.

시야가 흐려지더니 땅이 기우뚱하는 듯했다. 실내가 바로 설 때까지 심호흡했다. 집중해, 에밀리. 나는 크리스틴의 정강이를 톡 두드렸다. "필요한 걸 말해봐. 사과하고 싶어."

크리스틴이 불안한 한숨을 내쉬었다. "모든 게 엉망이야. 총을 든 남자들이 내 방에 쳐들어오는 꿈을 자꾸 꿔. 아니면 엘퀴 계곡의 그 급경사 길에서 사람들에게 쫓기거나. 그리고 가끔……." 크리스틴은 블라우스에 눈물을 뚝뚝 떨어뜨리며 몇 초간 울었다. "가끔은 다시 숙소로 돌아가 있고 파올로가…… 그를 막지 못하기도 해. 정말 무서워, 에밀리. 캄보디아 이후에 네가 겪은 일을 이해한다고 생각했는데, 아니었어. 훨씬 더 심각한 일이었어."

나는 모든 신경이 곤두서 꼼짝도 할 수 없었다. 폭행 시도를 가리키는 말일까? 아니면…… 그 후 와인 병을 움켜쥔 뒤에 일어난 일을 말하는 걸까?

"뭐가 생각보다 심각한데?" 나는 들릴 듯 말 듯한 작은 소리로 물었다.

"그…… 트라우마겠지. 그가 나를 밀어붙여 벽에 머리가 부딪친 순간."

크리스틴은 조금씩 한숨을 내쉬었다. 요가에서 배운 우짜이 호흡이었다. "이런 두려움은 처음이야. 나를 돌이킬 수 없이 바꿔놓은 것 같아. 환각제를 복용하고 나쁜 환각을 겪고 나면 그날부터 그냥 달라지는 거 알지?"

"그런 느낌이야? 환각?" 정확히 알고 싶었다. 두려움에 질린 순간을 말하는 것인지, 그 후 와인 병을 몽둥이처럼 휘두른 순간을 말하는 것인지.

그 생각이 나를 찔러댔다. 파올로를 죽인 것에 이렇게 흔들린다면 크리스틴은 세바스티안을 죽였을 리 없어……. 그렇지?

"두려운 순간." 크리스틴이 말했다. "그때가 내게 지워지지 않는 흔적을 남긴 것 같아. 나를 규정한 것 같아. 그리고 있잖아, 그것 때문에 편집증이 왔어. 이제 보이는 것마다 위험뿐이야. 만나는 사람마다 무서워. 내가 믿는 사람들이…… 배신할 거라는 두려움." 크리스틴은 허벅지를 문질렀다. "난 내가 정신을 똑바로 차리고 온 세상을 통제하는 줄 알았어. 상담도 받으러 갔다고. 그런데……." 크리스틴이 울먹였다. "네가 내 뒷조사를 하고 있다는 걸 알았어. 나를 무슨 미친년으로 보고."

하지만 네가 협박했잖아. 이렇게 말하고 싶었다. 예전 사진을 보관하고 내가 무서워 편집증을 일으키는 와중에 그걸 찾도록 빵 조각을 뿌려놨잖아. 증거를 남겨두면 안 된다고 1년째 이야기해놓고선. 하지만 그런 말을 해봐야 그 침대에 한 시간 더 앉아 크리스틴에게 쩔쩔매야 할 뿐이었다. 크리스틴의 자존감에 반창고를 붙여주고 밀워키를 벗어나야 했다.

"그걸 보게 한 건 미안해." 내가 부드럽게 말했다. "나도 어쩔 줄 몰라서 지푸라기라도 잡고 있었어. 네가 보여준(아니 내가 찾게 한) 사진, 그것 때문에 정신이 나갔어." 나는 고개를 저었다. "그렇게 충격을 받았다니 미안해. 나도 작년에 겪었던 일이야. 시간이 지나면 나아지긴 하지만…… 그 쓰라림 나도 알아. 나아지면 좋겠다." 나는 크리스틴의 무릎을 토닥였다.

"나를 위해 와준 줄 알았어." 크리스틴이 눈 밑을 티슈로 닦았다.

"그랬어!"

"아니, 넌 떠날 거야."

"주말만이야." 내가 홀끔거리며 말했다. "하루나 이틀쯤 지나면 생각이 좀 정리될 거야, 그렇지?"

잠시 침묵. "어디 가는데?" 대답하지 않자 크리스틴의 목소리가 좀 더 집요해졌다. "누구랑 가는데? 애런?"

"며칠만 피닉스에 갈 거야. 그래, 애런이랑. 나…… 난 지금은 네게 좋은 친구가 될 수 없어. 되고 싶지만. 이해해줄 수 있지? 네게서 도망치는 게 아니야. 환경을 좀 바꿔야 해서."

홀쩍이는 소리. "나를 도와줄 거라고 생각했는데."

"도와주지. 너도 날 도와주고. 하지만 너라면 여행이 상처를 낫

313

게 하는 걸 알잖아? 리셋 말이야. 그리고 돌아오면 새롭게 시작할 수 있어." 거짓말. 떨어져 지내는 시간을 이용해 크리스틴과 거리를 둬 없던 선을 그으려는 생각이었다. 내 거짓말이 콧속에서 웅웅거리고 코가 피노키오처럼 부풀어 오르는 게 느껴졌다.

또 훌쩍이는 소리. "지금 너무 외로워." 크리스틴이 말했다. "그리고 무섭고. 그 이유를 전부 아는 사람은 세상에 너 하나뿐이야."

전부. 내가 아는 진실의 비율은 정확히 얼마였을까? 파올로가 크리스틴과 단둘이 있었을 때 숙소에선 무슨 일이 있었던 걸까? 한 해 앞서 세바스티안의 몸에 닿은 건 누구의 발이었을까? 어린 제이미에게는 실제로 무슨 일이 있었던 걸까? 그리고 크리스틴의 부모님이 사망한 화재 사건은 정말 우연한 화재였을까…… 혹은 누군가 불을 지른 후 불씨가 갈라지며 하얗고 뜨거운 도미노처럼 온 집에 퍼지는 것을 지켜본 걸까?

"나는 너와 함께야." 내가 말했다. 내 질문에 대한 답을 하나도 찾을 수 없었다. 그건 크리스틴만이 알고 있었고 내 자유, 내 인생은 나를 지키려는 크리스틴의 의지에 달려 있었다. "힘든 거 알지만 우리는 이겨낼 거야. 어리석은 짓만 안 하면." 익명의 고발 사진을 넘긴다든지. 너무 열심히 생각한 나머지 크리스틴이 텔레파시로 들을 수 있다고 상상했다. "넌 정말 용감해, 크리스틴. 난 늘 네 용기를 존경했어. 그리고 위기 상황에서 네가 얼마나 침착하고 영리한지도. 나, 난 그걸 일깨워주려는 거야. 이틀 정도 떨어져 지내면서. 나도 너처럼 용감해지려고. 알겠지?"

이것이 먹혔다. 온갖 속임수와 당근과 채찍과 꿀 떨어지는 말 중에 이 말이 크리스틴을 설득해냈다.

"널 믿어." 크리스틴이 말했다. "이해는 안 되지만, 널 믿어." 그러고는 침대에서 일어나며 덧붙였다. "보여줄 게 있어."

친구가 화장대 서랍을 뒤지는 동안 가슴이 쿵쿵거렸다. 그냥 나 좀 보내줘. 소리 없이 애원했다.

크리스틴이 천 주머니를 들더니 구겨진 신문 같은 것을 꺼냈다. 한 겹 벗긴 다음 그 가운데를 빤히 봤다.

"우린 정말 함께야." 크리스틴이 그것을 내 쪽으로 내밀었다.

처음에는 크고 검은 돌멩이라고 생각했다. 쪼개면 안에서 정동석이 나오는.

빛이 그것의 한 부분을 비췄다. 울퉁불퉁한 표면, 물집이 잡힌 듯 뭉쳐진 플라스틱에 적힌 글자가 보였다.

내가 가져갈게. 우리 숙소 안에 연기와 탄 플라스틱의 매캐한 냄새가 가득 찰 때 크리스틴이 말했었다. 집에 가서 버릴게.

하지만 그러지 않았다. 또 하나의 담보물로 간직해뒀다. 내 앞에 화석이 놓여 있었다. 파올로의 일기장, 핸드폰, 여권, 지갑이 녹아 엉겨 붙은 잔해가.

Chapter 33

❚

"어머, 이거 없앤다고 했잖아."

"가방 안에 넣어뒀어. 여기까지 가져온 거야."

나는 눈이 튀어나오는 것 같았다. "왜?"

"이건…… 사진이랑 같아. 물론 아무에게도 보여줄 생각은 없어. 하지만 네게는 보여주고 싶었어."

미쳤구나. 나는 차분히 고개를 끄덕였다. "날 의심하게 만들다니 미안하다. 하지만 우린 서로 믿어도 돼. 서로를 믿어야 하고."

크리스틴이 덩어리를 주머니에 넣었다. "네가 돌아온 다음에 더 얘기할 수 있지?"

"물론이지." 거짓말이었다. 문 쪽으로 조금 다가갔다. "이제 가봐야 해. 괜찮지?"

크리스틴은 나를 꼭 안더니 어깨에 얼굴을 파묻고 울었다. 그 자리 근육이 기억하고 있었다. 내 턱을 친구의 목덜미에 묻고 팔에 힘을 꽉 주고 싶은 마음속 깊숙한 충동을. 마주 안은 팔을 푸니 이건 작별이라는 느낌이 언뜻 들었다. 근 한 달 동안 내가 바란 결말이라는.

하지만 계단으로 걸어가는 도중에 마음속에서 수치심이 깊은 구멍처럼 입을 벌렸다. 작별 인사를 반복하는 이유가 있었다. 깔끔하게 자르는 것이 목표인데도 상처에 점점 더 추하게 딱지가 앉고 그것이 쪼그라드는 모습을 지켜보는 이유가. 한 번만 더 맞게 해달라고 조르는 슬픈 눈의 약물 중독자처럼 자꾸 되돌아가는 이유가 있었다.

거실을 지나 현관으로 나갈 때 여전히 커피 테이블 가운데 놓여 있는 성경에 눈길이 갔다. 문득 가슴이 저릿하는 느낌과 함께 나는 깨달았다. 사람들이 종교에 탐닉하는 이유를. 무엇이 옳은지에 대한 자신감, 우월감, 확신 때문이다. 무엇을 먹고, 생각하고, 행해야 하는지 누군가 알려주길 바라는 마음. 복잡한 질문에 대한 단순한 답변과 겁낼 것 없고 결국에는 모두 잘될 거라는 신념. 두려움의 반대.

가방을 집어 드는 순간, 위에서 들리는 삐걱거리는 소리에 몸이 굳고 귀가 쫑긋 서고 심장이 쿵쿵 뛰었다. 가야 할 때야. 뒤를 한 번 돌아보고는 현관문을 열고 서둘러 나왔다.

차로 돌아와 운전석에 한참을 앉아 있었다. 모든 것이 잘못됐다. 크리스틴이 내게 뛰라고 했고 나는 "얼마나 높이?"라고 대답했다. 나는 위로하고, 정강이를 두드려주고, 꼭 끌어안았다. 나는 바라는 무엇인가를 얻어야 했다. 그럴 생각이 아니었다면 집에서 피닉스 여행을 준비해야 할 때에 이곳에 와서 내나와 빌의 집 앞 검은 터널 같은 길을 내다보고 있지 않았을 것이다. 대체 왜 이렇게 어두울까? 교외에는 어째서 가로등이 없는 걸까?

갑자기 차창을 두드리는 소리에 온몸이 굳었다. 가슴에 손을 대고 숨을 내쉬었다. 깜짝 놀라는 장면을 예상 못한 공포 영화 관객처럼. 내나의 얼굴이 창문에 나타났다. 실내등 불빛에 눈과 뺨이 수척해 보였다. 창문을 내리자 내나가 긴장한 듯 미소를 지었다.

"이걸 잊고 갔더구나." 내나가 내미는 옷가지가 내 재킷이라는 사실을 깨닫는 데 시간이 걸렸다.

"어머, 감사합니다." 재킷을 받아 옆자리에 놓았다.

내나는 곧바로 돌아가지 않았다. "놓친 줄 알았다. 그런데 네 차가 보이길래."

내게 무슨 말을 하고 싶어 하는 눈치였다. 며칠 전이었다면 이상한 메일, 웨스트무어, 어린 크리스틴과 죽은 친구, 겨우 보이는 파인애플 집에 살던 불쌍한 제이미에 대해 물어볼 기회를 덥석 잡았을 것이다. 하지만 그때, 거기서 벗어나고 싶다는 강한 충동이 일었다.

"별일 없니?" 내나는 내가 창문을 닫고 끼익 소리를 내며 달려가 버릴 거라고 생각한 듯 다급히 물었다.

나는 얼어붙었다. "크리스틴이랑요?"

내나의 눈에서 뭔가가 반짝였다. "요즘, 어, 좀 속상한 것 같아서. 있잖아, 빌도 신경 쓰는 눈치야. 나도 그렇고." 내나가 눈썹을 치켜 떴다. "신경 쓰이는 게 싫다는 건 아니고! 하지만 저 애가 걱정돼서. 너도." 내나는 뒤를 돌아봤고 나는 그 표정을 다시 포착했다. 분명하게 떠오른 작고도 광대한 공포. 크리스틴에 대한 걸까? 문득 새로운 생각이 떠올랐다. 다른 상황에서라면 다음의 결론에 먼저 도달했을 것이다. 빌에 대한 두려움?

"내나, 왜 그러세요? 집에 무슨 일이 있어요?" 내나가 나를 빤히 쳐다보기에 나는 황급히 예의를 차렸다. "제가 여쭤봐도 괜찮으시면요."

"모두 한집에 모이니 좀 동물원 같은 꼴이야." 내나는 창문이 깜빡임 없는 눈처럼 달린 집을 흘깃 봤다. 편안한지 확인하고 싶었다. 내나는 내 생일에 메일을 보냈었다. 크리스틴이 요즘 좀 이상해서 말이다.

"하고 싶은 말씀이 있으세요, 내나? 무슨 일이 있어요?"

내나는 입술에 침을 묻혔다. 뭔가를 털어놓으려는 사람처럼 숨을 훅 들이쉬는 찰나……

"내나!"

누군가의 손이 내나의 어깨를 붙잡았다. 돌아보니 크리스틴의 웃는 얼굴이 있었다. 우리에게 들키지 않고 어떻게 나온 걸까? 거기에 얼마나 서 있었던 걸까?

"에밀리가 재킷을 놓고 가서." 내나가 조금 큰 소리로 말했다.

나도 황급히 재킷을 가리켰다. "그리고 안에서 내나를 못 봬서 인사를 하던 중이야."

크리스틴이 끄덕였다. "네가 어서 가봐야 한다고 했는데 누구랑 여기 함께 있는 걸 보고 놀랐어. 살펴봐야겠다고 생각했지."

"네 늙은 할미였다!" 내나가 노래하듯 말했다.

"음, 브룩필드의 위험에서 지켜줘서 고마워." 내 농담에 내나가 웃었다. "어쨌든 이제 가볼게요. 크리스틴, 곧 얘기하자. 응?"

"여행 잘 다녀와." 크리스틴이 미소를 비웃음으로 바꾸며 대답했다. "안전하게."

크리스틴은 제정신이 아니다. 내나는 안전할까? 내가 할 수 있는 일이 있을까? 내가 사랑하는 이들 중에 내가 없는 동안 위험에 처할 사람은 누구일까…… 프리야? 나무가 늘어선 도로를 따라 식민지 시대 양식의 저택, 널찍한 튜더 시대 양식의 저택, 앞에 하얀 기둥을 세운 신고전주의 양식의 저택을 지나는 동안 생각이 꼬리를 물었다. 그곳에 화려한 맥맨션*은 없었다. 크리스틴의 이웃들은 고급스럽고 속물적이었다. 멋진 조경의 정원과 깔끔하게 정돈한 울타리 안에 사는 그들에게 나쁜 일은 일어날 수 없다고 믿었다.

이런 생각은 공정하지 않았다. 그저 질투였다. 시샘이 심장에 주입한 스텐트처럼 안에서 치받았다. 이 사람들도 주택 융자금을 내고, 교육비를 아끼고, 바이타믹스**가 값어치를 하는지 고민했다. 그렇지만 이들은 아는 사람의 심리가 불안정한지 의심하지 않았다. 경찰이 그들 뒤를 쫓고 있는지. 전문가가 예쁘장한 달걀 껍데기 색깔로 칠한 그 벽이 시시각각 좁혀들고 있는지.

단 한 사람만 예외였다. 다시 크리스틴이 떠올랐다. 침대에 구겨지듯 누운 채 발치에 있는 휴지통에 티슈를 눈처럼 쌓아둔 모습이. 그것이 연기일 리는 없었다. 그렇겠지?

교차로에서 달려 나가 큰 도로로 접어든 뒤에야 내가 숨을 참고 있다는 걸 깨달았다.

- 교외 지역에서 중산층을 대상으로 대량 건축하여 판매하는 주택 단지.
- • 고급 블렌더 상표.

내나의 눈빛. 솟구치는 동질감과 함께 그 의미를 알아봤다. 나 역시 그것을 하루에도 몇 번씩 느꼈다. 너무나 작고, 예리하고, 예상되는, 그리고 정상적인 순간이라 제대로 파악하지도 못하는 것. 걸어 다니거나 먹거나 웃거나 웃지 않거나 약간의 살갗을 드러내거나 두툼한 파카를 입거나 그저 여성의 형태로 존재할 때 늘 따라다니는 것.

고속도로로 들어서고 나서 속도를 더 높였다. 차와 함께 맥박도 빨라졌고 위스콘신주 박람회와 야구장, 곤충의 눈처럼 격자가 있는 식물원의 유리 돔 세 곳을 날듯이 지나쳤다. 출구가 보이는데 아무도 차선을 비켜주지 않아서 브레이크를 밟고 깜빡이를 못 본 체하는 SUV 앞에 껴들어야 했다.

룸 미러를 통해 운전자가 화가 나서 손짓하는 것이 보였다. 3차원 공간을 차지한 것이, 부피와 형체와 밀도를 가진 것이 내 잘못이라는 듯.

그 순간 내가 절대 하지 않는 행동을 했다. 가운뎃손가락을 들어 어깨너머로 흔든 것이다. 그가 놓치지 못하도록. 한순간 기세등등해졌지만 다음 신호에서 그가 옆에 서더니 창문을 내리고는 욕설을 퍼부었다.

나는 쿵쾅거리는 가슴을 안고서 고개를 돌리지 않고 앞만 보며 모른 체했다.

Chapter 34

◦

애런의 차가 집 앞에 서는 것을 보자 위장이 죄어왔다. 나는 애런을 향해 손을 흔들고 가방을 밀고 나와 돌아서서 문을 잠갔다.

내 허리를 안는 그의 손길에 깜짝 놀랐다가 그가 내 목덜미에 코를 파묻자 미소가 절로 나왔다.

"안녕, 당신." 그가 말했다.

"안녕." 우리의 이마가 맞닿는 감촉을 느끼며 나는 눈을 감았다. 아, 그의 품 안에 녹아드는 이 느낌을 얼마나 바랐던가. "기대돼?"

"내가 들게." 애런이 내 가방을 들었고 나는 뒤따라 차로 갔다. 그가 버튼을 누르자 트렁크가 열리더니 흔들거렸다. 그 각도, 딱 벌린 아가리에 칠레의 그때가 떠올랐다. 얕은 구덩이를 파느라 땀투성이에 온몸이 쑤시고 그곳에 묻을 몸서리치게 무서운 시체를 마주할 각오를 하던 때. 렌터카의 트렁크도 똑같이 흔들렸다. 우리를 비웃듯이.

애런은 탁 하고 트렁크를 닫더니 나를 보고 씩 웃었다. "또 초콜릿 크루아상을 가져왔어. 배가 고팠으면 좋겠어."

"다정하기도 하지! 고마워." 일주일 전 공항에서 그를 만나게 될 줄 몰랐던 때처럼. 그때 수화물 찾는 곳에 나타난 그의 모습이 나를 천둥소리처럼 덮쳤다.

우리는 은빛 하늘 아래 출발했다. "여긴 주말 내내 비가 온대." 애런이 개러지 록에 맞춰 손가락을 두드리며 말했다. "비행기가 뜰 때까지 참아주면 좋겠네."

"응." 대답하는 데 큰 노력이 필요했다. 이 여행은 끔찍한 실수인 것 같았다. "햇빛 있는 데로 가니 다행이네."

다시 전화가 울려서 가방을 뒤졌다. 모르는 번호였다. 오, 이런! 자릿수가 너무 많았다.

애런이 내 쪽을 봤다. "괜찮아?"

"응. 아니, 미안. 나, 한 가지만 확인하고." 전화가 온 곳의 국가번호를 떨리는 손으로 확인했다. 칠레였다. 젠장. 게다가 프리야에게 새 메시지 두 통이 와 있었다. 내가 여행 간 사이에 크리스틴과 만나지 말라고 밤늦게 보낸 메시지에 대한 답이었다. 프리야는 물음표를 줄줄이 찍은 뒤 "왜? 괜찮은 거지?"라고 물었다.

애런이 대시보드 쪽을 가리켰다. "참, 이제야 생각났네. THC 젤리•도 챙겼어."

"응?" 무슨 소리인가 하고 주위를 둘러보다가 라디오에서 나오는 약에 취한 듯한 노래 때문에 나온 이야기라는 걸 깨달았다. "아, 좋아! 그런데 그거 가지고 비행기 타는 거…… 괜찮아?"

• 식용 마리화나 성분이 든 젤리.

"응. 세면용품 가방에 넣어뒀어." 가볍게 손을 흔들며 대꾸하는 그를 나는 빤히 봤다. 그가 너무 부러워서 그 감정이 온몸에서 새어 나가는 듯했다. 세상에 걱정거리 하나 없는 사람. 두려움의 반대말은 안전이 아니야. 크리스틴이 말했었다. 그건 항상 내 뜻대로 할 수 있음을 아는 것이다.

불안한 전자 기타 소리와 함께 곡이 끝나고 힘찬 아침 방송 디제이가 튀어나왔다.

저, 데이브. 칠레에서 시신이 발견된 24세 배낭여행자
소식 들었죠.

오, 모두 다 한 가지씩 이론을 내놓더군요. 지난주에는
외계인이 개입됐다고 생각하는 사람도 나왔던데요. 그
지역이 UFO 활동으로 유명해서 그렇답니다.

잊을 수 없는 건 부모가…….

"이상한 게 뭔지 알아?" 애런이 스피커를 가리켰다. "이 남자가 사라졌어. 아마 뭔가 수상한 짓거리에 얽혔겠지. 마약이나 그런 거. 하지만 아무도 그런 소릴 안 해. 외계인 탓이지, 그자가 한 짓이 아니라. 남자니까. 반면에 나탈리 홀러웨이 기억해? 그땐 전부 이랬잖아. 그 여자는 왜 친구랑 따로 움직였지? 왜 그 여자를 잘 알지도 못하는 남자랑 함께 보낸 거야?"

온몸의 세포가 동시에 폭발하는 것 같아 나는 컥컥 기침을 하고

나서 채널을 돌렸다.

"미안." 내가 말했다. "이런 거 들으면 무서워서. 여행자들에게…… 끔찍한 일이 생긴다고 생각하면."

"아냐, 이해해. 당신도 막 거기 다녀왔잖아."

나는 마음을 굳게 다잡고 다른 이야기를 해보려고 했지만, 못 했다. 결국 애런이 이야기를 끝맺었다. "뭐, 피닉스 뒷골목에 걱정할 일은 없을 거야."

애런은 비행기 탑승 전에 젤리를 하나 먹더니 이륙하자마자 곯아떨어졌다. 나는 긴 깡통이 하늘을 날아가는 동안 편집증(평소보다 더한)이 심해지는 게 싫어서 먹지 않았다. 혼자 여행하는 사람들이 우리 양쪽에 한 명씩 앉았다. 내 옆에는 패커스 야구 모자를 쓴 체격 좋은 남자, 애런 옆에는 노트북을 타닥거리는 비즈니스 우먼이 앉았다.

칠레 번호는 음성 메시지를 남기진 않았지만 출발 준비 때 다시 전화를 걸어왔다. 나는 비명을 막듯이 입술을 손끝으로 눌렀다. 캄보디아의 세바스티안을, 내 입을 틀어막던 단단한 손바닥을 떠올렸다. 그의 손아귀와 싸우는 동안 팔에 아드레날린이 퍼지고 근육 조직이 팽창했다. 그의 살에 치아를 박아 넣을 때 느껴지던 시큼한 피 맛. 살점이 떨어져 나왔던가? 그가 욕을 하며 손을 가슴에 붙일 때 내가 핏덩이를 뱉었던가 아니면 그런 내용은 지나고 나서 내가 지어낸 건가? 두뇌는 따지고 보면 예술가다. 순간순간 뒤섞고 모양을 바꾼다. 그의 몸통을 걷어차고 침대 다리에 머리를 부딪히게 한 것은 내가 아니라 크리스틴이라고 믿도록 장면을 편집한다.

난기류를 만나자 기장이 안전띠 등을 켰다. 애런은 뒤척이더니 다시 코를 골았지만 비행기가 곤두박질치는 순간 그 옆의 여자는 팔걸이를 붙잡고 놀라는 소리를 냈다. 비행기가 좌석 테이블이 튀어 오를 정도로 다시 흔들리자 걱정하며 중얼거리는 소리가 또 한 번 들렸다.

난기류는 한 번도 신경 쓰인 적 없었다. 비행기가 바람 주머니를 지나가는 현상일 뿐이다. 나는 현실적인 두려움에 집착하는 편이다.

애런이 내 어깨에 머리를 기댔고 나는 그의 매끄러운 머리카락에 뺨을 댔다. 옆자리를 흘깃 보니 야구 모자가 생방송 TV 방송국을 찾아 화면을 거칠게 두드리고 있었다. 신경질적인 기척을 앞 좌석 여자도 분명히 느꼈을 것 같았다. 그는 CNN에서 멈췄고 나는 아래쪽에 지나가는 헤드라인을 읽었다. 끝없이 이어지는 화재와 침입과 총격 사건. 지나가는 헤드라인 위에선 바비 같은 여자와 턱수염이 난 남자가 완전히 다른 주제를 논의 중이었다.

그리고 그것이 보였다. 순간 우주 심연의 열린 문으로 빠져들어 가는 느낌이었다.

화면 오른쪽에서 왼쪽으로 헤드라인이 너무 빨리 지나가 잘못 읽었을지도 모른다고, 글자를 착각해 내가 가장 두려워하는 말을 상상했다고 생각했다. 온몸이 차갑게 식었고 어깨와 턱, 손이 모두 긴장했다. 애런은 똑바로 앉았다가 반대쪽으로 몸을 기울였다.

노트북을 꺼내 전원 버튼을 눌렀다. 이런저런 화면이 뜨며 부팅되는 동안 천천히 돌아가는 하드 드라이브가 느려터진 듯 느껴졌다. 체감상 몇 시간 만에 기내 무선 인터넷에 연결됐다. 또 한 번 영원을 기다리자 마침내 CNN.com이 열렸다.

화면을 아래로 내리며 끝없는 헤드라인과 정치가, 프로 운동선수, 건강 문제, 잔인한 전쟁의 푸른 빛깔 사진을 살폈다.

그리고 왼쪽에 굵은 글씨로 그것이 보였다. 〈강력〉이라는 암호가.

"배낭여행자 살인범 수사에 목격자 등장"

Chapter 35

●

로스앤젤레스 경찰은 배낭여행 중 살해당한 청년의 마지막 목격 장소로 칠레의 작은 농업 도시에 집중하고 있다. 3개국 합동 수사관들이 범인을 찾기 위해 사건을 적극적으로 수사 중이다.

4월 25일, 스페인 바르셀로나 출신의 24세 파울로 가르시아의 시체가 아로이토 근처 도로에서 25미터가량 떨어진 위치의 얕은 무덤에서 발견됐다. 그는 약 4주간 실종 상태였다. 용의자의 이름은 밝혀지지 않았지만 한 여성 목격자가 4월 13일 밤, 산지 마을 퀴테리아에서 가르시아를 봤다고 주장하고 있다.

"믿을 수가 없네요. 사람 많은 술집에서 만났고 다음 날 밤에 별 보러 가자는 얘기를 했어요. 그 사람이 나오지 않아서 놀랐죠." 역시 남미에서 배낭여행 중이던 영국 여성 티파니 야가사키가 말했다. "신문 기사에서 그의 시신이 발견됐다는 걸 보기 전까지는 잊고 있었어요. 정말 충격적인 일이에요. 친절한 사람 같았고 거기 모인 사람들 모두와 함께 이야기를 나누며 즐기고 있었어요."

"이것이 첫 번째 실마리입니다." 로스앤젤레스 경찰서장 미란다 세디베츠가 발표했다. "중요한 정보를 전해 준 야가사키 씨에게 감사드리고 수사에 공헌할 수 있는 모든 분께 협력을 부탁드립니다."

5월 1일, 가르시아 일가는 아들의 죽음에 관한 정보에 1백만 달러 보상금을 내걸었다. 가르시아 일가 측 변호사는 야가사키 씨의 협조가 보상금과 관련이 있는지에 대한 대답을 거절했다.

인구 800명의 작은 마을 퀴레리아는 농업을 주로 하는 곳이다. 안데스 산맥에 위치하고 있으며 백포도 브랜디, 피스코를 만드는 양조장이 많아 여름철(12월부터 3월) 수천 명의 관광객이 찾는 곳이기도 하다. 가르시아의 시신은 퀴레리아에서 38킬로미터 떨어진 곳에서 발견됐다.

바르셀로나의 친구들은 가르시아가 모험과 새로운 사람 만나기를 좋아하는, 인생을 즐길 줄 아는 청년이었다고 말한다. 또한 그는 암 예방 및 연구를 촉구하는 자선 행사에도 참여한 갑상선암 생존자이기도 했다.

"언제나, 어디서나, 누구에게나 말을 걸 줄 아는 친구였어요." 대학 동창 발레리아 라모스가 스페인의 아헨시아 에페 뉴스에 전했다. "낯선 사람이 가득한 곳에 들어가도 모두를 웃게 만들었죠."

정보를 가진 분은 로스앤젤레스 경찰서에 연락을 부탁드린다.

티파니 야가사키. 레스토랑과 바에서 본 두 여성 배낭여행자 중 하나가 분명했다. 속에서 울음이 터져 나왔다. 오, 세상에. 오, 세상에. 오, 세상에. 티파니와 나는 바에서 이야기를 나눴고, 몇 걸음 떨어진 자리에서 크리스틴과 파올로가 시시덕거릴 때 술에 취해 농담도 나눴었다. 티파니가 나를 기억할까? 누군가에게 말했을까? 하지만 가장 당혹스러운 건 단연 첫 줄이었다. 3개국 합동 수사관들이 범인을 찾기 위해 사건을 적극적으로 수사 중이다.

크리스틴에게 전해야 했다. 물론 바보 같은 소리, 수상쩍거나 범죄를 인정하는 말은 빼고.

신문을 보라고 할 생각이었다. 그건 수상하지 않겠지? 하지만 누군가 그 4월 밤의 우리 위치를 추적하고 나중에 내 메시지를 샅샅이 뒤진다면······.

망상증이 몸속에서 촌충처럼 자라 내장을 조르려고 덤비는 것이 느껴졌다.

암호를 쓰자. 아무도 알아차리지 못하고 크리스틴만 쉽게 파악할 수 있는 쉬운 것으로. 주위에 아무도 보지 않는지 확인한 뒤, 나는 내용을 적고 다시 처음으로 돌아가 빈칸을 채웠다.

안녕, 크리스틴.
지난번에 보낸 편지를 생각해봤는데 빠뜨린 내용이 있어서.

신발장 문손잡이는 확실히 인터넷에서
구매하는 게 나아.

−에밀리

메시지를 적고 있으니 생각이 정리되고 심박수도 낮아졌다. 메일 중간에 한 줄 띄운 것, 솜씨 좋게 지은 두 번째 줄……. 크리스틴은 자신의 뇌가 나와 쌍둥이처럼 연결돼 있다고 농담하곤 했으니 두 번째 줄 각 단어의 첫 글자를 읽어낼 것이 틀림없었다. 신문 확인. 나는 머리를 뒤로 넘기고 보내기 버튼을 눌렀다.

그러고 나서야 크리스틴이 어떻게 하길 바라는지 모른다는 사실을 깨달았다. 나는 비행기를 타고 있었다. 조부모님의 저택 같은 집에서 울고 있는 친구를 말 그대로 버리고 왔다. 나는 노트북을 가방에 도로 넣었다. 칠레가 당장 더 급한 문제인데도 캄보디아가 곧바로 떠올랐다.

나는 1년도 넘는 세월 동안 그 광경을 머릿속에서 지우려고 애썼다. 그러나 핸드폰 배경에서 돌아가는 앱처럼 마음 한구석은 늘 윙윙거렸다. 그건 묻어둬, 그건 묻어둬, 그건 묻어둬. 갈색 흙 아래 파올로의 시체를 묻은 것처럼. 톤레강에 세바스티안의 시체를 묻은 것처럼.

그날 밤엔 감각이 모두 차단될 정도로 너무 멍했던 탓에 어떤 기분이었는지는 생각나지 않고 몸의 기억만 또렷이 떠올랐다. 세바스티안의 상처에서 피가 흘러나오는 동안 크리스틴은 나를 욕실에 밀어 넣고 샤워기를 틀고선 거울과 벽, 얇은 샤워 커튼에 증기가 모여 뚝뚝 떨어지게 했다. 나는 어깨를 덜덜 떨었고 치아가 너무 세게 딱딱 부딪혀 머리가 흔들렸다. 머릿속이 뒤죽박죽이었다. 아기는 뇌가 머릿속에서 둥둥 떠다니기 때문에 세게 흔들면 안 되는 거 아닌가? 속눈썹에 물방울이 내려앉고 증기가 뭉게뭉게 떠다니고 있을 때, 크리스틴이 내 어깨를 잡고 이마를 맞댔을 때 내 상태가 그랬다.

또 다른 장면, 역시 축축하고 흐릿한 장면이 떠올랐다. 다리에 힘이 하나도 없었는데 그때는 놀라서만은 아니었다. 우리는 함께 세바스티안을 끌고 짧지만 가파른 등산길을 올라 톤레강의 부글거리는 강물이 내려다보이는 절벽 전망대로 갔다. 공해 덕분에 밤하늘에는 담즙처럼 누런빛이 감돌았다. 우리는 이틀 전 그곳에 갔었다. 우리처럼 절벽에서 사진을 찍는 젊은 여행객들이 몇 명 있었다. 나는 신이 나서 파닥거리며 뉴스 앵커 목소리로 가이드북의 내용을 소리 내어 읽었었다.

그곳은 자살 능선이라는 별명이 있었는데 우리는 돌아가며 크메

르어의 이중모음과 파열음으로 그 별명을 발음해보려고 했다. 전설에 따르면 결혼이나 약혼이 괴로웠던 여자들이 길에 가득한 돌을 주워 주머니에 채우고 그 아래 강물에 몸을 던진 곳이었다. 12미터나 떨어졌으니 당연한 결과겠지만 무거운 돌 덕분에 그들은 계획대로 익사할 수 있었다.

그날은 아무렇지 않게 여겨졌지만, 호텔 욕실에 피어오르는 수증기 속에서 텔레파시를 주고받듯 머리를 맞대고 있다가 크리스틴이 그곳을 떠올렸다. 아니면 내가 주축, 사악한 천재였나? 우리 사이의 경계선이 갑자기 옅어졌다.

띵 소리와 함께 기장이 안전띠 등을 껐다. 아니, 제대로 생각해야 했다. 내가 아니라 크리스틴이 위험한 존재였다. 세바스티안을 제외해도 크리스틴은 어릴 적부터 지나가는 길마다 시체를 줄줄이 남겼다. 부모, 제이미, 그리고 파올로까지. 하나는 이례적인 경우, 둘은 불운한 우연일 수 있었다. 아마도. 하지만 넷이라니? 넷은 성향이다.

애런이 팔짱을 끼더니 자리에서 허리를 숙였다. 나는 마음을 다잡고 한 번 더 시간 여행을 했다. 캄보디아의 그날 밤으로. 벌레와 습기, 멀리서 쓰레기 태우는 연기로 매캐하던 때로. 그 공기가 구취처럼 주위를 에워쌌고 우리는 세바스티안의 발을 끌고 언덕을 올랐다. 그의 옷에 있는 주머니마다 돌을 쑤셔 넣었다. 바지 속에 집어넣은 셔츠 안에도, 반바지 허리춤 안에도.

체온과 비슷한 기온에서 차갑고 끈적이는 그의 살갗을 만지자 온몸에 혐오감이 차올랐지만…… 솔직히 말하면 이상하게 만족스럽기도 했다. 나를 해치려던 남자를 해치는 행위에. 그의 손아귀에서 벗어날 때 너무나 분했다. 그의 손바닥에 이를 박아 넣고 그를 꼼짝 못 하게 하는 것이 즐거울 지경이었다. 너무 화가 나서 그가 쓰러져 머리를 침대에 부딪히는 것을 보자…….

구역질 나. 전부 미친, 구역질 나는 생각이었다. 옆에 앉은 애런이 코를 긁더니 편자 모양의 베개에 뺨을 댔다. 사랑해. 아직 말하진 않았지만 그것은 내 혼탁한 영혼 속 명징한 프리즘 같았다. 그에 대한 애정이 부풀어 오르더니 그를 잃을 거란 맹렬하고 으스러질 듯한 두려움이 뒤따랐다. 크리스틴이 전 연인 같은 질투심에 그를 손에 넣으면 어떻게 할까? 똑같이 위험한 것. 그가 내가 감춘 유해들을 발견하면 어떻게 될까? 내가 만졌던 진짜 유해 말이다. 하나는 칠레에서 렌터카 트렁크에 싣고, 또 하나는 캄보디아에서 끌고 언덕을 올랐던 유해.

잠깐, 세바스티안을 절벽 너머로 어떻게 던졌더라? 흐릿한 광경이 떠오르길 기다렸다. 그거였다. 크리스틴과 나는 그의 시신을 절벽 끝으로 굴렸다. 중력이 역할을 하길 바라면서 처음에는 천천히, 그다음에는 첫 고개를 넘는 롤러코스터처럼 점점 강하게. 우리는 뒤로 물러나 텀벙 소리를 기다렸다. 그 시간이 마치 뭔가 잘못된 것처럼, 영원처럼 느껴졌다. 하지만 곧 물소리, 강이 우리의 제물을 감사히 받는 소리가 들렸다. 우리 둘 다 몸을 앞으로 숙이고 물속을 들여다봤지만 세바스티안의 모습은 이미 물거품 속으로 사라진 뒤였다.

이러는 건 아무 도움이 안 돼. 아무리 과거를 돌이켜 봐도 가장 중요한 질문에 대한 답은 구할 수 없었다. 누가 그를 죽였나, 크리스틴인가 나인가? 미래를 걱정하고, 무엇이 잘못될지 떠올리고. 나만이 과거를 놓고 안절부절못하는 것처럼 이상한 느낌이었다. 지금도 내가 위험할까?

아니다. 나는 친절한 사람이다. 소박한 삶을 사는 선한 사람이다. 동물과 자연, 요가와 피자를 좋아한다. 애런의 손을 잡자 그가 손바닥을 뒤집어 나와 깍지를 꼈다.

옆자리 여자가 노트북에서 시선을 떼고 우리의 깍지 낀 손을 내려다봤다. 우리가 어떻게 보일까 생각해봤다. 함께 여행 중인 호감 가는 외모의 편안한 커플. 가운데 낀 자리에 앉아도 불평 없이 사랑에 겨운 우리. 참 오랫동안 소망한 것이었다. 애런이 매 순간을 더 따뜻하고, 더 안전하고, 더 행복하게 만들었다.

함께하는 여행. 이 시도가 얼마나 엄청난 것인지 문득 실감 났다. 우리는 나흘 내내, 종일 24시간을 함께하게 됐다. 샤워를 마치고 뺨과 콧잔등이 붉어지고 머리가 헝클어진 맨얼굴로 막 나왔을 때도 함께. 빵을 너무 먹어 배가 더부룩하고 풍선처럼 빵빵해졌을 때도 함께. 함께 잔 밤은 물론 있었지만 이건 다른 느낌이었다. 중대한 순간이었다.

달아나는 것에 너무 집중한 나머지 어디를 향해 달리는지 잊고 있었다.

나는 그의 어깨에 머리를 파묻고 눈을 감았다.

아니, 어디를 향해서가 아니다. 누구랑 함께 달리는지.

Chapter 36

탑승교에서 나를 체포하려고 기다리는 사람은 없었다. 수화물 찾는 곳을 지나 렌터카 사무소를 찾는 동안에도 아무도 우리에게 관심을 가지지 않았다. 나는 그 사실에 놀라 두리번거렸다. 아무도 모른다.

피닉스는 황갈색으로 그을려 있었고 하루 종일 치즈보드에 올려 놓은 체다치즈처럼 말라 부스러진 느낌이었다. 더웠다. 사우나 같은 너무 뜨거운 열기에 가슴이 답답했다. 애런은 차 뒷자리에 가방을 싣는 동안 불평하지 않았지만 그의 이마엔 아이스티 잔에 맺힌 물처럼 땀이 뚝뚝 흘렀다.

새로운 음성 메시지는 없었지만 LA 지역 번호로부터 새로운 전화가 왔다. 슬퍼하는 부모가 아들에 관한 정보에 1백만 달러 보상금을 내건 LA. 죽은 남자의 아버지가 돈으로 경찰서를 쥐락펴락하는 LA. 암은 이겨냈지만 내 가장 친한 친구의 분노는 이기지 못한 아들을 일가족이 애도하는 곳. 나는 방해 금지 모드를 켜고 핸드폰을 가방 안에 넣었다.

우리는 공항을 벗어나 고속도로로 들어섰다. 매머드, 탱크처럼 연료를 쓰는 검은 SUV를 빌렸다. 늦게 예약한 탓에 남은 차가 그 것뿐이었다.

"그런데, 하고 싶은 말이 있었어."

애런이 입을 열자 나는 그를 향해 고개를 획 돌렸다. "뭔데?"

"음, 어떻게 말해야 할지 모르겠네." 오, 세상에. 오, 세상에. 오, 세 상에. "어제 크리스틴이 전화를 했어."

숨을 깊이 들이쉬고, 길게 내쉬고. "뭐라고 했어?"

"그게…… 모르겠어. 괴상한 말이었어. 당신이 걱정된대."

"아이고, 이유를 말했어?"

"뭐라고 했냐면…… 불안정하대." 애런이 얼굴을 붉혔다. "당신 이 신경쇠약 직전이라는 거 같았어. 당신이 여행을 해도 되는지 모 르겠다고."

"세상에." 나는 애런을 봤다. "그런데 그걸 지금 얘기하는 거야?"

"음, 그 얘기부터 꺼내고 싶진 않았어."

나는 눈을 꼭 감았다. "그 애가 하는 얘기 전부 헛소리인 건 알 지? 난 멀쩡해."

애런은 대답하지 않았다. 그의 뒤쪽 창문 너머로 주황빛 달 표면 같은 풍경이 펼쳐져 있었다.

"애런."

"그게 다가 아니야."

나는 폭발 직전이었다. 몸속에서 뭔가가 터져 대시보드에 온통 분출될 것 같았다.

"뭐랬어?" 어이없다는 말투를 쓰려고 애썼다.

"뭐랬냐면……." 애런이 목청을 가다듬었다. "당신이…… 칠레에서 돌아온 후 스트레스를 받은 건 거기서 일어난 일 때문이랬어. 당신이 사람인가 무엇인가를 다치게 했다고. 우연히. 자세히 설명은 안 했어."

나는 표정이 굳었다. 아냐, 아냐, 아냐, 아냐, 아냐. 숨을 안 쉬고 있다는 걸 알아차리고 난 뒤에는 충격받은 표정이나 모르겠다는 표정, 경멸하는 표정 등 나의 무고함을 알리는 어떤 표정을 짓기에도 너무 늦어버렸다.

"400미터 앞에서 우회전하세요." GPS가 알렸다.

"애런." 목소리에 잔뜩 묻어난 긴장감을 가슴 깊숙이 묻었다. 숨 쉬어, 에밀리. "내가 멀쩡하다는 거, 크리스틴과 요즘 사이가 안 좋은 거 알지. 당신을 조종하려고 그러는 것뿐이야. 응?"

애런은 모퉁이를 천천히 돌았다. "그럼, 난 에밀리 편이야. 열이면 열한 번." 앞에서 차가 우뚝 서서 애런이 앗 소리를 냈다. "하지만 몇 주 동안 당신이 신경 쓰는 곳이 있는 것 같긴 했어. 내가 완전히 잘못 짚은 건가?"

머릿속이 뒤죽박죽이었다. 통에 갇힌 쥐가 된 느낌이었다. 상황을 역전시켜 크리스틴이 사람을 해쳤다고 주장해야 할까? 폭행이 있었던 것 자체를 부인해야 할까? 이상하게 행동한 다른 이유를 지어내야 할까? 하지만 거짓말은 지겨웠다. 모든 것이 무너지려 하는데 멀쩡한 척하기도 지겨웠다.

그때 마음을 정했다. 사실을 이야기하기로.

"당신에게 완전히 솔직하지 못해서 미안해." 내가 말했다. "크리스틴과 어떤 일이 있었고, 그것 때문에 마음이 무거워."

애런은 경청하며 기다렸다.

"우선, 아냐. 칠레에서 난 아무도 해치지 않았어. 그건 거짓말이야. 신께 맹세해. 날 믿어줘."

애런이 앞 유리에 고개를 고정한 채로 끄덕였다. "난 당신을 믿어, 응."

"캄보디아 때…… 일이 있었어. 1년 전? 안 좋은 일이었어." 나는 침을 꿀꺽 삼켰다. "내가, 음, 폭행을 당했어. 그건…… 음, 성폭행이었어." 무릎을 내려다보고 있는데도 옆에서 애런이 긴장하는 것이 느껴졌다. "정말 무서웠어. 당연히. 하지만 크리스틴이 들어오는 바람에, 멈췄어." 여전히 사실이었다. 단지 삭제판이었을 뿐.

"세상에, 에밀리. 정말 유감이야."

"고마워." 눈물이 차올라서 창문 쪽으로 몸을 돌렸다. 사이드미러에 내 선글라스가 비쳤다.

"신고했어? 다쳤어?"

"아니, 우린 그냥 거기서 벗어났어. 시내를 떠나 라오스에서 이틀을 지냈어. 둘 다 굉장히 놀랐어." 집단 공황 상태를 막기 위해 뉴스를 편집하라.

"젠장." 애런이 내 손을 잡았다. "말해줘서 다행이야. 그리고 당신이 겪은 일은 정말, 정말 유감이야. 으, 너무 화가 나." 애런이 다시 고개를 저었다. "누가 그런 짓을 하지?"

나는 한숨을 쉬었다. 이게 착한 남자의 문제다. 자기 집단 대부분이 얼마나 끔찍한 존재인지 가늠도 못 하는 것. "고마워. 그랬어. 정말 힘들었어. 그리고 그 일을 잊으면서 당신과 만나기 시작했어. 그런데 그 사건을 제대로 잊지 못한 걸 깨달았어. 내가 두어 번 얼어붙었던 거 알지."

"아, 이런. 내가 밀어붙이지 않았어야 했는데……."

"아냐, 아냐. 당신은 좋았어. 당신은 좋아." 나는 그의 손을 꼭 잡았다. "내가 진짜, 어른다운 관계를 얼마나 원하는지 깨닫게 해줬어. 그런데 칠레에서 크리스틴을 만나니…… 그 애가 밀워키를 떠나 함께 여행하자고 설득한 거 얘기했지."

"응. 그리고 며칠 전에 크리스틴이 당신 애인이었던 사람들에게 늘 이상하게 굴었다고도 했어."

"바로 그거야. 그리고 전에 만난 사람들이 별로라고 나를 세뇌하려 했어. 자기가 날 차지하고 싶은 것 같아. 대학 시절에 벤이란 사람을 만났는데 정말 별로이긴 했지만 헤어지라고 한 건 크리스틴이었어. 그리고 몇 년 전에 콜린이란 남자를 만났어. 잘되는 것 같았는데 크리스틴이 콜린은 좋은 남자가 아니라고 설득했어. 지금 와서 보면 그는 아무 잘못도 안 했는데."

"으악." 애런이 차선을 바꿔 뒷자리에서 쓸쓸히 밖을 내다보는 덥수룩한 개를 실은 트럭을 지나쳤다.

"그래서 그 애가 칠레를 전환점으로 보는 것 같아." 내가 말했다. "그전에는 늘 나를 독차지했으니까. 지금까지는. 당신을 만나기 전까지는. 당신한테 의심의 씨앗을 심으려던 거야." 나는 고개를 뒤로 젖혔다. "하지만 아직도 그러고 있어. 당신과 나 사이에 쐐기를 박으려고. 나를 설득하지 못하니까 당신을 설득하려는 거지."

칠레에서의 마지막 밤(크리스틴에게 애런에 대해 이야기하던 때), 그것이 촉매였다. 허리케인을 일으킨 나비의 날갯짓. 그래서 크리스틴은 파올로를 골랐고, 그렇게 그 끔찍한 밤을 지휘했던 것이다. 우리를 영영 하나로 묶으려고, 세상과 단절된 우리만의 세계를 이루는 공통의 경험을 만들려고 몹시 애썼다. 충격으로 어쩔 줄 모르는 척하며 내가 시체를 파묻을 계획을 세우도록 했다. 내가 자신이 만든 난장판을 타임캡슐, 시한폭탄처럼 파묻을 계획을 세우는 걸 기뻐하며 지켜봤다.

그리고(생각해보니) 내가 함께하자, 내가 등을 돌리지 못하게 되자, 자신의 계획을 완벽하게 성공한 것이 분명해지자 크리스틴은 평소처럼 대장 노릇을 했다. 자신이 차를 모는 동안 내게 그곳을 살피라고 했다. 파올로의 시체 처리도 주도했다. 그것이 내가 애런에게 말 못하는 단 하나임을, 우리 사이를 가로막는 것임을 알고 기뻐하고 있다.

하지만 나는 크리스틴의 계획에 재를 뿌렸다. 뒤로 물러났다.

나는 운전대에 편안하게 손목을 걸친 애런을 바라봤다. 이내 심장박동이 빨라졌다. 크리스틴은 상황을 바로잡기 위해 무슨 짓까지 할까?

이윽고 호텔이 나타났고 애런은 주차장에 차를 세웠다. 주차 기어를 넣은 뒤, 아주 진지한 얼굴로 나를 봤다. "와, 미안해. 전부 괴로웠겠다."

"고마워. 그 애랑 거리가 좀 필요했어. 애리조나는 넓은 공간 빼면 아무것도 아니잖아?"

"아, 그렇지. 나도 맨날 하는 일에서 벗어나서 좋아. 여기 와서. 화성에." 애런은 SF 만화책 같은 황토색 능선이 보이는 차창 밖을 가리켰다. "하지만 말해줘서 기뻐. 무슨 일이 있는 것 같더라니." 애런은 주차 브레이크를 손끝으로 두드렸다. "내겐 항상 말해도 돼. 우린 모두 말하고 싶지 않은 일이 있어. 그건 괜찮아! 하지만…… 나도 그런 경험이 있거든. 여자든 나든 그렇게 경계심을 내려두고 싶지 않은 관계. 알지? 그냥 솔직하게만 말해줘."

나는 천천히 끄덕였다. 그 대화가 너무나 솔직하고 너무나 중요해서, 그래서 오히려 감정적으로 멀어져 몇 미터 위에 떠 있는 느낌이 드는 기묘하고 선명한 순간이었다.

"있잖아. 멋진 게 뭐냐면." 애런이 시동 장치에서 차 열쇠를 뽑았다. "당신은 거리를 원하고 벗어나길 원하지. 나도 그거 이해해. 그렇게 해봤어. 그런 사람들을 만나봤고. 하지만 보통 그건 나한테서 달아나려는 거였지." 애런이 자기 가슴을 두드렸다. "그런데 당신은 서쪽으로 가자고 했어! 함께! 기분이 째졌지."

나는 부드러운 어조로 수줍게 말했다. "당신 곁에 있으면 늘 더 행복해."

애런 쪽을 보니 가슴을 내밀고 눈을 반짝이고 있었다. 그렇다면 적절한 말이었다. 하지만 처음 든 생각은 이랬다. 그렇지, 난 당신에게서 달아난 게 아니니까.

호텔은 시내 외곽에 있었다. 남서부 모티프의 빛바랜 벽화가 체크인 데스크 뒤편 벽에 펼쳐져 있었고, 안락의자에 덮인 청색과 갈색 담요는 요가 스튜디오에서 훔쳐온 듯했다. 들뜬 애런은 보이는 것마다 칭찬하며 사진을 찍고 이런저런 것들을 짚어냈다. 내 실망을 감지한 것처럼. 참 친절한 사람이었다.

엘리베이터를 타고 올라가는데 피로가 엄습했다. 한쪽 눈썹을 치켜뜨며 물었다. "젤리 아직 구할 수 있나요?"

넓은 창문과 카멜백(나중에 알고 보니)이란 흙산을 마주 보는 좁다란 발코니가 딸린 방은 조금 나았다. 뾰족뾰족한 진초록 나무가 호텔부터 산등성이까지 편평하고 넓은 공간에 깔려 있었고 틀어막기도 전에 생각이 입 밖으로 흘러나와버렸다. 엘퀴 계곡이 생각나는 곳이네.

그것이 왔다. THC의 효과가. 약 기운이 한 옥타브 아래로 음을 내려 부르는 그레고리안 성가대처럼 나를 아래로 끌어내렸다. 한 무리의 수도승처럼. 참 우스운 생각이었다. 소리 없는 수도승들이 입을 벌려 성대를 움직이려고, 음파가 주위에 퍼지고 울리도록 하는 광경이라니. 게다가 말도 웃겼다. 수도승. 수도승이라니. 대체 무슨 생각을 한 거지?

아, 맞다. 애런이 참 친절하다는 생각. 아름답고 친절한 애런이 나를 안고, 키스하고, 안전한 느낌을 주고 싶어 했다. 안전. 그게 뭐더라? 두려움의 반대말? 그렇게 생각하니 몸이 달아올랐고 애런이 셔츠를 부지런히 옷걸이에 걸고 있는 옷장으로 걸어갔다. 애런이 나와 같이 웃으며 돌아섰다. 그의 미소가 나를 맞이하더니 우리의 입술이 천천히 흥미로운 탱고를 추며 함께 움직였다. 그리고 우리의 손끝과 부드러운 살갗과 온몸 안팎 구석구석이, 오목한 곳과 볼록한 곳이 하나처럼 움직였다.

모든 것이 너무 좋았다. 느긋하고 널찍하고 끝이 없었다. 크리스틴과 세바스티안, 파올로, LA 경찰에 대한 각성이 마음속에 쌓일 때까지. 충전된 입자처럼, 북극광의 갑작스러운 형광빛 반사처럼. 그리고 내가 숨을 몰아쉬는 건 공황 발작 때문이었다. 내가 그간 알지 못했던 공황 발작. 그 악몽으로부터 절대, 결코, 다시는 자유로울 수 없을 거란 사실이 주는 공황 상태.

잠시 후 우리는 구겨진 시트 속에 몸을 겹치고 누워 구부러진 지평선이 암갈색으로 변하더니 검은 배경으로 서서히 희미해지는 창밖 경치를 내다봤다.

"배고파." 애런이 팔꿈치를 세워 몸을 일으키며 말했다.

"나…… 너무 취했나 봐. 약간…… 불안해."

"어, 저런. 큰일이네. 뭐가 불안해?"

크리스틴이 나와 세바스티안의 사진을 제보하는 것. 그것이 파올로 사건과 연관이 있다는 익명 제보를 덧붙여서. 혹은 파올로의 면허증 번호가 여전히 보이는 녹아 붙은 덩어리와 내 집 주소를 보내던가. 칠레와 로스앤젤레스에서 자꾸 들어오는 전화도. 경찰이 문을 뜯고 들어와 나를 쓰러뜨리고 소란 속에서 당신까지 다칠까 봐.

"이건…… 숨을 내쉬고 나면 다시 들이쉬는 걸 잊을까 걱정하는 것 같아." 내 말은 사실이었다. "아니면 다시는 일어날 기력이 나지 않을지도 모른다는." 소변을 봐야 하는데 욕실까지 열다섯 걸음만 움직이면 된다. 그런데 어떻게, 대체 어떻게 그 거리를 움직인단 말인가? 그런 사소하지만 확실한 걱정거리.

"아이고, 그 젤리가 처음 먹기엔 좀 센 모양이네. 뭐 필요한 거 있어?" 애런이 물을 가져다주고 나서 테이크아웃 피자를 파는 근처 가게를 찾아냈다. 주문한 걸 가져오겠다고 말하느라 나를 깨웠다. 아침이 밝기 전, 기억나는 건 그뿐이었다. 나는 꿈속에서 엄마 토끼를 봤다. 목이 도끼에 잘려 하얗고 붉은 살갗에 머리가 대롱거리고 있었다. 토끼는 계속 뛰려고 했지만 절뚝이고 비틀거리며 칠레의 절벽 끄트머리로 점점 더 가까이, 지그재그로 다가갔다.

잠에서 깨어나니 애런은 발코니에서 핸드폰을 보며 미간을 찌푸리고 있었다. 유리창에 붙어서 관심을 즐기는 작은 도마뱀을 찍느라 열중한 상태였던 것이다. 애런이 안으로 들어오더니 기분이 어떠냐고 물었지만 나는 커피가 필요하다는 말밖에 하지 못했다. 문득 그곳에 있는 것이 터무니없게 느껴졌다. 그렇다면 나는 어디서 안전할까? 미국을 떠나 캐나다에 숨어서 아무도 나를 당국에 인도하지 않길 바라야 할까?

"커피 머신이 안 보였어." 애런이 말했다. "아래층에 내려가서 아침 식사를 할까?"

정상 상태. 그것을 유지해야 했다. 연기해야 했다. 그래서 나는 이를 닦고 옷을 입었다. 핸드폰은 충전을 잊어서 꺼져 있었다. 불안감을 느끼며 충전기를 꽂고 화면에 애플의 로고가 나타나자마자 핸드폰을 내려놓고 방 밖으로 나갔다.

음식을 보니 속이 뒤집혔다. 윤나는 초록 사과, 컨베이어 토스터로 구운 토스트, 갈색 설탕과 건포도 통 옆에서 끓는 오트밀. 데크에 태양을 바라보고 앉아 지역 등산로 안내서를 뒤적이면서 바나나 하나를 겨우 먹었다. 보이지 않는 벽이 사방에서 죄어오는 느낌이라 넓은 공간을 움직이는 산책이 좋을 것 같았다. 우리는 가장 쉬운 목표를 골랐다. 나는 계획이 선 것에 마음이 놓였다. 호텔에서 한 구역 떨어진 지점에서 시작해 시골길을 따라가다가 마지막 오름으로 가는 4킬로미터 길이었다. 가파른 산등성이를 따라 '경치를 바라보는 보람'을 느낄 수 있는 코스라고 했다.

애런이 일회용 커피 잔을 다시 채우러 일어난 사이 나는 몽롱한 머리로 상상했다. 이것이 우리의 삶이 된다면 어떨까? 못생긴 로비 근처 작은 플라스틱 통에 든 땅콩버터를 긁어모으는 것이 아닌 어딘가 새로운, 아름다운 곳에서 사는 것. 크리스틴, 과거와 완전히 동떨어진 새 출발. 이곳, 태양이 테이블을 내리쬐고 도마뱀들이 발치에서 달아나는 곳에서 캄보디아 이후 미친 듯이 돌아가던 세월은 다른 영역이나 차원에나 존재하지 이곳에는 없다고 믿을 수 있었다. 어쩌면 그것이 애리조나의 마술 같았다. 공기의 소용돌이니 UFO니 외계와의 연결이니 하는 온갖 소리가 왜 나오는지. 이곳에서는 아무도 우리를 건드릴 수 없었다.

우리는 방으로 다시 들어가 등산 준비를 했다. 간식을 싸고, 자외선 차단제를 바르고, 바보 같은 야구 모자를 머리에 썼다. 준비를 마치고 로비를 지나가는데 그 순간 들려오는 목소리에 온몸이 굳었다.

"에밀리!"

애런이 옆에서 휙 돌아섰지만, 나는 얼음 조각처럼 눈 결정이 아스러지기 직전의 상태로 꼼짝 못 하고 있었다.

"에밀리." 목소리가 좀 더 크고 가깝게 들려왔고 내 속의 지하 무덤이 열렸다. 아래로, 아래로, 아래로. 아냐.

어깨에 손이 닿았다. 그것은 바늘이고 나는 곧 터질 무지갯빛 비눗방울 같았다.

돌아서서 눈을 깜빡였다. 펑.

"최대한 빨리 왔어." 크리스틴이 말했다. 그러더니 나를 일방적으로 끌어당겨 안았다.

Chapter 37

●

"경찰이 지난 4월 일어난 스페인계 미국인 배낭여행자 살인 사건의 용의자 몽타주 발표"

로스앤젤레스 경찰은 칠레 수사관과 공조하여 지난달 스페인계 미국인 배낭여행자의 죽음과 관련 있는 것으로 추정되는 여성을 찾기 위한 스케치를 발표했다.

24세 파울로 가르시아는 1년간의 남미 배낭여행 중 실종됐다. 4월 13일 마지막으로 목격됐으며 그의 시신(치과 기록으로 확인된)은 칠레 북부의 농촌 지역 아로이토의 얕은 무덤에서 발견됐다.

경찰은 용의자의 몽타주를 발표했다. 해당 인물은 20대 백인 여성이며 키 167센티미터, 갈색 머리카락과 북아메리카 억양을 가진 것으로 보인다.

바르셀로나에 거주하지만 스페인과 미국 이중 국적을 가진 가르시아의 죽음은 여러 대륙에 대서특필됐고, 가르시아 일가에서 범인에 관련된 정보에 1백만 달러 보상금을 내걸며 국제적인 수색이 시작됐다.

가르시아의 죽음 혹은 용의자에 대한 정보를 가진 분은 로스앤젤레스 경찰에 연락을 당부드린다.

Chapter 38

나는 작은 소리로 이 질문을 던질 수밖에 없었다. 여기서 뭐하는 거야? 그리고 웃음이 나왔다. 당연히 여기 왔겠지. 지난 몇 주 동안 크리스틴에게 똑같은 질문을 여러 번 던졌다. 늘 내가 방심했을 때, 막 긴장을 푸는 순간에. 크리스틴에게는 타당하게 들리는 이유가 물론 있을 터였다. 갑작스러운 등장에 내가 기뻐서 전율하지 않는다는 걸 깨닫자 크리스틴은 당황하고 상처받은 표정이었다. 비누칠을 하면 헹구듯 같은 일의 반복.

애런이 밝지만 영문을 모르겠다는 목소리로 나를 향해 물었다. "크리스틴, 헉! 밀워키에 있는 거 아니었나요?"

크리스틴이 나를 힐긋 바라보며 대꾸했다. "야간 비행기를 타고 막 도착했어요. 에밀리가…… 내 도움이 필요하대서."

"뭐?" 나도 모르게 튀어나왔다. 그러자 우리 셋은 모두 어리둥절한 표정이 됐다. 당혹감의 버뮤다 삼각지대였다.

"네 메일……." 크리스틴이 의미심장한 표정으로 말했다.

"우릴 어떻게 찾았죠?" 애런이 물었다.

"애런이…… 사진을 포스팅해서요. 태그를 달아서."

"난, 내 메일의 어떤 부분이 여기로 오라는 말 같았지?"

크리스틴이 콧잔등을 찡그렸다. "그 메시지가 그런 말 아니었어? 연락하지 말라더니 네가…… 연락했잖아." 크리스틴은 고개를 저으며 쓸쓸하게 웃었다. "와, 이게 무슨 괴상한 상호 의존성 테스트야……. 젠장, 에밀리."

"뭐라고?"

"워워, 모두 숨 좀 돌려요." 애런은 알 수 없는 고대의 여성 의식이 곧 시작할 것처럼 당황한 표정을 짓고 있었다.

"아니. 사실이야, 에밀리. 네가 죽으라고 하면 난 죽는 시늉이라도 해."

"오라고 한 적 없어!"

"개소리 작작해." 크리스틴의 목소리가 울려 퍼지자 로비의 낮은 소음이 일순간 사라졌다. 프런트 담당 여성, 아장거리는 아이를 데리고 온 엄마, 아침 식사를 하러 가던 햇볕에 그을린 커플이 눈을 동그랗게 뜨고 쳐다봤다.

크리스틴이 주위를 둘러봤다. "조용한 곳에서 얘기해야겠다."

"방으로 돌아갈까?" 애런이 열쇠를 들어 보였다.

그 여자랑 한방에 들어갈 수 없었다. 두 사람은 간청하는 눈길로 나를 지켜봤다. 하지만 각자의 이유는 매우 달랐다.

그 순간 나는 내가 무엇을 해야 할지 또렷이 알 수 있었다. 무슨 수를 써서라도 애런을 지켜야 했다. 간밤에 필사적으로 애런에게 연락했지만 크리스틴은 바라는 결과를 얻지 못했다. 그런다고 내가 자기 것이 되지 않았던 것이다. 그렇다면 크리스틴은 애런을 제거하기 위해 무엇을 할 것인가? 무슨 짓을 할 수 있는지는 아무도 몰랐다.

하지만 난 알았다. 아는 사람은 아마도 나뿐일 것이다. "애런, 위층으로 가 있을래?" 나는 로비를 가리켰다. "크리스틴이랑 나는 얘기 좀 할게."

"그럴래?" 애런의 물음에 내가 끄덕였다. 애런은 지나가며 내 허리에 손바닥을 꼭 눌렀다. 엘리베이터가 그를 삼키는 모습을 보고 있으려니 가슴속에 두려움이 번졌다.

"밖으로 나가든지 할래?" 크리스틴이 주위를 둘러보며 물었다. "여기서 이 일을 얘기하고 싶지 않아."

"아냐. 아무도 안 들어. 지금 얘기해." 내가 소파로 걸어가자 크리스틴이 따라왔다. 자리에 앉아 크리스틴이 입을 열기를 기다렸으나 아무 말도 하지 않은 탓에 호기심에 두 손을 들고 말았다. "가방은 어디 있어? 숙박은 어디서 해?"

"여기서. 가방은 받아줬지만 방은 몇 시간 기다려야 한대."

"아." 어색한 침묵. "너…… 정말 올 필요는 없었어."

"어이가 없다. 뉴스를 보라고 망할 암호 메일을 보내서 목격자가 나왔다는 기사를 보고 당연히 심장이 멎는 줄 알았지. 네가 얘기할 사람이 필요하다고, 무섭다고 몇 주째 난리였으니까 이렇게 달려온 거잖아."

나는 이마를 찡그렸다. "그럼 내가 애런에게 얘기할까 봐 왔다는 거야?"

"아니. 네가 가장 친한 친구니까 온 거야." 크리스틴은 억울하다는 듯 양손을 펼쳤다.

우리는 눈에서 레이저 빔을 쏘며 서로를 노려봤다. 그러더니 크리스틴이 지겹다는 듯 고개를 저으며 중얼거렸다. "네가 하라면 나는 죽는 시늉이라도 하는데."

음, 그것 참 아이러니였다. 우리 둘 다 상대가 편이 돼주고 도와줄 거라고 생각했다.

크리스틴이 다가오더니 중얼거렸다. "듣기만 해. 프런트 여자가 보고 있어."

"아마 네가 소란을 피워서 그렇겠지."

크리스틴이 일어났다. "나가자. 잠깐 걷는 게 좋겠어."

나는 귓전에서 둥둥거리는 맥박을 들으며 크리스틴이 나가는 모습을 지켜봤다. 크리스틴은 문까지 가더니 돌아서서 나를 봤다. 내보내달라고 조르는 개처럼. "너…… 혼자 있고 싶지 않은 거야?" 내가 물었다.

"혼자 있으려고 3,000킬로미터나 날아온 거 아니야, 에밀리."

나는 뒷주머니에 손을 넣고 나서야 핸드폰이 없다는 걸 퍼뜩 깨달았다. 방에서 충전 중이었던 것이다.

내 마음을 읽은 듯 크리스틴은 자기 핸드폰을 들어 보였다. "이걸 켜고 그 바보 같은 사진을 보내면 좋겠어?"

이번에는 아무도 돌아보지 않았다. 무례한 말에 입을 딱 벌리지도 않았다. 크리스틴은 이런 것에 너무나 능수능란했으니까. 악의적인 말을 무해하게, 우연처럼 들리도록 하는 것에. 듣는 사람은 누구나 크리스틴이 우리가 어린 시절에 술에 취해서 찍은 사진을 가지고 날 놀린다고 생각했을 것이다.

어찌 보면 그 말이 사실이기도 했다.

절망이 부풀어 올랐고, 울부짖으며 수수한 호텔 카펫을 주먹으로 내리치고 싶은 충동이 솟았다. 대신 나는 크리스틴을 따라 입구로 갔다. 자동문이 열리고 뜨거운 사막 공기가 밀려들었다. 크리스틴은 몇 발자국 걷다가 고양이 같은, 무시할 수 없는 갈색 눈으로 뒤돌아봤다. 퓨마 같다고 생각했다. 내가 자신을 따를 수밖에 없다는 걸 알고서 고개를 돌려 귀를 쫑긋 세운 채 차분한 표정으로 나를 바라보는 모습이.

호텔을 나서면 곧바로 붐비는 6차선 도로였다. 크리스틴은 오른쪽으로 돌더니 금이 간 보도로 접어들었다. 적어도 그곳은 바깥이었다. 조금 내려가면 네일 살롱과 발레 스튜디오와 중식당이 있는 쇼핑몰이었다. 사람들이 우릴 봐주길, 그들에게 노출되길 간절히 바라다니 우스웠다.

"당장 솔직하게 털어놓자." 크리스틴이 말했다. "이제 그만해야지."

"동감이야." 정수리에 햇볕이 내리쬈다. 등줄기에 땀이 흘렀다. "아, 잠깐. 뭘 그만하자는 거야?"

"이렇게 싸우는 거. 긴장하는 거. 내 말, 내 행동을 넌 전부 다 최악으로 해석하잖아. 숨이 막힌다." 크리스틴은 목적지가 있는 것처럼 걸었고, 나는 우리가 애런과 함께 아침 식사를 하면서 고른 등산로에 다가가고 있음을 깨달았다.

"음, 네가 캄보디아에서 찍은 사진을 자꾸 흔들어대지만 않으면 우리 둘 다 진정할 수 있어. 게다가 그, 파올로의 신분증이랑 소지품 녹인 덩어리? 엉망진창이야."

크리스틴이 걸음을 멈추고 내게 돌아섰다. "음, 네가 계속 실성해서 우리 인생을 날려버리기 일보 직전처럼 굴지만 않았어도 나도 그걸 없애고 밤에 푹 잘 수 있었어. 가장 친한 친구가 날 배신하지 않을 거라고 믿고서."

"크리스틴, 네가 하는 말 좀 들어봐. 날 배신하겠다고 협박하는 건 너야."

크리스틴은 코웃음을 치더니 다시 걸었다. 도로에 등산로 표지가 나타났다. 구불구불한 등산로와 온갖 경고가 가득 적힌, 낡아빠진 지도 표지판이었다. 물을 준비하라, 쓰레기를 버리지 마라, 퓨마를 조심하라. 퓨마를 만나면 몸집을 크게 만들고 소리를 높여라.

첫 번째 등산로는 자갈길 옆이었다. 나는 앞에 보이는 큰 굽이까지만 가기로 결심했다. 거기서부터는 한 걸음도 더 가지 않을 작정이었다. 우리는 잠시 말없이 걸었다.

"너 참 인정머리라고는 없어. 그거 아니?" 크리스틴이 외쳤다. "내가 만난 사람 중에 가장 이기적이야. 나는 널 위해 모든 걸 다 했는데 내가 네 곁에 있어주고, 네게 필요한 걸 우선시할수록 넌 더 돌아서버리는 것 같아. 내가 혐오스럽다는 듯이. 네가 뭘 원하는지 모르겠어." 크리스틴이 내게 홱 돌아섰다. "뭘 원하는지 말해봐."

"파올로가 살아 있는 걸 원해!" 나는 고함을 질렀다. 선인장이 늘어선 등산로 한쪽에는 너른 능선이 펼쳐져 있었고 내 목소리는 협곡을 따라 메아리쳤다. "우리가 한 짓을 전부 되돌리길 원해. 난…… 난 세바스티안이 살아 있는 걸 원해." 눈물이 솟구쳤다.

크리스틴의 눈썹이 올라갔다. "그자는 널 폭행했어."

"알아, 하지만……."

그 순간 그것이 보였다. 내 발이 그의 갈비뼈를 차고, 차고, 또 차는 것이. 확실히, 의심의 여지없이. 내가 한 짓이 보였다. 그만. 그만.

그만해.

"죽일 것까진 없었어." 고개를 숙이자 눈물이 떨어졌다. 발치의 마른 땅이 흐르는 눈물을 빨아들였다.

크리스틴이 내 어깨를 잡았다. 우리 둘 다 길가에 너무 바짝 붙어 있었다. 차를 운전하면 가슴이 두근거리고, 모든 상황을 보려고 좌우를 살피게 되는, 운전대를 꽉 쥔 손이 하얗게 질리는 그런 구불구불한 산길이었다.

"아냐, 죽여야 했어. 나쁜 사람이었잖아. 다른 방법은 없었어." 천천히, 천천히, 크리스틴이 나머지 손을 들어 내 다른 쪽 어깨에 올렸다. 그러고는 스타 선수를 격려하는 코치처럼 손에 힘을 조금 줬다. "하지만 그게 문제야. 우린 우리가 한 짓에 묶여 있어. 우리 둘 다 여기 와서 자유롭게 지내고 있는 한 서로에게 빚이 있지. 빠져나갈 방법은 없어."

나는 덫에 걸렸다. 그 순간 머릿속을 스치고 지나간 건 오래전 나를 거칠게 떠밀었던, 크리스틴과 똑같은 위치에 팔을 두고 세게 밀어 벽에 두개골이 쾅 부딪히게 했던 벤이 아니었다. 내 입을 막고 손목을 벽에 붙이고 망에 걸린 나방처럼 당황해서 어쩔 줄 모르게 만들었던 세바스티안의 손도 아니었다.

나는 아빠의 손을 떠올렸다. 작은 다리로 걷고 있던 나를 갑자기 붙잡아 올려 단 한 번의 손놀림으로 당혹스럽게 내 엉덩이를 때리던 커다란 손. 아무렇지도 않게, 자연스럽게, 생각할 것도 없이 하던 손찌검. 시끄러운 장난감의 종료 버튼을 누르듯이. 나는 〈램 찹의 놀이〉에서 배운 노래를 멈출 겨를조차 없었다.

즐거움은 감금으로 변했다. 자주성은 무능으로 변했다. 억압받고, 조종당하고, 나를 독립된 존재로 보지 않던 권력의 엄지와 다른 손가락들에 사로잡혀서. 누구의 딸. 무엇의 결과. 소음과 엉망과 짜증의 원인. 주위 공기 입자를 교란시키는 존재.

온몸을 뚫고 분노가 치솟았다. 거대한 네온 연기처럼.

"빠져나갈 방법은 없다고." 크리스틴이 반복했다.

크리스틴은 일부러 보란 듯이 눈을 천천히 감았다 뜨며 몇 차례 깜빡였다. 그 순간이 슬로모션처럼 길게 늘어졌다. 우리가 다시 초자연적으로 연결된 것처럼, 뉴런이 동시에 폭발하는 것처럼 선명하게 알 수 있었다. 그것은 크리스틴의 악랄한 독백이었다. 내게 (자신에게, 비뚤어진 마음속에서 자신의 삶으로 그려낸 영화의 관객들에게) 나를 왜 죽여야 하는지 설명하는 순간이었다. 내가 그 순간을, 완벽한 클라이맥스를 만들어줬다. 거기, 캄보디아에서 발견한 것과 다르지 않은 절벽에 지금 우리는 와 있었다. 다만 이곳은 아래에 강물이 흐르지 않고 울퉁불퉁한 바위뿐이었다. 머리 위의 드넓은 하늘과 사방의 주황색 산뿐이었다. 칠레 엘퀴 계곡에서 수천 킬로미터 떨어진 곳이지만 몇몇 부분은 거의 똑같은 풍광이었다.

크리스틴의 눈꺼풀이 절반쯤 내려가 동공을 거의 가렸다. 그 눈빛에서 비극이 불가피하다는 사실을 알았다. 나를 죽여야만 앞으로 나아갈 수 있다는 사실을 크리스틴이 받아들였다는 걸.

하지만 크리스틴은 뭔가를 잊었다. 계산 착오를 일으켰다.

그렇다. 정당하든 아니든 파올로를 죽인 건 크리스틴이었다.

방법도, 이유도 모르지만 크리스틴은 부모를 살해했을 수 있고, 가장 친한 친구였던 제이미의 죽음과도 연루돼 있었다.

그렇다. 크리스틴은 세바스티안의 축 처진 시체를 절벽에서 떨어뜨릴 계획을 짰다. 이곳보다 낮지만 역시나 치명적인 높이였다.

하지만 그를 죽인 건 나였다.

내 모든 에너지, 감정, 공격성, 내부의 힘을 공포로 모았다. 세상에 대한, 남자에 대한, 그리고 불안정하지만 가장 친한, 변덕스럽고 파괴적인 친구에 대한 공포로.

눈이 부실 정도로 명료하게 내가 전부 착각했음을 깨달았다. 그들 모두 착각했음을. 몸속에서 가볍고 명징한 웃음이 터져 나왔다.

내가 살인자였다. 그들은 나를 두려워해야 했다.

크리스틴의 눈이 꼭 감기는 순간 나는 친구의 쇄골로 손을 올렸다. 그리고 반짝이는 아침 햇살 속에서 힘껏 밀었다.

Chapter 39

몸이 뒤로 휘청거릴 때 크리스틴이 눈을 반짝 떴다. 양팔을 앞으로 내민 채 손으로 내 어깨 대신 허공을 움키는 것이 좀비나 팔다리가 뻣뻣한 액션 피겨가 쿵 자빠지는 모습이었다.

아니, 만화 같았다. 새파란 하늘을 배경으로 팔다리를 버둥거리는 장면이. 크리스틴이 비틀거리며 떨어질 때 땅에서 먼지구름과 모래 흙덩이가 피어올랐다. 돌덩이처럼 떨어지기 직전 1초를 쪼갠 한순간, 친구의 눈이 공중에서 내 눈을 찾았다.

1초를 쪼갠 한순간. 그런 표현을 쓰는 이유는 삶이 도끼질하듯 전과 후로 쪼개지는 순간이기 때문이다. 그 순간 침묵 속에서 내가 한 짓이 어떤 짓인지가 휙 낙하하는 소리와 함께 머릿속에 몰려들었다.

죽기 직전에 삶이 주마등처럼 스쳐 지나간다는 말처럼 크리스틴의 죽음이 우리 둘 앞을 지나갈 때 나는 우리가 보냈던 좋은 시간이 떠올랐다. 미시간 호수에서 물장구를 칠 때 맨살에 차갑게 닿던 물. 경제학 기말시험 때 밤늦게까지 공부하면서 커다란 과자 한

봉지를 먹어치우고 옆구리가 아프도록 웃던 것. 밀워키에서 놀러 나갈 준비를 할 때 서로의 립스틱과 귀고리와 반짝이 상의를 빌리던 것. 우간다, 베트남, 심지어 캄보디아에서의 잊을 수 없는 경험.

퀴테리아에서도. "저건 우리야." 크리스틴이 지평선 쪽을 가리키며 말했었다. "저기 작은 별 두 개 보이지? 알 수 있어."

나도 눈을 가늘게 뜨고 별을 찾았다. "네가 왼쪽, 분홍색 별이야."

그러자 크리스틴이 내 팔을 잡았다. 현기증과 자유를 느끼며. "나도 그렇게 말하려고 했어!"

머릿속 음성이 속삭이듯 말했다. 나보다 현명한 목소리로. 이건 네가 한 짓이 아니야.

주문이 풀리고 나는 절벽 끝으로 달려갔다. 크리스틴을 찾는 데 잠시 시간이 걸렸다. 몇 미터 아래에 정수리가 보였다. 시든 관목을 붙잡고 있었다.

크리스틴이 반짝이는 대리석 같은 눈으로 나를 올려다봤다. "에밀리, 제발!"

나는 흙바닥에 엎드려 손을 뻗었다. 손가락이 닿지 않자 크리스틴은 나무를 놓을 수 없다는 듯 울먹였다. 동시에 발끝이 디딜 곳을 찾아 흙을 긁었지만 비탈에서 미끄러질 뿐이었다.

무릎을 꿇고 배낭을 벗은 나는 다시 납작 엎드려 배낭 끝을 잡고 늘어뜨렸다. 크리스틴은 내가 건드린 흙과 돌을 피하더니 다시 필사적인 눈빛으로 고개를 들었다.

"끈을 잡아!" 내가 외쳤다. 다른 쪽 팔과 무릎에 파고들듯 흙과 돌이 찍혔다.

크리스틴은 신음하더니 손을 흔들었다. "떨어질 거야." 한 손으로 주위의 잡목을 다시 부여잡던 크리스틴은 언덕에 얼굴을 대고 숨을 몰아쉬었다.

나도 땅에 뺨을 대고 가방을 최대한 아래로 내리며 신음 소리를 냈다.

"더 내려!" 크리스틴이 비명을 질렀고 나는 팔이 3센티 정도 더 늘어나는 것을, 온몸이 초인적으로 근육을 긴장시키는 것을 느꼈다. 아이를 구하려고 자동차를 들어 올리는 엄마처럼.

그때 가방의 고리가 흔들렸고 그 순간 나는 손아귀에 힘을 줬다. "잡았어." 이렇게 외친 뒤 낭떠러지 반대쪽으로, 위험의 반대쪽으로 크리스틴의 무게가 함께 끌려오는 것을 느끼며 몸을 굴렸다. 모로 눕고 나니 눈앞에 크리스틴의 손이 나타났다. 무덤에서 살아 나온, 지쳤지만 의기양양한 시체처럼 극적으로 탁 소리를 내면서.

"도와줘!" 크리스틴이 외쳤고 나는 다시 가장자리로 기어갔다. 반대쪽 손을 향해 내 손을 뻗으니 크리스틴이 버둥거리며 내 손목을 손톱으로 길게 긁었다. 우리는 서로의 팔뚝을 사력을 다해 붙잡았다. 나는 자갈을 떨어뜨리면서 도로 쪽으로 몸을 기울였다. 우리 둘 다 힘을 쓰느라 한참을 신음했다. 크리스틴이 크로스핏으로 단련된 복근의 힘으로 무릎을 들어 올리자 내가 그 애를 길 위로 끌어당겼다.

"크리스틴." 우리는 둘 다 일어나서 서로 마주 봤다. 찰나의 계산으로 그것이 신뢰의 표시라고 판단했다. 크리스틴은 절벽 쪽을 등지고 있었다. 내가 다시 밀지 않을 거라 확신하는 듯. 뒤에서 무슨 소리가 들렸다. 오른쪽에서는 새소리와 바람 소리 아래 낮게 웅웅거리는 소리가 났다. 하지만 나는 돌아보지 않았다. 우리는 서로를 뚫어져라 보고 있었다.

"에밀리." 크리스틴의 뺨에 난 상처에서 피가 눈물처럼 흘렀다. 이마에 흐른 땀은 붉은 흙먼지를 적갈색 진흙으로 바꿔났다. 웅웅거리는 소리가 점점 커지면서 가까워졌다. "그런 짓을 하다니 믿을 수가 없네."

"그, 그럴 생각은 아니었어." 내가 반사적으로 말했다. 그 순간 크리스틴의 어조가 어떤지 깨달았다. 감탄. "음, 뭐에 씌었는지 모르겠다."

웅웅거리는 소리는 산을 오르는 굉음이었는데 우리가 올라온 도로를 달리는 자동차 소리였다. 그쪽으로 시선을 돌리니 크리스틴이 손을 뻗어 내 팔뚝을 잡더니 나를 자기 쪽으로 부드럽게 당겨 차를 피하게 했다. 그러면서 얼굴을 살짝 숙이자 크리스틴의 입술이 내 목에, 턱에, 그리고 귀에 닿았다.

모퉁이를 도는 자동차 엔진 소리가 요란해 크리스틴이 웅얼거리는 말이 간신히 들렸다. "음, 난 알아."

크리스틴은 내가 느낀 혼동이 가실 만큼만 기다렸다. 타이밍은 정확하고 의도적이었다. 나를 세게 밀자 나는 휘청거리며 자동차 길로 곧장 밀려났다.

비명을 지르며 두 팔로 얼굴을 감쌌지만 운전자는 빨랐다. 브레이크 밟는 소리, 타이어 밀리는 소리와 함께 SUV가 한쪽으로 휘청거리며 내게 자갈과 휘발유 냄새나는 바람을 쏟아 부었다. 차가 크리스틴을 향해 그리고 그 뒤 12미터 절벽과 끝없는 골짜기를 향해 돌진했다.

두 팔 사이로 내다보니 퍼즐 조각이 동시에 맞아떨어지며 상황이 단번에 파악됐다. 난제 혹은 크리스틴의 수수께끼나 까다로운 방 탈출 게임 문제를 풀어낸 것 같은 전율에 도파민이 분출됐다.

유레카. SUV는 우리가 빌린 차였다.

운전자는 애런이었다.

그리고 내가 공포에 얼어붙어 지켜보는 가운데 내 가장 친한 친구와 내 애인, 우리가 오르비츠 여행 패키지로 빌린 자동차가 모두 함께 뒤집혀 절벽 아래로 곤두박질쳤다.

Chapter 40

◗

"부검 결과 미국인 배낭여행자 두부 손상으로 사망"

칠레 산지에서 시신이 발견된 24세 스페인계 미국인 배낭여행자 파올로 가르시아는 둔기로 인한 두부 손상으로 사망했다는 사실이 밝혀졌다. 〈더 게이즈〉가 부검 결과를 단독 입수했다.

미국 당국의 관리·감독하에 칠레에서 실시된 부검에서 두개골 골절과 지주막하 출혈(뇌를 둘러싼 공간의 혈관 파손)이 나타났고 이는 치명적인 두부 손상을 의미한다.

부검 보고서에 따르면 가르시아의 유리체(안구 내 조직)에 실시한 독극물 검사에서 사망 당시 로히프놀을 복용한 것이 밝혀졌다. 그 외의 부상이나 장기 이상은 기록되지 않았는데, 부패로 인해 다른 요인은 분석할 수 없었다.

로스앤젤레스 경찰서 대변인은 견해 요청에 응답하지 않았지만, 가르시아의 아버지 로드리고 가르시아는 이 결과로 더 많은 의문점이 생겼다고 한다.

"파올로가 약에 취해 머리를 맞고 인적 드문 곳에 묻히다니, 이건 말도 안 되는 일입니다." 가르시아가 인터뷰에서 말했다. "정말 착한 아이였습니다. 파리 한 마리 죽인 적 없어요."

Chapter 41

●

그다음엔 아득해졌다. 두개골 안에서 뇌가 수축해 몸이 자동으로 움직이는 것 같았다. 나는 올라온 길을 되돌아 달려갔다. 손을 흔들어 지나가던 차를 세우고 안에 탄 곱슬머리 여자에게 911에 신고해달라고 부탁했다. 그러고는 나를 차에 싣고 올라가달라고 했지만, 911 신고 접수 담당자가 그러면 응급 서비스를 방해할 수 있다고 조언했다. 그래서 나는 천식을 억누르며 언덕을 달려 올라가 용기를 내어 아래를 내려다봤다.

흙보다 조금 짙은 색의 타이어 자국이 가파르게 깎인 흙에 새겨져 있었다. 납작해진 덤불과 짓이겨진 선인장도 보였다. 기하학적인 모양의 나뭇가지가 우스꽝스러운 각도로 잘려 있었다. 몇 미터 아래에 보닛이 찌그러지고 차체가 조수석 쪽을 깔고 뒤집힌 SUV가 있었다. 애리조나의 태양이 유리와 강철에 내리쬐고 있을 뿐 모든 것이 벽화처럼 고요했다. 애런이 안전띠를 착용했다면 살 수 있었다.

그때 크리스틴의 다리가 보였다. 나머지 부분은 SUV 그릴에 깔려 보이지 않았다. 〈서쪽 나라 나쁜 마녀〉처럼 쫙 펼쳐진 다리였다. 피에 젖은 자기 배낭에서 튀어나온 파올로의 털북숭이 다리처럼. 크리스틴의 다리는 갈색의 근육질에 매끈했고, 끈으로 묶인 회색 운동화를 신은 채 햇빛에 반짝였다.

그리고 움직이지 않았다.

내 비명 소리가 협곡을 돌아 다시 돌아왔다. 그 땅이 내 소리를 거부하는 것처럼. 이건 네 잘못이야. 주황색 언덕이 말하는 듯했다. 네가 저지른 짓인데 어째서 우리가 네 고통을 받아줘야 하지?

멀리 사이렌 소리가 내 울음소리를 가렸다. 소방차가 나타나자 나는 정신이 나간 채 그 옛날 화재를, 크리스틴의 자상한 어머니와 못된 아버지, 그들을 모두 죽인 불길을 떠올렸다. 엄청난 소음과 혼란, 끝나지 않는 노래. 거기다 리듬에 맞춰 굵게 쿵쿵거리는 소리도 들렸다. 드럼 아니, 헬리콥터였다. 그 모든 소리가 점점 더 커지며 내 생각을 지워버렸다.

경찰관이 순찰차에서 태연히 내리더니 911에 신고했는지 물었다. 분명 그의 얼굴을 빤히 봤는데도 대답하고 나니 기억나지 않았다. 몇 초 후 내가 그렇다고 하자 그는 서로 함께 가서 질문하고 진술을 받아야 한다고 했다. 그저 절차일 뿐이라고. 경찰관의 친절한 태도와 침착한 목소리가 위로가 됐다. 그래서 좋다고 했다. 당연히 돕고 싶었으니까.

경찰서는 영화 세트처럼 평범했다. 경찰관이 나를 어떤 방으로 데려가 물과 감자칩, 묽은 커피를 권했다. 나는 물을 조금 마셨고 손을 마라카스처럼 떨며 어떤 일이 있었는지 설명하려고 했다. 산, 그곳에서의 결정적인 15초만. 너무 혼란스럽고 산만해서(오, 세상에. 오, 세상에. 죽은 걸까? 무사할까?) 자초지종을 다 이야기할 수가 없었다.

순서를 거꾸로 이야기했다. 크리스틴이 절벽에서 떨어진 건 애런이 SUV 방향을 그쪽으로 틀었기 때문이다. 방향을 튼 건 내가 도로에 있었기 때문이다. 내가 도로에 있었던 건 크리스틴과 이야기를 하고 있었는데 차가 오는지 몰랐기 때문이다. 우리는 할 이야기가 있어서 산책을 나갔다. 애런에 대해서는…… 음, 그가 왜 우리를 뒤따라 차를 몰고 나왔는지 모르겠다. 정말 몰랐다. 경찰관은 계속해서 내게 잘하고 있다고 했고, 나는 애런과 크리스틴의 상태를 거듭 물었다. 경찰관이 내 이름과 전화번호, 집 주소를 물었다. 충격을 받아서인지 대답이 바로 나오지 않았다. 갑자기 우편번호 숫자가 바뀐 건 아닌지 고민했다.

마침내 경찰관이 나를 호텔까지 태워다주겠다고 했다. 참 친절하고 자신감 넘치는 사람이었다. "잘하고 있어요. 어서 돌아가고 싶으시죠." 하지만 나는 병원으로 데려다달라고 부탁했다. 그다음 몇 시간은 흐릿한 영화의 장면처럼 기억에 남아 있다. 대기실에서 기다리고, 내 친구들이 무사한지 모두에게 물어보고. 자꾸만 핸드폰을 찾다가 코르티솔의 분출과 함께 내게 없음을 깨닫고. 나는 끈이 떨어진 헬륨 풍선처럼 성층권으로 날아올라 아무도 모르게 터질 것 같았다.

날이 저물 때쯤 훅 들어오는 뜨거운 열기와 함께 응급실 문이 열리고 부부로 보이는 남녀가 달려 들어왔다. 내 부모님이 떠올랐다. 숱이 없는 머리카락, 주름진 눈가. 하지만 날씬한 체격과 고급스러운 안경테를 보니 쉽게 냉정을 포기할 사람들이 아니었다. 그들은

367

주위를 둘러보더니 접수대로 달려갔다.

접수대에 있던 아름다운 곱슬머리 여자는 나를 볼 때와 똑같이 무덤덤한 눈빛으로 그들을 올려다봤다. 나는 고개를 살짝 돌리고 귀를 기울였다. 이 근사한 커플이 어쩐지 신경 쓰였다. 내 부모님과 약간 닮은 점 외에도. 왜 친근하게 느껴질까?

여자가 입을 열자 세상이 멈췄다.

나는 믿을 수 없는 심정으로 미동도 없이 귀를 기울이는 데 집중했다. 한밤중에 무슨 일로 깨어난 뒤, 그 일이 다시 일어나는지 지켜보며 귀를 기울이고, 기울이고, 또 기울일 때처럼 시간이 비틀리는 느낌을 받으면서.

하지만 다행히 직원이 그들에게 재차 질문해 놓치지 않았다.

"전 제니퍼 러시예요." 여자가 말했다. 제이미의 어머니였다. "크리스틴 차네키를 보러 왔어요. 그 아이의 대모예요."

Chapter 42

●

나는 접수대로 다가갔다.

"전 크리스틴의 친구예요." 내가 밝혔다. "무슨 소식 있나요?"

"응급 수술 중이에요." 직원이 컴퓨터에서 시선을 들었다. "수술실에서 나와야 알 수 있을 거예요."

"그게 언제일까요?" 제니퍼 러시와 내가 동시에 말했다.

직원이 손깍지를 끼고 말했다. "알 수 없죠."

러시 부부가 눈을 크게 뜨고 내게 물었다. "어떻게 된 건가요? 아는 거 있으세요?"

"그게…… 사고가 났어요. 앉아도 될까요?" 바닥이 기울고 있었다. 놀이 기구에서 내리면 땅이 흔들리는 것처럼.

토머스(문득 추모 사이트에서 본 그들의 이름 토머스와 제니퍼가 또렷이 기억났다)가 대기실 한쪽 구석을 가리켰다.

"죄송해요, 크리스틴을 어떻게 아시죠?" 알고 있지만 물었다. 내 말뜻은, 두 분이 여기서 뭐하는 거죠?

"예전에 옆집에 살았어요." 토머스가 대답했다. "크리스틴의 부모와 친했어요. 지금은 라스베이거스에 사는데 크리스틴 할아버지의 전화를 받고 곧바로 달려왔어요. 그분들은 지금 비행기에 탔어요. 전화한 의사가 크리스틴이 위중하다고 했어요."

온몸이 고통스러웠다. 충격이 몸속에서 터지고 있었다. 머리로는 그럴 거라 짐작했다. 협곡 아래 축 늘어진 다리를 봤으니까. 하지만 직접 들으니 가스에 불붙듯이 슬픔이 타올랐다.

"크리스틴이 혼자 있는 걸 원치 않으셨어요." 제니퍼가 덧붙였다. "빌과 연락한 지 10년은 됐을 거예요. 하지만 차로 올 수 있는 거리에 아는 사람은 우리뿐이지 싶어요. 그분들은…… 아무도 크리스틴이 여기 있는지 몰랐으니까요."

"끔찍한 일이야." 토머스가 목덜미를 쓸었다.

제니퍼가 나를 빤히 봤다. "그 애 친구예요? 함께 온 거예요?"

"그런…… 건 아니에요." 목소리가 갈라졌다. 흐느끼기 직전이었다. "전 에밀리 도너번이라고 해요. 밀워키에 살아요. 전……."

그들도 톰과 제니라고 자신들을 소개했고 우리는 만나서 반갑다는 말을 자연스럽게 주고받으려다 멈칫했다.

"그러니까, 남자친구와 어젯밤 여기에 왔어요. 그런데 오늘 아침 크리스틴이…… 저희를 놀라게 했어요."

"놀라게?" 제니가 되물었다.

나는 끄덕였다. "크리스틴이 올 줄 몰랐어요. 지금 내나와 빌과 살고 있거든요." 말이 두서없이 나와 나는 고개를 저었다. "그리고 두 분은 그분들의 옛 이웃이고. 제이미의 부모님."

톰의 낯빛이 소방차처럼 새빨갛게 변하자 제니는 새하얗게 질렸다. 둘이 같은 혈액을 공유하는 것처럼.

"제이미를 어떻게 알죠?" 톰이 따져 물었다.

나는 콧잔등을 문질렀다. "크리스틴이 얘기해줬어요. 둘이 친한 친구였다고……."

두 사람이 눈빛을 교환했다.

"누구라고 했죠?" 제니는 그제야 나를 알아본 사람처럼 빤히 쳐다봤다.

"전 에밀리예요. 크리스틴의 친구." 속이 뒤집히고 목소리가 역류하듯 떨렸다. "제 남자친구도 차 사고를 당했어요. 지금 수술 중이에요." 눈을 감자 그 장면이 눈꺼풀 밑에서 다시 흘러갔다. 차 앞부분이 크리스틴을 밀면서 모두 한 덩어리가 돼서 언덕 꼭대기를 넘는 롤러코스터처럼 아래로 곤두박질치는 장면이.

"잠깐. 남자친구가 크리스틴과 함께 차를 타고 있었어요?"

"아뇨. 남자친구가 크리스틴을 친 차를 몰고 있었어요." 그들의 눈썹이 올라갔다. "남자친구가 절 데리러 온 거 같은데 그때…… 사고가 났어요. 산길 한쪽은 낭떠러지였거든요. 남자친구가 그 낭떠러지로 떨어지면서 크리스틴도 함께 떨어졌어요."

망연자실한 침묵. 톰이 팔꿈치를 무릎에 올렸다. "크리스틴이 어째서 피닉스 산길에 있었던 걸까?"

말해야 한다. 나는 숨을 깊이 들이쉬고 마음을 단단히 먹었다. "그 직전에 크리스틴이 절 밀었어요. 차 앞으로. 제 남자친구가 운전하는지 몰랐고, 분명 그가 제때 차를 돌리지 못할 거라고 생각했을 거예요. 그 순간 크리스틴이…… 절 밀었어요."

또 한 번 그들 사이에 눈빛이 오갔다. 나는 그들의 표정을 살폈다. 경계, 공포, 혐오, 조심, 조심, 조심. 그러나 놀란 기색만큼은 분명히 보이지 않았다.

어째서 당신을 죽이려 한 거죠? 다음으로 예상한 질문이었다. 마음의 준비를 한 뒤 머리를 굴리고 있었다. 하지만 그 질문은 나오지 않았다.

그때가 아니면 기회는 없었다. "크리스틴은 절 따라 여기까지 왔어요. 제정신이 아니었어요. 전 크리스틴과 거리를 두려고 했는데 애런, 제 남자친구가 위치 태그를 붙여서 사진을 포스팅했더니 그걸 보고 여기까지 날아왔어요. 그러고는 제가 자기를 불렀고 저 때문에 온 거라고 했어요. 크리스틴은…… 좀 혼란한 상태 같아요." 나는 고개를 저으며 눈물을 닦았다. "죄송해요. 대부님과 대모님이시라고 들었는데. 정말 이상한 말인 거 알지만, 사실이에요."

두 사람은 굳은 얼굴로 아무 말도 하지 않았다. 그때 의사가 청진기를 목에 걸고 나오더니 애런의 가족을 찾았다. 나는 튀어 나가 "가족이세요?"라는 곤란한 질문에 멍하니 고개를 끄덕였다. 접수대에서 누군가 적어도 애런의 부모님에겐 연락을 했다는 걸 알고 있었다.

"돌려 말하지 않을게요. 수술은 성공했어요." 나는 의사의 말에 안도해 울먹였다. "그렇지만 회복까지는 긴 여정이 될 거예요. 코뼈 골절, 안면 복합 골절, 갈비뼈 두 개 골절, 혈흉증(흉벽과 폐 사이에 피가 고인 거예요)에 슬개골이 으스러졌어요."

"하지만 무사한 거죠?" 목소리가 갈라졌다.

의사가 끄덕였다. "시간이 걸리고 물리치료도 받아야겠지만 완전히 회복될 거라고 생각해요."

"만나도 될까요?" 내가 물었다.

"지금은 쉬어야 해요. 만날 수 있을 때 알려줄게요. 두세 시간 정도만 기다리면 될 거예요."

감사하다고 인사하자 의사는 고개를 숙이더니 다음 응급, 다른 사고로 누에 명주실에 목숨이 붙어 있는 엉망이 된 몸을 고치러 바삐 사라졌다. 나뭇가지 하나만 흔들려도 탁 잃게 될 생명을 향해. 갑자기 온몸에 힘이 빠져 러시 부부 옆에 앉아 벽에 등을 기댔다.

여전히 궁금한 것들이 자꾸 생각났다. 내겐 기회였다. 내가 그 추모 사이트를 찾았을 때 소심해서 못한 말을 할 수 있도록 온 우주가 돕고 있었다.

"제이미에 대해 좀 더 여쭤봐도 될까요?"

톰은 눈을 살짝 떴고 제니는 질끈 감았다.

"죄송해요. 말씀하시기 힘든 일이겠죠. 하지만…… 제가 알아보려던 일이 있어서요. 크리스틴에 대해서. 두 분이 도와주실 수 있을 것 같아요."

"지금은 때가 아닌 것 같군요." 톰이 너무 크게 말해서 제니가 깜짝 놀랐다. "크리스틴 소식을 기다리는 데 집중해야지요."

"그렇죠. 죄송합니다." 민망해서 발끝까지 빨개졌다.

내가 굳어 있는 사이 부부가 핸드폰을 꺼내더니 바삐 두드렸다. 그러고는 제니가 다시 접수대에 갔다 돌아와서 적어도 몇 시간 동안은 아무 소식이 없을 거라고 알려줬다. 나는 딱딱한 의자에 조금이라도 편하게 앉으려고 몸을 움직였다. 길에 배낭을 버리고 와서 돈도, 신분증도, 아무것도 없었다.

"핸드폰 필요해요?" 제니가 내게 물었다. "부모님께 전화할래요?"

나는 고개를 저었다. "저, 전화번호도 모르는걸요. 그리고 사고로 가방을 잃어버렸어요." 갑자기 당황스러워 눈물을 삼켰다.

"어머, 괜찮아요!" 제니가 다가왔다. "저기, 호텔이 어디죠? 내가 데려다줄게요. 남자친구가 깨어나면 필요한 물건도 있을 텐데. 그렇죠?"

고마운 마음을 담은 표정으로 끄덕이니 제니가 남편의 팔을 톡톡 두드렸다. "열쇠 좀 줘."

"가게?"

"로시타 호텔이에요." 내가 울먹이며 말하자 제니가 핸드폰으로 검색했다.

"겨우 15분 거리네. 곧 돌아올게, 톰."

제니를 따라 문까지 걸어가는 내내 나와 제니의 뒷모습을 보는 톰의 시선이 느껴졌다.

Chapter 43

"있잖아요, 톰이 얘기하고 싶어 하지 않는 이유를 난 알아요." 차로 달린 지 몇 분 뒤 제니가 불쑥 손을 뻗어 라디오를 껐다. 인도의 경찰 폭력에 관한 NPR 방송국의 뉴스였다.

나는 앞만 바라보며 대꾸했다. "크리스틴이 여기 왜 왔는지 전 정말로 모르겠어요. 말씀드린 대로 그 애한테서 멀어지려던 중이었거든요. 그 애가 무서워서요."

제니는 한숨을 쉬었다. "에밀리를 보면 제이미가 바로 보여요. 조금 닮기도 했어요."

"그렇다고 들었어요."

제니가 나를 한 번 돌아보곤 다시 차창 밖을 내다봤다. 태양이 금빛 직사각형 차창 전면에서 제니의 얼굴에 내리쬤지만 제니는 햇빛 가리개를 내리지 않았다. "톰은 내가 왜 크리스틴과 연락하고 지내는지도 이해 못 해요. 오늘도 내가 흥분 상태로 차를 네 시간 반이나 운전하는 게 믿음직스럽지 않아 따라온 것뿐이죠. 하지만 난 크리스틴을 아껴요. 어쩔 수가 없어요. 그 애가 나쁜 소식만 가져온다 해도."

창문 밖으로 쇼핑몰이 스쳐 지나갔다. "저도 그걸 배우고 있어요. 크리스틴이 곧 안 좋은 소식이라는 걸. 퍼즐 조각을 짜 맞춰…… 그 애가 어떻게 된 건지, 우리 우정이 어떻게 된 건지 알아볼 생각이에요." 나는 제니를 봤다. "제이미에게 무슨 일이 생겼는지 그동안 궁금했어요. 말씀해주시겠어요?"

"제이미는 자살로 죽었어요." 제니는 갈라진 목소리로 말을 시작했으나 곧 평정심을 되찾았다. "하지만 그전에 크리스틴이 그 애를 쥐락펴락했죠."

차가 진출로로 빠져나가더니 측면 도로로 접어들었다.

"태어난 순간부터 가장 친하게 지낸 애들이었어요. 우리가 크리스틴네 이웃집에 이사 갔을 때 제이미는 겨우 몇 개월이었고, 앤은 크리스틴을 임신한 상태라 우린 바로 가까워졌죠." 에어컨을 줄이려고 뻗은 제니의 손가락이 떨리고 있었다. "처음에는 아이들이 그렇게 잘 지내서 참 기뻤어요. 하지만 3학년, 4학년이 되자 걱정이 생겼죠. 크리스틴이 제이미에게 늘 나쁜 짓을 시켰거든요. '야, 그렇게 어린애처럼 굴지 마. 찬장에서 캔디를 훔치든지 드러그스토어에서 립스틱을 훔쳐.' 어휴." 제니는 브레이크를 밟더니 갑자기 끼어든 BMW를 향해 경적을 울렸다. "정말 이상한 건 크리스틴이 늘 못된 짓을 하고는 제이미가 한 짓이라고 그 애를 설득한 거예요. 한번은 울음소리가 들려서 아이 방으로 달려갔더니 제이미가 한 손에 좋아하는 인형을, 다른 손에는 그 인형 머리를 들고 있더군요. 크리스틴은 제이미가 인형 머리를 잘랐다고 했지만, 이유를 물어보니 제이미는 모른다고 했어요." 제니의 손이 운전대를 점점 더 세게 움켜쥐고 있었다. "크리스틴을 집에 보낸 뒤에도 제이미는 크리스틴의 말이 옳다고 했어요. 하지만 놀이방 카메라를 확인해보니 인형 머리를 자른 아이는 크리스틴이지 제이미가 아니었어요. 이상하고 유치한 짓이죠. 왜 그런 행동을 하는지 궁금했어요."

나는 그 순간 깨달았다. 크리스틴은 어려서부터 주위 사람들을 가스라이팅한 것이었다. 제니는 그것이 크리스틴의 유치한 기벽이라고 생각하는 모양이었지만 나는 사실을 알고 있었다. 수십 년이 지나고도 크리스틴이 그렇다는 것을. 내 기억을 조작하고, 자신이 저지른 짓을 가지고 나를 비난하고. 모르는 척하지 마. 난 네가 그를 죽이는 걸 봤어. 얼마나 쉽게 내게 잘못된 확신을 심어주는가.

적어도 한 가지는 확신하게 됐다. 세바스티안은 크리스틴이 죽였다는 것. 내가 지른 고함 소리가 그 북소리였다. 크리스틴이 그를 걷어차며 그의 생명을 앗아가는 동안 필사적으로 애원한 사람은 나였다. 그만. 그만. 그만해.

"그러면…… 괴롭힘 때문에 제이미가……?" 말을 제대로 맺을 수 없었다.

제니가 고개를 저었다. 호텔 주차장으로 들어서자 제니는 한 곳에 차를 세우고 시동을 끄더니 이마를 운전대에 대고 흐느꼈다.

나는 조심스레 제니의 어깨를 건드렸다. "안에 들어가시겠어요, 아니면……?"

제니는 다시 고개를 저었다. "이 이야기를 마쳐야 해요. 그렇지 않으면 다시는 제대로 말하지 못할 거예요."

시동이 꺼진 차가 난로 위의 물처럼 더위에 빠르게 데워지고 있었다. "음, 에어컨을 다시 틀 방법이 없나요?"

"온스타가 달려 있어요. 시동을 켠 상태에서는 모든 걸 기록해요."

제니의 그런 면이 크리스틴과 굉장히 비슷했다. 실용적이면서도 편집증적이고, 분별 있으면서도 괴팍한. 나는 끄덕이며 안전띠를 풀었다.

"제이미는 학대를 당했어요." 제니가 울먹이지 않으려 애쓰며 말했다. "농구부 코치에게. 크리스틴의 아버지였죠. 아무에게도 말하지 않았지만, 일기장에 썼어요. 나중에 내가 발견했어요."

속이 울렁거렸다. "세상에. 정말 유감이에요." 크리스틴의 나쁜 아버지는 단순히 나쁜 놈이 아니라 미성년자를 추행한 범죄자였다. 그가 딸도 추행했을까? 크리스틴은 아빠와 단둘이 있는 것이 싫었다고 했다. 크리스틴의 어두운 충동 밑에 무엇이 있을까 오랫동안 의아했다. 크리스틴이 여느 소시오패스인지, 부모의 죽음이나 할아버지의 폭군 같은 행동으로 망가진 취약한 아이인지. 하지만 자기 아버지가 시작한 순환 고리(괴롭힘, 가스라이팅, 폭력)를 크리스틴이 어쩔 수 없이 되풀이했다면, 그렇다고 정당화되는 건 없지만 이해하는 데 도움이 될 수 있었다.

"정말 유감이에요, 제니. 뭐라고 말씀드려야 할지 모르겠어요." 심장이 젖은 종이 접시처럼 반으로 접히는 느낌이었다. 가엾은 크리스틴, 가엾은 제이미. 그 끔찍한 남자의 손아귀에 들어간 사람은 모두 가여웠다. 크리스틴이 나와 알고 지낸 세월 내내 진지한 연애를 못 한 것이 놀랍지 않았다.

"고마워요." 제니는 몇 초간 눈물을 참더니 말했다. "아이 일기장에는 다른 내용도 있었어요. 그 애는…… 괴롭힘을 멈출 방법은 그를 죽이는 것뿐이라고 생각했어요. 너무 어렸죠. 그걸 끝내고 싶었고. 그, 그 애는 제리가 기독교인이니 자동으로 천국에 갈 거라서 괜찮다고 생각했어요."

그때부터는 나도 울고 있었다. 우리의 뜨거운 숨과 눈물에서 나온 증기가 차창에 서리며 사방을 차단하고 있었다.

"어느 날 밤, 아이는 제리만 집에 있을 거라 생각하고 계획을 실행에 옮겼어요. 그 집에 일을 저지른 거죠. 하지만 앤이 집에 있었어요. 크리스틴도." 제니는 떨리는 손으로 코밑을 닦았다. "일이 벌어지고 나서 크리스틴이 아이를 봤어요. 우리 집까지 따라 달려와 비명을 질렀죠. 그래서 나도 잠에서 깼는데 그때까지만 해도 난 꿈인 줄 알았어요." 제니의 흐느낌에 차가 흔들렸고 차창 가운데까지 김이 서려 바깥의 뜨거운 세상이 흐릿해졌다.

"뭐라고 말씀드려야 할지 모르겠어요." 내가 말했다. "그래도 이건 여쭤봐야겠어요. 불을 지른 게 크리스틴이 아니라 제이미인 건 확실한가요? 크리스틴이 늘 자기가 한 일을 제이미에게 뒤집어씌웠다면……."

"맞아요. 제이미의 일기를 읽었어요. 모두 제이미가 혼자서 꾸민 일이에요."

"하지만 만약 크리스틴이……."

"크리스틴은 앤이 집에 있는 걸 알았어요." 제니는 10대 아이처럼 몸을 숙이고 내 말을 잘랐다. "제이미는 몰랐지만 크리스틴은 자기 엄마가 마지막 순간에 주말여행을 취소한 걸 알고 있었어요. 그리고 크리스틴은 자기 엄마를 절대 해치지 않았을 거예요. 세상 누구보다 엄마를 사랑했으니까. 그날 밤, 그 애가 제이미를 포기하고 타비사와 빌의 집으로 달려갔을 때 고함 소리가 얼마나 컸는지 나까지 잠에서 깼어요. 그때 그 애가 외치고 또 외친 말은 하나였어요. 엄마."

"이런." 일리 있는 이야기였지만 그대로 받아들여야 할지 확신이 서지 않았다. 상처와 혼란의 매개자인 크리스틴이 정말로 그런 비극에 직접적인 연관이 없었을까? 혹은 부모의 죽음이 잔인한 성격에 불을 붙인 것일 수도 있었다. 어쩌면 어린 제이미의 죄책감을 자극해 자살하게 만들거나 불을 지르는 걸 봤다고 제이미를 협박하거나……

제니 쪽으로 시선을 돌렸다. 물음표처럼 몸을 구부린 그녀의 실루엣이 창문에 비친 것을 보고 문득 제이미가 자랐으면 어떤 모습이었을지가 눈앞에 스쳤다. 들창코에 예쁘장한 모습. 가슴이 철렁했다. 절망에 빠진 다른 열두 살짜리도 크리스틴처럼 파괴적인 행동을 할 수 있었을까?

걔가 널 여기까지 몰아온 걸 봐.

제니가 훌쩍였다. "크리스틴은 타비사와 빌의 집까지 소리를 지르며 달려갔고, 그분들이 911에 신고하고 크리스틴을 붙잡았어요. 하지만 크리스틴은 말했어요. 제이미를 거기서 봤다고. 물어보진 않았지만 크리스틴도 제이미가 자기 아빠를 죽이고 싶어 하는 이유를 어느 정도 짐작했을 거예요. 참, 제이미는 주말에 그 집 별장에도 함께 가곤 했어요. 아이를 그곳에 보낸 나를 절대 용서할 수 없을 거예요."

이어지는 울음소리, 너무나 길고 구슬픈 울음소리에 아비새를 떠올렸다. 끓어오르며 죽어가는 이 땅의 고통을 전부 모아 메아리

로 퍼뜨리는 울음소리였다. 내 눈물도 목을 타고 내려 더러운 민소
매 상의의 옷깃을 적셨다.

"하지만 우린 몰랐어요. 전혀 몰랐어요." 제니는 한참을 더 흐느
꼈다. "그리고 빌이 조사를 요구하지 않자 화재는 비극적인, 어이
없는 사고로 결론이 났죠. 그런데 그때 크리스틴이 우리 집에 찾아
왔어요. 세상에, 어제 일처럼 생생히 기억나네요. 문을 여니 그 애
가 울고 있었어요. 흐느끼면서 화재가 난 밤에 제이미가 자기 집에
서 나가는 걸 봤다고 했어요. 제이미가 불을 지른 것 같다고. 물론
그 애 말을 믿지 않았어요. 돌아가라고 했죠."

제니는 숨을 깊이 들이쉬고 길게 내쉬었다. 쉬익쉬익거리는 숨
소리가 고장 난 아코디언 같았다. "그러다가 일기장을 읽었어요.
톰에게 말할 수 없었어요. 톰은 몰라요. 학대도, 방화도, 아무것도.
그걸 알면 저 사람은 미치고 말 거예요. 그 자식이 우리 딸에게 한
짓을 톰은 전혀 몰라요. 가끔은 제리가 살아 있으면 좋겠다 싶어
요. 내가 다시 산 채로 태워 죽이게."

그녀에게서 분노가 열기처럼 퍼져 나왔다. 얼굴에는 눈물이 줄
줄 흘렀고 그녀의 목에는 혈관이 모양대로 튀어나와 있었다.

손을 뻗어 제니의 손을 잡았다. 제니는 깜짝 놀라더니 긴장을 조
금 풀었다.

"빌과 단둘이 얘기하려고 했어요." 목소리에 분노가 가득했지만
탄소를 다이아몬드로 압축하듯 억누르고 있었다. "빌은 듣고 싶지
않다고 했어요. 아무것도. 아들의 기억을 더럽히고 싶지 않다고.
그때 거기서 그를 죽일 수도 있었어요. 빌은 너무 늦었다느니, 우
리 둘 다 자식을 잃었다느니, 자기 아들을 소아성애자로, 내 딸을

방화범으로 만드는 건 고통만 더할 뿐이라느니 했어요. 게다가 톰에게도 알려야 했고. 또 수사 기관에 설명하면 그 이야기가 보도되면서 온 세상이 떠들썩했겠죠. 온 세상 사람들이 내 아름다운 딸을 보고 동정하고, 욕하고, 피해자라느니, 살인자라느니 하면서 그 애가 몸을 노출한 사진을 찾고, 흠을 잡고, 발기발기 찢어놨겠죠. 톰과 나는 이미 바닥을 쳤어요. 그런 고통을 도저히 감당할 수 없었죠. 그리고 뭘 위해서 말이죠? 그런다고 제이미가 돌아오지도 않는데. 이미 지난 일을 돌이키지도 못하는데. 그래서 우리는 짐을 싸서 멀리 이사 갔어요……. 새로 시작하려고."

심장이 첼로처럼 길고 구슬픈 신음 소리를 냈다. 가엾은 제이미, 가엾은 크리스틴. 가엾은 제니와 톰.

"크리스틴은 그 후로 정신 건강 센터에 들어갔어요." 내가 말했다. "미성년 입원 시설이었어요. 잘못을 저지른 아이들이 소년원 대신 가는 곳 같아요."

제니가 고개를 저었다. "그건 몰랐네요. 하지만 그 애가 그런 상처를 입고 신경쇠약에 걸린 건 놀랍지 않아요. 참 불쌍한 아이죠. 그 애가 제이미에게 한 짓이 못마땅했지만…… 아니, 그런 일은 그 누구도 당해선 안 되죠. 그런 일이 사람을 어떻게 망쳐놓는지 상상도 못 하겠네요. 장기적으로 말이에요."

나는 끄덕였다. "그 후로는 크리스틴에게서 소식 못 들으셨어요?"

"그 애랑 몇 년 전에 페이스북 친구가 됐어요. 졸업한 뒤에. 늘 그 애 소식이 궁금했고, 기도도 했어요……. 제이미가 좋아한 친구였으니까요. 둘이 제일 친했으니까. 이상하게 크리스틴은 내 딸 제이미가 남긴 마지막 연결 고리 같은 느낌이었죠." 제니의 눈빛이 굳었다. "톰이 오늘 빌이 전화를 했다길래 심장이 멎는 줄 알았어요. 빌이 톰의 번호를 알고 있는 것조차 싫어요."

나는 제니의 손을 꼭 쥐었다. 그러자 제니는 생각에 잠긴 듯 아무 말 없이 내 손을 내려다봤다. 우리는 잠시 조용히 앉아 있었다.

"내가 한 말을 아무에게도 할 수 없다는 거 알죠?" 제니가 말했다. "아무에게도."

"알아요." 이마에서 땀이 솟았고 등이 젖었다. 온몸이 우는 것 같았다.

"에밀리."

나는 고개를 들었다. "네?"

"어째서 크리스틴에게서 멀어지려고 한 거죠?"

뒤에서 햇볕이 내리쬐서 차 안이 견딜 수 없을 만큼 더웠다.

"이유를 설명할 수 있을지 모르겠어요." 내가 대답했다. 이제는 모든 퍼즐 조각이 낙엽처럼 주위를 떠다니고 있었다.

제니가 침을 삼킨 뒤 고개를 끄덕였다. "알았어요. 하지만 피닉스 경찰이 그 대답을 좋아할지 모르겠군요."

그제야 깨달았다. 세상에. 나는 눈이 휘둥그레져서 제니를 봤다. "크리스틴이 살지 못하면 절 살인죄로 기소할 거란 말인가요?"

"아뇨." 제니가 차 문을 열자 사우나 같은 열풍이 실내의 증기와 섞였다. "에밀리의 남자친구를 기소할 거예요."

Chapter 44

제니와 함께 호텔 방으로 들어가니 제니의 핸드폰으로 남편에게서 전화가 왔다. 내가 재빨리 샤워하며 몸에 묻은 흙을 닦아내는 사이 제니는 딱딱한 의자에 앉아 기다렸다. 욕실에서 나온 후 애런의 옷가지를 집어 가방에 쑤셔 넣고 있으니 제니가 핸드폰을 들고 후텁지근한 욕실로 들어갔다. 다시 나온 제니의 표정이 침울했다.

"안됐대요." 제니가 말했다. "크리스틴의 수술이 잘 안됐대요."

심장이 꽁꽁 언 호수로, 벗어날 수 없는 추위 속으로 빠져드는 얼음낚시처럼 곤두박질쳤다. 나는 옷장에 몸을 기댔다. 칠레에서 그 일이 있었던 다음 날 아침, 크리스틴과 함께 시내를 벗어나는 길에 절벽에서 협곡을 향해 고함치던 것이 떠올랐다. 그날과 같은 기묘한 느낌이, 크고 빠른 무엇인가가 내게서 솟아나 하늘을 향해 올라가는 느낌이 들었다. 내 힘과 슬픔이 버섯구름을 이뤘다. 우주에서는 그것이 보일 것 같았다.

"안됐네요." 제니가 내 팔을 건드려 나는 깜짝 놀랐다.

"정말 안됐어요." 내 말은 진심이었다. 망설이다 말했다. "이제 어쩌죠?"

"병원으로 돌아가야 해요. 경찰관들이 에밀리를 만나려고 기다리고 있대요."

싸늘한 아드레날린이 온몸에 퍼졌다. 충전이 다 된 핸드폰을 집어 드는 손이 떨렸다. 엘리베이터가 서서히 내려가는 동안 핸드폰을 열었다. 크리스틴에게서 온 문자와 음성 메시지가 있었다. "괜찮아?" "친구야 버텨야 해." "가는 길이야." 전부 나를 찔러댔다. 크리스틴. 그날 아침만 해도 나는 크리스틴이 부적절한 건지, 내가 너무 예민하고 의심이 많은 건지 우왕좌왕하고 있었다.

하지만 그건 크리스틴이 달려오는 차 앞에 날 밀어 넣기 전이었다.

음, 그전에 내가 절벽에서 그 애를 밀었기 때문이지만. 그건 크리스틴이 내게 그런 면이 있다고 착각하게 한 탓이었다. 나도 크리스틴 같다고. 남의 생명을 빼앗아 문제를 해결할 수 있다고.

오, 이런. 속이 메스껍고 앞이 흔들렸다. 은색 문이 갈라지며 열리자마자 나는 로비를 가로질러 자동문을 달려 나가 토했다. 침을 뱉고 문 앞의 제니를 봤지만 그녀는 홱 돌아 안으로 달려갔다. 잠시 후 물을 갖고 나온 제니는 물을 마시는 내 등을 쓰다듬었다.

"조금씩. 급하게 마시지 말고." 제니가 말했다.

"감사합니다." 물을 삼켰다. "저한테 참 잘해주시네요."

"말했잖아요." 제니는 턱을 떨며 내 시선을 피했다. "딸이 생각난다고."

나는 물을 마신 뒤 제니를 따라 차로 갔다. 위산 때문인지 기도와 혀가 여전히 따끔거렸다.

애런은 애런이 아니었다. 부서지고 멍들고, 부어오른 얼굴은 너무 익은 자두처럼 자주색이었다. 파이터, 권투 선수의 얼굴이었다. 아름다운 미국인 방문객에게 죽도록 맞은 스페인계 미국인.

병원으로 들어갈 때 가슴이 두근거렸지만 경찰관은 어디에도 보이지 않았다. 그래서 수술실 쪽으로 곧장 달려가 간호사에게 애런의 회복실 위치를 물었다. 죽기 직전의 찰나 같았다. 모든 것이 눈앞에서 터지기 전, 모래시계에서 모래가 흘러내리는 느낌이었다.

또다시.

드디어 애런을 만났다. 한쪽 눈은 거즈로 가렸고 파란색으로 물들인 붕대가 그 주변을 감싸고 있는 모습이었다. 애런은 다른 쪽 눈을 뜨더니 활짝 웃었다.

"에밀리! 당신은 좀 어때?"

"무사해서 정말 기뻐." 나는 애런의 손을 만졌다. "기분이 어때?"

"진통제를 줬거든, 그래서…… 좋아." 그는 손을 돌려 엄지를 세웠다. "당신이 보는 대로야. 즉……." 그러더니 손가락을 움직여 오케이 사인을 만들었다.

"매력덩어리네, 진통제가 들어가도!" 나는 애런의 머리를 헝클어뜨렸다. "간호사가 당신 부모님은 저녁에 오신대." 빌과 내나가 오기 전에 그들이 먼저 도착하길 기도하고 있었다. 혹은 차네키 부부가 영안실로 곧장 가서 만나지 않기를. 빌과 내나를 오늘 마주할 순 없었다. 그들이 울며 쓰러질까? 냉정하게 평정을 유지할까? 아니면 아…… 태연하게, 손녀가 세상을 떠난 것에 안도한다는 사실을 아주 사소한 표정으로 드러낼까?

아니다. 크리스틴은 그들의 혈육이었다. 그들은 괴물이 아니었다……. 그들은 나와 달랐다.

"내 부모오오님을 만나겠네." 애런이 노래했다.

나는 미소를 지었다. "내가 늘 상상하던 바야."

"아직 나한테 키스 안 했어." 애런이 입을 삐죽 내밀더니 오므렸다.

나는 허리를 숙이고 부드럽게 입을 맞췄다. 애런은 행복한 한숨을 쉬었다.

간호사가 애런이 사고에 관해 기억하지 못한다고 알려줬다. 열쇠를 잡고 호텔 주차장에서 빠져나간 이후로는 기억이 없고, 약에 취해 얼떨떨한 상태일 때 대답을 요구하는 건 무의미하다고. 그래도 여전히 질문이 신물처럼 올라와 내 목구멍을 괴롭혔다.

"뭐 좀 물어봐도 돼?" 내가 말했다.

"그럼!"

"왜 호텔에서 나와 크리스틴이랑 내게로 왔어?"

애런은 입술을 꾹 다물고 열심히 생각했다. 그가 사실대로 말한다는 것 정도는 짐작이 갔다. 그는 거짓말을 할 수 있는 상태가 아니었다.

"그러니까, 당신이 크리스틴이 오는 걸 원치 않는 건 알고 있었어." 애런이 말했다. "크리스틴에게서 벗어나려고 피닉스에 온 거니까. 그런데 방으로 올라가서 핸드폰을 보다가 죽은 배낭여행자 기사에서 용의자 얼굴을 공개한 걸 봤어. 지금 뉴스에 난리거든." 애런이 손가락을 흔들었다.

충격이 몸속에서 끓어올라 턱과 얼굴, 두피까지 닿았다. 내 얼굴이 실린 수배 포스터가 나왔단 말인가? 뭐, 몽타주? CCTV에 찍힌 사진?

"그랬는데 딱 보고 와, 크리스틴이랑 닮았네 싶었어. 그러다가 칠레였다는 게 기억났지! 그리고 당신이 크리스틴이 정신 나간 사람처럼 군다고 한 말이 생각났지!" 애런이 머리를 톡톡 두드렸다. "그래서 당신이 위험할지도 모른다고 생각했어. 전화를 했는데 당신 핸드폰은 방에 있고. 이런 생각이 들더군. 망했다." 애런은 잠시 생각에 잠긴 듯했다. "물 좀 줄래?"

나는 침대 옆 주전자에서 물을 따라 빨대로 마시게 도와줬다. 애런은 물을 마시더니 만족스럽게 "아아아아" 하고 한숨을 쉬었다.

"내가 핸드폰을 두고 간 걸 알았구나." 내가 재촉했다.

"그렇지. 그래서 달려 내려갔더니 없더라고. 당신을 본 사람 있냐고 물었더니 어떤 여자가 밖으로 나갔대. 달려 나갔더니 당신은 보이지 않지만 주머니에 차 열쇠는 있었어. 멀리는 못 갔겠다 싶었어. 모퉁이로 당신의 빨간 배낭이 사라지는 걸 본 거 같아서 시동을 걸었어. 여기…… 여기까지만 기억나."

"와, 찾으러 와줘서 고마워."

애런이 미간을 찌푸렸다. "내가 구한 거야?"

"응, 애런! 정말 고마워."

"다행이다. 당신은 소중하니까. 당신은 나보다 훨씬 멋진 사람인데." 애런이 웃었다. 천천히, 미치 헤드버그*처럼 껄껄 웃어댔다. 그는 다시 입술을 오므리더니 키스해달라고 고개를 들었고, 나는 허리를 숙이고 멍든 곳 사이에서 깨끗한 곳을 찾아 이마에 입술을

• 무표정한 얼굴로 짧고 강한 농담을 주로 던지는 미국의 코미디언.

눌렀다.

"있잖아, 크리스틴 이야기가 나왔으니." 애런이 눈을 가늘게 떴다. "어떻게 됐어? 무사해?"

그때 간호사가 들어오자 애런은 인사를 하고 질문을 잊어버렸다. 내가 작별 인사를 할 때 손을 떠는 건 아무도 알아채지 못했다.

애런의 부모님은 그와 참 비슷했다. 애런은 아버지의 숱 많은 머리와 각진 턱을 닮았고, 어머니의 날카로운 콧대와 예쁜 눈을 물려받았다. 그의 부모님은 두려움으로 얼굴이 일그러졌지만 애런은 우리를 소개하게 돼 기쁜 듯 다친 곳에 대해 농담을 늘어놓았다. 나는 그날 밤을 애런 곁에서 보내고 싶었으나 그들은 부모답게 그 문제에 대해서는 단호했고, 나를 호텔에 데려다주면서 방문 시간에 맞춰 오전 11시 정각에 데리러 오겠다고 약속했다.

하지만 밤 10시경 경찰서에서 전화가 왔다. 지루한 목소리의 여자가 내게 다시 와달라고("도움을 주고 싶다면 자발적으로"라고 덧붙였다) 했다. 15분 내에 나를 데리러 오겠다고 했다. 나는 어지러운 심정으로 전화를 끊었다. 숙취가 전신을 덮친 듯했다.

그날은 다른 사람, 형사가 나를 만나고 싶어 했다. 형사는 먼저 친구를 잃은 데 조의를 표했다. 친절했지만 그런 겉모습 바로 아래에 늑대 같은 면을 감춘 듯 보였다. 심장이 쿵쿵거렸다. 어지러운 머릿속을 정리하려고 눈을 크게 깜빡였다.

"로스앤젤레스 경찰과 연락을 취했습니다." 형사가 밝혔다. "그리고 성급한 결론을 내리고 싶지는 않지만, 차네키 씨가 4월 남미 살인 사건 용의자와 인상착의가 비슷한 것 같습니다."

형사는 핸드폰에 뭔가를 입력하더니 내게 내밀었다. TV에 나오는 것처럼 꼼꼼하게 그린 경찰 몽타주였다. 세상에, 현명한 고양이 같은 눈과 모든 것이 정확히 드러난 그림이었다.

"여권을 조회했습니다. 차네키 씨와 4월에 함께 칠레에 가셨죠?"

와, 빠르다. "네."

그가 핸드폰을 치웠다. "차네키 씨가 피닉스에 따로 온 건 알고 있습니다. 갑자기 항공권을 예매했죠. 그리고 호텔에서 몇몇 목격자가 차네키 씨가 사망하기 직전 로비에서 두 분이 다투는 걸 봤다고 하던데요. 그러니 한 번 더 자세히 살펴봅시다. 우리가 생각했던 것처럼 단순한 사건이 아니니까요."

불현듯 상황이 눈이 부실 정도로 또렷해졌다. 갓 딴 민트처럼 분명하고, 레이저로 커팅한 다이아몬드처럼 맑고 냉정해졌다. 그들은 애런과 내가 크리스틴을 죽였다고 생각했다. 입을 막으려고. 맙소사, 그렇게 생각하고 보니 모든 정황이 그쪽을 가리켰다. 크리스틴이 은닉한 증거가 나를 칠레와 캄보디아에서의 범죄와 연결시켰고, 애매하게 위협적인 문자 메시지와 몽타주가 발표된 지 한 시간도 안 돼 죽음을 향해 곤두박질친 것⋯⋯.

그런데 목격한 사람이 아무도 없었다. 크리스틴이 먼저 나를 차 앞으로 민 걸 본 사람이 아무도 없었다. 애런이 크리스틴을 치기 위해서가 아니라 나를 치지 않기 위해 방향을 틀었다는 걸. 속이 쥐어짜듯 졸아들더니 구역질이 올라왔다.

"현장 수사는 곧바로 시작했습니다." 형사가 말했다. "타이어 자국, 추락 지점, 모든 사항을 살펴볼 겁니다. 그리고 부검으로 차네키 씨도 면밀히 조사할 겁니다. 손톱 밑의 흙이라든가 그런 것을요."

그가 커피를 한 모금 마셨다. 나는 앞에 놓인 물에 손을 뻗다가 온몸이 차갑게 식는 것을 느꼈다. 형사도 그것을 보고 있었다. 내 팔에 포도송이처럼 생겨난 자주색 멍 자국. 그리고 긁힌 자국. 튼 살처럼 쭉 이어진 성난 붉은 줄무늬. 크리스틴이 나를 붙잡고 기어 오르면서 생긴 싸움의 상흔.

그리고 얇은 컵을 잡는 순간 마지막 퍼즐이 자리를 찾았다. 어제도 여기서 컵에 입을 댔다. 내 젖은 DNA 조각을 남긴 것이다.

손톱 밑의 흙. 혹은 피부 세포. 크리스틴이 곤두박질쳐 죽기 직전 싸움이 있었다는 반박 불가의 증거.

"저 구속된 건가요?" 기어들어 가는 목소리로 물었다.

형사는 눈썹을 치켜뜨고 등을 기댔다. "아뇨. 이건 단순한 대화입니다."

"그럼 이제 가고 싶어요." 나는 손을 거뒀다. "부탁이에요."

우리는 싸늘한 눈빛으로 서로를 응시했다.

한참 뒤 그가 어깨를 으쓱였다. "물론이죠. 호텔까지 태워다 드리겠습니다."

"병원으로 가고 싶어요." 그가 아무 말도 하지 않자 다시 말했다. "애런의 부모님이 거기서 절 기다리고 계세요."

"그러죠. 나중에 거기서 만날 수도 있겠군요." 형사는 두툼한 손을 테이블에 대고 힘주며 의자를 뒤로 밀었다. "뮬먼 씨에게도 질문할 것이 있거든요."

Chapter 45

그날 애런은 눈빛이 또렷했고 맑은 정신으로 집중하는 듯했다. 그를 보자 심장이 죄어왔다. 그가 나를 그렇게 따뜻하고 애정 넘치는 표정으로 보는 것이 그때가 마지막이 아닐까 두려웠다. 그의 부모님이 나를 안았고(그들은 끌어안는 걸 좋아했다!) 나는 아무렇지 않은 척 애쓰면서 아들과 몇 분만 단둘이 이야기하고 싶다고 말했다.

그들이 나간 뒤 나는 주위를 둘러봤다. 적어도 내게 보이는 곳에는 카메라가 없었다. 목소리를 낮추고 별일 없기를 바랐다.

"애런, 사실대로 말해야겠어." 내가 중얼거렸다. "쉽지 않겠지만 처음부터 들어줘야 해."

"무슨 일인데?" 애런이 걱정 가득한 눈으로 나를 바라봤다. 그 눈빛은 별똥별처럼 분해될 거라고 생각했다. 별똥별이란 길을 잃고 대기권으로 곤두박질치며 타오르는 운석에 불과하니까.

목이 죄었다. 숨을 깊이 들이쉬고 마음을 다잡았다.

그리고 마침내 사랑하는 남자에게 사실을 말했다.

시작하고 나니 어렵지 않았다. 캄보디아부터 시작했다. 크리스틴이 세바스티안을 스탠드로 쓰러뜨리고, 머리를 발로 차 침대 다리에 부딪히게 하고, 나는 그만하라고 외쳤다고. 이후 경찰에 신고하자고 했지만 크리스틴이 호텔 방을 치우고 우물에 동전 던지듯 시체를 절벽에서 던지자고 나를 협박했다고.

그 후 나를 조종하고 멀리서 위로해주며 우리가 잘한 거라고 설득했다고. 칠레에서 또 일주일을 보내자고 했고 모든 것이 다시 정상처럼 느껴지다가 마지막 날 밤 크리스틴 그리고 파올로의 시체와 맞닥뜨렸고, 크리스틴은 또다시 끔찍한 시체 유기를 돕게 했다고. 그때부터 내 삶에서 크리스틴을 떼어내려고 했지만 압박의 수위가 높아지기만 했다고. 그러다가 크리스틴이 날 죽이려 했다고. 애런도 죽일 뻔했다고.

"있잖아." 나는 다급하게 속삭이며 이야기를 마쳤다. "곤란한 상황이야. 우리가 크리스틴의 입을 막으려고 고의로 죽였다고 생각해. 게다가 경찰은 상황이 얼마나 심각한지 아직 알지도 못해. 나와 배낭여행자 두 명의 관계를 다 몰라." 나는 고개를 저었다. "이런 일에 끌어들여서 정말 미안해, 애런. 얼마나 미안한지 말도 못하겠어. 하지만 경찰은 우리가 크리스틴의 입을 막으려 했다고 생각해. 어제 있었던 일은 아무도 보지 못했어. 당신이 날 치지 않으려 했던 걸 아무도 몰라."

애런은 충격을 받아 멍한 표정으로 한쪽 눈을 휘둥그레 뜨고 있었다.

나는 애런의 뺨을 쓰다듬었다. "애런, 괜찮아. 당신을 이 일에 끌어들이지 않을 거야. 크리스틴은 그런 적 없었지만 당신은 날 도와줬어. 세상에, 이제야 눈을 제대로 뜬 것 같아. 난 내내 망설이면서 그 애가 하란 일을 다 했어. 하지만 이제 끝이야. 질렸어."

"대체 무슨……?"

"전부 다 털어놓을 거야." 나는 눈을 꼭 감았다. "시체를 감추는 건 잘못임을 알았어. 하지만 크리스틴의 말을 믿고 그렇게 했지. 거짓말은 지겨워. 나 때문에 당신 인생을 망칠 수도 없고. 그러니 경찰이 찾아와 무슨 일이 있었는지 물으면 사실대로 말해. 나도 모든 것을 밝힐 테니까. 온갖 정신 나간 우여곡절 끝에 여기까지 왔다고. 이제 내가 책임질 때가 됐어. 당신을 사랑해, 애런."

애런의 표정이 밝아졌다. "나도 사랑해, 에밀리." 그가 손을 더듬어 내 손을 찾자 나는 그의 손을 꼭 잡았다. "당신은…… 당신을 잃을 순 없어. 다른 배낭여행자들…… 당신 말을 믿어. 크리스틴이 그랬다는 걸 알아. 하지만 경찰이 믿지 않으면 어쩌지? 만약 그들이……." 애런이 울고 있었다. 부어오르고 멍든 얼굴에 눈물이 흘렀다.

"쉿, 괜찮아." 나는 허리를 숙여 키스했다. "정말 괜찮아. 당신은 기소하지 못하게 하겠어. 내가 자백할 때야."

애런이 훌쩍였다. "에밀리, 변호사를 만나. 제발, 날 위해 그렇게 해. 내 숙부님이 변호사야. 좋은 분이고. 훌륭한 변호사를 찾게 해 줄 거야. 부탁이야."

나는 망설였다. 난 그저 이 상황을 끝내고 싶었다. 달아나는 것에 정말 지쳤다.

"약속해." 애런이 놀랍도록 힘껏 내 손을 잡았다. "그때까진 아무 말도 하지 않을 거야. 진심이야. 사랑해. 나를 조금이라도 생각한다면 그렇게 해줘."

　간호사가 문을 열어 애런에게 경찰관들이 면담을 요청했다고
전했다. 애런은 간호사에게 그들을 돌려보내달라고 부탁하면서
내 눈에서 시선을 떼지 않았다.

Chapter 46

●

피닉스 경찰서는 며칠 뒤 출국하지 않는 조건으로 내가 귀가하는 것을 허락했다. 그리고 조용히 사건을 조사했다.

하지만 파올로의 부모는 나를 그냥 두지 않았다.

로드리고와 페르난다 가르시아. 그들 때문에 우리에 관한 기사는 대서특필됐다. 몽타주와 일치하는 예쁜 위스콘신 출신 여성이 가장 친한 친구의 남자친구에 의해 인적 드문 산길에서 죽임을 당했고, 여행 친구인 나는 무죄방면 될 듯 보인다……. 음, 그들이 그냥 돌아서지 못하는 이유는 나도 이해할 수 있었다. 재산으로 무장한 가르시아 부부는 무자비했다. 그들은 기자회견과 밤샘 집회를 열었다. 워싱턴에 압력을 넣었다. 범인 인도를 요구하고 국제적으로 '#JusticeforPaolo(파올로에게 정의를)'라는 해시태그를 유행시키기도 했다.

망할 티파니 야가사키. 퀴테리아 바의 목격자인 그녀가 크리스틴과 나를 모두 봤다고 하자 기자들은 미쳐 날뛰었다. 내 직장, 개인 메일, 전화번호가 다 공개되고 사람들은 온갖 수단과 가장 원색적인 언어를 사용해 내가 강간당하거나 죽어 마땅하다고 했다. 키블은 조용히 나와의 관계를 잘라냈다. 취재기자들이 내 집 앞에서 어슬렁거리는 동안 나는 블라인드를 내리고 숨어 지냈다.

그사이 애런의 숙부가 소개한 변호사 데어드레를 만났는데 그녀는 내게 하늘이 보낸 사람이나 마찬가지였다. 똑똑하고 사려 깊고 언제나 아주 명쾌했다. 아름다운 건 말할 것도 없고. 똑 떨어지는 단발에 항상 맞춤 정장을 갖춰입은 그녀는 성공 그 자체였다. 우리는 그간 일어난 일을 하나씩 짚어봤다. 그리고 그녀는 나를 자유롭게 할 세부 사항을 정리했다. 나는 협박, 정당방위, 함정수사, 탈출 기회, 생명에 대한 합리적 공포감에 관해 알게 됐다. 프놈펜과 퀴테리아에서 일어난 그 어떤 일도 법적으로 내 잘못이 아니라는 사실도.

가르시아 일가의 끊임없는 여론 몰이에 내 삶은 지옥이 됐다. 결국 데어드레는 크리스틴이 칠레에서 한 행동을 적은 서신을 미국 대사관에 보냈다. 그녀는 크리스틴이 결국 나를 따라 밀워키로 돌아왔으며 불에 태운 파올로의 소지품으로 나를 협박하고, 조종하고, 입 다물게 했다고 설명했다. 나는 내용이 흐릿해지고 말을 이해할 수 없을 때까지 그 편지를 읽고 또 읽었다. 구절이 내게 달려들었다. 내 의뢰인은 이 사건에 더 이상 관여하지 않을 것이며, 우리는 이 사안이 이제는 종결됐다고 생각하고, 내 의뢰인은 칠레를 여행하지 않겠다는 뜻을 밝혔습니다. 나는 마지막 부분을 보고 조금 웃었다. 내가 거길 다시 갈 리가.

누가 이 진술서를 흘리는 바람에 언론의 관심은 열기에서 무시무시한 광기로 옮아갔다. 애런의 개입과 소노란 사막의 요란한 자동차 사고로 이미 흥분해 있던 기자들은 그 이야기에 기절이라도 할 것 같이 굴었다. 쓰레기 신문사들은 과거를 아는 유일한 사람을 제거하기 위해 음모를 짠 살인마 커플로 우리를 그려냈다. 여러 블로그에서 크리스틴과 내가 연인 사이였는지 물었고, 어떤 곳에서는 애런과 나를 보니와 클라이드라고 불렀다. 말도 안 된다. 보니와 클라이드는 강도 아니었나?

뉴스 보도가 열을 올리는 와중에도 데어드레의 세심한 언어 선택은 성공했다. 미국 내 경찰관들은 자기들이 담당하지 않은 사건에 대해 가르시아 일가 편들기를 중단했다. 데어드레가 걱정한 건 애리조나주 법무 장관 측이었다. 자동차 살해, 강압적 설득, 모의라는 죄목. 나는 무고한 애런을 빼내는 것만 신경 썼다. 그래서 우리는 기다리며 지켜봤다. 나는 애런이나 내가 기소되기 전까지는 아무 말도 하지 않기로 한 데어드레의 결정에 따랐다. 하지만 기소된다면 그때의 대처 방법도 준비하고 있었다. 자신의 전문 분야에서 빠르게 계산하는 데어드레가 존경스러웠다.

크리스틴과 나는 언론의 서커스, 여론 재판에서 십자가에 못 박히는 것을 몹시 두려워했지만 나는 끝내 거기서 살아남았다. 그날 아침 애리조나에서 크리스틴이 우리에게 그 상황을 불러왔다. 성령이 내리길 외치는 성도처럼 언론의 포화를 불러들였다. 나는 하루 24시간 햇빛을 차단하고 침침한 아파트 안을 서성거렸다. 블라인드 너머에서 구경꾼들이 어정거리고 있었다.

두 달째가 되자 견디기 어려워졌다. 애런은 자신이 병원에서 회복하는 동안 근처에 있는 자기 아파트에서 지내면 어떠냐고 했지만 나는 그와도 거리가 필요했다. 자고, 생각하고, 어둠 속에서 내 감정을 살피기 위해서. 게다가 나는 그의 룸메이트와 욕실을 함께 쓰는 어색함이나 유령처럼 사방에 남은 그의 자취를 찾는 아픔을 상상할 수 없었다.

결국 나는 암트랙을 타고 미네소타로 가서 엄마와 수줍음 많은 엄마의 남편과 한동안 함께 지내기로 했다. 그들은 다행히 내 말을 믿었고, 카메라가 있는지 집 앞을 살피는 법과 기자의 전화를 차단하는 법을 배웠다. 복도나 주방에서 마주칠 때마다 그들은 나를 보고 놀라는 듯했다. 내가 다락에 처박아두고 잘 쓰지 않는 전자 제품이라도 되는 듯.

핸드폰 서비스가 원활하지 않아 프리야에게 집 전화번호를 알려줬더니 어느 날 밤 11시가 조금 지났을 시각에 안부 전화를 걸어왔다. 엄마는 이튿날 아침 노발대발하며 잠을 방해한 걸 훈계했고 익숙한 죄책감에 속이 쓰렸다. 하지만 난생 처음으로 에이드리엔의 차분한 말이 떠올랐다. 다른 사람의 행동은 당신 책임이 아니에요. 나는 엄마에게 다신 그런 일이 없겠지만 그건 프리야의 실수이지 내 실수가 아니라고 말했다. 엄마는 혀를 차며 가버렸고 나는 다음 번 줌 상담 때 에이드리엔에게 그 이야기를 하는 것을 잊지 말자고 다짐했다.

그다음 주말, 엄마는 아침 식사로 프렌치토스트를 만들고 부루통한 목소리로 밀워키 친구들은 어떻게 지내냐고 물었다. 엄마 나름의 사과였다. 같이 장을 보러 다녔더니 어느 날 엄마는 수줍어하면서 함께 페디큐어를 하자고 했다. 크리스틴이 내 귓전에서 모기처럼 윙윙거리며 이래라저래라 하고 나를 고립시키지 않으니 엄마와의 사이도 변할 수 있을 것 같았다.

집을 비운 사이 프리야가 내 집 현관을 맡아줬다. 사나흘에 한
번씩 프리야는 내 아파트에 들러 현관 앞에 놓인 화려한 꽃들을 수
거했다. 와인과 간식, 초콜릿이 가득한 선물 바구니도 있었는데 프
리야는 내가 그것들을 원치 않는 것을, 사진을 보거나 어떤 건지
설명을 듣기도 싫어하는 것을 믿을 수 없어 했다. 그것들은 모두
케이블 뉴스 프로그램에서 보낸 뇌물이었다. 그들은 30분간 독점
으로 영혼을 털어놓는 인터뷰를 해달라고 졸라댔다. 프리야가 그
중 먹을 수 있는 것은 직장에 가져간 덕에 내 전 동료들은 프로듀
서들이 보낸 뇌물로 간식 시간을 가졌다.

　혐오 우편물도 있었고, 한번은 프리야가 내 집에 가니 현관문에
'살인자'라는 단어가 스프레이로 적혀 있었다고 했다. 프리야가 대
신 경찰에 신고해줬다. 그리고 고맙게도 집주인은 그것 때문에 나
와의 계약을 끝내지 않았다. 나는 독설과 비판에 면역력이 생기는
것을 느꼈다. 그 사람들은 실제로 무슨 일이 있었는지, 크리스틴과
내가 무슨 일을 했는지 알지 못했다. 나는 캄보디아에 대해서는 말
하지 않았다. 드롭박스 사진을 지웠지만 데어드레는 걱정하지 않
았다. 시신도, 피해자도, 범죄도 없는 사건이었고 크리스틴의 하드
드라이브에서 사진이 나와 캄보디아 당국에서 그것을 조사한다고
해도 미국인인 나와 남미인 세바스티안, 두 외국인에게 자원을 낭
비할 이유가 없다는 것이었다. 그것을 알게 되니 혼란스럽고 기이
했다. 크리스틴이 죽고 나니 프놈펜에 대해서는 걱정할 필요가 없
어졌다.

　애런에게는 사실대로 말했지만 그 외에는 비밀을 밝히지 않았
다. 그것은 그와 나, 우리만의 것이었다. 노스웨스턴에서 온 세상

이 잠들어 있을 때 바라보던 일출처럼. 우리는 들키지 않고 빠져나왔다. 그리고 이상하게도 나는 '미네소타 사람답게 착하다'는 규정에서 벗어나니 후련했다.

애런은 의사들의 예상을 깨고 빠르게 건강해졌다. 우리는 거의 매일 메시지를 주고받았고 이따금 영상통화도 했다. 내가 나중에 세인트폴에서 맡게 될 일에 대해 이야기하면 애런은 간호사와 청소부, 환자들에 대해 누가 누구와 친한지 이야기했다. 애런은 더 많은 이야기를 나누고 싶어 했지만, 나는 친구로 교제하는 동안 우리 사이에 제동을 걸어야 한다고 말했다. 나는 벤 대신 크리스틴으로 바꾼 것처럼 전지전능한 우상에게 의지하는 관계에서 벗어나야 했다. 당분간 나는 무엇이든 혼자서 결정을 내려야 했다.

내나와 빌의 변호사는 크리스틴의 장례식에 참석하지 말아달라고 알려왔다. 놀랄 일은 아니었다. 아마도 크리스틴의 고등학교 시절 사람들이 회색과 검은색 옷을 입고 참석해 바깥에 늘어선 방송국 차량을 보고 극적인 상황을 대리 경험하는 흥분을 느꼈을 것이다. 빌은 크리스틴이 평생 사귄 적 없는 온갖 '친구들'을 수상쩍은 눈초리로 바라봤을 것이다. 그리고 내나는 사실을 알고서 조문객의 넥타이 매듭 근처를 바라봤을 것이다. 쏘아놓은 대포알 같은 손녀와 보낸 몇 년이 그저 덤 같은 인생, 현실이 제자리를 찾아가기 전에 걸린 이상한 기간이었다는 듯.

애런 역시 장례식에 갈 수 없었지만 그건 사실 상관없었다. 사실을 알게 된 애런은 나와 함께 크리스틴의 죽음을 슬퍼했지만 제이미와 세바스티안, 파울로, 크리스틴의 젊은 부모님의 이른 죽음 또한 애도했다. 병원의 정신과 의사는 애런에게 외상 후 스트레스 장애를 치료할 심리 치료사를 소개해줬다. 그의 정신은 산길에서의 그 순간, 여자친구가 차 앞에 나타난 순간에서 멈춘 듯했다. 치료를 받으며 그는 나아졌고 상황에 대처하며 성장했다.

중서부에 여름이 지나갔다. 농산물 직판장과 야구 경기, 독립기념일 불꽃놀이가 열리고 멀리서 소시지 굽는 냄새가 풍겨왔다. 애런은 지팡이 하나에 의지한 채 퇴원했고, 우리는 그에게 실크해트를 사줄 테니 탭 댄스 안무를 하자고 농담했다. 나는 몇 달 중 가장 크게 웃었다.

모든 상황에도 불구하고 크리스틴이 그리웠다. 친구를 생각할 때마다 누군가 갈비뼈를 뜯어 심장을 찌르는 듯한 물리적인 통증을 느끼며 애도했다. 10년 동안 크리스틴은 나와 가장 가까운 친구이자 내 자매였고 내 평생의 가장 중요한 사람이었다. 하지만 그 슬픔에는 어쩔 수 없는 일이었다는 느낌이 있었다. 모든 것이 제자리로 돌아간 듯한, 크리스틴이 호주로 돌아간 듯한 느낌이. 가끔 크리스틴을 이야기할 때 현재 시제를 쓰기도 했고, 나의 친구들, 애런과의 관계, 어색하게 가까운 엄마와의 사이 속에서 크리스틴을 느끼기도 했다. 크리스틴의 삶과 애정, 그리고 죽음은 나를 그 관계를 형성하는 사람으로 만들었다. 때로는 잠시 피닉스에서의 일을 다 잊고 크리스틴이 세상 어딘가에서 무사히, 재밌고 활달하고 아름다운 사람으로 낯선 사람들에게 매력을 발산하고 있다고 생각하기도 했다.

뉴스 제작자들이 흥미를 잃었을 즈음, 나는 집으로 돌아갔다. 애리조나주는 여전히 우리를 기소하려 했지만, 데어드레는 애런과 내가 공모해 크리스틴을 살해했다는 증거가 충분하지 않다고 확신했다. 그 조용한 산길에서 우리를 본 사람이 아무도 없었으므로 우리의 주장이 전부였다. 로시타 호텔 로비에서 사람들은 크리스틴이 내게 소리를 지르며 나를 밖으로 끌고 나가는 것을 봤고, 크리스틴을 천사처럼 그리는 주장에서 허점을 찾아줄 증인을 찾기는 어렵지 않았다. 특히 오싹한 반전은 크리스틴의 전 상사가 그 회사의 호주 지사에서 크리스틴을 칠레 여행 2주 전에 해고했음을 밝힌 것이다. 이유는? 크리스틴이 회사 모임에서 상사 루커스를 폭행했기 때문이다. 크리스틴이 그 자그마한 남자와 다툰 뒤 그를 술병 선반으로 밀어붙인 모양이었다.

또 한 가지 심란한 점이 있었다. 크리스틴이 피닉스 호텔 프런트에 맡긴 가방 속 화장품 주머니 안에 로히프놀(파올로의 체내에서 발견된 것과 같은 안정제)이 몇 병 들어 있었다. 할아버지가 약국 체인을 갖고 있으면 구하기 어렵지 않은 약이었다.

크리스틴이 그 약으로 무슨 일을 할 계획이었는지 알 수 없지만, 그건 와인 병을 휘두를 때 파올로는 이미 꼼짝 못 하는 상태였다는 것을 의미한다. 크리스틴이 피로 범벅이 된 숙소에서 한 말이 전부 거짓말이라는 뜻이기도 하다. 크리스틴은 아마 파올로의 체내 약물에 대해 아무도 모를 거라 생각했을 것이다. 그의 시체는 붉은 흙 속에서 부패했을 테니까. 보아하니 눈은 혈액보다 '부패 저항성'이 더 높은 모양이다. 무섭게 충동적인 크리스틴이 분명 그 점은 간과한 것이다.

시간이 흘렀다. 청량하게 낙엽을 휘젓는 바람과 함께 가을이 왔고, 처음에는 꿈처럼, 점차 차갑고 가차 없이 내리는 눈과 함께 겨울이 왔다. 애런과 나는 함께 살기 시작했다. 우리는 애런의 가족과 크리스마스를, 서로의 친구들과 새해를 맞았다. 애런의 의료비는 우스꽝스러울 정도로 터무니없는 액수였는데, 드문드문 프리랜서로 일하니 은행 잔고가 바닥났다. 그래서 우리는 늘 그렇듯 의논을 통해 해결 방법을 찾았다. 최고 액수를 제시한 쪽을 선택한 것이다. 케이블 뉴스 프로그램 30분 출연으로 거의 5년치 연봉을 받았다. 데어드레와 할 이야기를 어찌나 여러 번 검토하고 연습했던지, 산티아고 공항에서 크리스틴을 만나 포옹한 순간부터 지금까지의 이야기를 자다가도 읊을 수 있었다.

애런과 나는 인터뷰 내내 손을 잡고 우리의 이야기를 나눴다. 애런은 참 깊은 이해심을 지녔다. 우리는 신경계, 뇌를 공유하는 것 같았다.

칠레에서 크리스틴과 만난 지 9개월이 지난 1월, 데어드레가 좋은 소식을 알려왔다. 애리조나주에서 소송을 취하한 것이다. 애런과 나는 축하 파티를 열기로 했다. 오랫동안 기다려온 순간이었으니까.

2주 뒤, 애런과 내 눈이 마주쳤다. 우리는 바가 늘어선 거리의 지하 클럽에 있었다. 조지아의 트빌리시는 내가 상상했던 것과 딴판이었다. 타일로 장식한 모스크와 돔형 벽돌 하맘, 자갈이 깔린 널찍한 통행로로 이뤄진 아름다운 도시였다. 너른 강 주변 절벽에 늘어진 덩굴, 멀리 적갈색 산에서 도시를 내려다보는 요새와 성이 있는 곳이었다. 그리고 언제나 와인이 있었다. 와인이 넘치는 도시였다.

나는 가방에서(무릎에서 가방을 치우지 않았다. 소매치기는 사양이니까) 지갑을 꺼내 차차를 한 잔씩 더 시켰다. 차차는 그곳 사람들이 엄청나게 마셔대는 굉장히 독한 포도 브랜디였다. 바에는 주황색과 하얀색의 반구형 벽돌 천장이 있어 지하 감옥 느낌이 났다. 바텐더는 내게 그곳이 정부에서 비밀 심문에 쓰던 곳이라고 했다.

조용하던 그곳이 갑자기 난장판처럼 변했다. 사람들은 어두운 구석에서 담배를 피우고, 터키 여행자는 웨이트리스를 데리고 창고로 들어가고, 누군가 잔을 떨어뜨리자 웅성거리는 배경음을 쨍그랑 소리가 갈랐다. 나는 문득 조용한 곳에서 물을 마시고 싶었다. 키득거리고 비틀거리며 밤거리를 가로질러 돌아가 이를 닦고 푹신한 침대에 눕고 싶어 애런의 팔꿈치를 당겼다. 돌아가는 길에 치즈 빵을 살 수도 있었다. 그곳에는 황금빛으로 쫀득하게 구운 그것, 하차푸리가 어디에나 있었다.

하지만 그 순간 어떤 여자가 내 옆에 앉더니 내 영어를 듣고 어디서 왔는지 물었다. 불가리아 사람인 그녀는 숱 많은 갈색 머리카락에 날씬하고 각진 체격이었다. 그녀는 런던에 살지만 1년간 휴가를 내 여행하면서 아제르바이잔부터 북부로 올라가며 저금을 축내고 있다고 했다.

내가 의자를 뒤로 밀자 우리는 삼각형으로 앉게 됐다. 그녀는 사교적이고 매력적이었다. 그리고 혼자서 여행한다고(버스로 천천히 움직이며 일정표도 사전 예약도 없이 다닌다고) 했다. 용감하고 거침없는 사람이었다.

"이름이 뭐라고 했죠?" 그녀가 살짝 친 징처럼 울리는 억양으로 물었다.

"이 사람은 댄이에요." 나는 애런의 손을 잡으면서 말했다. 애런이 손에 힘을 주자 내 심장, 사타구니, 영혼까지 그 감각이 전해졌다. "그리고 난 조앤이에요. 새로운 사람들 만나는 걸 참 좋아하죠."

감사의 글

●

이 책을 골라준 독자께 감사드립니다. 독자께서 지금 이 책을 들고 있는 모습을 떠올리니 큰 영광이자 기쁨이고 엄청난 기적처럼 느껴집니다. 귀한 시간과 에너지를 칠레에서 지어낸 이 이상하고 어두운 모험담에 써주신 것에 감사, 감사, 또 감사드립니다. 여러분이 없으면 이 이야기는 글자를 모은 것에 불과합니다. 여러분은 이야기를 살아나게 하는 요소이자 연금술의 핵심입니다. 이 책 속의 무엇인가가 여러분의 마음을 울렸기를 바랍니다. 진심으로 감사합니다.

내 영혼의 자매이자 사랑하는 여행 친구, 현재 호주에 살고 있지만 그 밖에는 크리스틴과 공통점이 하나도 없는 제니퍼 웨버가 없었다면 이 책은 존재할 수 없었습니다. 젠, 피스코 엘퀴에서 우리가 와인을 마시며 뛰어다니던 경험이 이 책을 낳을 줄 누가 알았겠어? 스티븐 클라크에게도 고마움을 전합니다. 너무나 친절하고 예의 바르고 멋진 배낭여행자라 우리는 만나자마자 살인 사건 농담을 할 수 있었습니다. 하.

내게는 잭팟 같은 자매, 사려 깊고 친절하며 창의력 넘치는 줄스. 내 곁에 있어줘서 너무나 고마워. 훌륭한 친구이자 탁월한 스릴러 작가, 세계 일류의 베타 리더 레아 코넨에게도 감사드립니다. 당신이 없는 작가로서의 삶은 상상할 수 없어. 셀 수 없이 많은 세계 여행의 동지이자 믿음직하고 충성스러운 친구이며 철저하고 명쾌한 독자가 돼주는 메건 브라운에게도 감사드립니다. 메건, 먼 나라에서 도시와 매력적인 사람들을 함께 탐색하고 싶어. 꼼꼼한 베타 리더로서 이 책을 더 강하게 만들어준 대니엘 롤린스에게 감사드립니다. 덕분에 더 좋은 작가가 될 수 있었습니다. 그리고 세세하게 읽어주고, 원고 작업 중 만나주고, 통화해주고, 도움이 되는 메시지를 보내준 제니퍼 케이신 암스트롱에게 감사드립니다. 이 괴팍한 산업에 종사하는 사람에게는 누구나 제니퍼 같은 사람이 곁에 있어야 합니다.

에린 드영은 다양한 방법으로 이 책을 쓸 수 있게 도와줬습니다. 세이디, 세심한 쪽지를 보내주고, 문제를 해결해주고, 굉장한 친구가 돼줘서 고마워. 당신은 대단한 재능을 갖고 있어. 내 곁에 있어줘서 정말 고마워. 당신을 존경해! 드영 부부 이야기가 나왔으니 칵테일을 만들어주고 용의자 인도니 압력이니 하는 개념을 차분히 설명해준(하지만 오류가 있다면 당연히 제 잘못입니다) 벤에게 감사드립니다. 포옹해주고 재밌는 지적과 기나긴 토론을 해준 오웨인에게도 감사를 전합니다. 내게 은유적으로나 문자 그대로나 공간이 필요할 때 아름다운 집으로 도피할 수 있게 해준 세 사람 모두에게 큰 감사를 전합니다. 최고의 코로나19 도피처가 돼줬습니다.

누구나 건전하고 다양한 지원 체계가 필요합니다(에이드리엔 오더동크에게 물어보세요!). 그리고 나는 나의 팀, 리아나 비숍, 메건 콜린스, 알라나 그레코, 리 컨켈, 애비 리버스, 애나 몰트비, 에린 패스트라나, 줄리아 필립스, 멜리사 리베로, 피터 러그, 케이티 스콧, 그 밖의 여러분에게 늘 감탄하고 있으며 감사합니다. 나를 깔깔 웃게 해주고, 내 불평을 들어주고, 이 책이 마침내 세상에 나올 때까지 격려해준 줄리아 딜스에게 사랑과 감사를 전합니다. 당신은 정말이지 최고예요(너무 똑똑해서 나도 무서울 정도이고요).

내 록스타 에이전트 알렉산드라 머시니스트에게 작품과 커리어를 맹렬하고 솜씨 좋게 성공시켜준 것에 큰 감사를 전합니다. 3년 만에 세 권이라니! 이것이 현실인가요? 린지 샌더슨에게도 배후에서 들인 노력과 도움에 정말 감사합니다. 그리고 책에서 영화로 마법 같은 도약을 이루게 해준 조시 프리드먼이 함께하다니 나는 정말 행운아입니다. 와, 여러분 모두와 함께 작업하게 돼 정말 기쁩니다.

내 편집자 힐러리 루빈 티만, 이 이야기가 잠재력을 다 발휘할 때까지 함께해준 이 천재에게 얼마나 감사한지 말로 다 표현할 수 없습니다. 당신은 정말 대단한 협력자, 현자이자 치어리더입니다. 하나의 아이디어를 그것이 불꽃을 일으키는 핵심까지 밀어붙이는 능력을 가장 존경합니다. 캐럴라인 와이스혼, 전문적인 주석과 워드 문서를 진정한 책으로 변화시키는 모든 작업에 진심으로 감사드립니다. 홍보 드림팀, 세라 브라이보겔, 저스틴 마고완, 마케팅 천재 콜린 누치오와 함께 작업하게 돼 정말 기뻤습니다. 랜덤하우스의 모든 분들에 대한 내 감정은 무지개와 반짝이와 행복하게 춤추는 하트 애니메이션을 상상해주세요.

이 아이디어를 처음 소개했을 때, 이 글을 쓸 무렵에는 해외여행이 이렇게 멀게 느껴질지 몰랐습니다. 두렵고 숨 막히는 기간 동안 지치지 않고 봉사해준 핵심 의료 종사자들에게 깊이 감사드립니다. 그리고 집에서 지내며 과학을 신뢰하고 질병 관리에 힘써준 모든 분들에게 감사드립니다. 여러분이 이 책을 읽을 무렵에는 여행이 여전히 먼 꿈처럼 느껴지지는 않기를 기도합니다.

마지막으로 사랑하는 내 가족. 특히 나기파파, 나기마마, 톰 숙부와 케시, 물론 엄마, 아빠께도 너무나 감사드립니다. 사랑해요.

옮긴이의 말

●

그녀들의 반격 그리고 반전

몇 년 전, 범죄 스릴러 장르를 여러 권 번역하게 된 해였다. 문득 그해 번역한 책에서 살해당한 여성이 전부 몇 명이나 되는지 궁금해졌다. 우리가 즐겨 읽는 책 속에서 너무 많은 여성의 죽음을 보고 있는 건 아닌가 하는 의문이 여러 독자와 비평가 사이에 제기된 것을 확인했다. 〈파이낸셜 타임스〉 스릴러 전문 비평가 애덤 르보어는 여성에 대한 잔혹한 폭력을 플롯의 동력으로 손쉽게 이용하는 경향이 더욱 폭넓은 여성 혐오의 시선을 조장할 뿐 아니라 '정상적'으로 만든다고 경고한다. 소설 속에서 스토킹당하고 폭행당하고 살해당하는 여성의 모습이 피할 수 없는 현실의 조건으로 각인될 수 있다는 것이다.

《우리는 여기에 없었다》는 그녀들의 반격으로 시작한다. 젊고 매력적이며 외향적인 에밀리와 크리스틴은 대학 시절부터 함께한 단짝 친구다. 직장 때문에 떨어져 지내게 된 두 사람은 1년에 한 번 이국적인 곳을 여행하기로 한다. 두 사람은 대도시나 일반적인 관광지를 피하고 둘만의 경험이 가능한, 모험적인 여행지를 선택한다. 칠레의 호젓하고 아름다운 산속 마을에서 핸드폰도 꺼놓고 둘만의 시간과 경험에 집중하는 여행은 그야말로 완벽하다. 그러나 요가 수련을 하고 작은 비건 식당을 찾는 평화로운 시간 중에도 소매치기의 모습으로든, 매력적인 남성의 모습으로든 위협은 어김없이 비집고 들어온다. 그리고 그들은 가차 없이 맞서 싸운다.

젊고 건장한 배낭여행자 파올로가 이 소설의 첫 희생자, 첫 시신이 된다는 사실은 첫 번째 반전에 불과하다. 크리스틴을 폭행하려던 그를 우발적으로 살해한 뒤 터져 나오는 두 친구의 과거와 비밀, 그리고 우정의 모호한 정체는 독자의 예상을 거듭 뒤엎으며 심리 스릴러를 읽는 재미를 선사한다. 언뜻 여성 버디 무비의 고전 〈델마와 루이스〉의 주인공들을 연상시키는 에밀리와 크리스틴은 한층 더 복잡하고 어두운 심리와 관계를 부여받는다. 크리스틴과 함께 겪은 일로 충격을 받은 에밀리는 친구가 살인 충동을 가진 사이코패스일 거라 의심하고 과거를 캐기 시작한다. 그러나 크리스틴은 어린 시절 겪은 사고를 통해 깊은 상처를 입은 피해자일 뿐임이 밝혀지고, 에밀리는 그동안 기억의 저변에 감춰둔 폭행의 주체가 자신일지 모른다는 사실을 깨닫는다.

내 친구는 누구인가? 그리고 나는 누구인가? 화자 에밀리와 독자가 도달하는 통찰의 저변에는 사회가 여성에게 가하는 온갖 위협이 있다. 저자 안드레아 바츠는 2019년 친구와 함께한 칠레 여행에서 이 작품을 착안했다고 한다. 여행 작가로도 활동하며 세계 곳곳을 취재하던 바츠는 '나라면 그런 곳에 혼자 가지 않겠다'나

'내 아내나 딸을 보내진 않을 것'이라는 말을 자주 들어왔다. 그러나 칠레에서 만나 가까워진 남성 여행자가 자신과 친구 젠과의 동행에서 어떤 위협도 느끼지 않는 것이 놀라웠고, 그때 제기된 문제의식에서 이 소설은 출발한다. 그래서 이 작품의 주인공들은 단순히 살인 충동을 가진 사이코패스가 아니다. 우발적인 범행 후 운명에 떠밀려 구원을 기다리는 피해자도 아니다. 그들의 행동은 여성과 약자에 대한 폭력이 만연한 이 사회에서 살아남기 위한 적극적인 대처 결과이며,《우리는 여기에 없었다》는 생생한 인물 설정과 사건 구성으로 읽는 즐거움을 더한다.

에밀리와 크리스틴, 그녀들의 관계가 핵심인 이 소설은 화자인 에밀리가 크리스틴이라는 미스터리, 수수께끼를 풀어나가 결국에는 자신이 누구인지 확인하는 긴 과정이라고 요약할 수 있다. 크리스틴의 이런 특성은 그녀가 자주 내는 정교한 수수께끼에서도 확인할 수 있는데, 영어 어휘와 말장난을 이용한 이 부분에서만큼은 원문을 그대로 따르지 않고 저자의 의도를 전하고자 했음을 밝혀둔다. 작품의 재미와 반전의 신선함이 독자 여러분께 잘 전달되기를 바란다.

우리는 여기에 없었다

초판 1쇄 인쇄 2022년 11월 17일
초판 1쇄 발행 2022년 11월 28일

지은이   안드레아 바츠
옮긴이   이나경

편집인   이기웅
책임편집   오윤나
편집   주소림, 안희주, 김혜영, 양수인, 한의진, 이현지
디자인   MALLYBOOK 최윤선, 정효진
책임마케팅 정재훈, 김서연, 김예진, 박시온, 김지원, 류지현, 김찬빈, 김소희, 배성원
마케팅   유인철, 이주하
경영지원   김희애, 박혜정, 박하은, 최성민
제작   제이오

펴낸이   유귀선
펴낸곳   ㈜바이포엠 스튜디오
출판등록   제2020-000145호(2020년 6월 10일)
주소   서울시 강남구 테헤란로 332, 에이치제이타워 20층
이메일   odr@studioodr.com

ISBN 979-11-92579-20-7 (03840)

모모는 ㈜바이포엠 스튜디오의 출판브랜드입니다.